Souvenirs Intimes

Les Chroniques Krinar : Volume 3

Anna Zaires

♠ Mozaika Publications ♠

Publié par Mozaika Publications, imprimé par Mozaika LLC.
www.mozaikallc.com

Couverture : Najla Qamber Designs
www.najlaqamberdesigns.com

Traduit de l'anglais (États-Unis) par Julie Simonet
Sous la direction de Valérie Dubar

e-ISBN : 978-1-63142-037-5
ISBN : 978-1-63142-038-2

PREMIERE PARTIE

PROLOGUE

Le Krinar descendait une rue de Moscou en observant silencieusement la foule des hommes et des femmes fourmillant autour de lui. Sur son passage, il pouvait voir la peur et la curiosité sur leurs visages, et sentir la haine qui venait de certains passants.

La Russie était l'un des pays qui avaient résisté le plus, et où les ravages de la Grande Panique avaient été les plus meurtriers. Ayant un gouvernement très corrompu et une population qui se méfiait de toute forme d'autorité, de nombreux Russes avaient pris l'invasion Krinar comme excuse pour piller à volonté et pour amasser autant de provisions que possible. Même aujourd'hui, plus de cinq ans après, certaines vitrines étaient encore vides à Moscou et le ruban adhésif sur leurs vitres témoignait des mois tumultueux qui avaient suivi l'arrivée des Ks.

Heureusement, l'air de la ville était plus pur maintenant, moins pollué que dans les souvenirs du Krinar qui remontaient à quelques années. À cette époque, un lourd brouillard de fumée pesait sur la ville, ce qui l'irritait considérablement. Ce smog ne pouvait rien lui faire, mais le Krinar préférait de loin respirer un air moins chargé en particules d'hydrocarboné.

En s'approchant du Kremlin, il mit la capuche de son blouson et essaya de ressembler autant que possible à un homme, faisant particulièrement attention à ses mouvements, marchant plus lentement et moins gracieusement. Il n'avait pas d'illusions, les satellites K l'observaient à ce moment précis, mais personne dans les Centres n'avait la moindre raison de le soupçonner. Ces dernières années, il avait veillé à voyager aussi souvent que possible, apparaissant fréquemment dans les grandes villes de la Terre pour telle ou telle raison. De cette manière, si quelqu'un voulait étudier son comportement, ses plus récentes expéditions ne provoqueraient aucune inquiétude.

Mais personne ne chercherait à le profiler. De l'assentiment général, les Krinars qui avaient aidé la Résistance (on les appelait les Keiths) étaient tous hors d'état de nuire en prison et c'était le pauvre Saur qui était considéré comme coupable de les avoir rendus amnésiques. Même si le K l'avait lui-même orchestré ainsi, le résultat n'aurait pas pu être plus avantageux pour lui.

Non, il n'avait pas besoin de dissimuler son identité aux caméras Krinar qui l'observaient dans l'espace. Son but était de tromper les caméras des hommes installées tout autour des murailles du Kremlin, si jamais les dirigeants russes s'inquiétaient avant qu'il n'ait le temps d'aller dans les autres grandes villes.

Le K sourit et feignit de n'être qu'un touriste comme un autre tout en marchant tranquillement autour de la Place Rouge tandis que les semelles de ses chaussures martelaient le trottoir et disséminaient de petites capsules contenant une ère nouvelle dans l'histoire de l'humanité.

Quand il eut fini, il retourna au vaisseau qu'il avait laissé à proximité dans l'une des allées.

Demain, il reverrait Mia.

Saret brûlait d'impatience.

CHAPITRE UN

— Oh, mon Dieu, Korum, quand as-tu eu le temps de faire ça ?

Stupéfaite, Mia examinait l'endroit où elle se trouvait. Tous les meubles habituels avaient disparu, et la maison de Korum à Lenkarda, là où elle commençait à se trouver chez elle, ressemblait désormais à un logement Krinar, avec ses planches flottantes et son espace vierge. Seuls étaient restés les murs et le plafond transparent, une spécificité Krinar que Korum avait maintenue dès le début.

L'amant de Mia sourit, ce qui fit apparaître l'habituelle fossette sur sa joue gauche.

— Peut-être que je me suis éclipsé une heure ou deux pendant que tu dormais.

— Tu as fait le voyage de Floride simplement pour changer l'ameublement ?

Il se mit à rire en secouant la tête.

— Non, ma chérie, même moi je ne suis pas aux petits soins à ce point. Il fallait que je m'occupe de certaines affaires, et j'ai décidé de te faire la surprise.

— Eh bien ! tu as réussi ton coup ! dit Mia en tournant lentement sur elle-même et en examinant l'étrange spectacle qui les avait accueillis à leur arrivée à Lenkarda.

Au lieu du canapé couleur ivoire il y avait désormais une longue planche blanche qui flottait à deux ou trois mètres du sol. D'après ce que lui avait un jour expliqué Korum, les Krinars faisaient flotter leurs meubles grâce à la même technologie du champ de force qui avait protégé leurs colonies. Mia savait que si elle s'asseyait sur la planche celle-ci s'adapterait immédiatement à son corps et deviendrait aussi confortable que possible. D'autres planches flottantes étaient visibles près des murs et sur deux d'entre elles se trouvait une sorte de plante d'intérieur aux fleurs rose vif.

Le sol était différent lui aussi et ne ressemblait en rien à ceux que Mia avait vu dans les autres maisons Krinar qu'elle connaissait. Elle essayait de se souvenir à quoi ils ressemblaient, mais elle se rappelait seulement qu'ils étaient durs et pâles comme une sorte de revêtement de pierre. À l'époque, elle n'y avait pas fait beaucoup attention parce qu'ils ne semblaient pas très différents de ce qu'on pouvait trouver chez les êtres humains. Mais la texture qu'elle sentait sous ses pieds en ce moment était très étrange et avait presque la consistance de l'éponge.

— Qu'est-ce que c'est ? demanda-t-elle à Korum en désignant cette étrange substance.

— Déchausse-toi et tu verras, dit-il en enlevant ses sandales. C'est une innovation que l'un de mes employés a inventée récemment, une variation sur la technologie du lit 'intelligent'.

Avec curiosité, Mia suivit son exemple et laissa ses pieds nus s'enfoncer dans le sol moelleux. Le matériau semblait couler autour de ses pieds, les envelopper, et c'était comme si un millier de petits doigts lui massaient doucement les doigts de pied, les talons et la voûte plantaire, la débarrassant de toute tension. Comme un massage pour pied, mais en mille fois mieux.

— Comme c'est agréable, soupira Mia, et un immense sourire de plaisir apparut sur son visage. Korum, c'est extraordinaire !

— Mmm… Korum se promenait dans la maison et semblait lui aussi savourer ces nouvelles sensations. Je me doutais que ça te plairait.

Les pieds au paradis, Mia le regarda faire le tour de la pièce, son grand corps musclé se déplaçait avec la grâce féline propre à son espèce. Parfois, elle avait du mal à croire que ce bel homme complexe était le sien et qu'il l'aimait autant qu'elle l'aimait.

Elle était tellement heureuse ces jours-ci que cela lui faisait presque peur.

— Veux-tu voir le reste de la maison ? Il s'arrêta près d'elle et lui sourit tendrement.

— Oui, s'il te plait !

Trois jours plus tôt pendant l'une de leurs promenades du soir en Floride, elle avait dit à Korum qu'elle aimerait voir sa maison telle qu'elle était avant d'avoir été 'humanisée' pour elle. Ce geste avait été une preuve de gentillesse à l'époque, mais Mia était désormais habituée au style de vie des Krinars et n'avait plus besoin d'être rassurée par un environnement qui lui était familier. Au contraire, elle voulait voir comment vivait son amant extra-terrestre avant leur rencontre. Il avait souri et promit de rétablir rapidement la maison comme avant, et visiblement il avait pris cette promesse au sérieux.

— OK, dit-il en la fixant des yeux d'un air légèrement coquin sur son beau visage, il y a une pièce que tu n'as pas encore vue et je meurs d'envie de te la montrer…

— Oh ? Mia haussa les sourcils, son cœur se mit à battre plus fort et son bas-ventre se contracta d'avance. Les yeux de Korum avaient pris une nuance dorée et elle devinait que ce qu'il voulait lui montrer pourrait bien la faire bientôt hurler d'extase entre ses bras. S'il y avait une chose dont elle pouvait être certaine, c'était son insatiable désir pour elle. Ils avaient beau faire l'amour très souvent, il semblait toujours en vouloir plus… et elle aussi.

— Viens ! dit-il en lui prenant la main et en la conduisant vers le mur de gauche.

À leur approche et contrairement à son habitude, le mur ne se désintégra pas. À la place, Mia sentit qu'elle s'enfonçait plus profondément dans le matériau spongieux qui était sous ses pieds. D'abord, ils disparurent, puis ce furent ses chevilles et ses genoux. C'était comme des sables mouvants sauf que ça se passait dans la maison. Elle regarda Korum d'un œil inquiet et lui attrapa la main.

— Mais qu'est-ce qui se passe ?

— Tout va bien. Il lui serra la main pour la rassurer. Ne t'inquiète pas. Il lui arrivait la même chose à lui aussi, elle voyait presque le sol l'aspirer.

— Hum, Korum, je me demande si c'est une bonne idée… Mia était maintenant engloutie jusqu'à la taille et la partie inférieure de son corps semblait vraiment bizarre, comme dénuée de poids.

— Juste encore quelques secondes, lui promit-il en souriant.

— Encore quelques secondes ? Mia était maintenant enfoncée jusqu'à mi-poitrine dans cet étrange matériau. Avant quoi ?

— Avant ça, dit-il tandis que leur descente s'accélérait et qu'ils traversaient le sol.

Mia poussa un petit cri et serra de plus belle la main de Korum. D'abord elle ne vit que l'obscurité et sentit une impression effrayante de vide sous ses pieds, puis tout à coup ils se mirent à flotter dans une pièce circulaire doucement éclairée avec des murs et un plafond en dur couleur pêche.

Ils flottaient littéralement en l'air.

Mia en eut le souffle coupé, elle fixa son amant, incapable de comprendre ce qui se passait.

— Korum, c'est… une pièce en apesanteur ? Il souriait comme un petit garçon qui faisait admirer son nouveau jouet.

— Oui, absolument.

— As-tu une pièce en apesanteur chez toi ?

— Eh oui… admit-il, visiblement content de sa réaction. Il lâcha la main de Mia et fit lentement un saut périlleux en l'air. Tu vois, c'est très rigolo !

Mia se mit à rire sans y croire, puis essaya de suivre son exemple, sans pouvoir réussir à contrôler ses mouvements. Elle ne savait pas comment Korum avait si facilement réussi à faire ce saut périlleux. Elle bougeait bras et jambes, mais pas plus. C'était comme si elle flottait dans l'eau sans avoir la moindre sensation d'être mouillée.

Elle ne savait plus où étaient le haut et le bas ; la pièce n'avait pas de fenêtres et il n'y avait pas de différence marquée entre les murs, le sol et le plafond. C'était comme s'ils étaient dans une bulle géante, ce qui n'était sans doute pas loin de la vérité. Mia n'était pas experte en la matière, mais elle imaginait que ce n'était pas facile de créer un environnement en apesanteur sur la terre. Cela devait impliquer une technologie complexe pour abolir la force de gravitation de la planète.

— Oh la la ! dit-elle doucement en flottant en l'air. Korum, c'est extraordinaire… Les autres Krinars ont ça aussi ?

Korum avait réussi à atteindre l'un des murs et il s'en servit pour rebondir et revenir dans la direction de Mia.

— Non… Il tendit le bras pour attraper celui de Mia en passant près d'elle en flottant. Nous ne sommes pas nombreux à avoir ça.

Mia sourit tandis qu'il l'attirait vers lui.

— Ah ouais ? Rien que toi ?

— Peut-être, murmura-t-il en lui enlaçant la taille d'un bras et en la serrant contre lui. Ses yeux devenaient chaque seconde plus dorés et ce qu'elle sentait de dur contre son ventre ne laissait aucun doute sur ses intentions.

Mia ouvrit grands les yeux.

— Ici ? demanda-t-elle et son pouls s'accéléra sous l'effet de son excitation.

— Mmm… Déjà, il la soulevait (ou la faisait-il descendre ?) pour la mordiller derrière le lobe de l'oreille, à l'endroit le plus sensible.

Comme toujours, les caresses de Korum faisaient vibrer d'anticipation le corps de Mia. Elle rejeta la tête en arrière et elle gémit doucement, son sang bouillait dans ses veines.

— Je t'aime, lui murmura-t-il à l'oreille, et ses grandes mains descendirent le long de son corps en la caressant et en baissant sa robe. Celle-ci se mit à flotter également, mais Mia le remarqua à peine, les yeux rivés sur celui qu'elle aimait plus que sa vie.

Jamais elle ne se fatiguerait de l'entendre dire ces mots, pensa Mia en le regardant se dégager un instant pour enlever ses propres vêtements. D'abord sa chemise, puis son short, et alors il fut complètement nu, révélant un corps splendide dans sa perfection virile. Le fait qu'ils flottaient ajoutait une dimension surréaliste à la scène, donnant à Mia l'impression qu'elle faisait un rêve particulièrement sexy.

Mia tendit la main vers Korum et la fit descendre le long de son torse en s'émerveillant de la douceur de sa peau et de l'extrême fermeté de ses muscles.

— Je t'aime, moi aussi, murmura-t-elle et elle vit ses yeux devenir encore plus brillants de désir.

Il l'attira vers lui, la fit pivoter pour qu'elle flotte perpendiculairement par rapport à lui, le bas du corps de Mia était maintenant au niveau de ses yeux. Avant qu'elle ne puisse dire un mot, il lui avait ouvert les cuisses, révélant ses plis délicats à son regard avide.

— Tu es si belle, murmura-t-il, si chaude et si mouillée… J'ai tellement hâte de te goûter, et il fit suivre ses mots en la léchant lentement à l'endroit le plus intime, de te faire jouir…

Mia ferma les yeux en gémissant, la sensation qu'elle connaissait bien commençait à se lover au plus profond de son ventre. Le fait de flotter semblait accroître toutes ses sensations. Sans pouvoir se coucher quelque part et sans que rien d'autre ne la touche, elle ne sentait et ne se concentrait que sur l'incroyable plaisir que lui donnait la bouche de Korum, en la léchant et en la mordillant autour du clitoris pendant que ses mains puissantes lui caressaient les cuisses de bas en haut.

Sans la prévenir, un violent orgasme lui déchira le corps, venant du centre d'elle-même et rayonnant vers l'extérieur. Mia se mit à crier, ses doigts de pieds se recroquevillèrent sous l'intensité de la délivrance, puis Korum la retourna pour qu'elle soit face à lui. Avant que les pulsations qui la secouaient se soient arrêtées, sa grosse verge était déjà à son ouverture, la pénétrant en douceur, d'un seul coup.

Mia se mit à haleter puis ouvrit les yeux et agrippa ses épaules, le choc de sa possession résonnait dans tout son corps. Il s'arrêta un instant, puis commença lentement à bouger, lui donnant le temps de s'habituer à la plénitude qui était en elle. À chaque coup, doucement, l'extrémité de sa verge s'appuyait sur l'endroit sensible en elle, à lui en faire perdre le souffle.

Elle eut l'impression que cela n'en finissait pas, chacune de ces caresses douces et maîtrisées l'amenant plus près du point de non-retour sans la faire jouir tout à fait. En gémissant de frustration, Mia lui enfonça les ongles dans les épaules, désirant qu'il aille plus vite.

— Je t'en prie, Korum… murmura-t-elle en sachant que quelquefois c'était ce qu'il désirait, l'entendre le supplier de lui donner cet ultime plaisir.

— Oh oui, murmura-t-il, les yeux presque d'or pur maintenant. Je vais vraiment te faire plaisir ma chérie. Et lui tenant fermement un bras il alla derrière elle et frotta l'endroit où se rejoignaient leurs corps. Puis, à la surprise de Mia, son doigt s'aventura plus haut, entre les deux globes de ses fesses, et appuya doucement sur cette ouverture.

Prête à s'étrangler Mia le fixa des yeux avec un mélange de peur et d'excitation.

— Chut ! Détends-toi ! dit-il pour la calmer, et sa voix semblait comme un velours un peu rugueux. Et avant qu'elle n'ait eu le temps de dire quoi que ce soit, il lui prit la bouche dans un baiser profond et irrésistible tandis que son doigt commençait d'avancer en elle.

D'abord, elle eut une impression de brûlure, elle avait mal, cette intrusion inconnue la faisait se tortiller contre lui dans un effort inutile pour apaiser sa gêne. Avec sa verge tout entière en elle cette invasion supplémentaire de son corps était plus qu'elle ne pouvait en supporter, ce qu'elle ressentait était étrange et déconcertant. Mais quand il s'arrêta et retira à demi le doigt, la brûlure commença à s'estomper, laissant la place à une étonnante sensation de plénitude.

Korum releva la tête et la regarda sous ses lourdes paupières.

— Est-ce que ça va ? demanda-t-il doucement, et Mia acquiesça avec hésitation, sans savoir si elle aimait cette étrange sensation ou pas. Bon ! murmura-t-il, recommençant à bouger des hanches tout en gardant son doigt immobile. Détends-toi, c'est tout… Oui, c'est bien !

Mia ferma les yeux et se concentra pour rester détendue, ce qui devenait de plus en plus difficile. D'une certaine manière, la gêne inconnue s'ajoutait à la pression qui montait en elle, chaque mouvement de la verge faisait à peine bouger le doigt de Korum, et les sens de Mia en étaient submergés. Petit à petit, le rythme de Korum s'accéléra… et tout à coup elle fut déchirée tout entière par un orgasme si intense qu'il la laissa haletante et sans force.

Korum gronda, la martela tandis que les muscles intimes de Mia se resserraient rythmiquement contre sa verge, provoquant son propre orgasme. Elle sentit la chaleur de sa semence jaillir dans son ventre, elle entendit sa respiration rauque sans que le bras de Korum ne cesse de l'étreindre, la maintenant bien en place.

Quand tout fut terminé, il retira lentement son doigt et embrassa Mia d'un baiser tendre et doux.

Puis ils flottèrent encore quelques minutes, leurs corps humides de sueur et intimement enlacés.

* * *

Le lendemain matin, Mia se réveilla et s'étira, et un grand sourire éclaira son visage quand elle se souvint de ce qui s'était passé la veille. Elle pensa que Korum avait seulement commencé à lui faire goûter aux différents plaisirs érotiques qu'il lui réservait… et elle brûlait d'impatience de les connaître tous. À tort ou à raison, elle était maintenant complètement dépendante de lui, du plaisir qu'elle pouvait éprouver entre ses bras, et ne pouvait imaginer être un jour avec qui que ce soit d'autre, et surtout pas avec un homme normal.

C'était drôle : elle avait toujours entendu dire qu'avec le temps les liaisons perdaient leur intensité initiale, mais elle avait l'impression au contraire que leur passion devenait chaque jour plus forte. C'était en partie grâce au fait que Korum était un amant exceptionnel ; pendant les deux mille ans de sa vie, il avait eu largement le temps de découvrir toutes les zones érogènes d'un corps de femme. Mais il y avait quelque chose de plus, quelque chose d'indéfinissable, la manière unique dont le courant passait entre eux depuis les tout premiers jours.

Quelquefois, ça lui faisait peur de penser à quel point elle avait besoin de lui maintenant. Son désir allait au-delà de l'aspect physique, encore qu'elle ne puisse imaginer une seule journée sans le plaisir fou qu'elle éprouvait entre ses bras. C'était comme s'ils étaient à l'unisson l'un de l'autre de manière biologique, comme les deux moitiés d'un tout complet.

En continuant à sourire, Mia se leva. Elle prit la montre-bracelet de son ordinateur et y jeta un coup d'œil pour vérifier l'heure. À sa grande surprise, il était déjà huit heures, ce qui voulait dire qu'elle n'avait qu'une heure pour prendre son petit déjeuner et se rendre au laboratoire. C'était samedi, mais c'était un jour ouvrable à Lenkarda puisque les Krinars ne suivaient pas le calendrier des hommes pour les jours de semaine et les week-ends. Leur 'semaine' ne durait que quatre jours au lieu de sept, trois jours de travail, suivis d'un jour de repos. Par contre, Mia continuait de penser selon le calendrier humain auquel elle était habituée.

Korum était déjà parti, si bien que Mia demanda à la maison de lui préparer un jus de fruit et courut prendre une douche en vitesse. Après les transformations faites par Korum, la salle de bain aussi avait changé. À la place de la douche et du jacuzzi auxquels Mia s'était habituée, la salle de bain avait désormais un immense compartiment circulaire avec la même technologie intelligente que dans le reste de la maison. L'eau venait de partout et de nulle part, lui lavant et lui massant chaque partie du corps, la pression et la température s'adaptant automatiquement à ses besoins. Elle n'avait aucun effort à faire non plus pour se laver ; des savons légèrement parfumés, des shampoings et des huiles exotiques prenaient soin de ses cheveux et de sa peau pendant qu'elle restait simplement là et laissait tout le travail à la technologie Krinar.

Après sa douche, Mia sortit du compartiment et des jets d'air chaud la séchèrent. Ses cheveux furent aussi séchés pour obtenir des boucles lisses et brillantes comme si elle sortait d'un grand coiffeur. En même temps, elle avait dans la bouche un goût rafraichissant pour se laver les dents comme si elle venait juste de les brosser.

Quand elle fut douchée et habillée, un jus de fraise et d'amandes l'attendait déjà sur la table de la cuisine. Mia l'attrapa en sortant de la maison et se rendit à son travail.

Bien qu'elle n'ait été absente qu'une semaine, le laboratoire manquait à Mia. Elle aimait apprendre, et le défi de maîtriser un sujet ardu ne l'avait jamais découragée. Sa réticence initiale à l'égard de sa liaison avec Korum venait en partie de sa peur de perdre son identité, de n'être rien de plus qu'une esclave sexuelle. Mais en fait, elle semblait avoir découvert un moyen d'être utile à la société Krinar, de lui donner une petite contribution. En lui dénichant ce stage, Korum avait fait plus qu'enrichir son CV ; il lui avait aussi prouvé qu'il la considérait comme quelqu'un d'intelligent et de compétent, quelqu'un qu'il désirait, mais aussi qu'il respectait.

Arrivée au laboratoire, Mia passa le plus clair de la journée à rattraper ce qu'elle avait manqué pendant sa semaine en Floride. Malgré ses conversations presque quotidiennes avec Adam, son partenaire au travail, elle sentait quand même qu'elle avait pris du retard par rapport à certaines des dernières découvertes. Et elle n'avait pas beaucoup de temps pour rattraper le temps perdu parce qu'Adam projetait de partir pour rendre visite à sa famille humaine d'adoption l'après-midi même.

— Comment as-tu réussi à avoir l'autorisation de Saret ? dit Mia en le taquinant. Partir une semaine entière ? Korum a presque dû utiliser la manière forte pour me laisser aussi longtemps, et tu lui es beaucoup plus utile…

Adam haussa les épaules.

— Il n'a pas tellement eu le choix. Je lui ai dit que je partais et puis voilà.

Mia lui sourit, elle était impressionnée par le jeune Krinar. Malgré son éducation chez les hommes, ou peut-être à cause d'elle, il était vraiment à la hauteur.

Finalement, vers quatre heures de l'après-midi, Adam lui donna un certain nombre de relevés et partit en vacances en la laissant seule au laboratoire. Les autres apprentis travaillaient sur un projet commun au laboratoire du cerveau en Thaïlande, et ils étaient partis pour quelques jours pour terminer une expérience.

Mia passa les deux heures suivantes à lire puis alla vérifier les données produites par la simulation du cerveau d'un jeune Krinar. Visiblement, la dernière méthode qu'Adam et elle avaient imaginée allait dans la bonne direction. Le transfert de connaissances en était accéléré et il y avait peu d'effets secondaires désagréables. Elle espérait qu'ils pourraient encore l'améliorer d'ici à la fin de l'été.

— Comment se sont passées vos vacances en Floride ? demanda une voix familière derrière Mia qui sursauta de surprise.

Elle se retourna, respira profondément pour essayer de retrouver un pouls normal.

—Vous m'avez fait peur, dit-elle à Saret en lui souriant. Je ne savais pas qu'il y avait quelqu'un d'autre dans le laboratoire.

Son patron passa la main dans ses cheveux noirs.

—Je finis juste deux ou trois choses. Contrairement à son habitude, il semblait tendu, et Mia trouva qu'il avait l'air fatigué, ce qui était rare chez les Krinars.

— Tout va bien ? demanda-t-elle prudemment, ne voulant pas s'aventurer au-delà des limites permises. Bien qu'elle travaillait depuis une quinzaine de jours pour Saret, elle avait encore l'impression de ne pas vraiment le connaître. Il ne passait pas beaucoup de temps au laboratoire parce que le projet sur lequel il travaillait l'amenait à voyager dans le monde entier. Et quand il était au laboratoire il était habituellement dans son bureau, bien qu'elle l'ait surpris plusieurs fois en train de la regarder, apparemment pour surveiller le seul être humain qu'il n'ait jamais autorisé à travailler chez lui.

— Bien sûr, dit Saret dont le visage se détendit. Pourquoi en serait-il autrement ? L'une de mes assistantes préférées est de retour.

Mia se sentit légèrement gênée, mais lui sourit à son tour.

— Merci, dit-elle, je suis contente d'être rentrée. J'étais justement en train de consulter les données et il y a vraiment des progrès…

— C'est bien, dit Saret qui lui coupa la parole, j'ai hâte de lire bientôt votre rapport.

— Bien sûr, je le préparerai ce soir…

— Non, non, ce n'est pas nécessaire. Vous pouvez rentrer chez vous plus tôt ce soir. C'est le premier jour que vous reprenez le travail et je sais que votre cheren ne sera pas content si je vous garde trop longtemps ici.

Mia fut surprise, mais acquiesça.

— Entendu, si vous en êtes certain…

Normalement, Saret n'aimait pas que ses apprentis ne fassent pas toute leur journée de travail. Il s'était même disputé avec Korum àce sujet au début du stage de Mia. Et maintenant, il semblait vouloir qu'elle s'en aille… Mais elle n'avait pas l'intention de discuter ; de toute façon, elle avait eu l'intention de rentrer à la maison une heure plus tard.

— J'en suis certain. Saret lui sourit de nouveau. Il y avait quelque chose dans ce sourire qui la mettait mal à l'aise, mais elle ne savait pas quoi.

— D'accord, et merci. À demain ! dit Mia en passant devant lui. Ce faisant, elle aurait pu jurer qu'il se pencha pour se rapprocher d'elle en respirant, comme s'il humait son parfum.

En se disant que son imagination battait la campagne, Mia sortit du laboratoire et entra dans un petit vaisseau qui l'attendait à côté du bâtiment. Korum le lui avait fabriqué exclusivement pour ses trajets à Lenkarda. Comme le bracelet-montre qu'il lui avait donné, il était programmé pour obéir aux ordres qu'elle lui donnait. Fatiguée après toute sa journée de travail, Mia s'assit sur l'un des sièges intelligents et commanda au vaisseau de la ramener à la maison.

* * *

Saret regarda partir Mia, ses mains tremblaient presque du désir de la toucher.

Être si près d'elle après sa longue absence avait été une torture. Son parfum légèrement sucré imprégnait le laboratoire et il n'avait pu s'empêcher de se rapprocher d'elle pour mieux le sentir. Si elle n'était pas partie, il aurait fait quelque chose de stupide, comme de l'attirer près de lui pour y goûter. Et il n'aurait pas pu s'en tenir là.

Quand il essayait d'analyser son propre esprit, comme chaque spécialiste du cerveau devrait le faire, il trouvait une douzaine de raisons à cause desquelles il était devenu si obsédé par elle. D'abord et par-dessus tout, elle appartenait à Korum. Même quand ils étaient petits, Saret avait toujours voulu les jouets de Korum. Et même à cette époque son ennemi avait été inventif, transformant les modèles des jouets favoris des enfants et créant quelque chose de supérieur à ce que tout le monde avait. Évidemment, Saret ne lui avait jamais laissé deviner ce qu'il ressentait, ça ne se passait jamais bien pour les ennemis de Korum, il valait bien mieux faire partie de ses amis, ou du moins agir comme si c'était le cas.

Et Mia était le jouet par excellence. Si petite, si délicate, si parfaitement humaine. Pour la première fois Saret compris pourquoi les hommes avaient des animaux de compagnie. Avoir une jolie créature à soi que l'on pouvait toucher et caresser selon ses caprices, c'était quelque chose de très attirant. Surtout si cette créature vous aimait, dépendait de vous... Elle serait un bon animal de compagnie, pensa Saret d'un air narquois, avec son épaisse masse de cheveux si doux qu'on avait tant envie de toucher.

Il était surpris que Korum l'autorise à passer autant de temps loin de lui. Au début, Saret l'avait mis à l'épreuve en insistant pour que Mia travaille toute la journée, juste pour voir s'il pourrait convaincre Korum que c'était ridicule de placer un être humain dans un cadre de travail Krinar. Son ennemi était la dernière personne qu'il aurait imaginé être capable de traiter une jeune fille comme son égale. Bien sûr, elle était intelligente, pour un être humain du moins, mais elle était aussi jeune et malléable. Il n'aurait pas besoin de faire beaucoup d'efforts pour en faire ce qu'il voulait. Ce qu'elle pensait vouloir en ce moment n'avait vraiment aucune importance. Si elle avait été *sa* Charl, il aurait facilement pu la convaincre de se contenter de son rôle dans sa vie à lui, dans son lit. Il y avait tant de distractions pour une jeune fille, toutes sortes de soins de beauté réels et virtuels, de beaux vêtements, de la musique intéressante, des livres amusants… Et au lieu de tout ça, Korum la laissait travailler sans relâche. Pas étonnant qu'elle continue à ne pas vouloir être sa Charl. Tout simplement, c'était que son cheren ne la traitait pas comme il faut.

Saret retourna à son bureau en soupirant. Toutes les analyses mentales possibles ne changeaient rien au fait qu'il la désirait. Et bientôt, elle serait à lui. Il lui suffisait de patienter encore un peu.

Saret se concentra de nouveau sur sa tâche et fit apparaître une carte en trois dimensions de Shanghai.

La Chine était le prochain pays sur sa liste.

CHAPITRE DEUX

— Il n'y a aucune raison de t'inquiéter, dit Korum d'une voix rassurante en plaçant un point blanc sur la tempe de Mia. Ils vont t'aimer, exactement comme moi.

Mia tordit nerveusement une mèche de cheveux entre ses doigts avant de la glisser derrière son oreille.

— Ils ne seront pas ennuyés que je sois un être humain ?

— Non, dit-il pour la réconforter. Ils savent déjà tout de toi, et ils sont très heureux que j'aie trouvé quelqu'un qui compte tellement pour moi.

Quand elle était arrivée à la maison en revenant du travail Korum lui avait fait la surprise de lui annoncer qu'il voulait qu'elle rencontre aussi *sa* famille à lui. Et maintenant, il allait l'emmener dans un espace de réalité virtuelle où elle rencontrerait ses parents. L'environnement y était censé ressembler beaucoup à la vraie vie et elle pourrait se comporter avec ses parents comme s'ils se rencontraient en personne.

Et en plus, c'était à Krina.

— Es-tu sûr que je n'ai pas besoin de me changer ? Mia savait qu'elle essayait de gagner du temps, mais elle se sentait ridiculement anxieuse. Et ta mère ne va pas m'en vouloir de porter ce bijou de famille ?

— Tu es belle, et le collier te va à ravir, dit-il fermement. Ma mère sera très contente de te le voir autour du cou. Elle me l'a donné exactement dans ce but, pour l'offrir à celle dont je tomberai un jour amoureux.

Mia respira profondément pour essayer de contrôler ses battements de cœur.

— D'accord, alors je suis prête. Ou du moins aussi prête qu'elle pouvait l'être pour faire la connaissance des parents de son amant extra-terrestre, qui habitaient à des milliers d'années — lumière de là.

Korum sourit et autour de Mia le monde devint flou pendant un instant.

Elle eut le tournis, ferma les yeux et quand elle les rouvrit elle se trouvait dans un vaste bâtiment aéré qui ressemblait vaguement à la maison de Korum à Lenkarda. Il était complètement transparent de l'intérieur, et elle pouvait voir des plantes inconnues au-dehors. La plupart d'entre elles étaient vertes comme d'habitude, mais il y avait aussi beaucoup de teintes de rouge, d'orange et de jaune. C'était remarquablement beau. L'intérieur du bâtiment donnait la même sensation zen que la maison d'Arman. Tout y était couleur blanc cassé, et la lumière du soleil qui rayonnait à travers le plafond transparent se réverbérait sur un magnifique bouquet de fleurs placé exactement au centre de la pièce, c'était la seule touche couleur dans un environnement par ailleurs immaculé. Ces fleurs semblaient pousser directement d'une ouverture dans le sol. Le long des murs se trouvaient quelques-unes des habituelles planches flottantes qui servaient de meubles pour tous les usages.

— C'est ravissant, murmura Mia en regardant autour d'elle. C'est la maison de tes parents ?

Korum acquiesça en souriant. Il semblait très content.

— C'est la maison de mon enfance, expliqua-t-il en tendant la main pour prendre celle de Mia qu'il serra légèrement.

Comme d'habitude quand il la touchait, elle sentit une chaleur en elle et elle s'émerveilla de nouveau, cette réalité virtuelle semblait tellement authentique. D'une certaine manière, c'était encore plus convaincant que le night-club où il l'avait emmenée une fois pour satisfaire ses fantasmes. Tous les sens de Mia entraient pleinement en jeu, comme si elle était vraiment là, sur une planète d'une autre galaxie.

Mia respira profondément en réalisant que l'air était un peu plus léger que celui dont elle avait l'habitude, comme s'ils étaient à une altitude plus élevée. Elle avait un peu le vertige et espérait s'y habituer bientôt. La température était agréablement chaude et il semblait y avoir une légère brise venant de quelque part, même s'ils étaient à l'intérieur. Elle sentait aussi un parfum exotique agréable, comme celui des fleurs, pensa Mia. C'était un arôme presque… fruité. Elle n'avait jamais rien senti de pareil auparavant.

Pendant que Mia examinait l'endroit où ils se trouvaient, l'un des murs se désintégra et une Krinar entra. Elle était grande et mince avec une silhouette et des jambes de top-modèle et des cheveux noirs brillants. Ce ne pouvait être que la mère de Korum ; leur ressemblance était incontestable.

En voyant Korum et Mia, un grand sourire éclaira son visage.

— Mon enfant ! dit-elle doucement, et l'amour brilla dans ses yeux qui regardaient son fils. Je suis tellement heureuse de te voir. Comme pour tous les Ks il était impossible de deviner son âge ; elle ne semblait pas avoir dépassé vingt-cinq ans.

Korum lâcha la main de Mia, traversa la pièce et prit doucement sa mère dans ses bras.

— Moi aussi, Riani, moi aussi…

Mia les regarda s'embrasser en ayant l'impression d'être une intruse dans un moment intime de leur famille. Elle ne pouvait imaginer ce que devaient ressentir les parents de Korum en ayant un fils si loin d'eux. Certes ils pouvaient le voir de façon virtuelle, mais ils devaient quand même avoir envie de le voir en personne.

Korum se tourna vers Mia, sourit et dit :

— Viens ici, ma chérie. Laisse-moi te présenter ma mère.

En guise de réponse, les lèvres de Mia dessinèrent un sourire et elle s'approcha d'eux en remarquant la manière dont la K l'examinait des pieds à la tête. Ses mains étaient moites. Que pensait cette très belle créature ? Se demandait-elle comment son fils s'était retrouvé avec un être humain ?

Mia s'arrêta à quelques mètres et sourit davantage.

— Bonjour ! dit-elle sans savoir si elle devait tendre la main et effleurer la joue de la K de ses articulations. Elle avait appris depuis une quinzaine de jours que c'était la manière habituelle de saluer des K de sexe féminin.

La mère de Korum n'eut pas la même réticence. Elle leva la main et toucha doucement la joue de Mia tout en lui souriant à son tour.

— Bonjour ma chère. Je suis si heureuse de faire enfin votre connaissance.

— Riani, voici Mia, ma Charl, dit Korum. Mia, voici Riani, ma mère.

— C'est un tel plaisir de faire votre connaissance, Riani. Mia commençait à se sentir plus à l'aise. Malgré la lumineuse beauté et la jeunesse apparente de Riani, il y avait quelque chose de très apaisant dans son attitude. De presque maternel, pensa Mia en souriant intérieurement.

— Où est Chiaren ? demanda Korum en s'adressant à sa mère.

— Oh, il va bientôt arriver, dit-elle en faisant un signe de la main. Il a été retardé au travail. Ne t'inquiète pas, il sait que vous êtes là.

Chiaren devait être le père de Korum pensa, Mia. C'était intéressant de l'entendre appeler ses parents par leur prénom, bien que ce soit également logique. Les Ks avaient beau vivre très longtemps, les différences de génération y étaient sans doute bien moins marquées que chez les hommes. Bien que Korum ait dit un jour que ses parents étaient beaucoup plus âgés que lui, Mia imaginait que la différence entre deux mille, cinq ou six mille ans n'était pas si considérable.

Un léger bruit interrompit la rêverie de Mia. En tournant la tête de côté, elle vit le mur s'ouvrir à nouveau. Un beau K brun entra, habillé comme les sont les Krinars. Il traversa rapidement la pièce, leva la main et la mit sur l'épaule de Korum pour saluer son fils.

Korum lui rendit son salut, mais sembla beaucoup plus réservé qu'il ne l'avait été avec sa mère.

— Chiaren, dit-il à voix basse, je suis heureux que tu aies pu venir.

Le père de Korum inclina la tête.

— Je t'en prie, dit-il également à voix basse. Je n'aurais pas voulu manquer votre visite. Puis il tourna son attention vers Mia en penchant la tête sur le côté et il l'examina avec une expression insondable sur le visage.

Mia avala sa salive, brusquement sa gorge était sèche. La posture de Chiaren, l'expression légèrement moqueuse de ses lèvres tout cela lui était vraiment familier. Korum avait sans doute les traits de sa mère, mais il avait sans aucun doute hérité de certains aspects de la personnalité de son père. Elle trouva le K intimidant avec son regard sombre et froid, son absence apparente d'émotion. Il lui rappelait Korum lors de leur première rencontre.

— Chiaren, voici Mia, ma Charl. Mia, voici Chiaren, mon père.

Le K sourit et sembla tout à coup beaucoup plus accessible.

— Comme vous êtes charmante ! dit-il d'une voix douce. C'est une jolie jeune fille que tu as là. Quel âge avez-vous, Mia ? Vous me semblez plus jeune que je ne le pensais.

— J'ai vingt-et-un ans, lui dit Mia, qui savait qu'elle devait donner l'impression d'en avoir dix-huit ou dix-neuf. C'était un problème habituel pour quelqu'un de sa taille, un problème qui ne disparaîtrait plus jamais.

Chiaren sourit davantage.

— Vingt-et-un ans…

Mia rougit en réalisant qu'il la considérait presque comme un enfant. Ce qu'elle était comparée à lui ! Malgré tout, elle aurait préféré qu'il ne se moque pas autant de son âge.

— Mia, ma chère, parlez-nous un peu de vous, dit Riani en lui souriant chaleureusement pour l'encourager. Korum nous a dit que vous étudiez le fonctionnement du cerveau. Est-ce exact ?

Mia acquiesça en rendant son attention à la mère de Korum. Elle ne savait pas encore que penser de son père, mais elle commençait vraiment à bien aimer Riani.

— C'est vrai, dit-elle. J'ai commencé à travailler avec Saret cet été. Auparavant, j'étais étudiante en psychologie dans l'une de nos universités.

— Et comment ça se passe pour le moment, votre apprentissage ? demanda Chiaren. J'imagine que ça doit être très différent de tout ce que vous avez fait avant. Il semblait vraiment curieux.

— Oui, c'est vrai, dit Mia. J'apprends beaucoup. Se sentant beaucoup plus dans son élément elle leur parla de son travail au laboratoire, et ses yeux se mirent à briller en leur expliquant le projet d'impression dans le cerveau.

Ensuite, Riani lui posa des questions sur sa famille, elle sembla particulièrement s'intéresser au fait que Mia avait une sœur et la grossesse de Marisa sembla la fasciner ; elle écouta attentivement Mia raconter en détail les difficultés que sa sœur avait eues avant l'arrivée d'Ellet. Puis Chiaren l'interrogea sur ses parents et voulut savoir ce qu'ils faisaient, comment la contribution des hommes dans leur société était évaluée en général, si bien que Mia parla un peu du rôle des instituteurs et des professeurs dans le système éducatif américain.

Très vite, elle se retrouva dans une conversation animée avec les parents de Korum. Elle apprit qu'ils étaient ensemble depuis près de trois millénaires et que Riani avait presque cinq cents ans de plus que son compagnon. Contrairement à Korum qui avait découvert de bonne heure sa passion pour le design technologique, Riani et Chiaren étaient tous les deux des touche-à-tout. Ce qui était en fait le cas de la plupart des Krinars. Au lieu de se spécialiser dans un sujet précis, ils changeaient souvent de métier et de domaine d'intérêt, n'atteignant jamais un niveau de spécialisation dans aucun domaine. En conséquence, même si leur rang dans la société était parfaitement respectable, ni l'un ni l'autre des parents de Korum n'avait eu la moindre chance de participer au Conseil.

— Je me demande comment nous avons pu avoir un enfant aussi intelligent et aussi ambitieux, confia Riani en souriant. Nous ne l'avons certainement pas fait exprès.

En voyant l'étonnement qui se lisait sur le visage de Mia, Chiaren lui expliqua :

— Chez nous en général, quand un couple décide d'avoir un enfant, ça se passe d'une manière très contrôlée. Il choisit les meilleures combinaisons de caractéristiques physiques et de capacités intellectuelles possibles et consulte les plus grands spécialistes…

— La plupart des Krinars sont des bébés sur mesure ? Mia écarquilla les yeux en le comprenant. Cela expliquait pourquoi tous ceux qu'elle avait rencontrés étaient si beaux. Ils avaient pris le contrôle de leur propre évolution en menant une forme de sélection génétique de leurs enfants. C'était parfaitement logique. N'importe quelle culture suffisamment sophistiquée pour manipuler ses propres codes génétiques, ce que les Krinars avaient fait pour ne plus avoir besoin de boire du sang pour survivre, pouvait aisément déterminer les gènes de sa progéniture. Mia était surprise de ne pas y avoir pensé plus tôt.

Chiaren hésita.

— Je ne connais pas ce terme…

— Oui, c'est exactement ça, dit Korum en souriant à Mia. Rares sont les parents qui veulent jouer à la roulette russe avec la génétique alors qu'il y a une meilleure solution.

— Mais c'est ce que nous avons fait, dit Riani qui semblait un peu gênée. Je suis tombée enceinte accidentellement, ce fut l'un des rares accidents à survenir pendant ces derniers milliers d'années. Nous avions parlé de la possibilité d'avoir un enfant, nous avions arrêté la contraception et nous avions l'intention d'aller dans un laboratoire comme tous les couples que nous connaissions. Statistiquement, les chances d'être enceinte naturellement dans la première année de fertilité sont d'environ une pour un million. Évidemment comme c'était pendant que j'apprenais la musique et que j'étais très absorbée par le chant à ce moment-là nous avons repoussé de quelques mois notre visite au laboratoire. Et quand le médecin spécialiste m'a vue, j'étais déjà enceinte de trois semaines de Korum.

— Tu vois, je suis un survivant, dit Korum en riant. Ils n'ont pas pu contrôler quelles gênes j'avais héritées ni de quel ancêtre ils venaient.

Mia lui sourit.

— Il me semble que c'est facile de deviner de qui tu tiens la couleur de tes cheveux ainsi que ton teint. Korum aurait pu être le frère jumeau de Riani et non pas son fils.

— C'est son ambition qui nous intrigue, dit Chiaren en jetant un regard énigmatique à son fils. On ne sait vraiment pas d'où elle vient…

Korum plissa légèrement les yeux, et Mia eut l'impression que c'était un sujet délicat entre le père et le fils. Elle décida de le demander plus tard à Korum. Pour le moment, elle était curieuse d'en savoir plus sur ce nouveau détail qu'elle venait d'apprendre sur son amant.

— Alors comme ça tu n'es pas un bébé sur mesure ? dit-elle en le taquinant et en lui souriant.

— Et non ! dit Korum en souriant. Je suis aussi nature que possible.

— Eh bien, de toute façon tu es la perfection même, dit Mia en examinant ses beaux traits virils. Elle ne pouvait imaginer comment il aurait pu être plus beau.

À sa surprise, Korum hocha la tête.

— Mais non, dit-il en continuant de sourire ; mais non, en fait j'ai une petite difformité.

— Laquelle ? Mia le fixait des yeux, très choquée. Cet être parfait avait une difformité ? Où l'avait-il cachée depuis tout ce temps ?

Il sourit et désigna la fossette de sa joue gauche.

— Mais oui, exactement là. Tu vois ?

Mia le regarda d'un air incrédule.

— Ta fossette ? C'est ça ?

Il acquiesça, les yeux rieurs. Chez nous, c'est considéré comme une difformité. Mais j'ai appris à vivre avec cette imperfection et apparemment, il y a même des femmes qui aiment ça.

Aimer sa fossette ? Mia l'adorait et elle le lui dit ce qui le fit rire, ainsi que ses parents.

— Nous devrions sans doute y aller, dit Korum après un moment. C'est l'heure de dîner et Mia doit dormir et se lever de bonne heure demain matin pour aller travailler.

— Bien sûr. Riani regarda Mia d'un air compréhensif et chaleureux. Je sais que les êtres humains se fatiguent plus facilement…

Mia ouvrit la bouche pour protester puis changea d'avis. C'était vrai, même si elle n'était pas particulièrement fatiguée en ce moment. À la place, elle dit :

— Je suis très heureuse d'avoir fait votre connaissance Riani… et Chiaren. J'ai vraiment eu beaucoup de plaisir à discuter avec vous.

— Nous aussi, ma chère, nous aussi. Riani lui toucha de nouveau doucement la joue. Nous espérons vous revoir bientôt.

Mia sourit et acquiesça.

— Absolument. J'ai hâte de vous revoir.

— Ce fut un plaisir de faire votre connaissance, Mia, dit le père de Korum en lui souriant. Puis, en se tournant vers Korum il ajouta : Et j'étais content de te voir, mon fils.

Korum inclina la tête.

— À la prochaine fois !

Et autour d'eux, le monde redevint flou, si bien que Mia ferma les yeux. Quand elle les ouvrit de nouveau, ils étaient de retour dans la maison de Korum à Lenkarda.

* * *

— J'aime bien tes parents, dit Mia à Korum. Ils semblent très gentils.

— Oh oui, dit Korum en mordant dans un morceau de jicana aromatisé à la grenade. Riani est formidable, et Chiaren aussi, bien que nous ne soyons pas d'accord sur certaines choses.

— Pourquoi pas ?

Il haussa les épaules.

— Je n'en sais rien ; cela a toujours été ainsi. D'une certaine façon, nous nous ressemblons trop, mais d'un autre point de vue, nous sommes complètement différents.

Il n'a jamais compris pourquoi je consacre tout mon temps à développer ma compagnie au lieu de me contenter de profiter de la vie et de me trouver une compagne, comme lui. Et il ne m'a jamais pardonné de quitter Krina et de priver Riani de son seul fils, même si je leur rends souvent visite dans le monde virtuel.

Mia sourit en retrouvant les mêmes problèmes dans sa propre famille. Ce n'avait pas été facile pour ses parents quand elle était partie à l'université à New York ; elle ne pouvait imaginer comment ils se seraient habitués à son départ pour une autre galaxie. Elle ne pouvait pas vraiment en vouloir au père de Korum d'être malheureux, surtout s'il ne comprenait pas l'ambition de son fils et ne l'appréciait pas à sa juste valeur.

Sans cesser de penser à la famille de Korum, Mia savourait lentement son ragoût, elle aimait cette délicieuse combinaison de légumes de Krina. Tout à coup, une idée désagréable lui vint à l'esprit, elle posa ses couverts et leva la tête vers Korum.

— Est-ce que tu aurais envie de retourner un jour à Krina ? demanda-t-elle en fronçant un peu des sourcils. Tes parents doivent te manquer, et ça a l'air tellement bien là-bas…

Il hésita quelques instants.

— Peut-être un jour, dit-il finalement en la regardant avec une expression insondable dans ses yeux d'or. Mais sans doute pas avant très longtemps.

Mia en eut le cœur un peu serré.

— Et qu'est-ce qu'il m'arrivera ?

— Tu viendras avec moi, évidemment, dit-il comme si ça allait de soi, en buvant une gorgée d'eau. Quoi d'autre ?

Elle respira profondément pour essayer de garder son calme.

— J'irai sur une autre planète ? En laissant tout… et tout le monde derrière moi ?

Les yeux de Korum se plissèrent légèrement.

— Je n'ai pas dit que c'était pour bientôt, Mia. Et peut-être même pas tant que tes parents sont encore en vie. Mais un jour, oui, il est possible que je doive aller à Krina et je voudrais que tu sois avec moi.

Mia cligna des yeux et tourna la tête, son cœur se serrait au souvenir de la différence qui existait désormais entre elle et le reste de l'humanité. Grâce aux nanocytes qui circulaient dans son corps, elle ne vieillirait jamais, elle ne mourrait pas, et elle vivrait infiniment plus longtemps que ceux qu'elle aimait. Le fait que les Krinars avaient les moyens de prolonger indéfiniment l'espérance de vie humaine et qu'ils aient choisi de ne pas le faire la tracassait beaucoup et la culpabilisait chaque fois qu'elle y pensait.

— Mia… Korum tendit la main au-dessus de la table et lui prit la sienne. Écoute-moi ! Je t'ai dit que j'enverrai une pétition aux Anciens de la part de ta famille, et j'ai commencé cette démarche. Mais je ne peux rien te promettre. Je n'ai jamais entendu parler de la moindre exception, sauf pour les charls.

— Mais pourquoi ? demanda Mia avec frustration. Pourquoi ne pas partager vos connaissances et vos découvertes technologiques avec nous ? Pourquoi est-ce si important pour vos Anciens ?

Korum soupira tout en caressant du pouce la paume de la main de Mia.

— Aucun d'entre nous ne le sait vraiment, mais c'est lié au fait que vous êtes une espèce encore très imparfaite et que les Anciens veulent que vous ayez encore du temps pour évoluer…

— Nous sommes imparfaits ? Mia le fixait des yeux avec incrédulité. Qu'est-ce que c'est censé vouloir dire ? Est-ce que tu dis que nous sommes déficients ? Comme dans une voiture, une pièce qui ne fonctionnerait pas comme il faut ?

— Non, pas comme pour une pièce de voiture, expliqua-t-il avec patience, et ses doigts se resserrèrent sur la main de Mia qui essayait de lui échapper. Votre espèce est très jeune, c'est tout. Votre société et votre culture évoluent très vite, et c'est sans doute lié à votre taux de fécondité élevé et à votre brève espérance de vie. Si nous vous donnions nos connaissances technologiques tout de suite, si chaque être humain pouvait vivre des milliers d'années, votre planète serait très vite surpeuplée. Tu vois, Mia, c'est tout ou rien : ou nous contrôlons tout, ou nous vous laissons plus ou moins tels quels. Il n'y a pas de juste milieu, ma chérie.

Mia sentit s'entrechoquer ses dents.

— Pourquoi ne pas laisser les gens choisir ? demanda-t-elle avec colère. Pourquoi ne pas les laisser choisir entre une longue vie et la possibilité d'avoir des enfants ? Je suis sûre qu'un grand nombre choisirait la première solution plutôt que de devoir affronter la maladie et la mort…

— Ce n'est pas si simple, Mia, dit Korum en la regardant calmement. Tu vois, la surpopulation n'est pas le seul sujet d'inquiétude des Anciens. Il y a moins de deux cents ans dans ton pays les hommes n'avaient aucun problème avec l'esclavage. Et maintenant, cette idée leur est odieuse, parce que des générations se sont succédé et que les valeurs ont changé. Crois-tu que vous auriez pu abolir l'esclavage si les propriétaires d'esclaves étaient encore là aujourd'hui ? Les progrès de votre société ralentiraient terriblement si nous allongions uniformément votre espérance de vie, et ce n'est pas ce que souhaitent les Anciens pour le moment.

— Alors nous ne sommes qu'un sujet d'expérience, dit Mia, incapable de contenir l'amertume de sa voix. Vous voulez juste voir ce qui va nous arriver, et peu importe si les êtres humains souffrent entre temps…

— Il n'y aurait pas d'êtres humains sans les Krinars, ma chérie, dit-il en lui coupant la parole ; il semblait assez amusé par sa sortie. C'est commode pour toi d'oublier cette réalité.

— C'est ça, vous nous avez créés, et maintenant vous pouvez vous prendre pour Dieu. Elle sentait son ancienne rancune monter en elle et la rendre violente parce que c'était tellement injuste. Elle avait beau passionnément aimer Korum, parfois son arrogance lui donnait envie de hurler.

Il sourit, la colère de Mia ne semblait absolument pas le décontenancer. Ses doigts arrêtèrent de lui serrer la main, de nouveau ils devinrent plus doux et plus caressants.

— J'aimerais mieux jouer à autre chose, murmura-t-il, les yeux commençant à s'emplir d'une chaleur dorée.

Et tandis que Mia le regardait d'un air incrédule, il renvoya la table flottante et se débarrassait de cette barrière entre eux. Sans lui lâcher la main, il attira Mia vers lui, si bien qu'elle se retrouva à cheval sur ses genoux.

— Crois-tu qu'on arrange tout en faisant l'amour ? demanda-t-elle, agacée par la réaction inévitable de son propre corps à la proximité de Korum. Même quand elle était vraiment furieuse, il n'avait qu'à la regarder d'une certaine manière et elle était complètement perdue, réduite à son seul désir.

— Mmmm… Il s'était déjà penché pour lui embrasser le cou, sa bouche était chaude et humide sur la peau nue de Mia.

— On arrange toujours tout en faisant l'amour, murmura-t-il en mordillant l'endroit sensible où le cou de Mia rejoignait son épaule.

Et pendant les quelques heures qui s'ensuivirent, Mia n'eut aucune raison de le contredire.

* * *

Après le bruit et la foule de Shanghai, les paysages désolés de la toundra sibérienne étaient presque apaisants. S'il n'avait pas fait si froid, Saret aurait sans doute pris plaisir à aller dans cette lointaine région du nord de la Russie.

Mais il faisait froid. Ici, juste au-dessus du cercle polaire, il ne faisait jamais assez chaud pour un Krinar, pas même au plus chaud de l'été. Mais aujourd'hui, on était au-dessous de zéro et Saret s'assura d'être bien enveloppé dans ses vêtements thermo-isolants avant de sortir de son vaisseau.

Le grand bâtiment gris devant lui était l'un des exemples les plus laids de l'architecture de l'ère soviétique. À chaque coin, des fils de fer barbelés et des miradors révélaient exactement son identité, c'était une prison à haute sécurité pour les criminels les plus violents de toute la Russie. Peu de gens connaissaient son existence, et c'était la raison pour laquelle Saret l'avait choisie pour mener son expérience.

Il s'approcha sans ambages de la grille, ça ne le dérangeait pas d'être vu par des caméras ou des satellites. Pour cette sortie, il portait l'un des déguisements qu'il avait imaginé depuis quelques années. Non seulement, il changeait son apparence, mais aussi la couche extérieure de son ADN, ce qui rendait impossible de deviner sa véritable identité. Bien sûr, les hommes savaient que c'était un Krinar, mais ils ne savaient rien d'autre de lui.

À son approche, la grille s'ouvrit pour le laisser entrer. Saret pénétra dans le bâtiment d'un pas rapide et il y fut accueilli par le gardien, un homme ventripotent d'âge moyen qui sentait l'alcool et le tabac.

Sans dire un mot, le gardien le fit entrer dans son bureau et ferma la porte.

— Eh bien ? demanda Saret en russe dès qu'ils furent seuls. Avez-vous les données que je vous ai demandé.

— Oui, dit lentement le gardien. Les résultats sont assez… inattendus.

— Comment ça, inattendus ?

— Il s'est écoulé six semaines depuis votre dernière visite, dit l'homme dont les mains jouaient nerveusement avec un stylo. Depuis trois semaines, il n'y a pas eu de bagarres. Je dirige cet établissement depuis vingt ans et je n'ai jamais rien vu de pareil.

Saret sourit.

— Non, je suis sûr que non. Quel était le taux de criminalité auparavant ?

L'homme ouvrit un dossier et y prit une feuille de papier qu'il tendit à Saret.

— Regardez ! Il y avait environ deux ou trois meurtres par mois et une bagarre par jour. On n'y comprend rien. C'est comme s'ils avaient tous eu une transplantation de personnalité.

Saret se mit à sourire encore davantage. Si seulement les êtres humains savaient la vérité. Avec satisfaction, il plia la feuille et la mit dans la poche de son pantalon thermo-isolant.

— Vous recevrez le dernier versement demain dit-il au gardien puis il sortit de la pièce.

Il avait hâte de retourner bien au chaud dans son vaisseau.

CHAPITRE TROIS

Les deux jours suivants se déroulèrent sans évènement particulier. Mia passa son temps à travailler au laboratoire, et ses soirées avec Korum étaient merveilleusement heureuses malgré quelques disputes. Elle était persuadée qu'il l'aimait, et tout était donc différent. Un jour elle espérait bien le convaincre de voir ses semblables sous une autre perspective et d'apprécier le fait que les êtres humains n'étaient pas seulement une expérience pour les Anciens Krinars. Pour le moment cependant elle devait se contenter de la possible exception qui serait faite pour sa famille, et elle savait que Korum bataillait pour l'obtenir.

Au laboratoire, les autres apprentis n'étaient pas encore revenus si bien que Mia y travaillait souvent seule avec tout l'équipement disponible. Saret allait et venait et elle le surprenait souvent à la regarder avec une expression énigmatique sur le visage. Elle n'y pensa plus et attribua sa conduite à une défiance étrange à l'égard de son apprentie parce qu'elle n'était pas une K. Elle termina son rapport et l'envoya à Saret en espérant bientôt recevoir ses commentaires. En attendant, elle continua de travailler sur la simulation en essayant différentes variantes du processus et en notant les résultats avec soin.

Le mardi était un jour de congé à Lenkarda et c'était aussi celui de l'anniversaire de Maria. Cette jeune fille pleine de vivacité avait envoyé à Mia un message holographique pendant le week-end pour l'inviter officiellement à la fête sur la plage qui aurait lieu à deux heures de l'après-midi. Mia avait accepté avec plaisir.

— Et moi je ne viens pas ? Korum était allongé sur le lit et regardait Mia se préparer pour la fête. Ses yeux dorés brillaient d'amusement et elle savait qu'il la taquinait.

— Désolée, chéri, lui dit-elle d'un ton moqueur, les cherens ne sont pas invités, seulement les charls.

Il sourit.

— Quelle discrimination !

Mia portait le collier qu'il lui avait offert ainsi qu'une légère robe qui virevoltait par-dessus son maillot de bain, juste au cas où on se baignerait dans l'océan pendant la fête.

—Eh oui, tu sais ce que c'est, dit-elle en souriant à son tour, nous sommes trop bien pour vous, les Ks.

Elle aimait bien pouvoir plaisanter avec lui maintenant. D'une certaine manière, presque imperceptiblement, leur relation s'était désormais presque établie sur un pied d'égalité. Il aimait toujours être le chef, et il pouvait parfois être incroyablement impérieux, mais elle commençait à sentir qu'elle pouvait lui tenir tête. Savoir qu'il l'aimait, que ce qu'elle pensait lui importait s'était avéré être très libérateur pour Mia.

— Bon, dit-elle, en se penchant pour lui donner un chaste baiser sur la joue, il faut que j'y aille.

Mais avant qu'elle ne puisse se dégager, le bras de Korum lui avait enlacé la taille et elle s'était retrouvée couchée sur le lit sur le dos, bloquée par son grand corps musclé.

— Korum ! Elle se tortilla pour essayer de se relever. Je suis déjà en retard ! Tu m'as toi-même dit que c'était insultant d'être en retard…

— Un seul baiser, dit-il d'une voix cajoleuse en la maintenant en place sans le moindre effort. Elle vit les signes habituels d'excitation sur son visage et elle sentit sa verge durcir contre sa jambe. Son propre corps réagit de manière prévisible, son ventre se contracta d'avance et sa respiration s'accéléra.

Elle secoua la tête.

— Non, pas maintenant…

— Juste un baiser, promit-il en baissant la tête. Sa bouche était chaude et habile sur celle de Mia, sa langue lui caressait l'intérieur de la bouche et Mia se sentit fondre sur place, elle ne réfléchissait plus, ne sentant que son plaisir. Mais avant de lui avoir complètement fait perdre la tête, il s'arrêta, releva la tête et la libéra de son étreinte.

— Vas-y ! dit-il avec un sourire coquin, je ne veux pas que tu sois en retard.

Mia, frustrée, se leva et lui jeta un oreiller à la tête.

— Tu es un vrai diable, lui dit-elle. Elle était extrêmement excitée maintenant et elle allait être séparée de lui pendant quelques heures. La seule chose qui la réconfortait c'est qu'il souffrirait autant qu'elle.

— Je veux juste que tu te dépêches de revenir, c'est tout ! dit-il en souriant, et Mia lui jeta un autre oreiller avant d'attraper le cadeau de Maria et de se diriger vers la porte.

Elle réussit à ne pas être en retard bien que les douze autres charls soient déjà là quand elle arriva. L'invitation de Maria indiquait qu'elles seraient treize jeunes filles en tout, y compris Mia.

Une étrange composition musicale jouait quelque part à l'arrière-plan. Elle était belle et Mia reconnut la mélodie que Korum faisait quelquefois entendre dans la maison. Mais entrecoupée avec cet air populaire chez les Krinars elle entendait en sourdine les sons plus familiers de la flûte et du violon.

Les jeunes filles étaient assises sur des sièges flottants disposés en cercle autour d'une grande planche flottante elles aussi qui servait visiblement de table de pique-nique. Cette table disparaissait presque sous une grande variété de fruits appétissants et toutes sortes de plats exotiques.

En apercevant Mia, Maria lui fit un signe plein d'enthousiasme.

— Salut, viens te joindre à nous !

Mia s'approcha en lui souriant.

— Joyeux anniversaire ! dit-elle en tendant à Maria une petite boîte emballée dans un joli papier.

— Un cadeau ! Mais ma chère, il ne fallait pas ! Pourtant le visage de Maria brillait d'excitation et Mia sut qu'elle avait eu raison de demander à Korum de l'aide à trouver un cadeau pour elle.

Aussi impatiente qu'un enfant Maria déchira l'emballage et ouvrit la boîte d'où elle sortit un petit objet ovale.

— Oh ! mon Dieu, est-ce que c'est ce que je pense ?

— C'est Korum qui l'a fait, dit Mia qui était contente de sa réaction. Maria connaissait assez la technologie Krinar pour savoir qu'elle venait de recevoir un fabricateur, un instrument qui lui permettrait d'utiliser des nano machines pour fabriquer toutes sortes d'objets à partir d'atomes uniques. Évidemment l'ordinateur que Korum avait greffé dans sa propre main lui permettait d'en faire autant sans la moindre machine supplémentaire et à une échelle beaucoup plus grande et beaucoup plus complexe. Mais il était l'un des très rares Ks à pouvoir créer un vaisseau à partir de rien. La fabrication rapide était technologiquement encore assez récente et assez coûteuse si bien que la plupart des Krinars ne pouvaient même pas s'offrir un simple fabricateur, comme celui qu'il avait conçu pour Maria. Le fabricateur faisait l'objet de bien des convoitises avait expliqué, Korum.

— Oh mon Dieu, un fabricateur ! Maria était folle de joie. C'était vraiment super, maintenant je vais pouvoir faire tous les vêtements que je veux !

— Et d'autre chose aussi, dit Mia en souriant. Le petit fabricateur n'était pas assez perfectionné pour faire des objets d'une haute technologie, mais il pouvait créer toutes sortes d'objets plus simples.

— Des vêtements dit fermement Maria, je veux surtout des vêtements.

Autour de la table, tout le monde se mit à rire en voyant l'expression déterminée de son visage et une jeune fille rousse s'écria :

— Et des chaussures pour moi !

— Oh, à quoi ai-je la tête ! s'exclama Maria à travers tous ces rires. Je ne t'ai encore présentée à personne. Vous toutes, voici Mia, notre dernière arrivée. Comme vous le voyez, elle est absolument fantastique. Mia, tu connais déjà Delia. La charmante personne à sa droite est Sandra, puis Jenny, Jeannette, Rosa, Yun, Danielle, Ana, Moira et Cat.

— Salut ! Dit Mia en souriant et en faisant un signe à chacune ; ça faisait beaucoup trop de noms à retenir d'un coup, elle n'y arriverait pas tout de suite. D'habitude Mia était timide dans un groupe où elle ne connaissait presque personne, mais aujourd'hui, quelle qu'en soit la raison, elle était à son aise. Peut-être était-ce parce qu'elle avait déjà tellement en commun avec ces jeunes filles. Peu de gens en dehors de ce petit groupe auraient pu ne serait-ce que tenter de comprendre ce que cela signifiait d'avoir une liaison avec quelqu'un qui venait littéralement d'un autre monde.

Mia s'assit sur l'un des sièges flottants et regarda attentivement autour de la table sans chercher à dissimuler sa curiosité. Comme elle, toutes ces jeunes filles étaient immortelles. Est-ce que cela signifiait qu'elles étaient plus âgées qu'elles n'en avaient l'air ? La plupart d'entre elles semblaient jeunes et remarquablement belles et représentaient plusieurs races et plusieurs nationalités.

Mais deux ou trois étaient seulement jolies et une fois de plus Mia se demanda pourquoi finalement les Krinars, semblables à des Dieux, étaient attirés par des femmes. Était-ce la possibilité de boire leur sang ? Si boire le sang donnait autant de plaisir qu'en donner alors elle pouvait comprendre ce pouvoir d'attraction.

Mia se tourna vers Delia et la remercia de lui avoir parlé la première de la fête.

— Je t'en prie ! dit Delia. Je suis SI contente que tu aies pu venir. Nous avons entendu dire que tu n'étais pas à Lenkarda la semaine dernière ; sinon Maria t'aurait invitée officiellement avant.

— Oui, j'étais en Floride pour rendre visite à ma famille, expliqua Mia, et elle vit Delia hausser les sourcils d'un air interrogateur.

— Korum t'a laissée y aller ? demanda-t-elle avec une nuance d'incrédulité dans sa voix.

— Nous y sommes allés ensemble, dit Mia en mangeant une fraise. Elle était sucrée et juteuse ; les Krinars savaient vraiment où trouver les meilleurs fruits.

— Oh, dit Delia, je vois… Elle semblait légèrement interloquée par le cours des évènements.

— Et toi ? Vas-tu voir quelquefois les tiens ? demanda Mia sans réfléchir. Sont-ils toujours en Grèce ?

Delia sourit, Mia ne comprenait pas ce que ça avait de drôle.

— Non, ils ne sont plus de ce monde.

— Oh, je suis navrée… Mia se sentit terriblement mal à l'aise. Elle ignorait que la jeune fille était orpheline.

— Ce n'est pas grave, dit calmement Delia. Il y a longtemps qu'ils sont morts. Je n'ai gardé que des bribes de souvenirs de ma famille, la photographie n'existait pas encore à leur époque.

Mia commença à deviner ce qu'il en était.

— C'était quand, à leur époque ? demanda-t-elle, incapable de contenir sa curiosité. Pas encore de photographie ? Quel âge pouvait bien avoir la Charl d'Arus ?

— Oh, tu ne connais pas l'histoire de Delia ? dit une Charl brune assise à la droite de Delia. Delia, tu devrais la raconter à Mia…

— Je n'en ai pas eu l'occasion, Sandra, lui dit Delia, je n'ai rencontré Mia qu'une seule fois avant aujourd'hui.

— Notre chère Delia est un peu plus âgée qu'elle n'en a l'air, dit Sandra en souriant d'avance. J'adore les réactions des nouvelles quand elles apprennent son âge véritable…

Intriguée Mia fixa la Grecque des yeux.

— Quel âge as-tu *en réalité*, Delia ?

— Autant que je sache, j'aurai deux mille trois cent douze ans cette année.

Mia s'étrangla, un morceau de la fraise lui resta dans le gosier. Elle se mit à tousser et se dégagea la gorge, assez pour dire d'une voix rauque :

— Comment ?

— Eh oui, tu as bien entendu, dit Sandra en riant. Delia est à peine plus jeune que certaines pyramides d'Égypte…

Et plus âgée que Korum.

— Tu es une Charl depuis tout ce temps ? demanda Mia sans y croire.

— Depuis l'âge de dix-neuf ans, dit Delia en la regardant de ses grands yeux bruns. J'ai rencontré Arus sur les bords de la Méditerranée, à côté de mon village natal. Il était beaucoup plus jeune à l'époque, à peine deux cents ans, mais pour moi il était l'incarnation même de la sagesse et de la connaissance. J'ai cru que c'était un dieu, surtout quand il m'a montré certaines des miraculeuses découvertes technologiques des Ks. Le jour où il m'a amenée à leur vaisseau, j'étais convaincue qu'il m'avait amenée à l'Olympe…

— Et où habitais-tu pendant tout ce temps, à Krina ? Mia était complètement fascinée. Pour une raison ou pour une autre, elle avait cru que les liaisons entre les Krinars et les êtres humains étaient relativement récentes. Et pourtant, en y réfléchissant, l'existence même d'une terminologie des charls et des cherens impliquait que ce type de relations existait depuis un certain temps.

— Oui, dit Delia. Arus m'a emmenée à Krina quand il a quitté la Terre. Nous y avons vécu jusqu'à ce que les Krinars viennent ici il y a quelques années.

Mia la regarda, en imaginant quel choc et quel bouleversement cela avait dû être pour quelqu'un venant de Grèce antique de se retrouver sur une autre planète. Même pour Mia qui savait que les Krinars n'étaient pas des créatures surnaturelles beaucoup de leurs pouvoirs semblaient magiques. Qu'est-ce que cela avait pu être pour quelqu'un qui n'avait jamais utilisé de téléphone portable ou de télévision et qui ignorait ce qu'étaient un ordinateur ou un avion ?

— Et comment as-tu fait pour t'y habituer ? se demanda Mia. Je ne peux même pas m'imaginer ce que ça a dû être pour toi.

Delia haussa gracieusement des épaules.

— Franchement, je n'en sais rien. Aujourd'hui, je m'en souviens à peine, dans mon esprit tout se mêle dans un grand désordre d'images et d'impressions. Mais je me souviens que le voyage à Krina n'a pas été facile pour moi. Ton cheren, qui n'était même pas né à l'époque, a beaucoup fait pour rendre les voyages intergalactiques moins dangereux et plus confortables. Mais à l'époque, c'était beaucoup plus difficile. J'ai été horriblement malade pendant tout le voyage parce que le vaisseau n'avait pas été adapté aux êtres humains et ça m'a pris plusieurs jours pour m'en remettre une fois arrivée à Krina, même en prenant les médicaments Ks.

— Y es-tu allée de ton plein gré ? Mia ne pouvait s'empêcher d'avoir beaucoup de pitié pour une jeune fille de dix-neuf ans qui avait été arrachée à tout ce qui lui était familier et emmenée dans un monde inconnu et différent.

De nouveau, Delia haussa les épaules.

— Je voulais être avec Arus, mais je ne crois pas avoir pleinement réalisé ce que ça impliquait. Évidemment maintenant je n'ai aucun regret.

— Est-ce qu'il existe des charls plus âgés que toi ?

— Oui, dit Delia, il y en a deux. L'un de ces charls est l'expert en biologie qui a mis au point le processus pour allonger l'espérance de vie humaine. Il a presque cinq mille ans. Et l'autre n'a que cinq cents ans de plus que moi. Elle vient d'Afrique.

— Attends, tu as dit 'il' ? C'était la première fois que Mia entendait parler d'*un* Charl.

— Oui, dit Sandra en se joignant à la conversation. Moi aussi, ça m'a surprise. Mais il y a des Krinars de sexe féminin, et de sexe masculin, qui prennent des hommes comme charls. C'est beaucoup plus rare, mais ça existe. En fait, Sumuel, le premier Charl comme on l'appelle, vit avec un couple.

Mia cligna des yeux.

— C'est un ménage à trois ?

— Absolument, dit Sandra avec un sourire coquin. C'est une situation assez rare, mais qui leur convient. La fille du couple considère Sumuel comme son troisième parent.

— La fille du couple Krinar ?

— Oui, bien sûr, dit Delia. Nous ne pouvons pas avoir d'enfants avec les Krinars. Génétiquement, nous ne sommes pas suffisamment compatibles.

Même si Mia le savait déjà, elle eut un pincement au cœur en entendant Delia le confirmer. Depuis quelques jours, elle était si heureuse qu'elle n'avait pas eu l'occasion de réfléchir aux aspects négatifs d'être pour toujours avec quelqu'un d'une espèce différente. Au tout début, Korum lui avait dit qu'il ne pourrait pas lui donner d'enfants et elle n'avait pas eu de raison de le mettre en doute. D'ailleurs, elle avait eu d'autres chats à fouetter. Mais maintenant que son avenir avec Korum était assuré, elle comprit de quoi il serait fait, ou plutôt ce qui lui ferait défaut : avoir des enfants.

Mia n'avait pas un désir brûlant de devenir mère, en tout cas pas tout de suite. Mais elle s'était toujours imaginé avoir un enfant dans un bel avenir encore vague. Elle avait toujours estimé qu'elle finirait ses études de licence, irait en 3ème cycle et rencontrerait un homme sympathique à un moment ou à un autre. Ils se fréquenteraient pendant deux ou trois ans, se fianceraient, se marieraient dans l'intimité et après quelques années de mariage envisageraient d'avoir des enfants. À la place, elle était devenue la Charl d'un extra-terrestre une semaine après l'avoir rencontré, elle était devenue immortelle et ne mènerait plus jamais une existence humaine normale.

Bien sûr, cela n'avait pas d'importance. Être avec Korum, l'aimer allait au-delà de tous ses espoirs. Et si quelque part au plus profond d'elle-même elle ressentait un petit vide à la pensée du fils ou de la fille qu'elle n'aurait jamais… eh bien elle vivrait avec ce sentiment et peut-être qu'un jour pourrait-elle convaincre Korum d'adopter un enfant.

Si bien que Mia affecta de sourire et se concentra sur Delia pour l'interroger sur son expérience de Krina et lui demander comment c'était d'avoir vécu aussi longtemps là-bas.

Pendant l'heure qui suivit, Mia apprit à mieux connaître Delia et Sandra, elle apprit leur histoire et ce qu'était vraiment la vie d'une Charl. Contrairement à Delia, Sandra n'était que depuis trois ans à Lenkarda. Elle venait d'Italie et avait rencontré son cheren par hasard sur la côte Amalfitaine. Pour l'essentiel Delia et Sandra avaient toutes les deux l'air d'être assez satisfaites de leur vie, bien que Mia ait eu l'impression qu'Arus traitait Delia d'égal à égal alors que le cheren de Sandra la gâtait tant et plus, mais sans la prendre vraiment au sérieux.

Quand elles eurent presque tout mangé Maria défia les jeunes filles à un jeu à boire qui ressemblait au jeu Action ou Vérité. Pour l'action elles devaient boire un petit verre de tequila.

— Ne t'inquiète pas, murmura Sandra à l'oreille de Mia, tu ne risqueras pas de te saoûler, même si tu buvais cinq verres en une heure. Désormais, notre corps métabolise l'alcool vraiment vite.

Mia sourit, en se souvenant de la dernière fois qu'elle avait trop bu ; dommage qu'elle n'ait pas eu tous ces nanocytes quand elle était au night-club ; ils lui auraient épargné bien des ennuis.

Elles jouèrent pendant une heure et Mia but au moins six verres, préférant l'option 'action' plutôt que de répondre à des questions très indiscrètes sur sa vie sexuelle. Mais d'autres jeunes filles n'eurent pas la même réticence et Mia sut tout ce qu'il fallait savoir sur la préférence de Moira pour les pantalons de cuir noir, la passion de Jenny pour les massages du pied, et le fait que Sandra avait un jour fait l'amour dans un canot de sauvetage.

Finalement, la fête se termina. Mia avait légèrement le tournis et rentra à la maison, impatiente de retrouver Korum et de reprendre avec lui ce qu'ils avaient commencé un peu plus tôt dans la journée.

* * *

Saret se promenait dans les taudis de Mexico et observait sans broncher les misérables qui l'entouraient. Il avait déjà installé ses dispositifs dans le centre-ville et son excursion n'avait donc pas de but particulier si ce n'est satisfaire sa curiosité et lui confirmer qu'il avait raison de faire ce qu'il faisait.

Au coin d'une rue, deux vauriens menaçaient une prostituée d'un couteau. À regret, elle retirait de l'argent de son soutien-gorge tout en les insultant en espagnol et en les traitant de tous les noms. Saret alla dans leur direction en faisant exprès de faire du bruit et les types déguerpirent à son approche laissant la prostituée toute seule. Elle jeta un coup d'œil à Saret et s'enfuit à son tour, elle avait visiblement compris que c'était un K.

Saret sourit intérieurement. *Sales trouillards !*

Il était déjà entre minuit et une heure du matin et le quartier grouillait de toutes sortes de crapules. La violence liée à la drogue ne s'était pas améliorée au Mexique depuis ces dernières années et le gouvernement de ce pays était même allé jusqu'à faire appel aux Krinars pour les aider à résoudre le problème. Après en avoir débattu, le Conseil refusa, ne voulant pas s'impliquer dans les affaires des hommes. Personnellement, Saret n'était pas d'accord avec cette décision, mais il vota comme Korum, contre une intervention. Ce n'était jamais souhaitable de s'opposer à son soi-disant ami. De plus, c'était absurde d'aider les hommes d'une manière aussi ponctuelle. Ce que Saret faisait maintenant aurait bien plus d'effet.

Il se dirigeait vers l'endroit où il avait laissé sa nacelle volante, quand un gang d'une douzaine de voyous commit une fatale erreur en croisant sa route. Ils étaient armés de mitraillettes et ils étaient défoncés à la cocaïne si bien qu'ils se sentirent assez invincibles pour s'en prendre à un K, une erreur pour laquelle ils payèrent sans tarder.

Les premières balles réussirent à toucher Saret, mais pas les suivantes. Fou de rage, il ne savait pratiquement plus ce qu'il faisait, il n'agissait plus que guidé par son instinct, et cet instinct consistait à mettre en pièces et à détruire tout ce qui le menaçait. Quand il eut repris son contrôle, il y avait des débris humains tout le long de l'allée et la rue entière puait le sang et la mort.

Dégoûté de lui-même et des imbéciles qui l'avaient provoqué Saret retourna à son vaisseau.

Plus que jamais il était convaincu d'être dans le droit chemin.

CHAPITRE QUATRE

Le lendemain, Mia termina de faire la simulation pour la troisième fois et envoya les résultats informatiques à Saret en espérant qu'il pourrait bientôt les examiner. Sans ses observations, ou sans la contribution d'Adam, il n'y avait plus grand-chose qu'elle pouvait faire pour avancer le projet.

Il n'était que onze heures du matin ce mercredi-là et elle avait déjà terminé son programme de la journée au laboratoire. Évidemment, elle aurait pu lire des documents sur le cerveau ou regarder des enregistrements, mais c'était plutôt quelque chose qu'elle faisait en dehors du laboratoire pendant ses moments de liberté. Les heures de laboratoire devaient être de véritables heures de travail et Mia espérait trouver quelque chose à faire avant de recevoir les remarques indispensables sur son projet en cours.

Comme d'habitude, Saret était parti quelque part et les autres apprentis étaient toujours en Thaïlande. On l'avait laissée seule au laboratoire, et Mia pensait que c'était sans doute un gage de confiance. Il était peu probable que Saret laisse n'importe qui utiliser l'équipement sophistiqué du laboratoire.

Mia se leva et alla à la banque de données collectives, un instrument Krinar qui avait des années — lumière d'avance sur n'importe quel ordinateur inventé par les hommes. Elle ne faisait que commencer à en apprendre toutes les fonctions si bien qu'elle décida d'utiliser son temps libre à l'explorer un peu et à se rafraîchir la mémoire sur les projets des autres apprentis. La banque de données obéissait à la voix ce qui facilitait la tâche de Mia.

Les six heures suivantes passèrent à toute vitesse. Mia était absorbée dans son travail et ne vit pas le temps passer en lisant une étude sur les propriétés de régénération du tissu cérébral des Krinars et sur la complexité du développement cérébral chez les nouveau-nés. Elle fit une petite pause pour déjeuner et demanda un sandwich au laboratoire 'intelligent' puis continua, fascinée par ce qu'elle apprenait. Elle eut l'impression que le projet qui avait amené les autres apprentis en Thaïlande était encore plus intéressant que celui sur lequel elle travaillait avec Adam. Elle en fut un peu jalouse et décida de demander à Saret s'il y aurait un moyen pour qu'elle y participe aussi.

Finalement, il fut dix-sept heures. D'habitude, Mia restait plus longtemps au laboratoire, mais elle décida de faire une exception ce jour-là puisqu'il n'y avait pas grand-chose à faire. Elle quitta donc le laboratoire et rentra à la maison.

En arrivant à la maison, elle ne fut pas surprise de ne pas y trouver Korum. Il avait un emploi du temps beaucoup plus lourd que celui de Mia bien qu'il soit facilité par sa capacité à ne pas avoir besoin de plus de deux ou trois heures de sommeil par nuit. Il accomplissait beaucoup de choses la nuit ou tôt le matin quand elle dormait à poings fermés.

Mia s'installa confortablement sur la longue planche flottante du salon et décida de mettre son temps à profit en appelant Jessie. Elles ne s'étaient pas parlé depuis le voyage de Mia en Floride et il lui tardait d'entendre la voix si gaie de son amie.

— Appelle Jessie ! dit Mia à l'appareil de son bracelet-montre, et elle entendit la tonalité familière en attendant la communication.

— Mia ? La voix de Jessie montrait qu'elle était sur ses gardes.

— Eh oui, c'est moi, dit Mia en souriant. Elle savait que Jessie voyait 'Appel masqué' apparaître sur son téléphone. Comment ça va ? On ne s'est pas parlé depuis plus d'une semaine !

— Oh, ça va bien ! dit Jessie qui semblait un peu distraite. Comment vont tes parents ? Est-ce qu'ils ont fait la connaissance de Korum ?

— Oui, absolument, dit Mia. Et tu ne vas peut-être pas me croire, mais ils l'adorent. Mais dis-moi, tu as l'air occupée en ce moment ? Je peux te rappeler à un autre moment…

— Comment ? Oh non, attends, laisse-moi seulement aller dans une autre pièce… Il y eut un court silence, puis : bon, ça va maintenant. Excuse-moi. J'étais seulement avec Edgar et Peter. Tu te souviens de Peter ?

— Bien sûr ! dit Mia. Peter était le garçon qu'elle avait rencontré au night-club, celui que Korum avait failli tuer parce qu'il dansait avec elle. Mia tremblait encore en se souvenant de cette nuit terrifiante, quand elle pensait que Korum avait découvert sa trahison et qu'il allait la tuer. Rétrospectivement, elle avait été stupide, elle aurait dû savoir même à ce moment-là qu'il ne lui ferait jamais de mal. Mais à l'époque, Korum était encore un étranger à ses yeux, un membre de la mystérieuse et dangereuse race Krinar qui avait envahi la terre cinq ans plus tôt.

— Il continue à demander de tes nouvelles, dit Jessie, elle semblait un peu mélancolique, pensa Mia. Edgar me dit qu'il s'inquiète vraiment…

— C'est gentil de sa part, mais il n'y a vraiment aucune raison de s'inquiéter, dit Mia en lui coupant la parole, elle était mal à l'aise du tour que prenait la conversation. Sérieusement, je n'ai jamais été aussi heureuse…

Jessie garda le silence pendant un instant puis Mia l'entendit soupirer.

— Alors ça y est, hein ? dit-il d'une voix douce. Tu es amoureuse de ce K ?

— Oui, dit Mia et un grand sourire éclaira son visage. Et lui aussi il m'aime. Oh ! Jessie, tu ne peux pas savoir à quel point ça me rend heureuse. Je n'aurais jamais pu imaginer que ça se passe comme ça. C'est comme si un rêve se réalisait…

— Mia… Elle entendit Jessie soupirer de nouveau. Je suis heureuse pour toi, vraiment… Mais dis-moi, est-ce que tu penses revenir à New York ?

Mia hésita un moment.

— Je crois que oui… Elle en était bien moins sûre qu'avant. Avec chaque jour qui passait, retourner à l'université et tout ce que cela impliquait lui semblait de moins en moins important. À quoi lui servirait une licence d'une université de la Terre si elle continuait de vivre et de travailler à Lenkarda ? Elle en apprenait davantage en une journée au laboratoire qu'en un mois à la fac de NYU. Est-ce que c'était vraiment logique de passer encore neuf mois à rédiger des dissertations et à passer des examens uniquement pour obtenir son diplôme ? Et, ce qui était plus important, est-ce que Saret la laisserait revenir au laboratoire après une aussi longue absence ? Étant donné le rythme auquel se faisait la recherche revenir neuf mois plus tard voudrait presque dire recommencer à zéro.

— Tu n'en as pas l'air certain, dit Jessie, et il y avait de la tristesse dans sa voix.

— C'est vrai, je dois dire que je n'en suis pas sûre, admit Mia. Korum est d'accord, mais je ne sais pas si je pourrais continuer mon stage après une aussi longue absence…

— Alors tu t'y plais ? Je veux dire au Centre K ?

— Oui, dit Mia. Jessie, c'est tellement agréable ici… Je ne peux même pas te dire à quel point leurs inventions sont extraordinaires. Korum a une pièce en apesanteur chez lui. Tu imagines ? Et il a un sol qui masse les pieds quand on y marche. Sans parler du fait que Mia était pratiquement immortelle, mais c'était quelque chose dont elle n'avait pas le droit de parler en dehors de Lenkarda.

— Vraiment ? Un sol qui masse les pieds ? Maintenant, Jessie semblait jalouse.

— Eh oui ! Et un lit qui en fait autant pour tout le corps. Ils ont des merveilles de technologie, Jessie. Il faut me croire quand je te le dis : c'est vraiment extraordinaire d'être ici.

— Ouais, ça en a tout l'air, dit Jessie, et Mia entendit qu'elle s'y résignait. Je pense que tu me manques, c'est tout.

— Toi aussi tu me manques, dit Mia. Je pourrai peut-être venir te voir dans une quinzaine de jours. Laisse-moi en parler avec Korum et on organisera quelque chose.

— Oh ! ça serait vraiment bien ! Jessie avait retrouvé son enthousiasme.

— On va le faire, lui promit Mia en souriant. Je te préviendrai de mon arrivée. Mais parlons d'autre chose… De toi et d'Edgar. Où en êtes-vous ?

Et pendant les dix minutes qui suivirent, Mia apprit tout ce qu'il fallait savoir sur le petit ami de Jessie, son dernier rôle, et le panda en peluche qu'il avait gagné pour Jessie dans un parc d'attractions. Mia eut l'impression que Jessie et lui étaient devenus de plus en plus proches et elle était contente qu'il rende Jessie aussi heureuse. Si quelqu'un méritait d'avoir un copain mignon et gentil, c'était bien son ancienne colocataire.

Finalement, Jessie dut aller dîner et Mia lui dit au revoir ; elle alla se changer avant le retour de Korum. Il lui avait parlé d'une promenade sur la plage après dîner et elle voulait être sûre d'avoir mis son maillot de bain.

* * *

— Alors quand penses-tu que le conseil va décider du sort des Keiths ? demanda Mia en prenant une bouchée de poivron farci au riz et aux champignons. On continue l'enquête ?

Korum fit un signe de la tête et prit un champignon avec l'ustensile comparable aux pincettes que les Krinars utilisaient à la place de fourchettes.

— Comme on pouvait s'y attendre, Loris n'est pas facile. Il a deux ou trois Conseillers pour lui et il prétend qu'il n'était pas possible que Saur rende les Keiths amnésiques. Apparemment, quelqu'un du laboratoire des Fidji lui a dit que les apprentis n'ont pas accès à ce genre d'équipement.

— Vraiment ? Alors il continue de dire que c'est Saret et toi les responsables ?

— Je crois qu'il a renoncé à l'idée de faire inculper Saret, dit Korum, et un sourire moqueur apparut sur ses lèvres. Maintenant, il cherche des preuves contre moi.

Mia le fixa des yeux, cette nouvelle l'inquiétait. Le Krinar vêtu de noir qu'elle avait vu au procès n'avait pas l'air de quelqu'un avec qui on pouvait plaisanter, et il haïssait vraiment Korum.

— Tu crois qu'il risque de te nuire ?

— Non, ne t'inquiète pas ma chérie, lui dit Korum d'un ton rassurant, mais ses yeux brillaient comme par avance.

Il essaie seulement de retarder l'inévitable. Il a échoué en tant que Protecteur, et il le sait. Une fois que son fils et le reste de ces traîtres seront condamnés, il perdra tout son standing ainsi que sa place au Conseil.

— Et ça ne te gêne pas le moins du monde, n'est-ce pas ? demanda Mia avec un sourire narquois. Pour le meilleur ou pour le pire son amant avait tendance à être assez impitoyable avec ses adversaires, un trait de sa personnalité qui la rendait heureuse d'être de son côté.

Korum haussa les épaules.

— C'est Loris qui a choisi de risquer le tout pour le tout, pour son fils. Et maintenant, il va en payer le prix. Et si cela a pour conséquence de me débarrasser de certains de mes ennemis, alors tant mieux !

Mia hocha la tête et recommença à manger son poivron farci. Malgré tout, elle ne pouvait s'empêcher d'avoir un tout petit peu de sympathie pour le Protecteur. Après tout, c'était son fils dont il prenait la défense. Elle imaginait en faire autant pour son propre enfant, puis elle se souvint qu'elle n'avait pas besoin de s'inquiéter pour ça. Elle repoussa cette pensée désagréable et regarda Korum à la place, l'observant à la dérobée tandis qu'il finissait son repas.

Quelquefois, elle avait du mal à croire qu'ils étaient aussi heureux ensemble. Selon la loi Krinar elle appartenait à Korum, une réalité qui continuait à la mettre très mal à l'aise. En tant que Charl, son statut légal dans la société Krinar était assez trouble, c'était le moins qu'on puisse dire. Si elle ne l'avait pas autant aimé, et s'il ne l'avait pas traitée avec autant d'égards, sa vie aurait pu être très difficile.

Mais elle l'aimait. Et il l'aimait en retour. Par conséquent, il essayait de maîtriser son arrogance naturelle, sachant qu'il était important pour elle d'être traitée en égale.

Bien sûr, il y avait encore beaucoup de progrès à faire, leurs différences d'âge et d'expérience étaient trop grandes pour être compensées facilement, mais Korum faisait vraiment un effort dans cette direction.

Quand ils eurent tous les deux fini leur repas, Korum se leva et lui tendit la main.

— On va se promener ma chérie ? lui dit-il en lui souriant tendrement.

— D'accord. Elle aimait beaucoup ces promenades sur la plage après le dîner. Ils en avaient fait presque chaque soir quand ils étaient en Floride et pendant ces moments paisibles elle avait beaucoup appris sur Korum.

Elle lui prit la main et le laissa la guider dehors.

Ils marchèrent deux ou trois minutes en silence, savourant la douce brise du soir. Le soleil était juste derrière les arbres, une lueur orangée éclairait le ciel et se reflétait sur la mer qui étincelait au loin.

— Tu sais, dit Mia qui pensait à leur première rencontre à New York, je ne sais toujours pas ton nom complet. Tu m'as dit que je n'arriverai pas à le prononcer si tu me le disais, mais je n'ai jamais entendu qui que ce soit t'appeler autrement que Korum.

Il sourit.

— Nous n'utilisons nos noms intégralement qu'à notre naissance et à notre mort. Tu veux quand même savoir ce que c'est ?

— Bien sûr ! Elle imaginait un nom absolument imprononçable. Qu'est-ce que c'est ?

— Nathrandokorum.

— Oh, ça sonne bien, dit Mia, étonnée. Pourquoi ne l'utilises-tu pas plus souvent ?

Il haussa les épaules.

— Je ne sais pas. C'est comme ça chez nous depuis longtemps. Les noms complets ne sont qu'une formalité. À part mes parents je pense que personne ne sait que je m'appelle Nathrandokorum.

Mia sourit en secouant la tête. La culture Krinar avait vraiment ses bizarreries.

Ils continuèrent à marcher puis Mia se souvint de sa récente conversation avec son ancienne colocataire.

— Est-ce que tu penses qu'on pourrait bientôt aller à New York ? demanda-t-elle. J'ai appelé Jessie et ça me plairait beaucoup de la voir…

Korum sourit et pencha la tête pour la regarder.

— Bien sûr. Si tu veux, on pourra y aller la prochaine fois que tu auras un jour de libre. À moins que tu ne veuilles y rester plus longtemps ?

— Non, un jour ça serait parfait. Tu sais, quelquefois j'oublie encore qu'on peut y aller quand on veut.

Il sourit encore plus.

— Effectivement, c'est vraiment possible, surtout maintenant que la plupart des membres de la Résistance ont été capturés.

— Où est Leslie ? demanda Mia en se souvenant de la jeune fille qui l'avait attaquée en Floride. Elle est ici, à Lenkarda ?

Korum secoua la tête.

— Non, elle est dans notre Centre d'Arizona.

— Elle… va bien ? Mia avait presque peur d'entendre la réponse. Cette combattante de la Résistance s'était alliée avec Saur, l'ancien apprenti du laboratoire de Saret, pour tenter de tuer Korum en Floride. Et maintenant, elle était prisonnière des Ks, sur le point d'être 'réhabilitée'. D'après ce que Mia comprenait à ce processus, son but était de transformer ce qui dans la personnalité de Leslie en faisait un danger pour la société (ou pour les Krinars, si c'était le cas). La réhabilitation, ou manipulation du cerveau, était la branche de pointe de la neurologie Krinar et Mia commençait seulement à la découvrir au laboratoire.

— Oui, j'imagine, dit Korum plus froidement. Visiblement, il n'avait pas oublié que la jeune fille avait tenu Mia en joue et qu'à cause d'elle Mia avait failli être tuée par Saur.

— Est-ce que tu pourrais te renseigner de ma part, s'il te plait ? Mia se sentait responsable de ce qui était arrivé à Leslie même si c'était *elle* que la jeune fille avait attaquée. Elle ne pouvait oublier la terreur qu'elle avait vue sur son visage quand les gardiens Ks l'avaient emmenée. Les intentions de la combattante avaient beau être malintentionnées, elle ne méritait pas d'être maltraitée, et Mia espérait sincèrement qu'elle ne souffrirait pas pendant sa réhabilitation.

Korum hésita puis acquiesça sèchement.

— Entendu, je m'en occuperai. Mais sa mâchoire se contracta et Mia s'aperçut qu'il repensait à l'incident de la plage.

Pour lui changer les idées, elle lui serra la main bien fort et lui fit un grand sourire.

— Merci, dit-elle, je t'en serai vraiment reconnaissante.

— Je t'en prie ma chérie, dit-il en se radoucissant visiblement. Je ferais n'importe quoi pour te rendre heureuse, tu le sais bien. Et en se penchant vers elle il lui effleura les lèvres d'un petit baiser.

— Et les gardiens, ce sont qui exactement ? demanda Mia quand ils se remirent à marcher. C'est l'équivalent de votre police ?

— À peu près, dit Korum. Ils sont à la fois soldats et policiers et ils constituent l'une de nos agences de renseignements. Ils sont les gardiens de la loi, ils arrêtent les prisonniers et font face à toutes les menaces venant des hommes. Notre société est tellement homogène désormais qu'il n'y a plus de guerre sur Krina, contrairement à ce qui se passe sur la Terre. Bien sûr, il existe encore des rivalités entre certaines régions, et il y a toujours des fous qui ne sont pas d'accord avec les décisions du gouvernement, mais nous n'avons pas le genre de conflits qui nécessiteraient une armée permanente.

— Et vous avez réussi à envahir la Terre sans armée ?

Korum se mit à rire.

— Si tu veux. La plupart des Krinars de sexe masculin qui sont venus sur Terre ont reçu un entraînement de type militaire parce que nous nous attendions à une résistance des hommes. Mais non, nous n'avions pas eu besoin d'une grande armée pour prendre le contrôle de la Terre. Notre technologie suffisait.

— Évidemment. Mia essayait d'atténuer l'amertume de sa voix. En aimant Korum comme elle le faisait c'était facile pour elle d'oublier qu'elle couchait avec l'ennemi, même si en fait cet ennemi ne voulait aucun mal à sa planète. C'était seulement pendant ce genre de conversations que Mia retrouvait ce désagréable souvenir, les Krinars avaient pris sa planète de force… et celui qu'elle aimait n'avait pas forcément à cœur les meilleurs intérêts de l'espèce humaine.

— Fais-moi confiance, Mia, c'était mieux ainsi, dit Korum comme s'il lisait dans ses pensées. Ton gouvernement n'a pas eu le choix et il a dû accepter l'inévitable, ce qui a permis de minimiser les effusions de sang. La situation aurait été bien pire s'il y avait eu une véritable guerre entre nos deux peuples.

Mia serra les dents, mais elle hocha la tête, elle savait qu'il avait raison. Il était inutile d'en vouloir à la supériorité technologique des Krinars ; d'une certaine manière, c'était elle qui avait rendu leur invasion la moins douloureuse possible. Bien sûr, l'invasion proprement dite était une autre question, mais Mia n'avait ni l'énergie ni l'intention de mener cette bataille. Il lui avait suffi d'avoir travaillé quelque temps avec la Résistance.

— Je peux te demander quelque chose ? dit Mia en pensant à cette terrible période pendant laquelle elle espionnait Korum. Il y a quelque chose que je ne comprends pas dans le projet des Keiths. Même s'ils avaient réussi à ce que les Krinars quittent la Terre ne seriez-vous pas revenus avec des renforts ? Je sais qu'ils avaient l'intention de te tuer *toi*, mais tous les autres ? Tu es le seul capable d'aller et venir entre la Terre et Krina ?

Korum lui jeta un regard amusé.

— Non, bien sûr que non. C'est ma compagnie qui a les modèles de vaisseau les plus perfectionnés, mais les Krinars allaient et venaient sur Terre bien avant ma naissance. Je crois que les Keiths espéraient contrôler le champ protecteur.

— Le champ protecteur ?

Il fit un signe de tête.

— Jusqu'à il y a une douzaine d'années, les voyages dans l'espace n'étaient pas vraiment réglementés. N'importe qui pouvait aller n'importe où du moment qu'ils avaient un vaisseau pour les y emmener. Mais maintenant, nous avons mis en place un bouclier pour protéger la Terre de voyageurs sans autorisation, le même type de bouclier que nous avons récemment mis en place autour de Krina.

— Il y a un bouclier autour de la Terre ? Mia leva la tête vers Korum et le regarda avec étonnement.

— En fait, c'est un bouclier qui se trouve autour du système solaire, lui expliqua-t-il. Ce n'est pas une barrière, mais plutôt un champ de brouillage. Quand il est activé, il joue sur les capacités de nos vaisseaux plus rapides que la lumière.

— Pourquoi faire ?

— Pour des raisons de sécurité ; nous voulons que le conseil soit informé de tout déplacement entre la Terre et Krina et les autorise s'il y a lieu. De plus s'il se trouvait que d'autres formes de vie intelligente existent dans l'espace et que les technologies qu'elles utilisent sont comparables aux nôtres, les boucliers pourraient nous en protéger.

Mia le regarda d'un air ironique.

— Pour qu'ils ne puissent agir envers vous comme vous avez agi envers nous ?

— Exactement. Il lui sourit, et il avait l'air si dénué de remords que Mia ne put s'empêcher de rire.

— Bon, dit-elle en revenant à sa question de départ. Alors quelles étaient les intentions des Keiths ? Utiliser le champ de protection pour empêcher l'arrivée des autres Krinars ?

— Probablement, dit Korum sans cesser de sourire. C'est ce que j'aurais fait à leur place.

Ils marchèrent encore quelques minutes avant d'atteindre l'océan. Comme d'habitude, il n'y avait absolument personne sur cette partie de la plage. La colonie K du Costa Rica ne comptait que cinq mille habitants, il y avait de la place pour tout le monde et la plupart des Ks avaient tendance à respecter le 'territoire' des autres même si de nos jours ce concept n'était plus rigide. Puisque Korum aimait se promener le soir sur cette partie-là de la plage, les autres Ks se tenaient respectueusement à distance.

— Veux-tu nager ? demanda Mia en lui lâchant la main et en se déchaussant pour se tremper les pieds dans l'eau et voir à quelle température elle était. L'eau était parfaite, juste assez froide pour se rafraîchir.

Au lieu de lui répondre, Korum enleva sa chemise et dénuda son torse bronzé et musclé.

— Absolument, dit-il, et à chaque seconde, ses yeux devenaient de plus en plus dorés.

Mia sourit, recula de quelques pas pour enlever sa robe, elle aimait sentir son regard suivre chacun de ses mouvements. Elle voyait son érection croître dans son short et par réaction ses tétons se durcirent, son propre corps répondait ainsi au désir de Korum. Lui faire cet effet rien qu'en se mettant en maillot de bain l'enivrait et la flattait infiniment.

— Tu me taquines ? demanda-t-il d'une voix basse et dangereusement douce.

Mia avait le cœur battant d'excitation, elle acquiesça et le vit plisser des yeux en guise de réponse.

— Je vois, dit-il d'un ton pensif. Et en un clin d'œil, il était déjà sur elle, il l'avait pris dans ses bras et il la portait vers la mer.

En sécurité dans ses bras Mia se mit à rire, elle savourait la fraîcheur de l'eau où ils entraient de plus en plus profondément.

— Est-ce comme cela que je vais être punie ? dit-elle en plaisantant et en attendant le passage d'une grosse vague pour avancer encore.

— Oh, tu veux être punie ? murmura-t-il en la regardant, une lueur ardente dans les yeux.

Mia sourit en secouant la tête.

— Non…

— Je crois bien que si… dit-il doucement en changeant de bras si bien qu'il ne la tenait plus que d'une main. Avant que Mia n'ait pu dire un mot l'autre main de Korum s'était glissée dans son maillot de bain et la caressait, elle trouva tout de suite son clitoris et le pinça entre ses doigts.

Elle se cabra contre lui, surprise par cette délicieuse sensation, et il recommença, observant attentivement son visage.

— Est-ce que ça te fait mal ou est-ce que ça te fait du bien ? demanda-t-il, sa voix semblant comme du velours rugueux.

Mia eut le souffle coupé quand il frotta plus fort.

— Je ne sais pas…

— Oh, si, je crois que tu sais, murmura-t-il. Je crois que tu le sais très bien… Ses doigts se glissèrent en elle et l'ouvrirent.

— Korum, je t'en prie… Elle sentait un de ses doigts se plier et lui frotter le point G.

— Tu es mouillée, murmura-t-il, tellement humide que je le sens même dans la mer ; ça me donne envie de te baiser ici et maintenant.

— Alors, vas-y, souffla Mia en le fixant des yeux. Baise-moi ! Elle était déjà sur le point de jouir, elle n'avait presque besoin de rien pour basculer.

Les yeux de Korum brillèrent de plus belle.

— Oh oui ! En quelques secondes, elle était toute nue, des lambeaux de son maillot de bain flottaient autour d'eux. Le short de Korum les rejoignit et il la posa dans l'eau en la laissant glisser contre lui. Mia entoura son cou de ses bras et se serra contre lui. Ses seins étaient très sensibles, ses tétons aussi et elle les frotta contre le torse de Korum pour apaiser la brûlure qu'elle avait en elle. Sa verge en érection lui chatouilla le ventre, elle était grosse et chaude et le sexe de Mia vibra du désir de l'avoir en elle.

Elle se pencha et l'embrassa sur la bouche, elle sentit le sel de l'écume et le goût délicieux qui était l'essence même de Korum. Il gronda, l'embrassa plus profondément et Mia suça sa langue en la caressant de la sienne. En même temps, elle plongea la main dans l'eau et lui prit la verge. Elle sursauta sous ses doigts et enfla encore puis Korum respira plus fort et souleva Mia en lui ouvrant grand les jambes. Une vague les frappa, les gouttes d'eau aspergèrent le visage de Mia et elle ferma les yeux en attrapant à deux mains les épaules de Korum. Pendant quelques secondes, son gland frotta son ouverture puis il entra en elle d'un seul coup puissant.

Sous cette invasion, Mia eut le souffle coupé, ses muscles intimes se contractèrent en le sentant si profondément en elle. Elle lui enveloppa la taille de ses jambes et le maintint dans cette position, savourant cette sensation extraordinaire.

— Putain, gronda-t-il, c'est… si bon… avec toi… Il ponctuait chaque mot d'un léger petit coup, son pelvis lui martelant le clitoris et Mia se mit à crier quand l'orgasme la déchira, provoquant des spasmes de son sexe autour de sa verge. Il gronda de nouveau et continua à avancer en elle, la faisant monter et descendre sur sa verge dans un rythme sans répit qui la fit jouir encore à peine quelques minutes plus tard. Cette fois il jouit en même temps qu'elle et elle sentit la chaleur de sa semence au plus profond de son ventre.

Et puis ils se laissèrent flotter et bercer par les vagues.

CHAPITRE CINQ

Le lendemain matin, Mia se retrouva de nouveau seule au laboratoire. Saret était encore en voyage et ne lui avait pas envoyé ses commentaires si bien qu'elle continua à se renseigner sur les autres projets jusqu'à ce que son ventre se mette à gargouiller et lui rappelle que c'était le moment de manger.

Elle se leva, s'étira et demanda un ragoût, un des plats favoris des Krinars. Le laboratoire 'intelligent' le lui servit cinq minutes plus tard et Mia s'assit pour le manger à l'une des planches flottantes qui servaient de table.

Sans savoir pourquoi, elle continuait de penser à sa conversation de la veille avec Korum et à la combattante de la Résistance qu'elle avait aidé à capturer. Leslie allait subir une manipulation du cerveau et Mia ne pouvait s'empêcher de se demander à quel point la jeune fille changerait à cause de ça. Elle ne pouvait imaginer quelqu'un manipulant *ses* propres pensées, ses sentiments et ses souvenirs, et elle souffrait de savoir qu'une autre serait soumise à un traitement aussi radical. Il y avait sûrement un meilleur moyen de convaincre Leslie de l'inutilité de sa lutte contre les Krinars. Peut-être quelqu'un pourrait-il lui parler, lui expliquer que leurs intentions concernant la Terre n'étaient pas mauvaises… Évidemment il se pouvait que la haine de la jeune fille envers les envahisseurs soit trop profonde pour lui permettre de penser rationnellement.

En soupirant, Mia finit de manger et retourna à la banque de données. Au moment de sortir le projet du développement cérébral des nouveau-nés, elle s'arrêta en se souvenant de quelque chose dont Adam lui avait parlé un jour. Saur, le K qui avait tenté de tuer Korum, avait travaillé comme apprenti dans ce même laboratoire et il était censé avoir excellé en manipulation du cerveau. Si certains de ses anciens projets étaient encore archivés ici, ils pourraient certainement l'aider à mieux comprendre ce qu'on allait faire à Leslie.

Brusquement, très excitée, Mia ordonna à la banque de données de localiser tout ce qu'avait fait Saur. Il y avait beaucoup de documents, mais elle avait du temps devant elle.

Mia s'installa confortablement et se plongea dans les arcanes de la manipulation cérébrale.

Cinq heures plus tard, elle se leva de nouveau, profondément déconcertée. Elle n'avait vu que le sommet de l'iceberg que Saur avait exploré, mais aucun élément de ses travaux ne concernait l'amnésie programmée.

Beaucoup de notes et d'enregistrements concernaient le conditionnement du comportement ainsi que l'implantation dans la mémoire, mais il y était très rarement question de la suppression volontaire de la mémoire.

Si Mia comprenait comme il faut, Saur n'avait jamais simulé ces suppressions, et il les avait encore moins pratiqué sur des sujets vivants.

Mia fixait des yeux la banque de données en fronçant des sourcils, étrangement troublée par ce qu'elle venait d'apprendre. Il y avait quelque chose qu'elle ne comprenait pas. Si Saur ne savait pas provoquer l'amnésie, Saret n'aurait-il pas dû en parler au Conseil ? Le patron de Mia savait toujours qui travaillait sur quoi, c'était lui qui donnait ses consignes à chacun.

Elle se trompait peut-être. Il y avait peut-être une autre banque de données qu'elle ne connaissait pas et où d'autres projets étaient archivés. C'était possible : Mia était encore novice et apprenait sur le tas.

Il était également possible que Saur n'ait simplement pas pris la peine d'enregistrer certains de ses projets dans la banque de données collective. Adam lui avait dit un jour que l'apprenti qui était mort était assez bizarre, un solitaire qui ne s'entendait pas avec les autres. Il se pouvait qu'il ait eu du mal à respecter le protocole du laboratoire.

Et pourtant Mia n'arrivait pas à se débarrasser d'un certain malaise, une impression persistante qu'il y avait quelque chose qui clochait dans cette histoire. Il fallait qu'elle en parle à Korum, et vite.

Elle s'arrêta pour lui envoyer un bref message holographique pour lui dire qu'elle serait à la maison dans quelques minutes et se dirigea vers l'un des murs de la sortie.

Mais au moment de partir, le mur devant elle se désintégra et son patron entra dans le laboratoire.

— Eh bien, bonjour ! dit Saret en se penchant vers elle avec un sourire. Vous n'êtes pas encore rentrée chez vous ? J'espérais que vous pourriez travailler moins étant donné que nous sommes tous dispersés dans la nature depuis deux ou trois jours.

Mia lui sourit à son tour en essayant de cacher sa nervosité.

— Non, j'en ai profité pour jeter un coup d'œil à d'autres projets au laboratoire, dit-elle en restant aussi près que possible de la vérité. Celui sur lequel travaille Aners est vraiment intéressant ; vous savez, le développement cérébral des nouveau-nés ?

— Bien sûr. Le sourire de Saret avait changé, il était devenu presque indulgent, pensa Mia. C'est un projet qui vous conviendrait très bien. On pourra en reparler plus tard, une fois qu'Adam et vous aurez terminé ce que vous faites en ce moment.

— Parfait ! Mia mit le degré d'enthousiasme requis dans le ton de sa voix et essaya de faire comme si ses mains ne devenaient pas moites. J'ai hâte de m'y mettre. Encore merci de me donner cette chance !

— Je vous en prie ! Les yeux bruns de Saret étincelaient tandis qu'il se rapprochait d'elle de quelques pas. Il s'arrêta à moins de deux mètres d'elle et dit : je suis content que vous vous plaisiez ici.

Mia fit un signe de la tête tout en gardant un grand sourire sur le visage. Elle était peut-être idiote, mais décidément elle se sentait mal à l'aise aujourd'hui avec son patron. Elle n'avait qu'une envie, rentrer à la maison et parler à Korum de ce qu'elle avait découvert. Très vraisemblablement, tout pourrait s'expliquer. Mais si jamais ce n'était pas le cas, elle ne voulait pas s'attarder plus longtemps qu'il était nécessaire au laboratoire. Et c'était la deuxième fois que Saret se comportait d'une manière presque… bizarre.

— Alors d'accord ! dit-elle gaiement en levant les yeux vers son visage au bronzage sombre. Pourriez-vous regarder le rapport quand vous en aurez l'occasion, je vais rentrer maintenant. À moins que vous n'ayez besoin de moi ?

Saret sourit de nouveau.

— J'ai toujours besoin de vous, dit-il et il y avait une nuance de douceur inhabituelle dans le timbre de sa voix. Mais vous avez besoin de vous reposer, je le comprends… Et les battements de cœur de Mia s'emballèrent quand il se pencha encore plus près d'elle, les yeux rivés sur son épaule dénudée.

— Entendu alors, dit-elle en reculant. Au revoir ! Et elle fit demi-tour en s'approchant d'un pas du mur de sortie.

— Il y a quelque chose qui ne va pas, Mia ? Tout à coup, Saret lui faisait face et lui barrait le chemin. Vous avez l'air inquiet.

Les cheveux de Mia se dressèrent sur sa tête.

— Désolée, dit-elle sans le penser, avec un petit rire forcé. Même à ses propres oreilles il sonnait faux. J'étais juste en train de penser à me rendre à New York pour aller voir ma colocataire, c'est tout.

— Oh, c'est vrai ? Saret pencha la tête de côté. Et quand pensiez-vous y aller ?

— Oh, je ne resterai pas longtemps. Mia se maudit d'avoir dit ça et donc d'avoir prolongé la conversation. Nous irons pendant un jour de repos…

— Alors, pourquoi être aussi anxieuse ? demanda Saret avec une expression étrange dans le regard. Est-ce parce que vous avez trouvé quelque chose que vous n'auriez pas dû ?

Mia avala sa salive, elle avait des frissons dans le dos.

— Je ne sais pas de quoi vous parlez…

Saret sourit, de ce sourire amical qui avait d'abord plu à Mia. Mais maintenant au contraire il lui faisait peur.

— Pour quelle raison avez-vous consulté les dossiers de Saur aujourd'hui ? demanda-t-il d'un ton nonchalant. Vous ne savez pas que c'est contraire au protocole du laboratoire d'avoir accès aux projets des autres apprentis ?

Mia secoua la tête. Effectivement, elle l'ignorait. En fixant Saret, elle eut l'impression de le voir pour la première fois. C'était l'ami de Korum. Pourquoi agissait-il ainsi ? Pourquoi avait-il trompé tout le monde sur les compétences de Saur ? Et, ce qui était plus important, pourquoi avait-il l'intention d'empêcher Mia de le dire à tout le monde ?

Elle se mit à réfléchir frénétiquement et réalisa que désormais il était inutile de nier. Visiblement, Saret savait ce qu'elle avait découvert.

— Pourquoi ? demanda-t-elle au lieu de se disculper ; sa voix avait gardé son calme bien que ses mains commençaient à trembler. Pourquoi n'avez-vous pas dit au Conseil que Saur n'avait pas pu provoquer l'amnésie des Keiths ?

Saret sourit de plus belle.

— Parce que ça m'arrangeait qu'ils pensent que Saur était coupable, expliqua-t-il, et il y avait une lueur de triomphe dans son regard. Ce n'était pas ce que j'avais prévu au départ, mais ça a tout de même bien marché.

Mia avait de plus en plus peur et elle recula d'un pas. Son instinct lui intimait de partir, et *tout de suite*. Peut-être y avait-il une explication logique aux actions de Saret, mais elle ne pouvait courir ce risque. Laissant de côté tout vestige de courtoisie Mia mit son bracelet-montre vers ses lèvres.

— Appelle Kor…

Mais elle n'eut pas le temps de terminer sa demande. Tout à coup, la main de Saret était autour de son poignet et la serrait comme un étau. Ses doigts puissants arrachèrent le petit dispositif et le réduisirent en miettes.

— Oh non ! dit Saret d'une voix douce en l'attirant contre lui si bien qu'elle se retrouva tout contre son corps musclé. Vous ne pourrez plus jamais l'appeler, vous comprenez ?

Abasourdie et terrorisée Mia regarda fixement le K qui avait été son patron et son mentor depuis un mois. Il lui avait mis la main sur le poignet et le tordait pour l'empêcher complètement de bouger. Avec horreur, Mia s'aperçut qu'il était en érection, elle sentait sa verge dure contre la douceur de son ventre.

— Qu'est-ce que vous faites ? murmura-t-elle. Korum vous tuera quand il l'apprendra, vous le savez bien…

Les yeux de Saret se mirent à briller.

— Ah bon, il me tuera ? J'espère qu'il va venir vous chercher ici. Le laboratoire est tout prêt pour l'accueillir.

— Comment ? Il ne voulait pas dire…

— Je veux dire que lorsque votre cheren arrivera j'aurai une petite surprise pour lui, dit Saret en lui souriant doucement. Vous voyez ma chère Mia, il est grand temps que vous sachiez la vérité sur votre amant. Venez, allons dans mon bureau pour parler.

Et sans lui donner le choix, il l'entraîna vers le fond de la pièce, les doigts toujours serrés autour de son poignet. Quand ils s'en approchèrent, l'un des murs se désintégra, et s'ouvrit sur l'endroit où Saret travaillait à ses projets personnels.

Les genoux de Mia tremblaient de peur et elle trébucha au moment où il la tira vers la porte ; le mur se referma sur leur passage. Mais Saret ne la laissa pas tomber et la rattrapa en la soulevant dans ses bras.

— Voilà ! dit-il d'une voix réconfortante, et il s'assit sur l'une des planches flottantes tout en la maintenant fermement sur ses genoux. Vous êtes à moi… Ne vous inquiétez pas, tout ira bien, ajouta-t-il, il la sentait visiblement trembler de tous ses membres.

— Lâchez-moi ! murmura Mia, en le repoussant de toutes ses forces. Elle sentait une énorme bosse dure contre ses cuisses et elle avait la nausée. Elle éleva la voix de manière hystérique. Lâchez-moi immédiatement !

Il ne répondit pas, il la fixait et son regard s'assombrit. L'expression de son visage était presque… émerveillée. Mia s'en aperçut avec horreur. Visiblement, il la désirait et elle ne pouvait absolument rien faire pour l'empêcher de passer à l'acte s'il le décidait.

— Vous avez dit que vous alliez me dire quelque chose au sujet de Korum, dit-elle en désespoir de cause, dans sa panique sa voix était devenue suraiguë. Qu'est-ce que j'ignore à son sujet ?

Saret cligna des yeux, son regard s'éclaircit un peu.

— Oh oui, dit-il et un sourire lui apparut sur les lèvres, il se moquait de lui-même. Nous allions parler, n'est-ce pas ? Voilà, vous devriez vous asseoir… Et il la souleva de ses genoux pour l'asseoir à côté de lui tout en lui maintenant fermement le bras.

Immédiatement, Mia essaya de reculer, mais il resserra son emprise pour l'empêcher de bouger.

— Ecoutez-moi, Mia, dit Saret en fronçant légèrement les sourcils, je sais que vous ne comprenez pas pourquoi j'agis comme ça en ce moment et que ça vous semble vraiment insensé. Mais croyez-moi, c'est pour votre propre bien, et pour le bien de toute l'espèce humaine. Ce n'est pas joli ce que votre cheren envisage pour votre espèce et il faut l'en empêcher. Savez-vous ce qu'il essaye de convaincre les Anciens de faire ?

Mia secoua la tête, elle avait mal au ventre en sentant l'emprise de Saret se relâcher sur son bras et son pouce lui masser doucement la peau.

— Il veut vous prendre votre planète. Il vous l'a dit ?

— Non, réussit à répondre Mia, son cœur battait si fort qu'elle avait du mal à réfléchir. Il était évident que Saret mentait, c'était obligé.

— Mon soi-disant ami est un monstre avide de pouvoir, dit Saret dont le regard se durcissait. Il ne lui a pas suffi d'atteindre le standing le plus élevé possible à Krina. Oh non, ma chère Mia, il fallait qu'il étende son règne sur une autre planète, sur votre planète. Sans lui, nous ne serions jamais venus sur terre. C'est lui qui a convaincu les Anciens de la nécessité de contrôler votre planète pour la sauvegarder pour les futures générations de Krinars. Et maintenant, il projette de vous l'enlever entièrement. Vous comprenez ce que je suis en train de dire ?

Mia acquiesça, elle voulait le laisser parler. Elle était prête à écouter ses mensonges aussi longtemps qu'il le faudrait si seulement ça lui permettait de gagner du temps. Encore quelques minutes, et Korum s'apercevra qu'elle n'était pas rentrée à la maison comme promis. Est-ce qu'il viendrait la chercher à ce moment-là ? Et est-ce qu'il tomberait dans le piège que Saret semblait lui avoir tendu ? *Il ne faut pas qu'il lui arrive quoi que ce soit.*

— Vous voyez, Mia, continua Saret, je ne veux que le bien de votre espèce, le bien de la majorité des êtres intelligents. Je veux libérer la Terre, la libérer de la tyrannie de Korum et du Conseil. Je veux vous rendre votre planète.

— Pourquoi ? Pourquoi est-ce que cela vous préoccupe ? Saret faisait-il partie des Keiths ? Et si c'était le cas, comment avait-il réussi à le cacher aussi longtemps ?

— Pourquoi ? Parce que j'ai toujours voulu faire quelque chose d'important. La voix de Saret était pleine d'une excitation à peine contenue. Toutes nos contributions à la société, tout ceci (il désigna le laboratoire de la main) est insignifiant en comparaison avec la libération de milliards d'êtres intelligents, le fait de leur offrir une vie meilleure... une vie paisible libérée de la terreur. Je ne veux pas qu'on se souvienne de moi comme quelqu'un qui a trouvé une énième manière d'améliorer la mémoire, Mia. Je veux être celui qui amènera la paix sur terre.

— La paix sur terre ? L'idée lui semblait insensée. Mais nous ne sommes pas en guerre avec les Krinars...

— Oh non, se débarrasser des Krinars n'est que la première étape. Saret se mit à rire. Vous voyez, Mia, je peux aussi donner une vie meilleure à ceux de votre espèce. Je peux faire en sorte que vous ne passiez pas les quelques décennies de votre vie à craindre la guerre, les fusillades, les attaques terroristes... Je peux vous donner ce dont les êtres humains rêvent depuis la nuit des temps : une vie sans peur et sans violence. N'est-ce pas ce que vous voudriez, Mia ? N'est-ce pas ce que vous voudriez pour votre espèce ?

— De quoi parlez-vous ? Est-ce que les maladies mentales existaient chez les Ks ? Est-ce qu'elle était aux mains d'un fou ?

— Je sais que vous ne comprenez pas pour le moment, mais un jour vous comprendrez, je vous le promets. Le visage de Saret était presque illuminé de ferveur. Quand votre taux de criminalité tombera à zéro et que la guerre appartiendra au passé, votre planète saura qu'une nouvelle ère de l'histoire de l'humanité a commencé, et elle m'en sera reconnaissante.

Mia le fixa, pendant une minute elle n'arriva pas à comprendre ce qu'il disait. Puis une idée terrifiante et peu plausible lui vint à l'esprit.

— Saret, dit-elle lentement en regardant le K qui était célèbre pour être l'un des plus grands experts du cerveau, est-ce que vous parlez d'une sorte de manipulation mentale de l'espèce humaine ? *Si seulement il pouvait se mettre à rire et me dire que non. Si seulement ce n'était pas vrai.*

Saret la regarda avec un sourire satisfait, maintenant sa main caressait le bras de Mia ce qui lui donnait la chair de poule.

— Oui, Mia, ma chère, c'est exactement ce dont je parle. J'ai toujours pensé que vous étiez intelligente, pour quelqu'un de votre espèce. Vous voyez, depuis ces dernières années j'ai inventé et perfectionné une nouvelle technique qui permet de surveiller certaines impulsions neuronales tout en stimulant simultanément les zones du cerveau concernant le plaisir et la douleur…

Mia retint son souffle.

— Est-ce que vous dites… sa voix se brisa un instant, et elle dût reprendre. Est-ce que vous dites que vous avez inventé une forme de contrôle du cerveau ?

Et maintenant, Saret riait, ses yeux bruns se plissèrent tant il était amusé.

— Non, bien sûr que non. J'espère que vous avez désormais appris assez de choses pour savoir qu'un véritable contrôle du cerveau n'est pas possible. Non, ma technique me permet de diriger certains comportements, de conditionner le cerveau, si vous voulez. Par exemple chaque fois que quelqu'un a des pensées violentes je rends cette expérience douloureuse. Et chaque fois qu'il m'obéit, il en ressent du plaisir. Imaginez : toute une planète habitée d'êtres humains paisibles… N'est-ce pas ce que vous voudriez, Mia ?

Ce que Mia voulait, c'était vomir.

— Mais comment ? Comment pouvez-vous faire ça à une échelle de masse ?

Saret sourit, il était clair que la réaction de Mia lui faisait plaisir.

— Eh bien ! dit-il, c'est là qu'interviennent Rafor et les autres Keiths. Comme vous le savez sans doute, Rafor était loin d'être aussi doué que votre cheren pour la conception technologique, mais il s'y connaissait assez pour occuper une position importante dans la compagnie dirigée par son père. Quand ils ont fait faillite à cause de Korum le pauvre Rafor était désœuvré. Vous voyez, il avait perdu son standing, personne ne voulait l'engager comme concepteur et il était forcé de s'occuper dans des domaines qui ne l'intéressaient pas autant que ce qu'il avait d'abord choisi de faire. Il est même venu me voir il y a deux ou trois ans pour me demander s'il pouvait travailler au laboratoire comme apprenti.

Évidemment, j'ai refusé. Il était loin d'avoir les qualifications nécessaires. Vous non plus, et en plus vous êtes un être humain, mais au moins vous vous passionnez pour cette discipline. Ce n'était même pas son cas. Saret laissa échapper un petit rire. Mais par contre, je lui ai offert l'occasion de m'aider pour un projet personnel, pour concevoir les nanocytes dont j'avais besoin pour réaliser mon plan. Il a tout de suite compris ce que j'essayais de faire, ça correspondait avec sa propre sympathie envers les hommes, et il a très bien travaillé, il a conçu les nanocytes et le mécanisme de dispersion.

Mia l'écoutait attentivement, n'osant à peine respirer. Ce qu'il était en train de lui dire était tellement incroyable, et tellement terrifiant, qu'elle avait du mal à assimiler ce qu'elle entendait.

— Bien sûr, Rafor a lamentablement échoué dans la première phase du plan, poursuivit Saret. Il était censé se débarrasser de Korum et des autres avec l'aide de la Résistance, mais au lieu de ça il s'est fait prendre.

Mia avala sa salive, sa gorge était sèche.

— Alors vous les avez rendus amnésiques, devina-t-elle, et Saret hocha la tête en souriant.

— Exactement. Je n'avais pas le choix. C'était la seule façon de me protéger ainsi que le reste de mon plan. De plus, cela améliorait les chances des Keiths devant le tribunal.

— Donc le Protecteur avait raison, c'était vous depuis le début…

— Il avait en partie raison. Saret souriait gaiement, il semblait heureux. Le Protecteur pensait que je les avais rendus amnésiques pour aider Korum, mais rien ne pouvait être plus éloigné de la vérité. J'ai vraiment contrarié le programme de votre cheren, une conséquence positive, même si elle n'était pas entièrement volontaire, de toute cette histoire.

— Pourquoi le haïssez-vous autant ? Il vous considère comme son ami…

Le K aux cheveux sombres se mit à rire et rejeta la tête en arrière.

— Bien sûr ! J'ai fait en sorte qu'il le pense. Il faudrait être idiot pour être l'ennemi de Korum. Je l'ai vu détruire ceux qui s'opposaient à lui et je n'ai jamais fait une telle erreur.

— Mais maintenant, vous la faites, remarqua prudemment Mia en jetant un coup d'œil aux doigts de Saret qui continuaient à lui tenir le bras. Si Korum avait été là, Saret serait déjà mort. S'il y avait une chose qu'elle avait apprise pendant les dernières semaines, c'était à quel point les Krinars masculins étaient territoriaux.

— Oh, c'est parce que je touche à sa précieuse Charl ? dit Saret dont les yeux brillaient à la fois d'excitation et d'une émotion indéfinissable. Ne vous inquiétez pas ma chère Mia, vous ne serez plus à lui pour longtemps. Bientôt, vous en serez débarrassée. Dès qu'il arrive ici…

Le sang de Mia se glaça dans ses veines.

— Vous… Elle dut s'interrompre un instant parce qu'elle n'arrivait pas à le dire, les mots s'étranglaient dans sa gorge. Vous avez l'intention de le tuer ? réussit-elle finalement à dire.

— Très probablement. Saret sourit de nouveau, toujours de ce sourire amical qui donnait envie à Mia de hurler. Ce serait probablement le plus simple. Bien sûr, je pourrais toujours essayer de le capturer et de lui infliger le même traitement qu'à Saur. Ce serait la récompense suprême, avoir Korum lui-même sous contrôle…

— Saur ? Vous contrôliez le cerveau de Saur ? Mia le fixa des yeux, horrifiée et incrédule. C'était donc Saret qui avait poussé son ancien apprenti à les attaquer à Ormond Beach ?

— Non. Saret semblait déçu de sa difficulté à comprendre. Il ne s'agit pas de contrôle du cerveau. Je vous l'ai déjà dit. Il s'agit d'un conditionnement du cerveau. Ma technique agit d'une manière extrêmement subtile. Elle ne transforme pas les gens en abrutis décérébrés ou en ce que vous l'air d'imaginer…

— Mais vous avez conditionné le cerveau de Saur pour lui donner envie de tuer Korum ?

— Oui, admit Saret avec une expression de fierté sur le visage. Cela n'a pas été facile, croyez-moi. Tous les Krinars ont un système immunitaire protecteur qui repousse les nanocytes ; c'est une protection qui a été inventée il y a des milliers d'années après que quelqu'un ait essayé d'utiliser la nanotechnologie médicale comme arme de guerre. Il m'a fallu des douzaines de piqûres pour réussir à traverser le système de défense de Saur et même à ce moment-là, le conditionnement du cerveau n'a marché que parce que Saur était plus faible que la plupart des Krinars. C'est la raison pour laquelle je voulais que les Krinars quittent la terre, parce que je ne peux pas les contrôler efficacement.

Avec les êtres humains, c'est beaucoup plus facile. Vous n'avez aucune protection ; il me suffit de libérer les nanocytes dans l'air dans les endroits les plus peuplés de votre planète et ils trouvent la cible qui leur a été fixée.

Mia en avait le tournis.

— Je veux être sûre que ça soit clair : vous essayez de vous débarrasser de votre propre espèce pour pouvoir contrôler ou plutôt conditionner le cerveau de toute l'espèce humaine ?

— En le disant comme ça, on a l'impression que c'est de la folie, n'est-ce pas ? Saret souriait d'un air narquois. Mais oui, effectivement, c'est ce que j'essaye de faire. Je veux donner la paix à votre espèce, Mia. Est-ce une si mauvaise chose ? Réfléchissez-y une minute. N'aimeriez-vous pas vivre dans un monde où l'on peut se promener dans la rue la nuit sans avoir peur d'être assassiné ou d'être victime d'un viol ? Un monde où il n'y aurait de criminels en série que dans les films d'horreur au lieu d'exister dans la vraie vie ? Plus de fusillades dans les écoles, plus de terrorisme ni de guerres... Est-ce que ça ne ressemble pas à un monde idéal ?

Mia le fixa des yeux. Pendant un instant, le tableau qu'il peignait lui sembla étrangement séduisant.

— Bien sûr, dit-elle. Mais ce dont vous parlez c'est d'envahir nos cerveaux. Vous voulez nous ôter notre libre arbitre...

— Le libre arbitre ? Saret haussa les sourcils. Comment définissez-vous le libre arbitre ? Vos congénères seront libres de vivre comme il leur plaira, d'être avec qui ils voudront, de faire ce qu'ils voudront... Mais ils ne pourront ni tuer ni faire souffrir les autres quand l'envie les en prendra.

— Et ils vous adoreront comme un dieu, c'est ça ? dit Mia en fermant presque les yeux. Car tel est votre but ultime, n'est-ce pas ? Toute une planète peuplée de marionnettes obéissant au moindre de vos ordres ?

Saret se mit à rire en secouant la tête.

— Formulé de cette manière, ça semble épouvantable, n'est-ce pas ? Mais non, ma chère Mia, ce n'est pas comme ça que je l'imagine. C'est vrai, votre espèce m'adorera comme un dieu, mais c'est parce que je serai son sauveur. Je serai celui qui aura mis fin à toutes ses souffrances, qui aura libéré sa planète et qui lui aura apporté la paix.

— Et qu'avez-vous l'intention de faire des Krinars qui sont ici ? demanda Mia qui venait juste d'y penser. Korum a déjoué votre complot avec la Résistance, et tous les vôtres sont encore ici. Vous ne pensez pas qu'ils s'en apercevraient si tous les êtres humains devenaient brusquement paisibles ? Si le taux de criminalité passait à zéro du jour au lendemain ?

— Mais ça n'arriverait pas du jour au lendemain, dit Saret. Un conditionnement complet du cerveau prend un certain nombre de jours si ce n'est de semaines. C'est vrai, ils finiraient bien sûr par le remarquer et c'est la raison pour laquelle il faut que je me débarrasse de tous ceux qui sont dans les Centres et que je m'assure que le champ de protection empêche l'arrivée de nouveaux venus dans un avenir proche.

Mia respira profondément, elle luttait contre l'envie de vomir. Il ne pouvait pas vouloir dire ça ?

— Vous débarrasser de tout le monde ? Comment ?

Il soupira.

— En les tuant, évidemment.

Mia était pâle comme un linge.

— En les tuant tous ? Cinquante mille Krinars ? murmura-t-elle, incapable d'appréhender la cruauté nécessaire pour assassiner à une telle échelle.

Saret haussa les épaules.

— La majorité d'entre eux, oui. Certains pourront survivre bien sûr, mais la plupart mourront.

— Et ils mourront comment ? Mia pouvait entendre une note d'hystérie dans sa propre voix. Comment seriez-vous capable d'en tuer autant ?

— En utilisant l'arme nano que Rafor et la Résistance avaient l'intention d'utiliser en guise de menace, expliqua Saret qui la regardait calmement. Évidemment, le concept que nous a donné Korum par votre intermédiaire était déficient, mais il comprenait assez d'éléments utilisables pour que je puisse engager quelqu'un qui le perfectionne. Il est presque prêt maintenant ; mon ingénieur n'a pas plus qu'à y mettre la dernière touche.

— Je veux être sûre que ça soit clair, dit Mia en fixant des yeux le psychopathe qui était à côté d'elle. Vous voulez assassiner cinquante mille membres de votre propre espèce dans votre quête de la paix sur terre. Et vous n'y voyez aucun problème ?

— Bien sûr que si. Saret fronça des sourcils. Vous pensez que cette partie de mon plan me fait plaisir ? Je préfèrerais les renvoyer à Krina ou essayer de les contrôler si c'était possible. Mais ça ne l'est pas. La seule chose que je puisse faire c'est de les faire disparaître de la manière la plus indolore possible. Je sais que ça n'est pas très cohérent avec mon programme pacifiste. Mais vous voyez, Mia, le bien d'un grand nombre l'emporte sur les besoins d'une minorité. Nous n'aurions jamais dû venir sur votre planète ; c'est l'ambition démesurée de votre cheren qui nous y a amenés pour commencer. Et maintenant, nous devons expier notre faute ; nous devons payer pour les péchés que nous avons commis contre les vôtres…

— Et moi ? Vous allez me tuer aussi ? Mia sentait diminuer sa peur et un étrange engourdissement l'envahir. Ce qu'il avait l'intention de faire était tellement terrifiant qu'elle ne pouvait tout simplement pas l'envisager complètement. Ou bien avez-vous l'intention de faire de moi une marionnette ? C'est pour ça que vous m'en parlez, n'est-ce pas ? Parce que vous n'avez aucune inquiétude, je ne pourrais pas en parler à qui que ce soit ?

Saret sourit, lui lâcha le bras et à la place il mit sa main sur la sienne. Ce contact lui sembla brûlant, elle réalisa à quel point ses propres mains étaient glacées.

— Vous imaginer comme une marionnette est assez séduisant, je je reconnais, dit-il, et ses yeux devinrent à nouveau plus sombres. Et c'est peut-être ce que je ferai un jour… Mais au début, je préfèrerais ne pas trop modifier votre cerveau. Vous me plaisez beaucoup telle que vous êtes en ce moment.

— Alors qu'est-ce que vous allez faire de moi ? Mia parlait presque avec détachement. Du moins si vous n'allez pas me tuer…

— Je ne vais pas vous tuer, la rassura Saret. Je vais seulement faire en sorte que vous oubliiez cette conversation, ainsi que tout ce qui s'est passé ces derniers mois ; ça vaut mieux, vous verrez… Je sais que vous vous êtes attachée à ce monstre, et il vous manquerait sans doute quand il aura disparu. Mais de cette manière, vous serez libérée de son influence pour toujours ; ça sera comme si vous ne l'aviez jamais rencontré.

Mia le fixa des yeux, la rage lui brûlait le ventre comme du vitriol.

— Vous allez tuer Korum et me rendre amnésique pour que je l'oublie ?

— Non, ma chère Mia, dit Saret en souriant. Ce serait cruel à votre égard. Je vais d'abord vous rendre amnésique. Ainsi vous ne sentirez rien quand il mourra. Vous voyez, je ne veux pas vous faire subir un tel traumatisme. Des souvenirs aussi douloureux que ceux-là sont les plus difficiles à oublier, et je ne veux surtout pas vous donner des cauchemars qui resteraient dans votre inconscient…

— Vous êtes complètement fou, dit Mia dont la colère se décuplait à chaque instant. Elle s'en réjouissait parce que ça l'aidait à dissiper le brouillard que la terreur provoquait dans son esprit. Vous croyez vraiment que c'est un signe de compassion d'envahir mon cerveau de cette manière ? Et d'ailleurs qu'est-ce que ça peut vous faire ? Vous êtes sur le point d'assassiner cinquante mille Krinars sans le moindre remords, et je ne suis que la Charl de Korum…

— Vous savez, c'est une question que je me suis moi-même posée. Saret fronça les sourcils comme quelqu'un qui réfléchit. Vous n'êtes qu'une femme, un être humain, d'accord vous êtes jolie, mais à vrai dire, vous n'avez rien d'extraordinaire. Au départ, je n'ai pas compris pourquoi Korum était tellement obsédé à votre sujet. Mais il s'est passé quelque chose d'étrange, Mia… Il se pencha vers elle et elle vit l'éclat sombre de ses yeux. Moi aussi j'ai commencé à vous désirer.

Il s'arrêta un instant, puis poursuivit, comme s'il n'avait pas vu le dégoût et l'horreur qui se lisaient sur le visage de Mia.

— Croyez-moi, c'était un enfer de vous voir sans cesse en sachant que je n'avais pas le droit de vous toucher et que c'est avec *lui* que vous couchiez tous les soirs. Mais maintenant, tout va changer. Quand vous vous réveillerez, ce sera comme s'il n'avait jamais existé… et vous serez à moi, comme vous auriez dû l'être depuis le début.

Écœurée, jusqu'à la moelle de ses os Mia essaya de dégager sa main, la nausée lui brûlait la gorge. Il la garda un instant puis la lâcha et sourit en la voyant sursauter comme un chat qu'on ébouillante.

— Jamais ! siffla-t-elle en reculant vers le mur. Vous m'entendez ? Je ne sais pas ce que vous êtes en train d'imaginer, mais je ne serai jamais à vous de mon plein gré. Vous pourrez peut-être m'y forcer, mais il n'y aura jamais rien d'autre entre nous, souvenirs ou pas…

— Et pourquoi ? demanda Saret sans cesser de sourire. Parce que vous pensez être amoureuse de lui ? Qu'est-ce qu'une jeune fille de vingt-et-un ans sait de l'amour ? Il vous a séduite, Mia, c'est tout. Quand il aura disparu de votre vie, j'en ferai autant, et vous m'aimerez tout autant que vous pensiez l'aimer.

Mia se mit à rire, son désespoir la rendait inconsciente. La pensée d'oublier Korum et d'être contrainte de partager le lit d'un criminel de masse en puissance lui répugnait tant qu'elle préférait mourir. Peut-être parviendrait-elle à le conduire à la tuer.

— Oh, vraiment ? Mais vous ne m'attirez absolument pas, Saret. Pour moi vous n'êtes que de la bouillie pour les chats. J'ai désiré Korum dès la toute première fois où je l'ai vu. Mais pas vous. Jamais. Vous me comprenez ?

Tout en parlant, elle voyait le sourire disparaître du visage de Saret et son expression se durcir.

— On verra bien, dit-il en se levant et en bondissant sur elle. Une fois que vos souvenirs auront disparu, vous chanterez une tout autre chanson, croyez-moi.

— Non ! hurla Mia quand il l'atteignit. Et elle lui griffa les bras de ses ongles quand il l'attrapa. Lâchez-moi, sale malade ! Non !!!

Sans prendre garde à ses hurlements et à ses mouvements pour essayer de se débattre Saret la souleva et l'emmena en dehors de son bureau, ses bras formant un véritable étau autour du corps de Mia. Il alla au fond du laboratoire et la plaça sur l'une des planches flottantes proches du mur. Immédiatement, la surface intelligente réagit et lui enveloppa les bras et les jambes, l'immobilisant complètement. Saret tendit la main vers le mur et y prit un petit appareil blanc.

— Non ! Mia essaya de tourner la tête quand il s'approcha de nouveau d'elle. Non ! Ne faites pas ça !

Saret s'arrêta un instant et se pencha vers elle pour la regarder.

— Je suis désolé, Mia, dit-il d'une voix douce. J'aurais préféré ne pas avoir à le faire. Si seulement je vous avais rencontrée en premier… Mais ça ne va pas vous faire mal, je vous le promets… Et il appuya l'appareil contre le front de Mia en lui souriant doucement.

Ce sourire fut la dernière chose que vit Mia avant de sombrer dans l'obscurité.

DEUXIEME PARTIE

CHAPITRE SIX

Korum regarda de nouveau sa montre.

Mia aurait déjà dû être rentrée. Il avait reçu son message vingt minutes plus tôt et il avait immédiatement mis fin aux essais qu'il faisait avec ses ingénieurs, incapable de résister au désir de la voir dès que possible.

Tout en l'attendant, il prépara vite à dîner, il fit sa salade *shari* préférée et un plat aux pommes de terre et aux champignons dont la recette lui avait été donnée par la mère de Mia. Il l'avait demandée à Ella Stalis avant de quitter la Floride pour en faire un jour la surprise à Mia. Il adorait voir son petit visage s'illuminer de plaisir et d'excitation quand il faisait ce genre de choses. En ce moment, son bonheur comptait plus que tout au monde pour lui.

Où était-elle donc ?

Légèrement agacé, Korum demanda à son ordinateur de la localiser. Le dispositif complexe qui était greffé dans la paume de sa main était en parfaite synchronisation avec ses chaînes neuroniques si bien que d'une certaine manière quand il l'utilisait c'était l'équivalent de la pensée. Tous les Krinars n'aimaient pas l'idée d'avoir une technologie aussi intégrée, et beaucoup d'entre eux choisissaient de s'en tenir aux anciennes commandes vocales et aux appareils autonomes. Korum trouvait que c'était idiot de faire preuve de si peu de confiance, mais évidemment c'était lui qui avait conçu cet ordinateur dont il connaissait les possibilités et les limitations. Dans son espèce, nombreux étaient ceux qui n'avaient même pas la moindre idée du fonctionnement des simples appareils électroniques inventés par les hommes et qui n'avaient pas envie de l'apprendre, ce qu'il n'arrivait pas à comprendre.

Dès qu'il envoya mentalement sa demande, Mia fut localisée d'une manière parfaitement claire : le laboratoire. Elle était encore au laboratoire. Le système de localisation qu'il lui avait un jour greffé dans la main s'avérait très utile, même maintenant qu'elle n'était plus impliquée dans la Résistance.

Les lèvres de Korum dessinèrent un sourire, il pensa à la réaction de Mia chaque fois que le sujet de son marquage revenait dans la conversation. Alors elle ressemblait à un chaton furieux, avec ses petites griffes et son pelage hérissé ; ça lui donnait à la fois envie de la câliner et de la baiser, un étrange mélange des désirs qu'elle provoquait toujours en lui.

Il imaginait qu'il devrait se sentir coupable de l'avoir marquée. Et parfois, c'était presque le cas. Elle lui en voulait que désormais il saurait toujours où elle était, sans comprendre que ça lui donnait une extraordinaire sérénité. Elle était si fragile, si humaine… S'il avait le choix, elle serait toujours à ses côtés ; il la garderait toujours auprès de lui pour la protéger.

Mais il savait qu'elle refuserait. C'était important pour elle d'avoir son indépendance, d'exceller dans son propre domaine et de contribuer à la société. Il comprenait ce désir et le respectait, mais ça ne lui rendait pas la vie plus facile. Quand ils étaient à New York, avant qu'il ne lui donne les nanocytes pour la rendre moins vulnérable, la marquer avait été la seule solution pour la laisser aller seule, surtout dans une ville de la Terre où quelque chose d'aussi absurde qu'un accident de voiture pouvait facilement lui coûter la vie. C'est la raison pour laquelle il avait demandé à un gardien de la suivre en permanence et de toujours rester à une centaine de mètres d'elle. Bien sûr, elle ne s'en était jamais doutée et Korum n'avait pas l'intention de le lui dire. Mais c'était pour sa propre protection ; même à cette époque il n'aurait pas pu supporter l'idée qu'il puisse lui arriver quelque chose.

Korum regarda encore une fois sa montre et vit que vingt-cinq minutes s'étaient maintenant écoulées. Pourquoi était-elle encore au laboratoire ? Est-ce qu'il était arrivé quelque chose qui l'avait retardée ? Si Saret la faisait encore travailler tard, il aurait affaire à lui. Depuis qu'elle y travaillait, elle s'y rendait très utile et Korum était certain que son ami ne mettrait pas fin à l'apprentissage de Mia même si elle devait travailler moins.

Korum envoya mentalement une autre demande et essaya de contacter le système de communication qu'il lui avait donné, ce qu'elle appelait son bracelet-montre. Il fut surpris et de plus en plus décontenancé de s'apercevoir qu'il ne pouvait obtenir aucune connexion ; à la place des signaux digitaux, il n'y avait absolument rien.

Il se passait quelque chose de grave.

Korum en était absolument certain. Il leva la main et regarda fixement sa paume, les yeux suivant les légères impulsions lumineuses qui lui arrivaient sous la peau. C'était sa manière de se concentrer et d'utiliser des circuits mentaux spécifiques qui étaient plus complexes que ceux dont il avait besoin pour les simples tâches de la vie quotidienne.

Il n'avait pas utilisé ce circuit-là depuis plusieurs semaines, pas depuis la défaite de la Résistance. Mia n'en savait rien non plus et il n'avait pas l'intention de lui en parler. C'était inutile ; il avait arrêté d'utiliser ce dispositif pour la surveiller. La seule raison pour laquelle elle le conservait c'était qu'il était relativement compliqué de le lui enlever, et parce qu'il aimait qu'il y soit en cas d'urgence.

Korum garda les yeux rivés sur la paume de sa main et envoya une sonde à longue distance qui activa le petit enregistreur caché sous le lobe de l'oreille de Mia. Elle lui permettrait d'entendre tout ce qui se passait autour d'elle et, ce qui était plus important, de vérifier ses signes vitaux.

Dès que le dispositif se mit à fonctionner, il se détendit un peu. Elle allait bien, son rythme cardiaque était bon et sa respiration régulière.

Et pourtant... Korum fronça des sourcils et écouta attentivement. Tout était calme, trop calme. Si elle avait continué à travailler, elle aurait dû circuler et parler avec la personne qui l'avait retardée. Alors qu'en ce moment elle semblait dormir.

Elle dormait... ou elle avait perdu connaissance ?

Dès qu'il envisagea la seconde éventualité, il sut qu'il avait raison. Mais pourquoi aurait-elle perdu connaissance ? C'était absurde. Et qu'est-ce... Il écouta de nouveau. Est-ce qu'il entendait bouger quelqu'un à côté d'elle ?

Son malaise se transforma en la plus vive inquiétude.

Korum se leva, se précipita vers le mur et sortit de la maison. Il s'arrêta un instant et envoya mentalement une demande pour faire fabriquer une nacelle de transport le plus vite possible. Pendant que les nano machines faisaient leur travail il se plongea dans les archives de l'enregistreur. Tous ceux qu'il avait inventés fonctionnaient comme ça. Même quand ils n'étaient pas programmés pour émettre en direct ils continuaient à enregistrer des données et à les sauvegarder à l'intérieur.

En un instant, il eut accès aux archives de l'enregistreur et il rechercha un moment précis : c'était celui où Mia lui avait envoyé son message. Au lieu d'en écouter l'enregistrement à sa vitesse normale il demanda à son ordinateur de lui en donner une transcription instantanée qu'il lut en quelques secondes.

Et en comprenant ce qu'il lisait, Korum sentit chaque fibre de son corps traversée d'une éruption de rage. Il n'arrivait même pas à prendre conscience ni de l'ampleur de cette trahison ni de l'extrême cruauté des actions qu'un individu qu'il considérait comme son ami depuis deux mille ans allait commettre. Et Mia… Non, il ne pouvait même pas y penser. En tout cas, pas pour le moment. Pour qu'ils aient tous une chance de survivre, il lui fallait se concentrer et maîtriser sa rage et sa douleur.

Ayant recours à toute la volonté dont il était capable Korum fit appel à ce qu'il y avait de froidement rationnel en lui et commença à analyser la meilleure façon de faire face à cette situation.

* * *

Saret regarda impatiemment Korum qui partait enfin de chez lui et préparait la nacelle de transport. Maintenant, son ennemi allait venir chercher Mia et Saret espérait qu'il avait le moins de soupçons possible, à supposer qu'il en ait.

Bien sûr, il ne fallait jamais le sous-estimer. Ce salaud jouait toujours des tours à ceux qui commettaient cette erreur. Mais Korum n'avait aucune raison d'imaginer qu'il se passait quelque chose de grave et vraisemblablement il ne pouvait pas imaginer que Saret avait l'intention de le tuer.

C'était dommage que Mia ait découvert ces dossiers aujourd'hui. Saret avait toujours su que quelqu'un y mettrait le nez et comprendrait que Saur n'était pas aussi compétent dans le domaine de la suppression de la mémoire qu'on en avait donné l'impression. Saret aurait dû transférer ces dossiers, mais chacun de ceux qui travaillaient au laboratoire savait qu'il ne fallait pas consulter le travail des autres sans l'autorisation expresse du patron.

Chacun, sauf cette jeune fille visiblement.

Mais d'un autre côté, il est possible que d'une certaine manière Saret souhaitât qu'elle fasse cette découverte. Il avait eu plaisir à lui expliquer son plan et à voir les émotions qui se lisaient sur son petit visage expressif. Évidemment, elle n'avait pas tout compris, elle était encore trop sous l'emprise de Korum pour pouvoir penser clairement.

Quand elle lui avait dit qu'il ne lui plaisait pas, il en avait été furieux. Évidemment, elle mentait pour le pousser à faire une bêtise. Il était un Krinar et il était dans la fleur de l'âge ; il savait bien que sur Terre les femmes le désiraient. Et elle aussi, elle le désirerait un jour ; il s'en était assuré.

D'abord, il serait doux avec elle, contrairement à Korum quand il l'avait rencontrée. Lors du procès Saret avait vu des enregistrements du début de leur liaison et il avait été furieux de voir la manière dont son ennemi la traitait. Saret serait un meilleur cheren, il en était certain.

Mais où était donc Korum ?

Saret fronça des sourcils et regarda de nouveau l'image. Son ennemi n'avait pas l'air de se presser. Au lieu de se précipiter au laboratoire, il était à côté de son vaisseau et prenait le temps de bavarder avec une Krinar que Saret n'avait jamais vue. Et il... flirtait presque avec elle ? *Quel salaud, il trompait déjà Mia.*

Eh bien tant pis, il arriverait quand il arriverait. Et à ce moment-là, une jolie petite surprise l'attendrait.

Sans que personne ne le sache, Saret avait passé plusieurs années à construire une forteresse très sophistiquée à l'intérieur du laboratoire. Tous les bâtiments Krinars étaient durables et conçus pour résister aussi bien à des explosions nucléaires qu'à des éruptions volcaniques. Mais ce laboratoire allait plus loin : ses murs étaient armés et conçus pour tuer quiconque essayait d'entrer une fois que Saret en avait activé le mode de protection. Ces murs étaient également impénétrables et résisteraient à toute forme de nano technologie parce que Saret y avait installé les mêmes boucliers que ceux qui protégeaient les Centres.

Ce n'avait pas été facile. La population normale n'avait pas facilement accès à l'armement, surtout pas à l'armement nano comme celui que Saret avait intégré dans les murs. Il avait dû demander de nombreux services et dépensé une partie importante de sa fortune personnelle pour faire les choses exactement comme il le souhaitait. Et ça lui avait encore davantage coûté d'en garder le secret.

Mais maintenant, ses efforts allaient payer. Dans deux ou trois jours les armes nano qu'il avait l'intention d'utiliser dans les Centres seraient prêtes. Et les dispositifs de dispersion contenant les nanocytes avaient déjà été installés dans les villes principales de la Terre.

Il avait seulement besoin de faire preuve de patience.

Mais dix minutes plus tard Saret avait perdu ce qui lui restait de patience. Bon Dieu, que pouvait bien faire Korum ? Saret avait-il sous-estimé son attachement à cette jeune fille ? Il avait l'impression que Korum flirtait avec cette Krinar. Il était là, et il riait avec elle en lui touchant le bras. *Putain ! Qu'est-ce que ça voulait dire ?* Qu'était devenue son obsession pour Mia ? Elle n'avait donc été qu'un jouet pour lui depuis le début ?

Dès que Saret se posa cette question, il l'écarta. Non, il y avait anguille sous roche. Tout à coup, il en fut certain.

Est-ce que son ennemi se moquait de lui ? L'image qu'il lui envoyait était-elle fausse ? C'était impossible de le savoir. Les silhouettes que voyait Saret avaient bien l'air réel. Mais comme il le savait bien, les apparences peuvent être trompeuses.

Il lui fallait l'envisager, Korum s'était peut-être douté qu'il se passait quelque chose.

Sans plus attendre, Saret s'arma et revêtit un bouclier protecteur qui lui enveloppait entièrement le corps. Mais les murs du laboratoire étaient encore son meilleur moyen de se défendre et c'est là, sur son propre terrain, qu'il avait l'intention de confronter son ennemi. Il ne ressentait aucune peur, mais son pouls s'était accéléré en anticipant la lutte qui allait survenir.

Saret jeta un coup d'œil à Mia pour s'assurer qu'elle était toujours évanouie, couchée et maintenue en place par un brancard flottant. Elle risquait de bientôt revenir à elle et il espérait que tous les désagréments seraient alors terminés.

En ne prêtant pas attention à l'adrénaline qui coulait à flots dans les veines Saret s'assit à côté d'elle et lui caressa le bras, émerveillé de la douceur de sa peau blanche. Elle était si jolie avec ses cils noirs en éventail sur les joues et ces lèvres douces légèrement entrouvertes. Quel était donc ce conte qu'on racontait aux enfants sur la Terre ? La Belle au bois Dormant ? En fait, pensa Saret, elle ressemblait davantage à Blanche Neige avec son teint de lait et ses cheveux noirs.

Il se pencha, lui embrassa les lèvres et les caressa légèrement de la langue. Comme il s'en doutait, elle avait un goût délicieux ; ce tout petit goût suffit à lui donner une érection. S'il avait eu davantage de temps il l'aurait prise tout de suite, évanouie ou pas.

Mais il n'avait pas le temps. Il devait continuer à se concentrer. D'une manière ou d'une autre, Korum allait bientôt arriver.

Saret se leva pour aller voir de nouveau l'image. Il était maintenant presque certain qu'elle était fausse.

Mais où était donc Korum ?

Saret se mit à faire les cent pas, trop agité pour se rasseoir.

Quand tout commença deux minutes plus tard il ne s'en aperçut même pas immédiatement.

Ce fut un léger murmure qui l'avertit d'abord qu'il y avait un problème. Le bruit semblait emplir l'air et augmenta progressivement de volume jusqu'à devenir un vrombissement pénible pour son ouïe sensible de Krinar.

Puis les murs commencèrent à fondre. Saret n'avait jamais rien vu de tel.

Les matériaux conçus pour résister à une explosion nucléaire avaient l'air de se liquéfier de haut en bas, comme si le bâtiment avait été en cire.

Maintenant, Saret connaissait le goût de la peur. Comme du vitriol, il s'amassait au plus profond de son ventre. Il n'avait pas prévu ce qui se passait. Il était censé être en sécurité dans son laboratoire, dans la forteresse qu'il avait construite avec soin… mais ce n'était pas le cas.

Saret ne connaissait aucune arme capable de faire ça, de pénétrer les boucliers qui protégeaient les colonies, mais il fallait se rendre à l'évidence. Les murs fondaient littéralement autour de lui.

Il n'y avait plus qu'une solution : battre en retraite pour survivre et reprendre la lutte plus tard. Pendant un instant, Saret se demanda s'il allait prendre Mia avec lui, mais elle le ralentirait dans sa fuite et il ne pouvait prendre ce risque. Il devrait revenir la chercher.

Il jeta un dernier coup d'œil à la jeune fille évanouie sur le brancard flottant et il activa le toboggan de secours puis disparut sous le plancher du bâtiment.

CHAPITRE SEPT

— Je veux qu'on le trouve ! Par tous les moyens ! Vous me comprenez ! Korum savait que son ton était dur, mais il n'arrivait plus à contenir la rage glacée qui lui courrait dans les veines.

Alir, le chef des gardiens, hocha la tête.

— Nous vous le livrerons, promit-il ; ses yeux noirs étaient froids et dénués d'expression.

— Bien ! dit sèchement Korum.

Il fit demi-tour et retourna d'un bond vers le fond de la pièce où Ellet était assise à côté de Mia pour faire des examens de diagnostic.

Quand il s'approcha, la Krinar releva la tête, il y avait d'évidents signes de tension sur son beau visage.

— Elle devrait reprendre bientôt connaissance, dit-elle d'une voix douce. Mais, Korum, j'en ai bien peur, le mal est fait.

— Que veux-tu dire ? Il ne voulait pas le croire, il ne pouvait accepter cette éventualité.

Il ne pouvait accepter J'ai bien peur que le scan ne montre des signes de traumatisme correspondant à l'amnésie. Je suis tellement navrée…

— Non ! Tu dois te tromper ! Il serrait les poings si fort que ses ongles lui entraient dans la peau et le faisaient saigner. Il doit y avoir une solution…

— Je vais la chercher, dit Ellet en se relevant. Mais ce genre d'effacement de la mémoire a tendance à être irréversible, j'en ai bien peur.

Korum fit un pas en avant.

— Il ne s'agit pas de chercher une solution, Ellet, dit-il d'une voix calme. Putain, je veux que tu laisses tout tomber et que tu lui rendes la mémoire.

Ellet fronça les sourcils.

— Tu sais que je vais faire de mon mieux.

— Il faut faire encore plus ! Korum savait qu'il n'était pas raisonnable, mais ça lui était égal. Il n'avait jamais senti cela de sa vie, une haine aussi meurtrière. Il voulait tailler Saret en pièces, le réduire en morceaux et l'entendre hurler de douleur. Il voulait éviscérer celui qu'il avait considéré un jour comme son ami et se baigner dans son sang comme le faisaient les anciens.

Sous le tourbillon de rage et d'amertume provoquées par la trahison de Saret une culpabilité terrible et écrasante pesait sur les épaules de Korum et le faisait souffrir. Mia avait été attaquée, et attaquée à cause de lui. Parce qu'il n'avait pas pu la protéger du monstre qui se cachait parmi eux. Parce qu'il avait été trop confiant. Sans lui, elle n'aurait jamais eu ce stage, elle n'aurait jamais été exposée aux désirs pervers de Saret.

S'il ne l'avait pas amenée à Lenkarda, elle n'aurait jamais couru ce risque.

Comment Korum ne s'en était-il pas aperçu plus tôt ? Comment avait-il pu ne pas sentir une telle haine ? Son pire ennemi était l'un de ses meilleurs amis, et quand il l'avait découvert, c'était trop tard.

Et maintenant, il lisait de la pitié sur le visage d'Ellet. Elle connaissait ses sentiments pour Mia et pouvait sans doute deviner dans quelle disposition d'esprit il se trouvait maintenant.

— Je ferai tout mon possible, Korum, dit-elle d'une voix apaisante. Je te le promets. Je ferai tout ce qui est possible pour t'aider.

Korum respira profondément pour se calmer. Ce n'était pas de la faute d'Ellet si son ami s'était avéré être le pire psychopathe de l'histoire moderne des Krinars.

— Merci, dit-il à voix basse.

Ellet sourit, elle semblait soulagée.

— Tu peux la ramener à la maison maintenant si tu veux. Elle se réveillera d'elle-même dans quelques heures et il vaudrait mieux que ce soit chez toi. Au début, moins elle aura affaire à nous mieux ça vaudra.

Korum hocha la tête.

— Bien sûr.

Il se pencha sur le brancard de Mia, la prit dans ses bras avec précaution en l'étreignant tendrement contre lui. Elle était si légère, si fragile dans ses bras. Réaliser qu'elle aurait pu mourir aujourd'hui, c'était comme du poison dans les veines de Korum, un poison qui le brûlait de l'intérieur.

Saret paierait pour ce qu'il avait fait à Mia, pour ce qu'il avait l'intention de leur faire à tous. Korum s'en chargerait.

* * *

Mia laisse échapper un petit soupir et fronça le nez, l'une de ses mains fines se leva pour ôter une de ses boucles noires de sa joue. Ses yeux étaient toujours fermés, mais il était évident qu'elle commençait à revenir à elle.

Assis sur le bord du lit Korum la regardait se réveiller lentement, incapable de détacher les yeux d'elle. S'il raisonnait logiquement il savait bien qu'elle n'était pas la plus jolie femme qu'il ait jamais vue, mais ça n'avait pas d'importance. À ses yeux, elle était parfaite. Il aimait tout d'elle ; chaque partie de son petit corps délicat le remplissait de désir. Même maintenant, couchée dans sa robe rose pâle, il devait lutter comme l'envie de la toucher, de la rapprocher de lui et de s'enfouir profondément en elle.

Le mélange déconcertant de désir et de tendresse qu'elle provoquait en lui ne ressemblait à rien de ce qu'il avait éprouvé auparavant. Comme beaucoup de Krinars, Korum avait toujours considéré le sexe comme un divertissement amusant. La plupart de ses autres liaisons avaient été sans lendemain, comme celle qu'il avait eue avec Ellet il y a quelques années. Il aimait les Krinars du sexe féminin et il appréciait aussi leur compagnie ailleurs qu'au lit, mais il n'avait jamais voulu vivre avec l'une d'entre elles de façon permanente, il n'avait jamais ressenti le désir d'en avoir une pour lui.

Jusqu'à sa rencontre avec Mia.

Quelle qu'en soit la raison, cette jeune fille venue de la Terre touchait ses instincts les plus obscurs, les plus primitifs. Ce qu'il ressentait pour elle allait au-delà du désir sexuel, au-delà d'une soif pour sa tendre chair. Ce qu'il voulait c'était la posséder tout entière, qu'elle soit à lui de toutes les façons possibles.

Ce n'était pas un phénomène isolé chez les Krinars. Dans les temps les plus reculés, les anciens Krinars avaient besoin de chasser et de protéger leur territoire, et ils le faisaient d'autant mieux s'ils étaient profondément attachés à leur compagne. Il s'agissait donc d'une simple adaptation et d'une simple évolution, la fixation obsessionnelle d'un mâle pour une femelle en particulier. Plus profonde que le désir, plus fort que l'amour, c'était une puissante combinaison des deux qui exigeait d'un Krinar de pouvoir sacrifier sa vie pour protéger sa compagne et leurs enfants.

Au cours des années, tandis que la société Krinar devenait plus civilisée, ce genre d'attachement devint moins important pour la survie de l'espèce et cette tendance génétique s'affaiblit avec le temps. Évidemment, elle continuait d'exister, mais se fit plus rare à l'époque moderne, et c'était la raison pour laquelle Korum n'avait pas compris ce qui se passait quand il avait rencontré Mia pour la première fois.

Au début, il n'avait pas compris ce qu'il ressentait. Il ne savait qu'une chose, il la désirait, et il voulait qu'elle soit à lui. Même sa réticence initiale n'avait pas suffi à le décourager ; en fait, la méfiance de Mia l'avait d'abord intrigué et avait déclenché les instincts de prédateur qu'il parvenait d'habitude à maîtriser.

Il ne lui était jamais arrivé de poursuivre quelqu'un de cette manière avant elle, il avait toujours été respectueux des désirs de celle qu'il courtisait, mais avec Mia il avait été impitoyable. Il l'avait poursuivie avec toute l'intensité qui était la sienne, laissant de côté toute idée de bien et de mal. Et en moins d'une semaine, il avait obtenu ce qu'il voulait : Mia était dans son lit, chez lui. Elle était à lui et il pouvait la posséder quand il le voulait.

Il avait mis beaucoup longtemps à gagner son amour.

Encore aujourd'hui il ne pouvait s'empêcher d'avoir la colère au ventre quand il pensait à son engagement dans la Résistance. D'un point de vue rationnel il savait qu'il ne pouvait lui en vouloir de s'être défendue, de ne pas lui avoir fait confiance au début. Elle n'était qu'une enfant comparée à lui ; il aurait dû mieux tenir compte de ses peurs, il aurait dû la séduire patiemment au lieu de l'obliger à cette liaison. Alors peut-être n'aurait-elle pas cru les mensonges des combattants et ne l'aurait-elle pas trahi comme elle l'avait fait

Mais il n'avait pas été patient. La force de ses émotions l'avait pris de surprise et l'avait aveuglé sur tout, sauf sur le besoin de la posséder. Ce qui avait commencé comme une obsession sexuelle était vite devenu un sentiment beaucoup plus profond, et Korum n'avait pas su comment réagir. Il s'était laissé guider par la souffrance et par la colère, utilisant Mia contre la Résistance pour la punir de l'avoir espionné alors qu'il aurait simplement dû tout lui expliquer et lui faire comprendre quelles étaient ses intentions.

C'était un miracle qu'elle soit tombée amoureuse de lui, un miracle dont il était chaque jour reconnaissant. Et si elle l'avait oublié quand elle se réveillerait, alors il mettrait cette situation à profit pour prendre un nouveau départ et se racheter pour ce qui s'était passé avant.

D'une manière ou d'une il retrouverait l'amour de Mia.

Le contraire était impensable.

Finalement, elle se mit à battre des paupières et elle se réveilla. Elle cligna des yeux, eut l'air perdu puis regarda fixement Korum ; le choc la rendit bouche bée.

Korum lui caressa doucement le bras et lui sourit.

— Bonjour ma chérie, dit-il en s'efforçant de rendre sa voix apaisante. Ce qu'il avait vraiment envie de faire c'était de la prendre dans ses bras, mais ça lui ferait peur si elle avait vraiment perdu la mémoire et s'il était désormais un étranger pour elle.

Même dans ces conditions il pouvait entendre son cœur battre à tout rompre et sentir ses muscles se contracter lorsqu'elle réalisa qui il était. Il vit sa petite langue rose, elle se lécha la lèvre inférieure avec ce geste inconsciemment provocateur qui avait toujours le don de le rendre fou. Il vit la peur dans ses yeux… et c'était comme si on avait plongé un poignard dans le cœur de Korum tant la douleur fut vive et pénétrante.

Elle retira brutalement son bras et se précipita de l'autre côté du lit.

— Qu'est-ce que je fais ici ? Qui êtes-vous ?

Korum pouvait entendre de la panique dans sa voix et il s'efforça de rester immobile, de ne faire aucun mouvement dans sa direction.

— Je m'appelle Korum, dit-il en guettant un signe de reconnaissance sur son visage. Mais il n'y en eut aucun. Il surmonta sa déception et lui demanda : quelle est la dernière chose dont tu te souviennes, ma chérie ?

Elle avala sa salive avec effort et recula à toute vitesse encore plus loin.

— Je suis à la faculté, murmura-t-elle, je passe un examen…

— Quel examen, ma chérie ? De quel cours s'agit-il ? *Jusqu'à quel point Saret avait-il effacé sa mémoire ?*

— C'est… mon cours de Psychologie de l'Enfant, répondit-elle d'une voix légèrement tremblante.

Korum poussa un soupir de soulagement.

— Donc c'est le deuxième semestre. Elle n'avait perdu que deux ou trois mois et non pas des années comme il l'avait d'abord redouté.

Elle hocha la tête, mais elle semblait toujours terrifiée.

— Qu'est-ce que vous me voulez ? Pourquoi m'avoir conduite ici ?

Il pouvait entendre une hystérie croissante dans sa voix.

Korum soupira. Cela n'allait pas être facile.

— C'est compliqué, Mia, dit-il d'une voix douce. Aimerais-tu que je te l'explique ?

De nouveau, elle hocha la tête, ses yeux bleus étaient écarquillés et remplis de peur.

— Alors, viens ici, et nous allons en parler, dit-il en la voyant se contracter encore davantage. Je te le promets, je ne vais pas te faire le moindre mal… Mais assieds-toi ici, à côté de moi. Il donna une petite tape sur le lit, il avait besoin qu'elle soit plus près de lui.

Elle hésita et il vit les émotions qui traversaient son joli visage. Il sut exactement à quel moment elle décida qu'elle n'avait rien à perdre en acceptant ce qu'il lui demandait. Après tout, c'était un Krinar, il était donc aussi dangereux à trois mètres que tout près.

Le corps mince de Mia tremblait, elle se rapprocha lentement de Korum tout en le regardant avec méfiance. Quand elle fut assez près de lui, Korum tendit la main pour prendre la sienne et la réchauffer, elle était glacée.

D'abord, elle sursauta puis s'immobilisa tout en continuant de le fixer des yeux.

Korum sourit, un peu de la tension qu'il éprouvait s'atténua quand elle lui permit de la toucher.

— Nous sommes amants, Mia, dit-il doucement en regardant sa réaction. Tu ne te souviens plus de moi parce que tu as perdu une partie de ta mémoire. Nous sommes maintenant au mois de juin et nous sommes à Lenkarda, notre Centre du Costa Rica.

CHAPITRE HUIT

Mia regardait fixement le magnifique Krinar qui lui frottait doucement la main. Ce qu'il venait de lui dire était totalement insensé. Ils étaient amants ? Elle avait perdu la mémoire ? Mia avait passé en revue de nombreux scénarios tous plus fous les uns que les autres, mais elle n'avait même pas envisagé celui-là.

Est-ce qu'il se jouait d'elle ? Et dans ce cas, où était la vérité ? Mia essaya de maîtriser sa panique assez longtemps pour pouvoir réfléchir, mais elle avait l'impression qu'une partie de son cerveau était pleine de brume. Même les évènements récents comme le deuxième semestre et les examens étaient vagues dans son esprit comme s'ils étaient arrivés il y a longtemps et non pas il y a quinze jours.

— Tu ne me crois pas, n'est-ce pas ? lui demanda le K, et ses yeux d'ambre la regardaient avec une tendresse déconcertante.

— Non, bien sûr que non. Sa voix était étonnamment calme. Tout bien considéré, Mia trouvait qu'elle réagissait relativement bien. Elle ne pleurait pas, elle ne criait pas, alors qu'elle parlait avec un extra-terrestre qui l'avait très vraisemblablement kidnappée.

Un extra-terrestre qui buvait peut-être du sang humain, et qui était en train de lui caresser le poignet d'une manière qui lui contractait le ventre d'une étrange excitation.

Pourquoi n'avait-elle pas davantage peur de lui ? Tout ce qu'elle savait de son espèce indiquait qu'elle devrait craindre pour sa vie.

Mais ce n'était pas le cas.

Elle était paniquée parce qu'elle ne savait pas où elle était ni comment elle y était arrivée et qu'elle ignorait pourquoi elle était avec un K qui prétendait être son amant, mais elle n'avait pas vraiment peur. En fait, elle trouvait sa présence étrangement réconfortante, ses caresses à la fois apaisantes et excitantes. Avait-il fait quelque chose pour la faire réagir de cette façon ?

— Non, bien sûr que non, tu ne me crois pas, répéta-t-il lui souriant d'un air compréhensif. Comment pourrais-tu croire quelque chose d'aussi insensé sans avoir de preuve, hein ?

Mia hocha la tête sans pouvoir détacher les yeux du sourire de Korum. Elle était fascinée par la fossette de sa joue gauche ; elle était si juvénile, si insolite par rapport au reste de son apparence.

— D'accord, ma chérie. Mia était déconcertée par la tendresse de cette voix. Laisse-moi te montrer des preuves. Et sans lui lâcher la main, il indiqua d'un geste une image holographique en trois dimensions qui apparut tout à coup au milieu de la pièce.

Mia en eut le souffle coupé puis elle s'aperçut que l'image la représentait avec le K à ses côtés. Ils avaient l'air de marcher sur la plage en bavardant et en riant. Le K se baissa et prit la jeune fille de l'image dans ses bras, sans le moindre effort, comme si elle avait été légère comme une plume. De nouveau, elle se mit à rire puis lui mit les bras autour du cou et l'embrassa avec une telle passion que Mia sentit ses joues la brûler.

— Qu'est-ce que c'est que ça ? D'où tenez-vous cette vidéo ? Mia sentait qu'elle rougissait terriblement en voyant le K rendre son baiser à la jeune fille, il la tenait d'une main et l'autre se glissait sous sa robe.

— Ce n'est qu'un enregistrement fait par un de nos satellites, expliqua le K qui s'appelait Korum, en la regardant ses yeux brillaient d'une étrange lueur d'or. Sans savoir pourquoi Mia sentit que ce regard l'excitait, son cœur se mit à battre plus vite et ses tétons se raidirent sous le fin tissu de sa robe. Elle espérait éperdument que le K ne s'en apercevrait pas ; ce serait gênant, et ce pourrait être dangereux s'il savait quel effet il avait sur elle.

Puis elle réalisa ce qu'il venait de dire.

— Attendez, vos satellites nous espionnaient ?

— Nos satellites enregistrent toujours tout, expliqua-t-il, et ses lèvres sensuelles dessinèrent un sourire. Mais ne t'inquiète pas, ma chérie, il n'y a que nos ordinateurs qui voient ces images, sauf si quelqu'un formule une demande spécifique, ce que j'ai fait.

Le pouls de Mia s'accéléra, cette fois sous l'effet de l'anxiété.

— Est-ce que vous me dites que vous ne respectez jamais notre intimité ?

— Bien sûr, dit simplement le K. D'ailleurs, votre propre gouvernement ne la respecte pas non plus. Tu le sais bien, n'est-ce pas ?

Mia cligna des yeux. Elle savait que les GPS et les téléphones portables empêchaient pratiquement quiconque de se cacher, et elle savait que les différents organismes officiels utilisaient tous les moyens dont ils disposaient pour retrouver les terroristes et les autres criminels. En citoyenne respectueuse des lois, elle n'avait jamais beaucoup réfléchi au fait que tout ce qu'elle faisait, que ce soit naviguer sur le net ou téléphoner, pouvait être surveillé si nécessaire. Elle se contentait de l'accepter, cela faisait partie de la vie au XXIème siècle. Mais, quelle qu'en soit la raison, l'idée que les satellites Krinars examinaient chacun de ses faits et gestes l'inquiétait vraiment beaucoup.

Mia fronça des sourcils en réalisant qu'elle réagissait comme si l'image qu'il lui montrait était réelle. Il n'y en avait absolument aucune garantie ; étant données les avancées technologiques des Krinars ce serait sans doute pour eux un jeu d'enfant de faire apparaître n'importe quelle image vidéo, qu'elle soit en 3 D ou pas.

— Comment savoir si vous ne l'avez pas créée de toute pièce ? dit-elle en désignant l'image où l'on voyait maintenant le couple en train de faire l'amour. Mia rougit de plus belle et détourna les yeux.

— Tu ne peux pas le savoir, effectivement, dit le Krinar. Je pourrai fabriquer cette vidéo si je le voulais. J'ai des centaines d'autres enregistrements que je pourrais te montrer, et tu aurais raison de ne pas leur faire confiance.

Mia se mit à rire nerveusement, elle était surprise par sa franchise.

— Entendu, alors comment pouvez-vous me donner des preuves ? Elle n'arrivait pas à le croire, elle n'avait pas immédiatement rejeté la possibilité qu'il lui dise la vérité. Comment quelqu'un de rationnel aurait-il pu croire une chose pareille ? Elle s'en serait quand même rappelé si elle avait couché avec un bel extra-terrestre… et même si elle avait couché avec quelqu'un d'autre.

Le K sourit à nouveau.

— Je peux te le prouver de plusieurs façons, dit-il. Commençons d'abord par le fait que tu me comprends en ce moment alors que je te parle en Krinar.

Mia fut tellement choquée qu'elle en resta bouche bée. Effectivement, elle comprenait ce qu'il lui disait même s'il avait dit cette dernière phrase dans une langue qu'elle était certaine de ne pas avoir entendue avant.

— Attendez ! Qu'est-ce que vous dites ? Elle aussi parlait cette langue. Vous me parlez en Krinar ?

—Oui, et toi aussi tu me réponds en Krinar, dit-il avec un sourire plus marqué. Et maintenant, je te parle en italien. Et tu continues à me comprendre, n'est-ce pas ?

Mia hocha la tête, tout ceci était tellement invraisemblable que la tête lui tournait.

— C'est parce que tu as un minuscule implant qui te sert de traducteur, expliqua le K, et cette fois il parlait en anglais. Je te l'ai donné quand nous sommes arrivés ici, à Lenkarda. Il te permet de parler et de comprendre n'importe quelle langue, humaines et Krinar.

— Mais… Mia ne savait même pas par où commencer. Qu'est-ce qui me prouve que vous ne venez pas juste de me le donner ? Et attendez, vous m'avez bien dit que nous sommes en juin ? La dernière chose dont je me souvienne était en mars. Comment aurais-je pu perdre une partie de ma mémoire ? C'est absurde…

Le K soupira et leva la main puis lui glissa doucement une boucle de cheveux derrière l'oreille.

— Je sais, Mia, dit-il d'une voix douce. Je sais que tu vas avoir du mal à l'accepter. Laisse-moi te raconter une petite histoire, et ensuite je te prouverai que je te dis la vérité, d'accord ?

— Entendu, dit Mia, fascinée par la tendresse qu'elle voyait sur son beau visage. Comment quelqu'un d'aussi beau pouvait-il être son amant ? Peut-être était-ce simplement un rêve inhabituellement crédible. Serait-il possible qu'elle soit profondément endormie et que son inconscient ait créé cette créature extraordinaire ? S'il était vraiment son amant, alors elle était la jeune fille la plus chanceuse au monde, mais elle ne voyait toujours pas comment ça pourrait bien être possible.

— Bien, dit-il, et ses yeux dorés brillaient. Alors, laisse-moi te raconter comment nous nous sommes rencontrés…

Et pendant les vingt minutes qui suivirent, Mia eut le choc de l'entendre lui raconter leur première rencontre d'avril et lui parler en détail de la liaison tumultueuse qui s'en était suivie. Quand il commença à lui expliquer son implication dans la Résistance, elle n'en crut pas ses oreilles.

— Je vous ai espionné ? Comment donc en avait-elle eu le courage ? Bien qu'il fasse preuve de douceur avec elle en ce moment, Mia avait l'impression que ce K pouvait être très dangereux si on le provoquait. En général, ceux de son espèce n'étaient pas d'une nature particulièrement clémente, leur tendance à la violence s'était clairement manifestée pendant les combats de la Grande Panique.

— Oui, confirma le K et sa mâchoire se contracta légèrement. Mais c'était aussi de ma faute parce que je le savais et que je te fournissais de fausses informations.

Mia le regarda d'un air incrédule.

— Et vous dites que nous sommes amants ? Malgré tout ça ?

— Nous sommes plus qu'amants, Mia. Tu es ma Charl. Il hocha la tête.

— C'est le terme que nous utilisons pour dire e que tu es pour moi. L'équivalent le plus proche chez vous serait 'compagne'.

— Comme une épouse ? Mia s'entendait élever la voix en signe d'incrédulité.

Il sourit.

— Pas exactement, mais oui, tu pourrais l'imaginer comme ça.

Mia le regarda fixement.

— Mais vous avez dit que je vous ai rencontré en avril et que nous sommes seulement en juin. Quand donc avons-nous pu nous marier ?

Il hésita un instant.

— Ce n'est pas comme ça que ça marche, ma chérie. Dans la relation entre une Charl et un cheren il n'y a pas de cérémonie officielle.

— Alors *comment* est-ce que ça marche ? En quoi est-ce différent de la relation entre une petite amie et son petit ami ? D'ailleurs, elle ne pouvait même pas imaginer que cette superbe créature soit son petit ami. Mais son mari ? C'était inimaginable !

— La différence, Mia, c'est que je ne pourrai pas donner à une petite amie ordinaire ce que je t'ai donné, dit-il à voix basse. Parce qu'en faisant de toi ma Charl je t'ai intégré complètement dans notre univers, avec tout ce que ça implique.

De nouveau, le cœur de Mia se remit à battre plus vite.

— Et qu'est-ce que ça implique ?

— Une espérance de vie beaucoup plus longue, dit-il doucement. Ne pas vieillir et ne pas tomber malade. L'immortalité, pour reprendre votre propre terme.

* * *

Korum la voyait ouvrir grands les yeux, sur son visage le scepticisme luttait contre l'excitation. La boucle de cheveux qu'il venait juste de lui glisser derrière l'oreille s'était de nouveau libérée, refusant de rester en place ; il adorait cette boucle rebelle elle attirait toujours ses doigts dans les cheveux de Mia, elle lui donnait envie de caresser cette toison douce et épaisse.

En général, il était à la fois étonné et satisfait de sa réaction pour le moment. C'était quelqu'un de prudent par nature, on pouvait donc s'attendre à de la méfiance de sa part, mais elle avait beaucoup moins peur qu'il ne s'y attendait. Elle ne reculait pas quand il touchait et ne semblait pas refuser qu'il soit tout près d'elle. D'une certaine manière, malgré son absence de mémoire consciente, elle devait sans doute le reconnaître à un autre niveau et devait encore lui faire confiance et croire qu'il n'allait pas lui faire de mal.

— Vous avez le pouvoir de rendre les êtres humains immortels ? demanda-t-elle en fronçant légèrement les sourcils.

Korum soupira, il ne souhaitait pas reparler de ça.

— Oui, dit-il patiemment. Mais pas tous seulement ceux qui font partie de notre société. Malgré tout, en ce moment j'essaie d'obtenir une exception pour tes parents et pour ta sœur…

— Vous les connaissez ? Elle lui avait coupé la parole. Vous avez fait la connaissance de ma famille ?

— Oui, je les connais, lui confirma Korum, et il en était content. Tout aurait été beaucoup plus difficile si elle avait perdu la mémoire avant leur voyage en Floride. Et c'est comme ça que tu vas savoir que je te dis la vérité, ma chérie. Tu vas parler avec Marisa et avec tes parents.

Mia eut l'air déconcertée par cette idée, puis son visage s'éclaira. Désormais, Korum la connaissait assez pour savoir qu'il venait de dissiper ses craintes d'être séparée de ceux qu'elle aimait.

Son grand attachement à sa famille était l'un des nombreux points faibles de Mia, et Korum n'avait pas hésité à en profiter dans le passé, de l'utiliser pour l'attacher encore plus étroitement à lui. Il avait été étonnamment facile pour lui de gagner l'affection de ses parents ainsi que de sa sœur. Il s'était renseigné avec soin à leur sujet avant de les rencontrer, et ils avaient réagi exactement comme il l'avait espéré, leur méfiance initiale avait disparu quand ils s'étaient aperçu que Mia était aimée et qu'elle était heureuse.

Et cela avait rendu Mia encore plus heureuse et plus attachée à *lui*.

À tort ou à raison, Korum savait qu'il ferait tout ce qui était en son pouvoir pour qu'elle continue à l'être. Elle ne s'en souvenait probablement pas en ce moment, mais elle l'avait aimé, et elle l'aimerait de nouveau. Mais maintenant, il devait lui prouver qu'il n'était pas fou et qu'il ne lui jouait pas un mauvais tour.

— Tiens, sers-toi de ça, dit-il en lui donnant un nouvel ordinateur à porter sur le poignet qu'il lui avait fabriqué il y a une heure ou deux. Cette fois-ci, il y avait ajouté des fonctions visuelles pour que ça lui soit encore plus facile de rester en contact avec sa famille. Cela lui prit encore une minute de montrer à Mia comment s'en servir et quand elle fut en liaison avec le compte Skype de ses parents, la voix et l'image de sa mère apparurent dans la pièce.

En souriant, Korum traversa la chambre et alla s'asseoir dans un coin pour donner un peu d'intimité aux deux femmes. Mais il entendait tout ce dont elles parlaient et les écouta avec beaucoup de curiosité.

Comme toujours, sa petite Charl semblait très préoccupée de ne causer aucun souci à ses parents. Au lieu de leur dire qu'elle avait perdu la mémoire Mia donna un ton général et enjoué à la conversation, elle demanda des nouvelles de la santé de ses parents et leur demanda comment allait Marisa. En souriant Korum les écouta tandis que Ella Stallis lui parlait avec insouciance des dernières nouvelles de la grossesse de Marisa (elle avait pris un kilo et demi !) et à quel point ils avaient apprécié la visite de Mia et de Korum.

Bien que la grossesse de sa sœur ait dû être un choc pour Mia elle se prit au jeu et s'exclama aux bons moments, se comportant comme si tout était normal. Elle réussit même à rire et à promettre de bientôt venir les voir comme si elle se souvenait parfaitement de son dernier voyage. Korum ne put s'empêcher de l'admirer de se comporter ainsi ; il savait à quel point elle devait être anxieuse et se sentir perdue en ce moment et il était vraiment impressionné par son sang-froid.

Finalement, Mia termina cette conversation et le regarda.

— Vous voulez que je vous le rende ? demanda-t-elle avec incertitude en désignant le bracelet-montre qu'il lui avait donné.

— Non, c'est à toi pour de bon. Korum se leva et se dirigea vers elle. Est-ce que ça t'a aidé ? Est-ce que tu me crois maintenant ?

— Je ne sais pas, murmura-t-elle, et il vit la tristesse et la confusion sur son visage. Si tout cela est vrai, quand est-ce que c'est arrivé ? Comment ai-je pu perdre une partie si importante de ma vie ? Je me suis cogné la tête ou il s'est passé autre chose ?

— Oui, il s'est passé autre chose. Korum essayait de ne pas penser à la trahison de Korum qui le rendait fou de rage. Il ne voulait surtout pas faire peur à Mia en ce moment. À la place, il leva la main et se laissa aller à lui caresser la joue, savourant le plaisir familier de sentir sa peau douce sous ses doigts.

Elle cligna des yeux, ses cils épais battaient ses joues comme des éventails noirs. À l'immense satisfaction de Korum, elle ne tressaillit pas et ne repoussa pas ses caresses. En fait, elle avait l'air de se rapprocher de lui, comme si elle aussi avait soif de le toucher.

Incapable de résister plus longtemps, Korum pencha la tête et l'embrassa, lui tenant doucement la tête entre les mains. Rien qu'un baiser, se jura-t-il, rien qu'un petit baiser…

D'abord, elle se raidit et ferma la bouche pour repousser l'intrusion de sa langue. Il pouvait sentir son cœur battre éperdument dans sa poitrine, sentir son moment de panique, puis ses lèvres se firent plus douces et s'entrouvrirent. Elle leva les mains et les appuya légèrement contre le torse de Korum, comme si elle hésitait entre le repousser ou se rapprocher de lui.

Quand elle réagit, elle fut bien plus hésitante que d'habitude, mais cela suffit à le rendre fou. La goûter, la sentir l'enivrait, c'était comme si une drogue coulait tout à coup dans ses veines. Sans s'en rendre compte, il l'embrassa plus profondément et glissa une main le long de son dos pour la serrer encore plus près de lui, sa verge était si dure qu'il eut l'impression qu'il allait exploser.

Seul le léger gémissement de Mia lui fit retrouver ses esprits. Korum releva la tête et regarda Mia, il respirait fort et par saccades.

Les joues pâles de la jeune fille avaient rougi, ses lèvres étaient gonflées. Il pouvait sentir qu'elle le désirait, il sentait la chaleur montant de sa peau, et il savait que s'il la touchait entre les jambes elle y serait toute mouillée, son corps l'attendait. Mais son esprit, c'était une tout autre histoire, Korum s'en aperçut, et ce qu'il lut alors dans ses yeux fut sa peur et sa confusion.

Son propre corps brûlait encore d'un désir inassouvi, mais Korum lutta pour se contrôler, il savait que c'était plus nécessaire que jamais.

— Je suis désolé, dit-il en se contraignant à la lâcher. Je ne voulais pas faire ça si vite…

Elle recula de quelques pas et le fixa des yeux, sa petite poitrine haletait, ce qui révélait ses tétons raidis sous sa robe. Korum avala sa salive en se souvenant de leur teinte rose pâle, de leur goût dans sa bouche, de leur sensation sous sa langue.

Non, putain, il ne faut pas penser à ça maintenant. En regardant de nouveau le visage de Mia, Korum lui dit :

— Je sais que tu n'es pas encore prête pour ça, ma chérie. Je ne te ferai pas de mal, je te le promets… Et il le pensait sincèrement. Il aurait préféré perdre un bras que de risquer de la traumatiser alors qu'elle était aussi vulnérable.

Elle se mordit la lèvre puis hocha la tête et se croisa les bras sur la poitrine en un geste de défense qui provoqua un serrement de cœur chez Korum. Quelquefois, il le détestait, ce désir irrésistible qu'il éprouvait près d'elle. Elle était si petite, si délicate, son corps était si peu fait pour ce qu'il exigeait souvent d'elle. Il avait beau essayer de faire attention, il savait qu'il n'était pas le plus doux des amants, son désir irrésistible pour elle mettait toujours son contrôle de soi à l'épreuve.

— Alors que s'est-il passé ? demanda-t-elle à nouveau, en continuant à le regarder d'un air méfiant. Pourquoi est-ce que je ne me souviens ni de vous, ni de la grossesse de ma sœur, ni de tout ceci ? Comment ai-je perdu deux mois de ma vie ?

Korum respira profondément, tentant de maîtriser la colère qui lui brûlait les veines à la pensée de Saret.

— C'est quelqu'un que je connaissais et en qui j'avais confiance, quelqu'un qui prétendait être un ami depuis longtemps qui a fait ça, dit-il calmement. Cet individu a effacé une partie de ta mémoire pour me faire du mal… et aussi parce qu'il te désirait.

— Vraiment ? Elle ouvrit grands les yeux. Un autre K ?

— Oui, un autre Krinar, confirma Korum avant de lui raconter toute l'histoire, en commençant par le stage de Mia et en terminant par la trahison de Saret. Pour ne pas la bouleverser, il minimisa le but ultime de Saret concernant l'espèce humaine ainsi que les arcanes de la politique au sein du Conseil. Elle n'avait pas besoin de tout savoir tout de suite ; même ainsi, il voyait bien que c'était déjà presque trop pour elle. Il aurait voulu la prendre dans ses bras et la réconforter, mais il savait qu'elle ne l'accepterait pas maintenant, pas après la manière dont il venait presque de la molester.

La meilleure solution pour le moment c'était de lui donner du temps, décida-t-il. Du temps et de la tranquillité pour réfléchir à tout ce qu'elle venait d'apprendre.

— Il faut que je m'absente maintenant, dit Korum dont le cœur se serra en voyant l'air de soulagement sur le visage de Mia. Il y a un certain nombre de choses dont je dois m'occuper. Pourquoi ne pas de détendre et te reposer pendant ce temps ? Je reviendrai dans deux ou trois heures et nous pourrons déjeuner. Si tu as faim d'ici là, il te suffira de dire à haute voix ce dont tu auras envie et ça te sera servi. À moins que tu n'aies faim maintenant ?

Elle secoua la tête, ses boucles noires voletèrent sur ses épaules.

— Non, ça va, merci.

— Bon ! Tu peux visiter la maison si tu veux. Je sais que tout va te sembler bizarre pour le moment, mais tout est en mode intuitif si bien que ça ne devrait pas trop mal se passer. Il sourit en se souvenant à quel point Mia appréciait cet aspect de la vie à Lenkarda. Tout le mobilier est 'intelligent,' donc ne sois pas surprise s'il s'adapte à toi. La maison aussi est intelligente, tu peux lui demander à manger ou n'importe quoi d'autre.

— Entendu, dit-elle en lui souriant légèrement en guise de réponse. Merci.

Korum s'arrêta un instant, et savoura ce sourire. Puis il sortit, la laissant seule pour passer en revue tout ce qu'elle venait d'apprendre.

CHAPITRE NEUF

Korum sortit de la maison, fabriqua rapidement une nacelle de transport et se dirigea vers un petit bâtiment rond au milieu du Centre, c'était la salle de réunion habituelle du Conseil.

Il entra, salua les autres Conseillers et adressa un signe plein de froideur à l'intention de Loris et à celle de deux ou trois autres adversaires. Ils pouvaient tous participer virtuellement à la réunion, mais étant l'importance du sujet dont ils allaient débattre, chacun de ceux qui habitaient sur la Terre avait décidé de s'y rendre en personne.

Korum s'assit sur l'une des planches flottantes et regarda attentivement le visage des Conseillers, cherchant à se faire une idée de l'humeur du groupe. Ce qu'il avait fait au bâtiment du laboratoire de Saret devait les effrayer et ébranler leur conviction que le système de défense des Centres était impénétrable. Certains des membres du

Conseil n'arrivaient pas à comprendre la nécessité du progrès technologique, se cramponnant à ce qu'ils connaissaient et à ce qui leur était familier au lieu de progresser avec leur temps.

— Bienvenue, Korum, dit Arus en se tournant vers lui. Je suis heureux que tu puisses te joindre à nous aujourd'hui. Est-ce que Mia va bien ?

— Oui, ça va, merci, dit Korum qui apprécia ce signe de sollicitude. Si quelqu'un pouvait comprendre ses sentiments pour Mia, c'était bien Arus dont tout le monde connaissait l'attachement à sa propre Charl. Bien qu'ils ne soient pas d'accord sur un certain nombre de sujets, Korum respectait l'ambassadeur, et même il avait une certaine affection pour lui.

En retour Arus inclina la tête et dit :

— Bon, je suis content de te l'entendre dire. Delia s'est inquiétée quand elle a appris ce qui s'était passé.

— S'il te plait, dis à Delia qu'elle sera particulièrement la bienvenue quand elle viendra à la maison, dit Korum à voix basse (il se rendait compte que l'ensemble du Conseil assistait à leur conversation). Je suis sûre que ça sera important pour Mia d'avoir une amie auprès d'elle en ce moment.

Du coin de l'œil, Korum pouvait voir un sourire ironique sur le visage de Loris. Visiblement, son ennemi de longue date savourait cette situation, à la fois le fait que Korum soit amoureux d'une jeune fille venue de la Terre et tout le désastre avec Saret. De nouveau, Korum sentit la rage lui brûler les veines comme du vitriol, mais il ne laissa rien paraître sur son visage, gardant une expression de léger amusement. Loris pouvait bien se réjouir de sa déconfiture pour le moment, de toute façon le soi-disant Protecteur ne serait plus longtemps au Conseil étant donné que la culpabilité de son fils était désormais presque établie.

— Bien, nous avons beaucoup de choses à débattre aujourd'hui dit Voret, l'un des membres les plus anciens du Conseil. Les gardiens nous ont indiqué que tous les dispositifs de dispersion de Saret ont été localisés et neutralisés, grâce à Korum qui nous a avertis à temps. Apparemment, ils avaient été programmés pour entrer simultanément en action dans environ trente-deux heures. Nous avons aussi retrouvé l'ingénieur qui avait l'arme nano. Il était en Thaïlande et il a été arrêté. L'arme était déjà capable de fonctionner complètement, et Alir pense que Saret avait l'intention de l'utiliser peu après avoir réussi à déclencher les dispositifs de contrôle mental dans la population de la Terre. Arus, as-tu parlé avec les Nations Unies ?

— Oui, je ne suis pas entré dans les détails quand je leur ai présenté la situation, répondit l'ambassadeur. Ils ont déjà fort à faire avec les chefs militaires qui ont aidé la Résistance et il est inutile de les effrayer pour le moment. Il suffit qu'ils sachent que Saret est en fuite pour que leurs services d'espionnage puissent le rechercher. Je ne leur ai rien dit de plus si ce n'est les informer du fait que c'est un individu dangereux qu'il faut rapidement arrêter.

— Bien, dit Voret. Tu as fait ce qu'il fallait. Ils n'ont déjà pas confiance en nous, s'ils connaissaient l'existence des dispositifs de contrôle mental ils se mettraient sans doute de nouveau à paniquer.

— Et à juste titre, cette fois dit Korum qui pensait au projet insensé de Saret. S'il a réussi à faire en sorte que Saur s'attaque à moi, imaginez ce qu'il aurait pu faire des cerveaux humains.

— En effet, dit Voret, et Korum vit qu'il se préparait à aborder le sujet qui intéressait vraisemblablement le Conseil ce jour-là. Et maintenant, en ce qui concerne les autres évènements qui ont eu lieu hier…

— Eh bien ? demanda Korum quand l'autre Conseiller hésita. Il savait exactement ce que Voret allait dire, mais il voulait l'entendre de sa bouche.

Voret le regarda d'un air gêné.

— Eh bien, Korum, nous avons tous vu les enregistrements de ce qui s'est passé, et certains éléments sont… pour le moins déconcertants.

Korum sourit, il n'était pas le moins du monde surpris.

— Qu'est-ce qui t'a le plus déconcerté, Voret ? demanda-t-il. Est-ce le fait que Saret projetait de tous nous exterminer dans son projet de mettre la merde dans le cerveau des êtres humains ? Ou le fait qu'aucun d'entre nous ne le sache ?

Voret fronça les sourcils.

— Tu sais que je veux parler de la façon dont tu as pu faire des brèches dans les défenses du Laboratoire. Nous nous préoccuperons plus tard de la situation de Saret quand nous aurons des informations supplémentaires de la part des gardiens, mais nous devons d'abord savoir si nous sommes en sécurité ici, à l'intérieur de nos centres. As-tu mis au point une arme capable de traverser nos boucliers de protections ?

— Oui, dit Korum qui se réjouissait de voir l'expression de choc et de peur sur le visage des Conseillers. Mais ne vous inquiétez pas, j'ai également mis au point des boucliers plus performants. Les uns et les autres en sont encore au stade expérimental, et c'est la raison pour laquelle personne n'en a encore été informé.

— Et c'est cette arme que tu as utilisée hier ? demanda Arus en haussant les sourcils.

— Oui, je n'ai pas eu le choix quand j'ai appris comment Saret avait équipé le laboratoire.

— Et comment l'as-tu appris ? Voret avait de nouveau pris la parole.

— En passant le bâtiment du laboratoire au scanner. Quand j'ai su ce que préparait Saret, il n'était pas difficile de deviner qu'il avait mis en place un système de défense assez sophistiqué. Ce qu'il a fait. J'ai détourné son attention en lui envoyant des images de moi vieilles de trois ans et mis ce temps à profit pour construire l'armement basé sur mes projets expérimentaux.

Voret fronça les sourcils de plus belle.

— Et quand allais-tu nous parler de ces nouveaux projets ?

— Une fois qu'ils auraient été prêts à être utilisés, dit Korum d'un ton calme. Quelquefois, Voret et les autres oubliaient que Korum n'avait aucune obligation de partager quoi que ce soit avec le Conseil. Il le faisait pour le bien des Krinars, mais il n'avait pas l'intention de demander la permission du conseil pour chacun de ses projets.

— Est-ce que quelqu'un d'autre peut avoir accès à cet armement ? demanda Arus en se concentrant sur l'aspect le plus important du problème. Korum, es-tu certain que personne d'autre n'a ces projets ?

— Il n'y a que moi, dit Korum qui comprenant l'inquiétude de l'ambassadeur. Aucun de mes ingénieurs n'a encore été impliqué dans ce projet et personne n'a accès à ces dossiers.

— Pas même ta Charl ? Cette fois, c'était Loris qui parlait, et sa voix était lourde de sarcasme. Es-tu certain qu'elle ne peut pas voler les données et se précipiter pour les donner à ses amis de la Résistance ?

Korum le regarda d'un air sardonique.

— Non, Loris. Ce n'est pas possible. Et d'ailleurs qu'est-ce la Résistance ferait de ces informations sans ton fils ? Nous savons tous à quel point il leur a été utile… ainsi que Saret.

Loris se leva lentement, il était dans une colère noire.

— Ce sont des mensonges ! Personne ne pourrait y croire un seul instant…

— Oh vraiment ? dit froidement Korum en regardant le Krinar aux cheveux noirs avec mépris. Nous avons tous vu les enregistrements, et entendu Saret expliquer le rôle de Rafor dans ses desseins. Ton fils est aussi coupable que Saret, et il sera châtié en conséquence.

Loris serra les poings, les articulations de ses mains étaient blêmes.

— Saret était *ton* ami, siffla-t-il, visiblement incapable de continuer à se maîtriser. Pour autant qu'on le sache, c'est toi qui es derrière tout ça et maintenant tu te contentes d'attendre le moment opportun pour utiliser ton nouvel armement contre nous…

— Loris, ça suffit ! La voix d'Arus résonna dans la salle comme le claquement d'un fouet. Quand il eut obtenu le silence, l'ambassadeur poursuivit d'un ton plus calme. Nous comprenons ton besoin de protéger ton fils, mais malheureusement les preuves continuent à s'accumuler contre lui. Étant donnée cette nouvelle information, nous aurons besoin d'avoir demain une autre séance au tribunal. Ce pourrait être la dernière…

Désormais, Loris tremblait de rage de tous ses membres.

— Va te faire foutre, Arus. Et allez tous vous faire foutre. Rafor n'est pas un traître. Voilà (il indiquait la direction de Korum) le seul traître qui soit parmi nous, et vous êtes trop cons et trop aveugles pour vous en apercevoir !

— Le seul qui soit aveugle ici c'est toi, Loris, dit calmement Korum qui voyait son ennemi se décomposer sous ses yeux. Et demain, quand le Conseil jugera que les Keiths sont coupables, le monde entier saura que tu as échoué.

Ce fut la goutte qui fit déborder le vase. Avec un hurlement enragé, Loris se jeta sur Korum, il avait traversé la salle en bondissant avec toute la vitesse dont sont capables les Krinars.

Instinctivement, Korum se retourna et se recroquevilla pour se protéger la tête et la gorge. Quand Loris s'écrasa contre lui, il reçut l'essentiel de son attaque avec l'épaule et enfonça le coude dans les flancs de son agresseur. Ils tombèrent tous les deux par terre et roulèrent au milieu de la salle.

Quand la dureté du sol lui érafla la peau, Korum sentit monter sa propre rage, chaque fibre de son corps était assoiffée du sang de son ennemi. Se servant de ses ongles comme de griffes, il laboura le bras de Loris et arracha un lambeau de muscle et de tendon. En même temps, il entoura du bras le cou de Loris, c'était une des passes les plus techniques du *defrebs* qui exposa la gorge de Loris aux dents de Korum.

— Assez, ça suffit ! Des mains puissantes les séparèrent et les entraînèrent aux deux extrémités de la salle. Ayant gardé assez de sang-froid pour saisir ce qui se passait, Korum ne se débattit pas quand Arus et un autre Krinar lui tinrent les bras pour l'empêcher de se battre. Par contre, Loris était devenu fou, il hurla et résista aux deux autres Conseillers qui l'avaient plaqué contre le mur. Finalement, il sembla à bout de force, il haletait et fixait Korum avec des yeux haineux. Son bras blessé et ensanglanté commençait tout juste à se cicatriser.

— Vous pouvez me lâcher maintenant, dit Korum en jetant un coup d'œil aux deux Ks qui le maintenaient encore comme un étau. Sa respiration commençait à se calmer.

— Désolé, Korum, dit Arus dont les lèvres dessinèrent un léger sourire quand il relâcha Korum et fit un pas en arrière. On ne pouvait pas le laisser te tuer sur place.

Voret suivit l'exemple d'Arus et lâcha l'autre bras de Korum.

— Ce n'est pas grave, dit Korum en essuyant sa main ensanglantée sur sa chemise. Nous poursuivrons le combat dans l'Arène. C'était bien de cela qu'il s'agissait, n'est-ce pas Loris ? C'est un défi ?

Le Protecteur aux cheveux noirs le fixa des yeux, la furie lui soulevait violemment la poitrine.

— Oui ! grommela-t-il entre les dents. On peut dire que c'est un défi.

— Bien ! dit Korum avec un grand sourire de prédateur. C'est donc un défi. Il ne s'était pas battu dans l'Arène depuis longtemps et il sentait son sang bouillir d'impatience.

— Loris, ce n'est pas une bonne idée, dit Arus en faisant quelques pas dans la direction du Krinar. Korum ne fit pas surpris de sa sollicitude ; Loris et l'ambassadeur étaient habituellement en bons termes et ils s'alliaient souvent contre Korum et Saret. Korum pensait que la situation devait maintenant être difficile pour Arus, il était du côté d'un ancien adversaire contre quelqu'un qu'il avait considéré comme son allié.

Loris eut un rire amer.

— Oh, vraiment, Arus ? Pas une bonne idée ?

Arus le regarda calmement.

— C'est un champion de *defrebs*. Quand est-ce que tu t'es battu pour la dernière fois ?

La lèvre supérieure de Loris fit la moue en guise de dérision.

— Ouais, va te faire foutre aussi, Arus. Tu crois que je suis fini ? J'ai tué plus d'adversaires dans l'Arène que ce salaud n'a eu de combats.

— Alors le défi est lancé. Voret était intervenu, sa voix s'éleva sur un ton officiel. Puisque le tribunal siègera demain, le combat dans l'Arène aura lieu après-demain à midi.

Et sur ces paroles, la réunion du Conseil fut ajournée.

* * *

Mia était assise sur le lit, elle fixait sans la voir la forêt verdoyante de l'autre côté du mur transparent. Elle était immortelle et son amant était un K, c'était une sorte d'époux, mais pas exactement.

C'était tellement incroyable qu'elle avait du mal à le comprendre, son esprit tournait et retournait tout cela dans tous les sens.

Quand le K fut parti, elle appela successivement Marisa et Jessie, elle avait besoin de plus ample confirmation de ce qu'il prétendait et qui lui semblait impossible. Sa sœur et son amie avaient toutes deux été contentes d'avoir de ses nouvelles, et toutes deux avaient parlé de Korum pendant leur conversation avec Mia. Marisa avait parlé sans relâche de sa grossesse et lui avait dit à quel point elle se sentait mieux grâce à Korum qui avait fait venir quelqu'un qui s'appelait Ellet, et Jessie avait demandé à Mia quand elle viendrait lui rendre visite avec Korum.

Toujours sous l'effet du choc Mia avait réussi à donner une vague réponse à Jessie, quelque chose qui revenait à dire qu'elle devait encore en parler avec Korum. Et elle écouta poliment sa sœur qui lui parla avec enthousiasme des derniers résultats de son test par ultra-son. À son grand soulagement, ni l'une ni l'autre n'eut l'air de se douter que quelque chose n'allait pas, que la Mia avec laquelle elles parlaient était loin d'être dans son état normal.

Elle ne savait pas pourquoi elle hésitait autant à révéler sa véritable condition à qui que ce soit, mais tel était le cas. Certes, elle ne voulait pas inquiéter sa famille et ses amis, mais elle était presque… gênée.

Comment une telle chose avait-elle pu lui arriver ? Comment était-il possible que toute sa famille connaisse son amant extra-terrestre alors qu'il lui paraissait comme un étranger ? Comment avait-elle pu oublier qu'elle avait *fait l'amour* avec quelqu'un d'aussi extraordinaire ? Quand il l'avait embrassée, son corps avait réagi d'une manière que Mia n'avait encore jamais ressentie, ou du moins dont elle ne se souvenait pas de l'avoir ressenti. Dans ses bras, elle avait perdu le contrôle d'elle-même à un point qui lui faisait presque peur. S'il avait continué de l'embrasser au lieu de s'arrêter comme il l'avait fait, elle aurait pu facilement aller plus loin avec lui, elle qui ne se souvenait pas d'avoir fait davantage qu'échanger quelques baisers avec des garçons dans le passé.

Ce qu'il y avait d'étrange dans toutes ses réactions continuait à la déstabiliser. C'était un extra-terrestre, quelqu'un d'une autre espèce, et pourtant elle ne paniquait presque pas à la pensée qu'il était son amant. Et maintenant, elle réussissait même à le croire, après avoir parlé brièvement avec sa famille et avec Jessie. En théorie, il pouvait pourtant continuer à lui mentir ; il aurait pu menacer sa famille ou lui faire un lavage de cerveau pour qu'ils disent ce qu'ils avaient dit. Bon Dieu, il aurait même pu les remplacer par des sortes de robots qui leur auraient ressemblé et qui auraient parlé comme eux. Mia savait bien de quoi les Ks étaient vraiment capables.

Et pourtant… elle le croyait. Quelque chose en elle semblait le reconnaître sur un certain plan, même si elle ne pouvait pas se souvenir de lui de manière consciente. Elle avait été contente qu'il la laisse seule, qu'il lui donne du temps pour tout assimiler, mais maintenant elle s'apercevait qu'il lui manquait, qu'elle désirait le réconfort de sa présence. Ce n'était pas logique, mais c'était vrai : cet étranger lui semblait plus nécessaire que ceux qu'elle connaissait depuis toujours.

Tout ce qu'il lui avait dit jusqu'à présent semblait inextricable dans son esprit. La Résistance, des sympathisants de l'espèce humaine parmi les Ks, le fait qu'elle l'ait espionné, tout cela semblait venir d'un film plutôt que de lui être vraiment arrivé. Pourquoi aurait-elle fait quelque chose d'aussi insensé ? Comment aurait-elle voulu autre chose que d'être avec lui qui était si beau, qu'il soit ou non un extra-terrestre ?

Mia poussa un soupir de soulagement et regarda ses mains essayant de comprendre cette situation absurde. Pourquoi aurait-elle aidé la Résistance ? Elle n'avait jamais pensé que cela serve à quelque chose de se battre contre les Ks une fois qu'ils avaient pris le contrôle de la planète et qu'ils laissaient les êtres humains tranquilles.

Et pourtant elle était censée avoir combattu les Ks, ou du moins avoir aidé ceux qui se battaient contre eux. À en croire Korum, ce n'avait pas été une tentative très réussie.

Mais d'un autre côté, peut-être avait-elle tort de lui faire confiance en ce moment. C'est vrai, il avait été gentil avec elle jusqu'ici et sa famille semblait bien l'aimer, mais elle n'avait pas la moindre idée de ce qu'il était vraiment. Que se passerait-il si elle faisait confiance à quelqu'un dont il fallait se méfier ? Elle ignorait ce que les Ks voulaient finalement faire des hommes. *Il y avait* des rumeurs selon lesquelles ils buvaient du sang. Et si c'était Korum lui-même qui l'avait rendue amnésique pour lui faire oublier quelque chose de terrible ?

À force de spéculer ainsi Mia avait fini par avoir mal à la tête si bien qu'elle se leva et commença à faire les cent pas dans la pièce. Elle était dans un lieu étrange et inconnu et pourtant elle n'y était pas mal à l'aise. Elle avait déjà exploré le reste de la maison, s'émerveillant aux objets flottants 'intelligents' qui servaient de tables, de chaises et de canapés. Sans aucun doute, c'était mieux que le mobilier des hommes. Elle aimait aussi l'esthétique d'ensemble de la maison, avec ses murs et son plafond transparent et la pureté zen de l'atmosphère qui y régnait partout.

Est-ce qu'un méchant, est-ce que quelqu'un de cruel pourrait vivre dans un tel endroit ?

Dès que cette idée lui traversa l'esprit, Mia éclata de rire, incapable de s'en empêcher. Elle était ridicule et elle le savait. Il n'y avait absolument aucune raison pour Korum de monter une conspiration insensée dans son esprit. Pour le moment, il avait été la gentillesse même avec elle.

Finalement, elle était vraiment impatiente de passer plus de temps avec lui et de réapprendre tout ce qu'elle avait oublié.

Enfin, après ce qui lui sembla une éternité, Mia entendit du bruit dans le salon. En sortant de la chambre, elle vit que le K, ou Korum puisque c'est comme ça qu'elle pensait à lui désormais, venait juste de rentrer par ce qui lui sembla être une ouverture dans le mur. Sous les yeux de Mia, l'ouverture se rétrécit puis se solidifia et laissa un mur transparent là où il y avait eu une entrée.

Le visage de Korum s'éclaira, elle eut l'impression qu'il était sincèrement content de la voir.

— Salut ma chérie ! Il lui adressa un grand sourire qui fit apparaître la fossette de sa joue gauche. Mia eut envie d'embrasser cette fossette. Elle avait envie de l'embrasser et de le lécher de la tête aux pieds, juste pour voir si sa douce peau dorée était aussi délicieuse qu'elle le semblait.

Oh la la, je le désire ! En secouant mentalement la tête devant tant d'étrangeté, elle lui retourna son sourire.

— Salut !

— Désolé d'être parti aussi longtemps, dit-il en traversant la pièce pour aller dans le coin-cuisine. Il s'est passé beaucoup plus de choses que je croyais à la réunion du Conseil. Tu dois mourir de faim maintenant…

— Non, ça va, dit Mia qui le suivit dans la cuisine. Mais je serai vraiment contente de manger. Vous allez commander quelque chose ? Elle était extrêmement curieuse de savoir ce que mangeaient les Krinars. Et c'était encourageant de savoir qu'il avait l'intention de manger plutôt que de faire quelque chose d'effrayant, comme de boire du sang humain. Il fallait vraiment qu'elle lui demande ce qu'il en était ; par chance toute cette histoire n'était qu'une étrange rumeur.

— Non, j'allais préparer quelque chose, dit-il, mais ça ira sans doute plus vite de le commander. Tiens, assieds-toi pendant que la maison prépare notre repas.

Mia grimpa avec précaution sur l'une des planches flottantes et s'installa confortablement.

— Vous savez faire la cuisine ? demanda-t-elle, l'examinant d'un air fasciné quand il vint s'asseoir en face d'elle.

Il sourit.

— Oui, c'est un de mes passe-temps.

Elle lui sourit à son tour, à la fois intriguée et soulagée. Ses soupçons de tout à l'heure lui semblaient encore plus ridicules maintenant. Jusqu'ici, son K semblait aussi proche que possible de l'amant de ses rêves, et elle mourait d'impatience d'en savoir plus sur lui. Il y avait tant de questions qui lui trottaient dans l'esprit qu'elle ne savait même pas par où commencer.

— Est-ce que tu as pu parler au reste de ta famille ? demanda-t-il en la regardant avec un demi-sourire entendu.

— J'ai parlé avec Marisa et avec Jessie, admit Mia.

— Et alors ? Est-ce que tu me crois maintenant ?

Elle haussa les épaules.

— Je suppose que vous pourriez fabriquer ces contacts de toute pièce, mais je ne sais pas pourquoi vous vous donneriez autant de mal. La conclusion la plus logique c'est que vous me dites donc la vérité, même si ça continue à me sembler insensé.

Il sourit.

— Je sais, ma chérie. Crois-moi, je m'en rends compte.

— Alors qu'est-ce qu'on fait maintenant ? demanda-t-elle, incapable de détourner les yeux de son éclatant sourire. Qu'est-ce qu'on va faire à partir de maintenant ?

— On va apprendre à refaire connaissance, dit-il, et l'expression de son visage devint plus sérieuse. Et entre-temps, je vais essayer de trouver un moyen de te rendre la mémoire.

Le cœur de Mia tressauta d'excitation.

— Il y a un moyen ?

— Pas que je sache, admit-il. Mais ça ne signifie pas qu'il n'existe pas ou qu'on n'arrivera pas finalement à en trouver un.

— Oh, je vois. Mia dut lutter contre sa déception. Dans ce cas pourriez-vous me parler un petit peu de vous ? Je voudrais vraiment en connaitre davantage…

— Bien sûr, ma chérie, ça me fera plaisir, dit-il d'une voix douce.

Et pendant leur délicieux repas Mia apprit tout ce qui concernait le rôle de son amant au Conseil des Krinars, sa passion pour la technologie et la conception de nouveaux projets, ainsi que le fait qu'il était beaucoup plus âgé qu'elle n'aurait jamais pu l'imaginer. Pendant leur conversation Mia se sentit de plus en plus sous son charme, voulant céder à la tentation de son sourire, de son contact, de la tendresse de son regard posé sur elle. C'était un être fascinant et beau, et elle ne pouvait s'empêcher d'envier la jeune fille qu'elle avait été, celle qui l'avait connu depuis le début, celle qu'il semblait aimer.

Avec ou sans mémoire, elle comprenait comment cette jeune fille était tombée amoureuse de lui, et elle pouvait facilement imaginer que l'histoire pourrait se répéter.

CHAPITRE DIX

Pendant le déjeuner, Korum regardait son visage animé et savourait les regards timides, mais admiratifs qu'elle lui lançait durant leur conversation. Leur mutuelle attraction était aussi forte qu'elle l'avait toujours été, et il était certain de pouvoir la séduire à nouveau. Peut-être même ce soir, bien qu'elle ne soit peut-être pas encore prête pour ça.

Pour une fois, Korum était déterminé à ne pas faire pression sur Mia pour coucher avec lui. Lors de leur première rencontre, la force de son désir pour elle l'avait pris au dépourvu et l'avait amené à agir d'une manière qu'il aurait normalement réprouvée. Il ne voulait pas répéter les mêmes erreurs, même si tout son corps lui disait avec insistance qu'elle lui appartenait, qu'elle était à *lui*, qu'il avait le droit de la prendre et de lui donner du plaisir quand il le voulait. Des images de sexe explicites dansaient dans sa tête tout en la regardant déguster son repas, il imaginait la douceur de sa petite bouche le mordiller au lieu du fruit dans lequel elle mordait.

C'était encore pire à cause de la montée d'adrénaline provoquée par l'attaque de Loris. Se battre accentuait encore son appétit sexuel qui était déjà vif, une agression accrue provoquait en lui un désir primitif de baiser. Pour autant qu'il le sache, c'était toujours comme ça chez les Krinars de sexe masculin, et chez les hommes. La violence et le sexe avaient été liés depuis la nuit des temps, l'un et l'autre poussaient le même mâle à dominer et à conquérir.

Mais, quel que soit son désir physique, Korum ne voulait pas contraindre Mia ni la brusquer. Elle semblait tellement bien réagir à toute la situation, elle le regardait avec curiosité et ardeur au lieu d'avoir peur. S'il réussissait à se montrer patient, elle viendrait d'elle-même à lui, poussée par ce besoin qu'il sentait lui-même dans tout son corps.

Si bien que tout au long du déjeuner Korum se maîtrisa rigoureusement, s'interdisant même de toucher Mia pour éviter que ses bonnes intentions se volatilisent. Il lui parla plus en détail des nanocytes implantés dans son corps et lui montra certaines des inventions technologiques des Krinars en créant un gobelet d'argent avec des nanos et en le faisant disparaître de la même manière. Il lui parla aussi de son stage et lui dit comment elle avait commencé à contribuer à la société Krinar, et il prit plaisir à voir briller ses yeux d'excitation à cette idée.

Vers la fin du déjeuner, comme ils finissaient leur dessert, une salade de mangue aux pistaches, Korum remarqua que Mia semblait un peu nerveuse, comme si quelque chose la tourmentait. Incapable de résister plus longtemps il tendit la main au-dessus de la table et lui massa la paume du doigt.

— Est-ce qu'il y a quelque chose que tu veux me demander ma chérie ? dit-il en souriant et en la voyant rougir, ce qui la rendant encore plus jolie.

— Hum… Peut-être… Elle rougit de plus belle. Écoutez, vous allez sans doute vous moquer de moi, mais il faut que je sache… Elle avala sa salive. Les rumeurs selon lesquelles vous, les Krinars, vous buvez du sang sont-elles fondées ?

Quand elle lui posa en toute innocence cette question provocante pour lui, il eut une telle érection qu'il en eut mal. Évidemment, elle ignorait que le sang humain et le plaisir sexuel sont aujourd'hui inséparables dans l'esprit d'un Krinar et qu'aborder ce sujet revenait à lui dire 'Baise-moi !' Même les étreintes les plus passionnées semblaient insipides par rapport au fait de boire du sang en faisant l'amour.

— Il y a une part de vérité dans ces rumeurs, dit prudemment Korum, soulagé qu'elle ne puisse pas le voir bander. Boire du sang était nécessaire à notre survie, mais ne l'est plus. Et tout en essayant de maîtriser son besoin dévorant de la posséder, il lui raconta l'histoire compliquée de l'évolution Krinar et de la naissance de la race humaine.

— Alors maintenant vous buvez du sang pour le plaisir ? demanda Mia en le fixant des yeux, le choc se lisait sur son visage intrigué.

— Oui, dit Korum qui espérait qu'elle laisse tomber ce sujet avant qu'il ne perde complètement le contrôle de lui-même.

Mais elle ne laissa pas tomber. Elle le regarda, rougit encore, ses yeux brillaient de curiosité, mais pas seulement.

— Et vous avez… Elle s'arrêta pour s'humecter les lèvres. Vous avez bu mon sang ?

Korum eut l'impression qu'il allait littéralement exploser. Elle dut se rendre compte en partie de ce qu'il ressentait en le lisant sur son visage parce qu'elle avala nerveusement sa salive et retira sa main de son emprise. *Qu'elle était maline !*

Il y eut un moment de silence gêné, puis elle demanda sur un ton hésitant :

— Pourquoi est-ce que vos yeux font ça ? Je veux dire, pourquoi deviennent-ils dorés… c'est un truc de Krinar ?

Korum respira profondément pour retrouver son calme. Une fois qu'il put être à peu près sûr de ne pas se jeter sur elle, il répondit :

— Non, ce n'est qu'une bizarre particularité génétique. Elle se retrouve surtout chez les gens de ma région de Krina. Ma mère a la même et mon grand-père l'avait aussi.

— Votre grand-père ?

Korum hocha la tête.

— Il a été tué en combattant quand ma mère avait à peu près mon âge.

— Et votre grand-mère ? Et vos autres grands-parents ?

— Ma grand-mère maternelle est morte dans un accident très inhabituel en explorant l'un des astéroïdes d'un système solaire voisin. Certains ont pensé que c'était un suicide parce que mon grand-père avait été tué seulement quelques années plus tôt. Quant à mes grands-parents paternels, ils ont mis fin à leur union peu de temps après la naissance de mon père, ce qui est très rare chez les couples Krinar qui ont un enfant. Il semblerait que ma grand-mère voulait reprendre sa liberté et que mon grand-père ne le voulait pas et il finit par répondre à un défi dans l'Arène qui lui avait été lancé par celui qu'elle avait pris pour amant. Mon grand-père y est mort et ma grand-mère a mis fin à ses jours peu après, apparemment trop affectée par la culpabilité pour continuer à vivre. Ce n'est pas une histoire qui finit bien.

Les yeux de Mia s'emplirent de sympathie.

— Oh, je suis navrée…

— Ce n'est pas grave, ma chérie. C'est arrivé avant ma naissance. Malheureusement, la mort est une tragédie qui nous concerne tous à un moment ou à un autre. Les hommes pensent que nous sommes immortels parce que nous ne vieillissons pas, mais nous sommes tout de même des êtres vivants, et nous pouvons être tués, quels que soient nos progrès technologiques et bien que nous guérissions très vite. C'est la raison pour laquelle nous avons tant de respect pour les Anciens dans notre société : c'est parce qu'il est pratiquement impossible de vivre aussi longtemps sans avoir un accident mortel à un moment ou un autre.

— Vous m'avez déjà parlé des Anciens. Visiblement, Mia était fascinée par ce qu'il lui disait. Qui sont-ils ? Est-ce eux qui gouvernent Krina ?

— Non. Korum secoua la tête. Ils ne gouvernent pas parce qu'ils ne font pas de politique ou quoique ce soit de ce genre. C'est le rôle du Conseil : traiter les affaires courantes. Les Anciens sont des guides et fixent la direction de notre espèce dans son ensemble.

— Ah, je vois. Elle sembla pensive pendant quelques instants. Et quel âge ont-ils donc ?

— Je crois que le plus jeune d'entre eux vient d'avoir un million d'années.

Elle le fixa des yeux.

— Oh la la !

— Effectivement ! approuva Korum qui prit plaisir à sa manière de réagir.

Quand ils eurent finalement terminé de déjeuner, ils allèrent faire une longue promenade sur la plage et continuèrent à bavarder. En marchant tranquillement sur le sable, Korum lui tenait la main et savourait de sentir les petits doigts de Mia abandonnés avec autant de confiance entre les siens.

Il avait d'abord redouté que l'amnésie de Mia leur fasse perdre plusieurs mois et qu'elle ait de nouveau peur de lui. Mais au contraire, il semblait qu'une partie d'elle-même savait encore qui il était, peut-être même était encore amoureuse de lui. Le calme avec lequel elle acceptait la situation surprenait Korum tout en l'encourageant, surtout étant donné qu'il n'était pas garanti de pouvoir un jour remédier au mal que Saret lui avait fait.

Après la réunion du Conseil Korum avait rendu visite à Ellet, la spécialiste de biologie humaine, en espérant qu'elle avait avancé dans sa recherche d'une solution. Le cerveau humain n'était pas son domaine, mais Korum avait espéré qu'elle puisse trouver des recherches à ce sujet. Il fut terriblement déçu d'apprendre qu'Ellet n'avait rien trouvé bien qu'elle ait consulté des douzaines de savants Krinars chez eux et sur terre. Elle avait également parlé avec tous les spécialistes du cerveau des autres Centres. Pour autant qu'elle sache, il n'y avait pas moyen de remédier à une amnésie forcée telle que celle que Saret avait infligée à Mia.

— Et qu'est-ce qui vous a poussé à venir sur terre ? demanda Mia quand ils s'arrêtèrent pour s'asseoir sur deux gros rochers. Devant eux un petit estuaire se jetait dans l'océan, les empêchant d'aller plus loin, mais le paysage était très beau. Je sais que vous m'avez dit que c'est vous qui avez créé la vie sur terre ainsi que l'espèce humaine, mais pourquoi venir ici vivre parmi nous ? D'après ce que vous dites, Krina a l'air très agréable. Pourquoi prendre la peine d'en partir ?

— Notre soleil est une planète plus ancienne que les autres, lui expliqua Korum en répétant ce qu'il lui avait déjà dit. Il mourra dans environ cent millions d'années. À ce moment-là, nous aurons besoin d'aller vivre ailleurs, et la Terre nous attire pour un certain nombre de raisons.

Elle fronça les sourcils d'une manière que Korum trouvait charmante.

— Mais c'est dans tellement longtemps… Pourquoi venir maintenant ? Pourquoi ne pas attendre encore au moins quatre-vingt-dix milliards d'années ?

Korum soupira en se souvenant de leur dernière conversation à ce sujet.

— Parce que ton espèce devenait très destructrice envers l'environnement, ma chérie. Nous voulions être certains d'avoir une planète habitable quand nous en aurions besoin. En tout cas, telle était la version officielle. L'explication complète était plus complexe et il n'avait pas encore envie de la confier à Mia.

Elle fronça davantage des sourcils. Visiblement, cela ne lui faisait pas plaisir d'entendre ce qu'il lui disait, mais il savait que sa Charl avait tendance à se mettre sur la défensive quand il critiquait l'espèce humaine. Il ne pouvait pas vraiment lui en vouloir : elle était aussi loyale envers son espèce que lui envers la sienne.

— Donc, quand votre étoile mourra tous les Krinars viendront sur terre ? demanda-t-elle en plissant légèrement les yeux.

— Très vraisemblablement, dit Korum. En fait, il espérait que non, mais il ne pouvait pas encore le lui dire.

— Et alors que nous arrivera-t-il ? Je veux dire, qu'arrivera-t-il aux hommes ? Avez-vous vraiment l'intention de vivre à nos côtés ? Est-ce que la planète ne sera pas surpeuplée ?

Korum hésita un instant. Elle posait toutes les questions qu'il fallait, et il ne voulait pas lui mentir, mais il ne pouvait pas encore lui dire la vérité. Il ne fallait surtout pas que des rumeurs se répandent et sèment de nouveau la panique sur terre.

— Pas nécessairement, dit-il en biaisant. Et d'ailleurs, nous n'avons pas besoin de nous en préoccuper pendant très longtemps.

Elle le regardait, visiblement elle essayait de décider jusqu'à quel point elle pouvait lui faire confiance. Korum voyait pratiquement les rouages tourner dans son cerveau. C'était quelque chose qu'il adorait chez elle : sa curiosité n'avait pas de limite et son esprit assimilait les informations qu'on lui donnait avec une grande logique. Elle était jeune et naïve, mais elle était aussi très intelligente, et il était convaincu qu'un jour elle laisserait ses propres marques dans la société.

Mais pour le moment, Korum avait besoin de la détourner de ce genre de questions. Il sourit, tendit la main et écarta les cheveux qu'elle avait dans les yeux.

— Alors qu'est-ce que tu penses de Lenkarda pour le moment ? Est-ce que tu commences à te sentir plus à l'aise, ou est-ce encore très étrange pour toi ?

Elle lui fit un petit sourire.

— Franchement je ne sais pas. Ce n'est pas aussi étrange que ça devrait l'être. Je ne me *souviens* de rien, mais d'une certaine manière j'ai une impression de déjà-vu. Et c'est pareil avec vous…

— Je te suis aussi familier que le mobilier ? lui dit Korum pour la taquiner, et il vit qu'elle lui faisait un grand sourire.

— Oui ! Elle se mit à rire tristement. Je ne comprends pas comment tout cela marche, mais vous ne me faites pas aussi peur que vous le devriez. Rien de tout cela ne me fait peur, quelle qu'en soit la raison.

Korum sentit sa poitrine se gonfler de quelque chose qui ressemblait beaucoup à du bonheur.

— C'est bien, ma chérie. Il ne faut pas avoir peur de moi. Je ne te ferai jamais de mal, dit-il en caressant sa joue très douce. Tu es tout pour moi, tu es tout au monde. Je préférerais mourir que te faire du mal. Crois-moi, il n'y a aucune raison d'avoir peur...

Pendant qu'il parlait, il vit s'effacer son sourire et une expression étrangement vulnérable apparut sur son visage à la place.

— Est-ce que vous... Elle avala sa salive, il vit sa petite gorge bouger. Est-ce que vous m'aimez ?

— Oui, répondit Korum sans hésiter. Plus que je n'ai jamais aimé personne.

— Mais pourquoi ? Elle semblait vraiment troublée. Je ne suis qu'une jeune fille ordinaire et vous êtes... Elle s'arrêta et rougit de nouveau.

— Je suis quoi ? lui souffla Korum, il voulait la voir rougir encore, elle était si jolie. Il ne savait pas pourquoi ça lui plaisait autant, mais ça l'excitait à chaque fois. Mais en fait, elle l'excitait simplement parce qu'elle respirait, si bien qu'il n'était pas étonnant qu'il trouve irrésistible ses joues empourprées.

Elle rougit de plus belle.

— Vous êtes un superbe K qui est venu au monde il y a des siècles et des siècles. Qu'est-ce que vous pouvez bien me trouver ?

Korum sourit en secouant la tête. Sa petite chérie n'avait jamais compris l'attrait qu'elle exerçait, elle n'avait jamais réalisé à quel point elle était désirable pour les mâles des deux espèces. En elle, tout semblait fait pour attirer leurs caresses, des boules épaisses et douces de ses cheveux à sa peau de lait. Elle n'était peut-être pas une beauté classique, mais à sa manière, cette délicate jeune fille était vraiment exceptionnelle avec ses grands yeux bleus et ses cheveux noirs.

Rétrospectivement, Korum n'aurait pas dû la laisser travailler dans une telle intimité avec un célibataire. Il ne pouvait pas vraiment en vouloir à Saret de l'avoir désirée, d'avoir eu envie de ce qui l'obsédait tant aussi. Il voulait mettre en pièces son ancien ami pour ce qu'il avait fait, mais il comprenait, au moins en partie, pourquoi Saret l'avait fait. Si les rôles avaient été inversés et que Mia avait été la Charl de quelqu'un d'autre, Korum ignorait jusqu'où il serait allé pour la faire sienne, combien de tabous il aurait brisés dans sa quête pour la posséder.

Évidemment, l'attrait physique de Mia n'était qu'une partie de ce qu'il ressentait désormais. Se rapprochant d'elle, Korum lui prit de nouveau la main.

— Je vois en toi la femme que j'aime, dit-il, sans même essayer de dissimuler la profondeur de ses émotions. Je vois une belle jeune fille intelligente, qui est douce et qui a le courage de ses convictions. Je vois quelqu'un qui ferait n'importe quoi pour ceux qu'elle aime, qui irait jusqu'au bout pour protéger ceux qui lui sont chers. Je vois quelqu'un sans qui je ne peux pas vivre, quelqu'un qui éclaire chaque instant de mon existence et qui me rend plus heureux que je ne l'aie jamais été.

Mia respira, et ses yeux se remplirent de larmes.

— Oh, Korum… Ses mains fines se tordirent dans son emprise. Korum, je ne sais même pas quoi dire…

— Tu n'as rien besoin de dire. Il lui coupa la parole en faisant comme si son rejet involontaire ne lui avait pas fait de peine. Je sais que je suis encore un étranger pour toi. Je ne m'attends pas à ce que tu ressentes pour moi ce que tu ressentais avant. En tout cas, pas encore…

Elle hocha la tête, et une larme lui coula sur la joue.

— C'est terrible, confessa-t-elle, et sa voix se brisa un instant. C'est terrible de savoir qu'une partie de ma vie a disparu, d'avoir perdu tout ce qui nous a conduits à ce point. J'ai besoin de vous, mais je ne sais plus qui vous êtes, et ça me rend folle. Moi aussi je vous aimais, n'est-ce pas ? Malgré tout ce qui s'est passé entre nous, nous nous aimions quand même, non ?

— Oui, dit Korum, en lui serrant plus fort la main. Oui, nous étions très amoureux l'un de l'autre, ma chérie. Et, incapable de résister plus longtemps il lui mit doucement un bras le long du dos pour la rapprocher de lui. Elle enfouit la tête sur son épaule et il sentit ses larmes mouiller sa peau nue. Le doux parfum de ses cheveux lui taquinait les narines, la sentir si près lui donna une nouvelle érection.

Ne te conduit pas comme une brute, c'est de réconfort dont elle a besoin pour le moment, se dit Korum. Et faisant taire le désir qui le dévorait, il laissa pleurer Mia, sachant qu'elle avait besoin de laisser libre cours à ses émotions.

Une minute plus tard, elle se dégagea et le regarda à travers ses cils où perlaient des larmes.

— Je suis désolée, murmura-t-elle, je ne voulais pas vous pleurer dessus…

Korum sourit, et essuya ses larmes de la main.

— Tu peux me pleurer dessus quand tu voudras, les larmes de Mia lui étaient aussi précieuses que ses sourires. Il détestait la voir triste, mais il aimait sentir son corps mince entre ses bras, il prenait plaisir à être celui qui pouvait la réconforter, qui pouvait éloigner son chagrin.

Même si le plus souvent c'était lui qui avait provoqué ce chagrin.

* * *

Ils passèrent ensemble le reste de la journée sur la plage et Korum lui expliqua patiemment à Mia tout ce qu'elle avait su et oublié au sujet des Krinars. Il lui parla de la dépendance de ceux qui buvaient du sang et des xenos, de la Célébration des Quarante Sept et de l'importance du standing dans la société des Ks. Elle l'écouta attentivement, posa des questions auxquelles Korum répondit avec plaisir, sachant tout ce qu'elle avait à rattraper.

— Et avez-vous la notion de l'argent ? Comment marche votre économie ? Ses yeux brillaient de curiosité tandis qu'ils poursuivaient leur conversation pendant le dîner.

— Oui, absolument, nous avons la notion de l'argent. Korum s'interrompit pour prendre une bouchée de nouilles soba aux cacahuètes. Nous travaillons et nous sommes payés selon notre contribution à notre société. Plus la contribution est importante, mieux nous sommes payés, quel que soit notre domaine. Mais la richesse n'est pas aussi importante pour nous que pour les hommes.

Notre économie n'est ni totalement capitaliste ni totalement contrôlée par l'état ; c'est une sorte de combinaison des deux. En général, les besoins de base de chacun sont satisfaits. Sur Krina, personne n'a faim et personne n'est sans abri. Selon vos critères même les Krinars les plus paresseux vivent bien. Mais pour avoir plus que de la nourriture, un abri et l'essentiel pour vivre, il faut travailler et contribuer à la société d'une manière ou d'une autre.

Elle semblait très intéressée, si bien que Korum poursuivit ses explications.

— Cependant, les Ks ne travaillent pas seulement pour gagner de l'argent. Leur principale motivation est le besoin d'être respecté, d'être reconnu pour ce que l'on a réussi. Rares sont les Krinars qui veulent vivre tout en étant méprisés par les autres. Tu vois, pour nous, avoir un standing inférieur, c'est presque être au ban de la société. Quelqu'un qui n'a jamais rien fait d'utile dans sa vie finira par être traité par le mépris. Avoir un standing élevé est beaucoup plus important qu'être riche, bien que les deux soient habituellement liés.

— Alors les riches Krinars ont un standing élevé et inversement ? demanda Mia.

— Non, pas nécessairement. On peut être riche à cause d'un héritage ou parce qu'on vient d'une famille riche, mais ça ne veut pas dire qu'on aura un standing élevé. Rafor, le fils de Loris, en est le parfait exemple. Son père lui a donné toute la richesse dont il pouvait avoir besoin, mais il ne lui a pas donné un standing élevé. C'est quelque chose qui se mérite, ou qui se perd, selon ses propres actions.

Mia sembla déconcertée.

— Attendez ! Comment peut-on perdre son standing selon ses propres actions ?

— Il y a plusieurs façons, dit Korum. Évidemment, en commettant un crime. Ou bien en se déshonorant, par exemple en trompant son compagnon ou sa compagne. Il est également possible de perdre du standing en échouant dans une tâche importante. Par exemple, c'est le risque qu'a pris Loris en assumant le rôle de Protecteur de son fils et des Keiths. Quand ils seront jugés coupables, son standing en souffrira et il ne sera plus membre du Conseil. C'est la raison pour laquelle il m'a lancé un défi dans l'Arène aujourd'hui, parce que maintenant il n'a plus grand-chose à perdre.

Elle écarquilla les yeux de surprise.

— Qu'est-ce que vous voulez dire ? Il vous a lancé un défi ?

Korum hésita. Il n'aurait peut-être pas encore dû en parler à Mia, mais maintenant c'était trop tard.

— Te souviens-tu que je t'ai parlé de l'Arène tout à l'heure ? demanda-t-il.

— Vous m'avez dit que c'était un moyen de résoudre les conflits inconciliables... Elle fronça légèrement les sourcils.

— Oui, confirma Korum, c'est ça. Et C'est ce qui se passe entre Loris et moi : un conflit inconciliable. Je pense que son fils est un traître et un moins que rien, et il n'est pas d'accord.

— Alors il vous a lancé un défi et vous allez vous battre ? Mais je pensais que ces combats étaient dangereux...

— C'est vrai. Korum sourit d'impatience, l'excitation qu'il connaissait bien lui filait dans les veines. Quelquefois, il en avait besoin, besoin du danger, de l'adrénaline, de ce défi physique à l'état pur de vaincre un adversaire. Il avait beau aimer se battre pendant les matches de defrebs, il savait toujours que ce n'était qu'un jeu et qu'on n'en sortait qu'avec quelques égratignures et quelques bleus. Dans l'Arène, ce n'était pas garanti, ce qui la rendait si exaltante.

— Alors vous pourriez être tué ? Les yeux de Mia commençaient de nouveau à se mouiller et Korum se rendit compte que cette idée lui faisait vraiment de la peine. Il n'aurait absolument pas dû en parler si tôt.

— Ce n'est pas complètement impossible, dit-il prudemment, ne voulant pas la chagriner davantage. Il est techniquement illégal de tuer son adversaire dans l'Arène, mais d'habitude on est pardonné si ça se passe dans le feu du combat. Mais tu n'as pas besoin de t'inquiéter, ma chérie, je sais me battre.

Elle n'eut pas l'air convaincue.

— Je sais qu'il vous déteste. Sa voix tremblait légèrement. Il va *essayer* de vous tuer ?

— Oui, bien sûr, il va essayer, dit Korum, mais je ne le laisserai pas faire. Tu n'as aucune raison de t'inquiéter…

— Ce n'est pas un bon combattant ?

— Si, admit Korum. Ou du moins, il l'était autrefois. Je ne sais pas quelle est sa force maintenant.

— Ne vous battez pas, dit-elle en tendant la main pour attraper la sienne. Je vous en prie, Korum, ne vous battez pas…

— Mia… Il soupira et posa sa main sur celle de Mia. Écoute-moi, ma chérie, une fois que le défi est lancé, on ne peut pas revenir en arrière. Je ne peux pas me dérober à ce combat, et Loris non plus. Nous nous sommes tous les deux engagés, le comprends-tu ?

— Non, dit-elle avec obstination. Je ne comprends pas. Je ne veux pas que vous risquiez votre vie comme ça…

— Le risque n'est pas aussi grand que tu le penses, dit Korum. Aujourd'hui quand il m'a attaqué ça ne m'a pas pris plus de dix secondes pour le prendre à la gorge.Si cela avait été durant un combat dans l'Arène, il aurait été déclaré vaincu à ce moment-là. Et vraisemblablement, Loris aurait été tué, mais Korum ne voulait pas que Mia le sache. En général, les femmes venues de la Terre n'aimaient pas la violence, surtout quand la femme en question était une jeune fille dont l'existence avait été bien protégée.

— Et quand ce combat est-il censé avoir lieu ? Elle n'était toujours pas rassurée.

Korum soupira. Il n'aurait vraiment pas dû lui en parler.

— Après-demain, dit-il. À midi.

CHAPITRE ONZE

Mia était debout dans la pièce circulaire qui servait de cabinet de douche et laissait les jets d'eau pulvériser chaque centimètre de son corps. Dans une situation normale, elle aurait adoré l'attrait de la nouveauté que représentait pour elle cette douche dans un habitat extra-terrestre. Comme tout le reste dans la maison, la douche était 'intelligente' et s'adaptait automatiquement à ses besoins. Mia n'avait qu'à s'y mettre et laisser cette extraordinaire invention technologique la laver, la frotter, mettre un soin sur ses cheveux et la masser. C'était merveilleusement délassant, ou aurait pu l'être si seulement son cerveau avait pu arrêter de penser à ce que Korum lui avait dit pendant le dîner.

Il avait minimisé le danger du prochain combat, mais elle ne pouvait être aussi insouciante. Quand il avait évoqué le défi de Loris, le sang de Mia s'était glacé et d'horribles images de corps démembrés lui avaient envahi l'esprit. Et s'il arrivait quelque chose à Korum ? Il n'était pas vraiment immortel ; il pouvait être tué, comme l'avait été son grand-père.

La pensée que Korum puisse mourir était insupportable, inimaginable. Mia ne le connaissait que depuis une journée, ou ne se souvenait que de cela, mais peu importe.

Cette journée avait été la plus belle de sa vie consciente.

Passer cette journée avec Korum avait été extraordinaire. Elle n'avait jamais eu ce genre de lien avec qui que ce soit auparavant, elle ne s'était jamais sentie si merveilleusement vivante avec quelqu'un d'autre. Ce qu'elle ressentait allait au-delà du désir sexuel, au-delà d'un simple besoin physique. C'était comme si elle désirait toute entière être avec lui, s'imprégner de son essence. Elle le désirait si éperdument que c'était absurde, si passionnément que cette intensité était presque effrayante.

Quelque part au fond de son cerveau, Mia savait qu'elle agissait d'une manière irrationnelle, complètement différente de son attitude habituelle. Dans une telle situation, une personne normale demanderait à Korum de la ramener chez elle, à New York ou en Floride pour faire face à l'amnésie et reprendre progressivement le cours de sa vie, sa vie telle qu'elle avait été. Elle ne voudrait pas s'attacher à un extra-terrestre, elle ne serait pas si calme à l'idée d'habiter chez lui, séparée de tous ceux et de toutes les choses dont elle se souvenait.

Et pourtant elle ne voulait pas le lui demander, elle ne pouvait pas imaginer le laisser ne serait-ce qu'un instant. Mia était certaine que ses camarades de la faculté de psychologie s'amuseraient bien en analysant ses étranges réactions, que ce soit la facilité avec laquelle elle avait accepté l'impossible ou sa dépendance malsaine à l'égard de quelqu'un qu'elle connaissait depuis si peu de temps. Mais ça lui était égal ; elle ne savait qu'une chose, elle avait besoin de Korum, et il semblait lui aussi avoir besoin d'elle.

Est-ce que Saret, son ancien patron, savait que cela se passerait ainsi ? Avait-il réalisé qu'en effaçant une partie de sa mémoire il ne détruirait pas ce qui l'unissait à Korum ? Mia ne le croyait pas vraiment. Si ce que Korum lui avait dit des intentions de Saret était vrai, le spécialiste du cerveau aurait eu une surprise désagréable en découvrant qu'elle ne s'intéressait nullement à lui et que son attachement à Korum était intact.

Après avoir pris sa douche, Mia sortit du cabinet circulaire et laissa ruisseler l'eau sur l'étrange matière spongieuse du sol qui continuait à lui masser les pieds. Korum lui avait expliqué qu'elle n'avait qu'à se tenir là et que la technologie de la salle de bain s'occuperait de ses ablutions et Mia l'avait pris au mot.

Effectivement, son corps fut rapidement séché par des jets d'air chaud tandis qu'une petite tornade souffla autour de sa tête pour lui sécher chaque mèche de cheveux et lui emplir la bouche d'un goût rafraîchissant qui lui lava les dents. Quand ce fut fini Mia était sèche de la tête aux pieds, ses boucles étaient définies et formées à la perfection comme si elle sortait d'un grand salon de coiffure. Et sa bouche lui donnait l'impression de s'être brossé les dents.

Comme c'était agréable !

Il ne lui restait plus qu'à s'habiller. Mia mit un peignoir de bain épais et moelleux que Korum lui avait donné avant de se doucher, elle se regarda dans l'un des miroirs qui occupait tout un pan du mur et remarqua que ses yeux brillaient et qu'elle avait le rose aux joues. Son cœur battait d'impatience et elle était nerveuse.

S'il y avait le moindre risque de perdre Korum, chaque moment qu'ils passaient ensemble était précieux. Et bien que cette idée l'angoisse un peu, Mia voulait connaître son amant complètement et faire de nouveau l'expérience de ce qu'elle avait oublié.

Elle voulait que Korum couche avec elle.

* * *

Korum était assis au bord du lit, il attendait que Mia ait fini de prendre sa douche. Il avait déjà pris la sienne et s'était soulagé de la main du désir qui lui avait donné son érection toute la journée.

Passer autant de temps avec elle, la toucher, sentir son parfum, tout cela l'avait presque rendu fou. Dans des circonstances normales, ils auraient fait l'amour deux ou trois fois sur la plage ou en revenant à la maison avant de dîner. À la place, il avait dû se contenter de quelques caresses furtives qui n'avaient fait qu'accroître son désir, lui donnant la chair de poule et gonflant sa verge de désir. S'il ne s'était pas masturbé dans la douche, elle aurait vraiment couru le risque de se faire prendre ce soir. Même dans ces conditions Korum se sentait encore anxieux et il espérait dépenser un peu de son trop plein d'énergie en allant de bonne heure à une séance de defrebs, ou en y allant de nuit comme les êtres humains appellent ce moment qui sépare trois heures de quatre heures du matin.

Il était déjà plus de onze heures du soir, l'heure à laquelle Mia se couchait d'habitude. De son côté, Korum n'était pas du tout fatigué, mais il voulait la mettre au lit et la garder dans ses bras jusqu'à ce qu'elle s'endorme, même si cela devait encore prolonger sa torture. C'était important qu'elle recommence à s'habituer à lui, qu'elle soit à l'aise avec lui quand il la touchait… parce qu'il ne savait pas encore combien de temps il pourrait tenir sans la posséder.

Pour penser à autre chose, il regarda la paume de sa main et envoya mentalement une demande pour savoir où en étaient les recherches pour retrouver Saret. Les gardiens avaient retrouvé sa trace en Allemagne, puis l'avaient de nouveau perdu de vue. Quel que soit son mode de déplacement, il évitait les satellites Krinars et les autres dispositifs d'espionnage, un exploit que Korum admirait à regret, même si la pensée que Saret était encore en fuite lui faisait voir rouge.

— Qu'est-ce que vous faites ? La question que Mia avait posée d'une voix douce le fit sursauter tant il était absorbé dans sa recherche.

Korum releva la tête et sourit en la voyant devant lui, mince, pieds nus, et emmitouflée dans son peignoir. Elle se tordait les mains dans un geste qui trahissait sa nervosité.

— Je vérifie deux ou trois choses, répondit-il. Comment était la douche, ça t'a plu ?

Elle s'humecta les lèvres, ce qui attira le regard de Korum vers sa bouche.

— C'était incroyable, dit-elle. Comme tout le reste de la maison.

— Bien ! dit Korum en l'examinant attentivement. Avait-elle peur d'être près d'un lit avec lui ? Il adoucit sa voix et lui dit : viens, allons dormir, ma chérie. Ta journée a été longue. Tu dois être tellement fatiguée.

Elle hocha la tête d'un air hésitant et s'approcha de lui, ses mouvements empreints d'une sensualité inconsciente qui faisait autant partie d'elle que ses beaux cheveux bouclés. Korum changea de position et leva légèrement le genou pour essayer de cacher l'érection qui gonflait de nouveau son pantalon.

Quand elle fut à quelques centimètres de lui, elle s'arrêta et il put entendre les battements rapides de son cœur. Un chaud parfum de femme atteignit les narines de Korum, amenant encore plus de sang à son entrejambe.

Il s'aperçut qu'elle n'avait pas peur, mais qu'elle le désirait aussi.

N'osant à peine respirer, il tendit la main et la rapprocha de lui jusqu'à ce qu'elle soit assise sur le lit à ses côtés. Ce faisant, il entendit le cœur de Mia battre encore plus fort et il lut sur son visage un mélange d'appréhension et d'excitation.

— Mia, demanda-t-il doucement, tu en es sûre ?

Elle fit un signe de la tête, sa bouche si douce tremblait.

— Oui, murmura-t-elle, j'en suis sûre…

Le corps de Korum réagit à ces mots avec une intensité douloureuse, sa verge se raidit encore plus et ses testicules se soulevèrent le long de son bas-ventre. Mais quand il se pencha sur elle pour l'embrasser, il fit en sorte que son baiser soit doux et tendre, comme il devait l'être pour sa toute première fois.

Lors de leur première fois, c'était aussi elle qui était venue à lui, mais elle l'avait fait par défi, comme un moyen d'affirmer son indépendance et de le blesser d'une certaine manière. À l'époque, ça lui avait été égal, il était content qu'elle soit là, chez lui, dans son lit. Et dans sa hâte de la prendre, il lui avait fait mal, la déchirant alors qu'elle était vierge, sans plus de considération qu'un animal en rut.

Il avait maintenant l'occasion de se racheter. De nouveau, elle était vierge, d'esprit si ce n'est de corps. Et, Korum était déterminé à faire en sorte que cette nuit elle n'ait pas mal et n'ait que du plaisir.

Il l'embrassa doucement, d'abord, seulement avec les lèvres tout en lui caressant les cheveux et le dos en mouvements apaisants. Elle avait un goût frais et sucré, un parfum familier et enivrant. Elle leva ses petites mains et les lui posa sur l'arrière du cou, ses doigts fouillèrent dans ses cheveux, ce qui le fit frissonner de plaisir jusqu'au bas du dos. Ne voulant pas aller plus loin dans ses baisers, Korum l'embrassa sur la joue puis sous la mâchoire où il goûta la finesse de sa peau.

Elle gémit et rejeta la tête en arrière, exposant davantage sa gorge blanche à ses baisers, et Korum l'embrassa là aussi, luttant contre le désir de lui prendre le sang en même temps. Il le ferait, mais pas aujourd'hui, pas pour cette première fois.

Avec précaution, pour ne pas l'effaroucher, il tira sur le peignoir, l'ouvrit tout en continuant à l'embrasser, sa bouche allant à sa clavicule puis plus bas.

Le corps de Mia était beau, mince, et rebondi là où il le fallait, sa peau douce invitait les caresses. Korum lui passa lentement la main sur les seins et sur son ventre plat, s'émerveillant de la délicatesse de sa silhouette. Il pouvait presque lui couvrir de la main toute la cage thoracique, sa peau à lui était remarquablement sombre en comparaison de la pâleur parfaite de la sienne.

Il voyait sur son cou son pouls battre de plus en plus vite, il entendait s'amplifier sa respiration et il savait qu'elle était aussi anxieuse qu'excitée. Korum releva la tête, et la surprit en train de le regarder, le visage empourpré et les lèvres légèrement entrouvertes.

— Je t'aime, Mia, murmura-t-il, en tendant la main pour dégager son visage de la boucle de cheveux qui y retombait toujours. Tu le sais, n'est-ce pas ?

Elle hocha timidement la tête et continua à le regarder de ses grands yeux bleus, ces yeux qui donnaient envie à Korum de pourfendre les dragons et de mettre en pièces quiconque oserait lui faire du mal.

— N'aie pas peur, ma chérie, dit-il en glissant une main sous ses genoux et l'autre autour de son dos. Il la souleva et la posa délicatement au milieu du lit. Je vais te donner du plaisir, je te le promets… Et en reculant un instant Korum enleva sa chemise et son short, laissant jaillir sa verge en érection.

Avant qu'elle n'ait eu le temps de lui jeter un coup d'œil plein d'appréhension, Korum grimpa sur elle, et lui embrassa de nouveau le cou et l'épaule jusqu'à ce qu'elle pousse un petit gémissement. Puis il commença à descendre le long de son corps en ne prêtant pas attention aux pulsations insistantes de sa verge. Il y aurait des occasions où il la prendrait vite et fort, mais pas aujourd'hui. Ce soir, il n'y avait qu'elle qui comptait.

Il entoura de la main le globe rond de l'un de ses seins, savourant sa fermeté et la manière dont le téton se raidissait sous ses doigts. Elle avait de petits seins, mais leur forme était parfaite pour sa frêle silhouette. Il baissa la tête, goûta son téton en le caressant de sa langue puis en le suçant plus fort.

Elle gémit de nouveau, se cambrant contre lui, alors il fit de même sur l'autre sein, il aimait la manière dont ses tétons devenaient ensuite roses et luisants.

Ensuite, il descendit vers son ventre et embrassa sa peau si douce à cet endroit, il mit sa langue dans son nombril et sentit ses abdominaux se contracter alors que sa bouche descendait encore. Les jambes de Mia étaient fermées, Korum lui ouvrit les cuisses et fit comme si elle n'avait pas retenu son souffle quand il regarda ses plis humides et le triangle de boucles noires qui les recouvrait. Comme partout ailleurs chez elle, le sexe de Mia était petit et délicat et il n'avait jamais rien goûté d'aussi bon.

Korum baissa la tête et respira son parfum envoûtant puis la lécha doucement autour du clitoris, la taquina, laissant lentement monter son excitation. Tout en continuant, il l'entendait haleter chaque fois que sa langue s'approchait de son petit bouton si sensible, il sentait les hanches de Mia se soulever du lit pour se rapprocher de sa bouche. Il savait qu'elle était près du point de non-retour, mais il n'était pas prêt à la laisser jouir. Pas encore en tout cas.

Il bougea la main et la pénétra lentement de l'index, le glissant dans son vagin humide, l'étira avec précaution pour la préparer à le recevoir. Elle était si étroite à cet endroit que même son doigt avait du mal à se frayer un chemin et Korum étouffa un grondement douloureux en sentant sa verge se secouer contre les draps, il était si excité qu'il en souffrait.

Mia se mit à crier quand le doigt de Korum glissa plus profondément et se frotta là où ça la rendait toujours folle de plaisir, puis il sentit les parois intimes de son vagin vibrer le long de son doigt quand elle atteignit l'orgasme.

Incapable d'attendre plus longtemps il revint sur elle en lui maintenant les jambes ouvertes avec son genou. Il se tenait sur le coude et utilisa l'autre main pour se diriger vers sa petite ouverture, laissant entrer son gland puis s'arrêtant pour donner à Mia le temps de s'habituer à la taille de sa verge.

Quand il la pénétra, elle respira très fort et lui attrapa les épaules tout en le regardant. Tout le corps de Korum subissait les efforts qu'il faisait pour se contrôler, puis il alla plus profondément en elle, mais toujours progressivement et lentement pour éviter de lui faire mal. Tandis que sa verge allait plus loin, la sueur perla sur tout son corps et sa respiration se fit plus forte et plus irrégulière. Mia était chaude, humide et resserrée, et Korum eut l'impression qu'il allait littéralement exploser en elle.

Ayant recours à toute la volonté dont il était capable, il s'arrêta quand il fut au fond, la laissant s'habituer à le sentir aussi profondément en elle.

— Tout va bien ? réussit-il à lui murmurer d'une voix rauque en la regardant.

Elle se lécha les lèvres.

— Oui !

— Bon ! Korum respira. Il n'aurait pas été sûr de pouvoir s'arrêter si elle lui avait dit le contraire. Il n'était qu'à quelques secondes de jouir, les testicules contre le bas-ventre et la colonne vertébrale hérissée par la tension familière qui précède l'orgasme.

Mais il ne voulait pas encore jouir, pas avant d'avoir pu lui donner encore plus de plaisir. De sa main droite, Korum alla entre leurs deux corps, trouva l'endroit où ils se rejoignaient et lui caressa doucement le clitoris des doigts. En même temps, il recommença à aller et à venir en elle, se retirant un peu puis revenant.

Mia gémit de nouveau, elle resserra son emprise sur l'épaule de Korum et ses ongles acérés lui griffèrent la peau. Il sentait la chaleur de son corps s'accroître, il entendit sa respiration changer et il sut qu'elle y était presque. Alors il s'abandonna enfin et commença à pousser de plus en plus vite, montant de plus en plus haut et chacun des muscles de son corps tremblait sous l'intensité des sensations. Tout à coup, elle se mit à hurler, ses muscles intimes se relâchèrent autour de sa verge et il explosa en hurlant lui aussi, sa semence jaillit en giclées puissantes.

Quand ce fut terminé, Korum fit rouler Mia et la mit sur lui pour qu'elle soit à demi sur son torse. Ils respiraient fort tous les deux, leurs corps étaient pantelants et couverts de sueur.

Korum savait qu'il devrait dire quelque chose, mais il n'arrivait pas à retrouver ses esprits. Il y avait le sexe, et puis il y avait ce dont il venait de faire l'expérience avec Mia. Il n'avait jamais imaginé tant désirer une femme et goûter tant de plaisir en faisant l'amour.

Et pourtant il ne manquait pas d'expérience. Au contraire. Pendant ses siècles d'existence, il avait connu toutes sortes de pratiques sexuelles. Dans la société Krinar, le libertinage n'était pas montré du doigt et les célibataires étaient encouragés à s'en donner à cœur joie.

Et pourtant Korum ne se souvenait pas d'avoir un jour ressenti jusque dans la moelle de ses os cette satisfaction qu'il avait avec Mia. Il s'était toujours demandé comment ceux qui vivaient en couple, ou ceux qui avaient une Charl demeuraient fidèles toute leur vie. Renoncer à la variété des partenaires lui semblait être une idée étrange et artificielle. Mais depuis qu'il avait rencontré Mia, il ne pouvait imaginer être avec quelqu'un d'autre. Il ne voulait qu'elle, tout le temps, et chaque fois.

Quand sa respiration se fut finalement calmée, Korum regarda la tête bouclée posée sur son torse. Parfaitement satisfait, il lui caressa les cheveux et se mit à sourire en entendant un léger bâillement.

— Veux-tu qu'on se lave en vitesse et qu'on dorme ? murmura-t-il en continuant de sourire quand elle le releva la tête pour le regarder.

Elle le regarda d'un air délicieusement ensommeillé puis bâilla de nouveau.

— Oui, c'est une bonne idée…

Korum eut un petit rire, la prit dans ses bras et se leva pour la porter à la salle de bain. Tout en continuant de la porter, il entra dans la cabine de douche et s'empressa de régler mentalement la chaleur de l'eau. Deux minutes plus tard, ils étaient lavés et séchés et Korum porta Mia au lit, savourant la confiance qu'elle lui témoigna en restant tout le temps dans ses bras.

Il la reposa sur le lit, se coucha à côté d'elle et la reprit dans ses bras, se mettant en cuillère derrière elle. Parfaitement détendu, il ferma les yeux et laissa la respiration régulière de Mia le bercer pour s'endormir à son tour.

CHAPITRE DOUZE

Mia se réveilla lentement le lendemain matin, s'étira et sourit en se souvenant de la nuit précédente. Tout ce qui s'était passé avait été extraordinaire, comme dans un rêve. Est-ce que c'était toujours comme ça ? Ou est-ce que c'était comme ça seulement avec Korum ?

Après l'avoir prise une première fois, il avait recommencé pendant la nuit et l'avait réveillée en se glissant en elle. Par chance, elle était déjà mouillée et elle avait joui au bout de quelques minutes alors qu'elle aurait pensé que ce serait difficile, étant donné qu'elle avait déjà eu tant de plaisir la première fois.

Mais visiblement, elle était aussi insatiable que son amant extra-terrestre.

En souriant comme le Chat du Cheshire, Mia se leva, mit une robe d'été couleur pêche et fit ses ablutions. Korum était déjà parti, elle demanda donc à la maison de lui préparer un délicieux petit déjeuner, puis s'installa confortablement sur l'une des planches flottantes qui servaient de canapé.

— Puis-je avoir quelque chose à lire ? demanda-t-elle et elle se mit à rire quand une tablette fine comme du papier à cigarette se détacha de l'un des murs et arriva en planant vers elle.

Hier, quand Korum lui avait parlé de ses fonctions au laboratoire de recherche sur le cerveau, il lui avait dit qu'elle conservait des documents de travail et des enregistrements sur cette tablette. Mia était très curieuse à ce sujet et essayait d'imaginer ce qu'elle pouvait faire dans un environnement de travail Krinar étant donné son manque de connaissance sur leurs sciences et leurs technologies. Selon les explications de Korum, on lui avait transféré un certain nombre de connaissances avec le même procédé qu'on utilisait pour éduquer les enfants Krinars, et en secret elle espérait que tout n'avait pas été effacé par son amnésie partielle. En tout cas, elle se sentait plus à l'aise à Lenkarda qu'on aurait pu s'y attendre, et elle était vraiment certaine de savoir davantage de choses sur le cerveau qu'elle n'en avait apprises à l'université.

En demandant oralement à la tablette d'ouvrir l'un des dossiers Mia s'installa confortablement et commença la tâche de réapprendre ce qu'elle avait oublié en partie ou complètement.

* * *

— Le Conseil a rendu son jugement.

Les paroles d'Arus résonnèrent dans la salle vaste comme une arène où se tenaient les audiences publiques du procès. Presque tous les Krinars vivant sur le Terre ainsi que de nombreux résidents de Krina y assistaient, virtuellement ou en personne.

Korum se pencha en avant, il voulait entendre les mots qui scelleraient le sort des traîtres. Devant lui, il voyait Loris, droit comme un i, tout de noir vêtu. Le Protecteur serrait les poings si fort que ses articulations étaient presque blêmes, et il se préparait à entendre la condamnation de son fils.

— Rafor, Kian, Leris, Poren, Saod, Kula, and Reana Rafor, Kian, Leris, Poren, Saod, Kula, and Reana, dit Arus d'une voix sonore, le Conseil vous juge coupables d'avoir conspiré avec la Résistance des hommes, d'avoir attaqué les centres et mis en danger la vie de cinquante mille de vos concitoyens. Vous êtes également coupables d'avoir brisé le mandat de non-ingérence en partageant les découvertes technologiques Krinar avec la Résistance. En outre, Rafor, le Conseil te juge coupable de complicité envers ce dangereux individu qu'est Saret dans son projet de génocide ainsi que dans son projet illégal de manipulation des cerveaux humains.

On vit pâlir le Protecteur et les Keiths eurent l'air d'avoir reçu un coup dans le ventre. Un murmure se répandit dans la foule puis mourut quand les spectateurs se turent pour entendre la suite.

— En raison des crimes que vous avez commis, vous êtes condamnés à une réhabilitation complète.

Korum se redressa, il écouta le tumulte qui s'éleva dans l'auditoire. À ce moment précis, il éprouva une pitié inhabituelle chez lui à l'égard de Loris qui venait de perdre son fils unique. Malgré tout ce qui les avait séparés dans le passé, ce n'était pas de la faute de Loris si Rafor s'était avéré être un incapable et un criminel. Korum ne pouvait en vouloir à Loris de vouloir défendre son enfant, même si cet enfant ne méritait pas d'être défendu.

Mais Korum ne regrettait pas le rôle qu'il avait joué dans cette condamnation. Rafor et ses amis avaient eu exactement ce qu'ils méritaient : leur personnalité serait presque entièrement effacée. Ils étaient trop dangereux pour subir une réhabilitation partielle et leurs actes étaient trop graves pour qu'on puisse les leur pardonner. S'il y avait bien une chose que Korum méprisait, c'était que quelqu'un tente de nuire à sa propre espèce par cupidité et par soif du pouvoir comme l'avaient fait ces traîtres.

La brève lueur de compassion qu'il avait eue pour Loris s'éteignit quand le Protecteur se tourna vers lui et lui jeta un regard plein de haine. Sous son teint bronzé, Loris était exsangue et ses yeux brillaient comme s'il était devenu fou. C'était l'apparence de quelqu'un qui n'a plus rien à perdre et Korum comprit que son adversaire ferait tout ce qui serait en son pouvoir pour le mettre en pièces le lendemain. Bien sûr, Korum n'avait pas l'intention de le laisser faire. Il ne voulait pas tuer Loris, mais il ferait en sorte de se défendre.

Quand le brouhaha de la foule se fut apaisé, on emmena les Keiths, et Korum se leva pour se diriger vers la sortie.

Ce qu'il désirait maintenant c'était Mia, mais il ne pouvait pas rentrer immédiatement à la maison.

Il lui fallait de nouveau contacter les Anciens pour faire avancer son projet et pour vérifier où en était sa pétition concernant les parents de Mia.

* * *

— Tu as une visite, Mia.

Prise de surprise en entendant cette voix féminine qu'elle ne connaissait pas, Mia leva la tête et interrompit sa lecture. À travers le mur transparent, elle vit une jeune femme. Mia soupira de soulagement en comprenant que la voix qu'elle venait d'entendre devait être celle de la maison 'intelligente' qui lui annonçait l'arrivée de cette visiteuse.

— Entendu, dit Mia comme si elle avait l'habitude de communiquer sans cesse avec les technologies extra-terrestres. Peux-tu la laisser entrer s'il te plait ?

— Oui, Mia. Et le mur qui la séparait de la visiteuse se désintégra pour créer une ouverture.

Mia se leva de la planche flottante et sourit à la jeune fille brune qui entra gracieusement par cette porte.

— Salut ! dit Mia en sachant qu'elle accueillait sans doute quelqu'un qu'elle avait déjà rencontré avant.

— Salut, Mia, dit la jeune fille en lui souriant gentiment. Je sais que tu ne te souviens pas de moi, mais je m'appelle Delia. Nous nous sommes déjà rencontrées deux ou trois fois. Moi aussi je suis une Charl à Lenkarda.

— Je suis contente de te revoir, Delia. Mia était heureuse que sa visiteuse semble savoir ce qu'il lui était arrivé. Je m'excuse d'avance de ne pas te reconnaître...

— Ce n'est pas de ta faute. Delia lui avait coupé la parole, ses grands yeux bruns étaient pleins de sollicitude. Comment peux-tu t'excuser d'une chose pareille ? Je suis venue voir si ça allait après ce qui t'est arrivé. Ce doit être tellement épouvantable de se réveiller sans savoir où l'on se trouve ni comment on est arrivé là...

Mia examina la jeune fille et remarqua sa beauté discrète, mais lumineuse et la maturité qui transparaissait sous son apparence jeunesse.

— Merci, Delia. C'est étonnant, mais en fait ça va bien. Je ne sais pas pourquoi, mais j'ai l'impression de très bien réagir.

— Et Korum ?

Mia la regarda d'un air interrogateur.

— Quoi ? Korum ?

— Est-ce qu'il est... Delia hésita un instant. Est-ce qu'il est gentil avec toi ?

— Bien sûr. Mia fronça les sourcils. Pourquoi ne le serait-il pas ? C'est mon... cheren, c'est bien ça ?

Delia lui adressa un sourire radieux.

— Bien sûr ! J'allais me promener vers les cascades, là où nous sommes rencontrées pour la première fois. Aimerais-tu venir avec moi ? C'est vraiment un bel endroit. Je ne sais pas si Korum te l'a déjà montré...

— Non, lui répondit Mia et j'aimerais bien venir avec toi. Elle était curieuse d'en savoir plus sur cette jeune fille, une autre Charl, et elle espérait en apprendre davantage sur Lenkarda et sa vie d'avant dans le Centre.

— Parfait, dit Delia toujours en souriant. Alors, allons-y !

Il leur fallut un peu plus de vingt minutes pour atteindre les cascades à pied. En marchant dans la forêt, Mia demanda à Delia de lui raconter son histoire, elle voulait savoir comment elle était devenue une Charl. Puis, elle fut stupéfaite et fascinée d'apprendre que la jeune fille qui était grecque avait rencontré Arus sur les bords de la Méditerranée presque vingt-trois siècles auparavant et comment sa vie s'était déroulée depuis.

— Quand je suis arrivée à Krina pour la première fois, les êtres humains étaient traités d'une manière très différente par rapport à aujourd'hui, expliqua Delia. Il y a deux mille ans, la plupart des Krinars nous considéraient à peine mieux que les primates à cause de notre absence de technologie et nos mœurs primitives. Certains d'entre eux, comme Arus, admettaient que nous n'étions pas très différents d'eux, mais la plupart refusaient de nous considérer comme une espèce aussi intelligente que la leur. Cette attitude existe encore aujourd'hui jusqu'à un certain point, même si le rythme rapide des progrès sur Terre a impressionné beaucoup de Ks.

— Ils pensaient que nous étions semblables aux singes ? Mia fronça des sourcils, ça ne lui plaisait pas du tout.

Delia hocha la tête.

— À peu près ! Je ne peux pas vraiment leur en vouloir ; après tout, ce sont eux qui nous ont créés et ont fait de nous ce que nous sommes aujourd'hui.

— Et comment ont-ils fait ? demanda Mia qui se posait cette question depuis un moment. Ce que je veux dire, c'est qu'un homme peut presque passer pour un Krinar et inversement. Du point de vue de l'apparence physique, c'est comme s'ils appartenaient à une autre race humaine plutôt qu'à une autre espèce. Je sais qu'ils ont guidé notre évolution, mais c'est quand même assez incroyable…

— Finalement pas tant que ça, dit Delia. Depuis des millions d'années, ils modifient nos gènes et suppriment les traits qui nous différenciaient d'eux. Ils ont permis certaines variantes subtiles, comme les yeux, la peau et la couleur des cheveux, mais autrement ils ont fait en sorte que nous soyons très similaires à eux. C'est ce que voulaient les Anciens, je crois.

Mia détourna le regard et se mit à réfléchir un moment tandis qu'elles continuaient à marcher dans la forêt.

— Et que penses-tu qu'ils veulent faire de nous maintenant ? demanda-t-elle quand elles furent arrivées à leur destination.

— Les Krinars ? Delia s'était assise dans l'herbe près de l'eau et se tourna vers Mia.

— Les Anciens, précisa Mia en s'asseyant à côté d'elle.

— Qui sait ? Delia haussa les épaules. Même le Conseil ignore en partie les motivations des Anciens. Pour eux, ce sont des dieux, bien que les Krinars n'aient pas de religion au sens traditionnel du terme.

— Je vois. Mia réfléchissait à tout ce qu'elle venait d'apprendre. Et que pensent les Krinars de nous aujourd'hui ? Korum m'a dit que je travaillais dans un de leurs laboratoires. Ils ne m'auraient sûrement pas laissé faire ça s'ils pensaient que je n'étais qu'un singe exceptionnellement intelligent. Sans oublier qu'ils se marient avec des êtres humains…

— Se marier ? Delia eut l'air étonné. Que veux-tu dire ?

— N'est-ce pas ce que veut dire être leur Charl ? Être marié avec l'un d'entre eux, sans cérémonie officielle ? C'était l'impression que Mia avait eue la veille pendant sa conversation avec Korum.

Delia la regarda, ses yeux marron étaient pensifs.

— Il me semble qu'on peut l'envisager comme ça, dit-elle lentement. Surtout en appliquant la définition du mariage telle qu'elle était autrefois.

— Autrefois ?

— Oui, dit Delia. Avant ta naissance. Quand une femme appartenait légalement à son mari.

— Que veux-tu dire par "appartenait" ?

— Selon la loi Krinar, une Charl appartient à son cheren, Mia. Nous n'avons pas vraiment de droits ici, Korum ne te l'a t'il pas dit ?

Mia secoua la tête, elle avait le cœur serré.

— Tu veux dire que nous sommes leurs… esclaves ?

Delia sourit.

— Non, les Krinars condamnent l'esclavage, particulièrement tel qu'il était pratiqué à mon époque. La plupart des charls sont aimées de leur cheren et en sont très bien traitées. Ils les considèrent vraiment comme des femmes qui sont leurs compagnes. Mais ce n'est pas exactement le genre de relation d'égalité auquel une jeune fille moderne comme toi est habituée.

Mia la regarda fixement.

— Pourquoi pas ?

— Eh bien, par exemple un Krinar n'a pas besoin de ta permission pour faire de toi sa Charl. Arus me l'a demandé, mais de nombreux cherens ne le font pas.

— Est-ce que Korum *me* l'a demandé ? Mia attendait cette réponse en retenant son souffle.

— Je ne sais pas, dit Delia avec regret. Je n'ai jamais su les détails de votre liaison. Mais d'après ce que je sais de Korum, et parce que tu as aidé la Résistance dans le passé, je me demande s'il a tenu compte de tes sentiments autant qu'il l'aurait dû.

Mia fronça des sourcils.

— Que veux-tu dire ? Que sais-tu de Korum ?

Delia la regarda comme si elle pesait le pour et le contre avant d'aller plus loin.

— Ton cheren est quelqu'un de très puissant et de très ambitieux, dit-elle finalement. Au Conseil, beaucoup pensent qu'il a de l'influence sur les Anciens. Il a également la réputation d'être très autoritaire et d'être impitoyable avec ses adversaires. Voilà pourquoi au début je me suis fait du souci pour toi, parce que je ne pensais pas que Korum serait un cheren particulièrement attentionné. Mais il me semble que j'avais tort. J'avais l'impression que tu semblais heureuse avec lui. La dernière fois que nous nous sommes rencontrées, c'était à l'anniversaire de Maria, tu semblais radieuse. Et même maintenant, quand la plupart des femmes seraient angoissées et se sentiraient perdues, tu sembles aller bien, et ce doit être grâce à Korum.

Mia examina Delia en se demandant si elle lui cachait quelque chose.

— Tu n'aimes pas beaucoup mon cheren, n'est-ce pas ?

— Je ne le connais pas personnellement, dit Delia avec prudence. Je sais seulement qu'Arus et lui se sont opposés sur un certain nombre de questions dans le passé. Mais je suis contente qu'il soit gentil avec toi. Quand je t'ai vue pour la première fois tu m'as semblé si jeune, si vulnérable… et je n'ai pas pu m'empêcher de m'inquiéter à ton sujet. Mais maintenant, je vois que tu es plus forte que je ne l'ai d'abord pensé. Tu pourras peut-être même avoir une bonne influence sur Korum. Arus pense que ton cheren t'aime vraiment, d'ailleurs cela nous a beaucoup surpris tous les deux.

— Je vois. Mia respira profondément et détourna les yeux en essayant d'assimiler ce qu'elle venait juste d'apprendre. Peut-être que l'idée saugrenue qu'elle avait eue en considérant Korum comme un méchant n'était pas aussi absurde qu'elle le semblait. Une fois de plus, elle aurait bien aimé se souvenir des deux derniers mois afin de mieux comprendre la relation complexe qu'elle avait avec lui. Que représentait exactement Korum pour elle ? Qu'est-ce que ça voulait dire d'être sa Charl ? Et qui était le vrai Korum ? L'amant tendre de la nuit dernière ou l'impitoyable Conseiller que Delia lui avait décrit ?

Peut-être était-il l'un et l'autre. Mia s'arrêta un instant sur cette hypothèse. Oui, elle pouvait vraiment imaginer que tel était le cas. Après tout, Korum lui-même lui avait dit qu'il l'avait utilisée pour écraser la Résistance. Et pourtant il semblait sincèrement l'aimer maintenant, et Mia ne put s'empêcher de sentir la tendresse qui l'envahissait à cette pensée.

En se retournant vers la jeune grecque, Mia la regarda.

— Delia, dit-elle à voix basse en abordant un sujet qui la préoccupait depuis la veille. Est-ce que tu sais ce qui se passe pendant un combat dans l'Arène ?

— Oui. Delia la regarda avec sympathie. Tu as appris le défi de Loris, n'est-ce pas ?

— Korum m'en a parlé hier, dit Mia. As-tu déjà assisté à l'un de ces combats ? Ils arrivent souvent ?

— Ils n'arrivent pas aussi souvent qu'avant, mais il y en a encore régulièrement. En général, il y en a deux ou trois par an parfois davantage.

— Et quel danger représentent-ils ?

Delia hésita un instant.

— Les combats dans l'Arène sont la principale cause de la mort des Krinars, dit-elle enfin. Ensuite viennent différentes sortes d'accidents.

Mia eut l'impression de recevoir un coup de poing dans le ventre.

— Il y a toujours des morts dans ces combats ?

— Non, pas toujours. Parfois, le vainqueur peut se contrôler suffisamment pour s'arrêter à temps. Mais en général, les Krinars de sexe masculin ne contrôlent pas bien leurs instincts dans le feu du combat. Ce qui ne semblait pas particulièrement gêner la Charl grecque.

Mia avala sa salive.

— Je vois.

— Mais pour répondre à ta question précédente, je crois vraiment que les attitudes des Krinars envers les êtres humains sont en train de changer, dit Delia qui revenait à leur conversation d'avant. Il y a deux mille ans, il aurait été impensable qu'un être humain travaille dans un laboratoire Krinar. Depuis ils ont beaucoup évolué, et je vois chaque jour de nouveaux progrès. Le fait de vivre sur Terre ici avec nous change tout. Maintenant, ils s'aperçoivent que nous *sommes* vraiment une espèce sœur pour eux, et que nous avons le potentiel de réussir autant qu'ils l'ont fait.

— Ils ne nous considèrent plus comme des singes intelligents ? dit Mia en plaisantant à moitié.

Delia sourit.

— Certains si, j'en suis sûre. Mais ce n'est plus l'opinion générale. Et plus il y aura de relations comme la tienne et comme la mienne, mieux les êtres humains seront acceptés dans la société Krinar. Elle s'arrêta un instant. Donc tu vois, Mia, on n'a pas besoin de se battre contre les Krinars pour aider les nôtres. Il suffit que l'un d'entre eux tombe amoureux de nous.

* * *

À huit mille kilomètres de là, Saret se leva et sourit à la jeune fille nue roulée en boule dans son lit. Elle était toute petite, elle ne mesurait pas plus d'un mètre cinquante, et ses cheveux brun foncé encadraient son visage fin de jolies boucles. À part ses yeux marron, elle ressemblait beaucoup à Mia. Il l'avait trouvée la veille à Paris.

Elle le fixa des yeux, et il put voir la peur et la haine sur son petit visage. Dommage qu'elle ait déjà été fiancée quand il l'avait rencontrée, son mariage devait avoir lieu le mois suivant. Comme on pouvait le comprendre, elle avait résisté aux attentions de Saret et il n'avait pas le temps de faire sa conquête en règle.

Évidemment, il avait eu tort de la prendre, il le savait. Mais au point où il en était, ça n'avait pas d'importance. Tout le monde le considérait déjà comme un monstre et dans ce contexte, dérober un être humain n'était qu'une gaminerie sans importance. Il l'avait mordu pendant leur rapport sexuel, il savait donc qu'elle aussi avait eu du plaisir avec lui. Ce n'était pas Mia, mais il avait quand même eu du plaisir à la baiser en faisant comme si le corps mince qui était dans ses bras était celui qu'il désirait vraiment.

Saret savait qu'il ne pouvait espérer échapper encore longtemps aux gardiens ; il serait bientôt fait prisonnier, ce n'était plus qu'une question de temps. Et maintenant qu'il avait la possibilité de réfléchir, il réalisait à quel point Korum savait à quoi s'attendre. C'était très simple, en fait. Son ennemi avait dû beaucoup plus surveiller sa Charl qu'il ne l'avait admis à Saret. Rétrospectivement, Saret aurait dû s'y attendre ; c'était de sa faute s'il avait sous-estimé le degré d'obsession de Korum à l'égard de Mia.

Oui, Saret savait qu'il ne pourrait se cacher beaucoup plus longtemps. Il s'était déguisé de diverses manières, mais il sentait se rapprocher les gardiens. La veille, il avait pris le risque de se connecter au réseau Krinar. Il avait tenté de cacher son identité, mais il était certain que Korum finirait par retrouver sa trace dans le cyber espace. Mais,

Saret avait eu besoin de savoir ce qui se passait à Lenkarda et si le Conseil avait découvert son projet.

Ce qu'il avait appris l'avait mis en colère tout en le galvanisant. Il était en colère, parce que tous ses dispositifs de dispersion nano qui avaient soigneusement été mis en place, avaient déjà été découverts et neutralisés. Et il était galvanisé parce qu'il savait enfin comment se débarrasser de Korum une bonne fois pour toutes.

Le prochain combat de son ennemi serait son dernier.

Saret ferait en sorte qu'il en soit ainsi.

CHAPITRE TREIZE

La première chose que vit Korum en rentrant à la maison fut Mia, installée confortablement sur l'une des longues planches flottantes et absorbée par ce qu'elle lisait sur sa tablette.

À son arrivée, elle leva les yeux et sourit, le visage tout excité.

— Salut ! dit-elle. Comment s'est passée ta journée ?

Korum sentit un élan de tendresse et comme il s'y attendait, il réagit physiquement à la sentir si près.

— Salut, ma chérie, dit-il en s'approchant encore d'elle et en se penchant pour lui donner un petit baiser. Aujourd'hui, il avait sans cesse pensé à elle et passé en revue chaque moment de la nuit précédente. Il mourrait d'impatience de lui faire redécouvrir les plaisirs de l'amour et de goûter encore et encore à son corps délicieux.

Il voulait de nouveau prendre son temps, mais dès que ses lèvres touchèrent les siennes, les bras fins de Mia se nouèrent autour de son cou et toutes ses bonnes intentions disparurent en un clin d'œil. La bouche de Mia était douce et délectable quand il approfondit ses baisers, son parfum chaud et féminin. Il entendait sa respiration s'accélérer, il sentait son désir et son corps se cambrer vers lui… et le sang bouillait presque dans ses veines.

Sans réfléchir, il laissa ses mains se poser sur sa robe et déchirer le fin tissu, révélant sa chair délicate. Elle perdit le souffle et il sentit ses ongles s'enfoncer derrière son cou quand il suça l'endroit si tendre qu'elle avait vers l'épaule. Les battements du cœur de Mia s'emballèrent et elle gémit quand la main de Korum se dirigea vers ses cuisses et les écarta pour arriver à sa petite ouverture.

Il sentit qu'elle était chaude et humide le long de ses doigts et il eut recours à ce qu'il lui restait de sang-froid pour la faire jouir en appuyant rythmiquement le pouce sur son clitoris. Dès qu'elle se tordit de plaisir en poussant un petit cri, il sut qu'il ne pourrait se contrôler plus longtemps. Il se débarrassa de ses propres vêtements, attrapa ses jambes et l'attira vers lui jusqu'à ce que le buste de Mia soit allongé sur la planche flottante. Puis il entra en elle d'un coup puissant.

Elle cria, son corps se contracta, et Korum gronda en sentant les muscles intimes de Mia se resserrer autour de sa verge, l'empêchant d'aller plus loin. Elle rouvrit les yeux et le regarda et Korum soutint son regard, il savait qu'elle lisait le sombre désir qui était sur son visage. Sa verge vibrait dans son vagin humide, mais ça ne lui suffisait pas.

L'animal qui était en lui avait besoin de la posséder au-delà du sexe, de mettre son empreinte sur son esprit aussi bien que sur son corps.

— Tu es toute à moi, murmura-t-il d'une voix rauque, se rendant à peine compte de ce qu'il disait. Me comprends-tu ?

Elle se contenta de continuer à le fixer des yeux, le visage empourpré et les lèvres entrouvertes, et Korum sentit qu'elle avait de plus en plus chaud. Un désir exclusif de possession envahit Korum comme une vague, il serra les fesses et il s'enfonça plus loin en elle, lui tenant les jambes grandes ouvertes pour faciliter sa pénétration. Elle perdit le souffle, son visage grimaça dans un mélange de souffrance et de plaisir et il l'entendit s'étrangler.

Il se pencha en avant, lâcha ses jambes et glissa un de ses bras en haut du dos de Mia pour la rapprocher de lui. Son autre main arriva dans ses cheveux, il lui tenait la tête un peu en arrière, son cou fin était dégagé.

— Dis-le, Mia, lui ordonna-t-il, poussé par un besoin primitif de se l'approprier. Dis que tu es à moi !

— Je suis… Elle semblait avoir du mal à dire ces mots, ses yeux bleus étaient troublés d'une émotion inconnue, et le besoin de domination de Korum se fit encore plus fort. Il pencha la tête et l'embrassa sauvagement tandis que sa main descendit vers ses plis et que son pouce lui frottait le clitoris. Les parois intimes de Mia se contractèrent autour de sa verge comme si un poing la serrait et elle gémit entre ses baisers.

— Tu es à moi, répéta-t-il en se dégageant un instant, et elle hocha la tête en le fixant des yeux, les lèvres gonflées et luisantes.

— Dis-le !

— Je suis à toi. Elle l'avait murmuré si bas qu'il l'entendit à peine, mais cela suffit à satisfaire son désir pour le moment.

Il se pencha, l'embrassa de nouveau, plus doucement cette fois-ci, tout en commençant à onduler en elle sur un rythme régulier et constant. Ses bourses remontèrent sur son bas-ventre alors qu'un plaisir absolument parfait courait dans ses veines, et tout cela grâce à la jeune fille qu'il tenait dans ses bras. Korum ferma les yeux et laissa les sensations l'envahir, savourant le goût de Mia, la douceur de sa peau sous ses doigts… et l'étau de son corps autour de sa verge.

Et juste quand le plaisir devint trop fort il la sentit se contracter encore autour de lui avec un petit cri, et il atteignit le point de non-retour.

* * *

Quelques heures plus tard, Korum se réveilla en retrouvant cette sensation familière, Mia était tout contre lui. Sa respiration était légère et régulière, et il savait qu'elle dormait profondément, épuisée par ce qu'il avait exigé d'elle au lit. Il était parvenu à ne pas boire son sang cette fois-ci puisqu'il avait eu ce plaisir assez récemment, mais il n'avait pu s'empêcher de la reprendre deux ou trois fois pendant la nuit.

Parfois, il se demandait si c'était normal de la désirer sans cesse. Il avait toujours possédé une libido très forte, mais il n'avait jamais eu ce désir constant pour personne autre qu'elle. Avec Mia, il n'était jamais rassasié, et il n'était pas certain que ça lui plaisait de dépendre autant d'une petite jeune fille venue de la Terre.

En général, son obsession à l'égard de Mia le gênait pour de nombreuses raisons. Elle avait beau le rendre très heureux, l'intensité des sentiments qu'il avait pour elle était déconcertante. Et si jamais il la perdait… Korum ne pouvait même pas supporter d'imaginer cette possibilité, il en avait le cœur serré et cette idée le faisait souffrir terriblement.

Il se dégagea lentement de l'étreinte de Mia et se leva en essayant de faire le moins de bruit possible pour éviter de la réveiller. Elle avait besoin de beaucoup plus de sommeil qu'un Krinar et il veillait toujours à ce qu'elle se repose suffisamment. Même avec les nanocytes implantés dans son corps, elle était encore bien trop fragile et trop vulnérable pour que Korum ait l'esprit en paix. S'il en avait eu le choix, elle n'irait jamais nulle part seule et resterait toujours avec lui.

Mais Korum savait qu'elle détesterait qu'il restreigne trop son indépendance. Même dans la situation actuelle, elle lui en voulait d'avoir mis en place quelques mesures de sécurité. Elle considérait les dispositifs de surveillance comme un moyen de contrôle sur elle, comme une invasion de son intimité et elle ne comprenait pas à quel point sa sécurité et son bien-être comptaient pour lui.

Il était déjà cinq heures du matin, d'habitude Korum commençait sa journée plus tôt. Habituellement à cette heure-là il travaillait déjà, mais il n'avait dormi que trois heures et était resté éveillé pour satisfaire son appétit pour Mia. Il la désirait encore plus que d'habitude et se sentait anxieux et agité avant le combat d'aujourd'hui.

Il n'avait pas peur. En fait, la perspective du danger l'enthousiasmait. Il en avait toujours été ainsi ; dans sa jeunesse, il avait même provoqué deux ou trois combats uniquement pour sentir la poussée d'adrénaline. Mais en vieillissant, il avait réussi à maîtriser cette partie de lui-même et à faire du sport pour canaliser ses excès d'énergie. En conséquence, à part son combat sur la plage avec Saur, il ne s'était pas vraiment battu depuis quatre-vingts longues années.

Mais il s'inquiétait pour Mia si elle venait à l'Arène. Il y aurait beaucoup de monde puisque pratiquement chaque Krinar vivant sur Terre assisterait en personne au combat. Ceux qui étaient à Krina le regarderaient virtuellement. La pensée de savoir Mia en public après tout ce qui s'était passé ne lui plaisait pas, même s'il savait que le danger était minime. Le combat aurait lieu à Lenkarda alors que Saret était ailleurs sur la Terre, en dehors des Centres Ks.

Et pourtant Korum aurait tenu Mia à l'écart si cela n'avait eu pour conséquence de lui infliger une insulte publique. Les combats dans l'Arène étaient considérés comme l'un des aspects les plus importants et les plus intéressants de la vie Krinar et chacun, y compris les charls, devait y assister. Exclure délibérément Mia aurait donné l'impression que Korum voulait lui infliger une punition, ce qui était loin d'être le cas.

En y réfléchissant davantage, Korum décida que deux gardiens surveilleraient Mia à chaque instant. Il ferait également en sorte qu'elle soit assise à côté de Delia si jamais sa Charl avait besoin d'être rassurée par une amie plus âgée et plus expérimentée. De cette manière, il n'aurait pas besoin de s'inquiéter pour elle pendant le combat et pourrait donc se concentrer exclusivement sur son adversaire. Dans l'Arène le moindre moment d'inattention pouvait s'avérer fatal.

D'ici là, il lui restait quelques heures avant le combat. La meilleure solution pour le moment c'était de contacter ses ingénieurs pour voir où ils en étaient et de s'assurer qu'ils travaillaient bien sur le prototype de technologie protectrice qu'il avait récemment inventé. Voret et le reste du Conseil avaient eu raison de s'inquiéter à propos de l'efficacité des anciens boucliers, ce projet devait donc devenir prioritaire.

Korum jeta un dernier coup d'œil à sa Charl endormie et sortit de la maison.

CHAPITRE QUATORZE

Mia attendait que Delia vienne la chercher en tapant du pied nerveusement sur le sol. L'anxiété lui donnait presque envie de vomir et elle était contente que l'autre Charl soit avec elle pendant le combat.

Pour se distraire, Mia respira profondément et regarda l'étoffe étincelante de sa robe blanche. Korum la lui avait laissée ce matin et elle en avait conclu qu'elle était censée la porter dans l'Arène. Contrairement aux vêtements Krinars habituels qui étaient légers et flottants, le costume d'aujourd'hui était fait d'une étoffe empesée et assez épaisse et il était très ajusté. Il brillait légèrement, comme ses sandales. Korum lui avait aussi donné un beau collier pour se mettre autour du cou. Si Mia n'avait pas su que ce n'était pas le cas, elle aurait pu imaginer qu'elle s'était parée pour aller à ses propres noces.

Elle n'avait pas vu Korum ce matin, mais il l'avait appelée et lui avait promis de la rejoindre dans l'Arène avant que le combat ne commence officiellement. Quand ils s'étaient parlé, elle avait pu discerner une note d'enthousiasme à peine maîtrisée dans sa voix, et elle savait qu'il attendait ce rituel barbare avec impatience.

Elle était encore frappée d'être autant sur la même longueur d'onde que lui alors que deux jours seulement s'étaient écoulés. Elle sentait les différentes humeurs de Korum et devinait ce qu'il ressentait. Elle pouvait même prévoir certaines de ses réactions. Quand il était rentré à la maison la veille au soir, elle savait exactement ce qui allait se passer quand elle lui avait mis les bras autour du cou et avait transformé un baiser innocent en quelque chose de plus. Elle avait vraiment savouré leur première nuit ensemble, mais il avait été évident pour elle que Korum s'était alors retenu parce qu'il voulait tenir compte de son 'inexpérience'. Et tout en appréciant sa retenue, d'une certaine manière elle était restée insatisfaite. La nuit dernière, elle ne voulait pas qu'il soit doux et tendre avec elle ; elle voulait qu'il laisse libre cours à sa sauvagerie pour révéler pleinement sa véritable nature.

Qu'il soit aussi possessif la terrifiait et la ravissait à la fois. Si elle ne l'avait pas autant désiré elle aussi elle aurait été effrayée par la passion de Korum et par son insistance à se donner à lui tout entière. Ce qui l'amenait à se demander ce qui se passerait si elle essayait un jour de le quitter. La laisserait-il partir ou l'empêcherait-il de rentrer chez elle ? Et pourrait-il l'en empêcher ? Si l'on en croyait Delia les êtres humains avaient très peu de droits à l'intérieur des colonies Krinars, une pensée qui tourmentait Mia.

Évidemment rien de tout cela n'avait d'importance pour le moment alors que le combat était imminent. Mia regarda impatiemment sa montre-bracelet et vit qu'il était midi moins vingt. *Où donc était Delia ?* L'attendre accroissait l'anxiété de Mia.

Deux minutes plus tard, elle vit finalement une petite nacelle de transport se poser dehors. Delia sortit du vaisseau et lui fit un signe de la main. Soulagée, Mia sourit, elle était contente de la voir. La Charl d'Arus portait la même robe que Mia et elle était ravissante, ses cheveux sombres et lisses étaient parsemés d'une étrange parure.

Mia sortit rapidement de la maison et s'approcha de la jeune grecque.

— Merci d'être venue me chercher, dit-elle quand elle fut tout près.

— Je t'en prie, dit Delia. Je serais venue même si Korum ne me l'avait pas demandé. Tu dois avoir tellement peur en ce moment.

— Je suis terrorisée, admit Mia. Quand j'y pense, j'ai envie de vomir.

Delia sourit.

— Je m'en rends compte. Viens, entre, et nous allons partir !

— Est-ce que Arus a déjà participé à l'un de ces combats ? demanda Mia en la suivant dans le vaisseau et en s'asseyant sur l'un des sièges flottants à l'intérieur.

— Oui, un certain nombre de fois répondit Delia en la regardant d'un air compréhensif. Et chaque fois, j'ai cru avoir une crise cardiaque. Crois-moi, je sais exactement ce que tu éprouves.

— C'était sans doute pire pour toi, dit Mia. Moi, je ne connais Korum que depuis deux ou trois jours. Mais il semblait que c'était deux ou trois ans étant donné la peur qui la paralysait à la pensée de le perdre.

Mia respira profondément et essaya de se calmer en regardant autour d'elle. Après tout, elle n'avait jamais été dans un vaisseau extra-terrestre, ou du moins elle ne se souvenait plus de cette expérience. À sa surprise, elle s'aperçut que l'intérieur de la nacelle ressemblait en grande partie à celui de la maison de Korum avec ses couleurs claires, ses murs transparents et ses sièges flottants. Les instruments de technologie dont elle avait l'habitude chez les hommes n'y étaient pas visibles. Au contraire, tout semblait fonctionner sans le moindre effort et presque par magie.

Quand le vaisseau décolla, Mia put voir la forêt verdoyante à travers le sol transparent. Au loin, les eaux bleues de l'océan Pacifique brillaient au soleil. C'était une belle journée, et dans d'autres circonstances Mia aurait vraiment aimé ce vol. Mais ce jour-là, elle ne pouvait s'empêcher de penser à ce qui allait se passer.

Une autre question lui vint à l'esprit, elle leva la tête et croisa les yeux de Delia.

— D'habitude, combien de temps durent ces combats ? demanda-t-elle, son imagination lui faisait entrevoir une épreuve terrifiante qui durerait toute la journée.

— Entre quelques minutes et deux ou trois heures, dit la jeune grecque. Tout dépend vraiment de la force des adversaires, s'il y a une grande différence entre eux ou pas. Il y a également une courte cérémonie avant le combat et une autre beaucoup plus longue ensuite pendant laquelle le vainqueur célèbre sa victoire.

— Et comment la célèbre-t-il ?

Delia sourit, et ses yeux marron se mirent à briller d'un air coquin.

— Eh bien un Krinar célibataire choisit souvent une ou plusieurs partenaires célibataires et ils s'accouplent dans une *shatela*, c'est une sorte de tente plantée au milieu de l'Arène. Les Krinars qui sont en couple en font de même avec leur compagne.

Faire l'amour en public ? Est-ce que Delia parlait sérieusement ? Mia sentit qu'elle rougissait comme une tomate.

— Et ceux qui ont une Charl ?

Delia se mit à rire.

— Ça dépend. Arus prend toujours ma sensibilité de femme en ligne de compte, en général il se contente de m'embrasser dans l'Arène et d'attendre que nous soyons à la maison pour la véritable célébration. Mais il arrive que d'autres traitent leur Charl comme une Krinar dans cette situation.

— Alors tu me dis que si Korum l'emporte il risque de vouloir faire l'amour avec moi devant tout le monde ?

— Peut-être, dit Delia en souriant. Mais personne ne vous verra puisque vous serez à l'intérieur de la shatela. On risque seulement de vous entendre.

— Oh, parfait ! C'est tellement rassurant ! marmonna Mia. Elle se souvenait que Korum lui avait parlé de la

Célébration des Quarante-Sept et à quel point elle avait été heureuse, en tant qu'être humain, de ne pas participer à ce spectacle exhibitionniste. Mais maintenant, il semblait qu'elle ne pourrait pas y échapper, à moins que Korum ne respecte sa 'sensibilité de femme'. Encore une chose de plus qui allait la tourmenter pendant le combat.

Sans qu'elle ait le temps d'y penser davantage, la nacelle de transport atterrit en silence dans une zone boisée.

— Nous y sommes, dit Delia en se levant.

Mia se leva également et la suivit à l'extérieur du vaisseau. Elle avait l'impression d'être au milieu d'une forêt.

— Où sommes-nous ?

Delia se retourna vers elle et Mia fut choquée de voir que ses yeux brillaient d'excitation.

— C'est l'Arène, dit-elle, et elle désigna une colline couverte d'arbres qui était devant elles.

Mia haussa les sourcils, mais ne dit rien quand elles se dirigèrent vers la butte. Elle pouvait entendre un grondement sourd dans le lointain, comme s'il provenait d'une gigantesque cascade. Est-ce que l'Arène était au bord d'une rivière ? En marchant avec précaution, elle se concentra pour éviter les insectes ou tout ce qu'il pouvait y avoir de rampant dans la jungle du Costa-Rica. Ses sandales aux minces semelles n'étaient pas idéales pour se promener dans la forêt et Mia espérait sincèrement qu'elle ne serait ni piquée ni mordue avant d'arriver au lieu du combat. Si ses souvenirs étaient exacts, les tarentules étaient l'un des dangers de cette région du monde, mais maintenant elle était censée être immunisée contre de tels dangers grâce aux nanocytes qui circulaient dans son corps et guérissaient rapidement n'importe quelle cellule atteinte.

En montant le long de la colline Mia comprit que ce qu'elle entendait était le brouhaha de la foule. Quelque part non loin de là, des milliers de Krinars s'étaient rassemblés pour assister au combat. Visiblement impatiente de les rejoindre Delia se mit à courir pendant le reste du chemin, elle se déplaçait presque avec la grâce d'une K.

— Nous y voilà, dit-elle en se retournant vers Mia et en lui montrant ce qui était en face d'elles.

Le cœur de Mia battait la chamade et ses mains étaient moites, mais elle accéléra pour rattraper l'autre Charl. Quand elle parvint au sommet de la colline, elle s'arrêta net.

La verte vallée qu'elle surplombait offrait un spectacle comme elle n'en avait jamais vu. Des milliers, non, des dizaines de milliers de Krinars y étaient rassemblés. Ils étaient grands, ils avaient la peau dorée et ils étaient revêtus d'un blanc éblouissant qui étincelait à la lumière du soleil. La majorité d'entre eux s'étaient réunis par terre, mais certains s'étaient assis sur des sièges flottants disposés en cercles autour d'une vaste clairière. C'était comme un terrain de football circulaire, sauf que les spectateurs flottaient en l'air au lieu d'être assis sur des gradins, comme une version high-tech d'un amphithéâtre romain. Cette dernière comparaison était, sans doute la plus appropriée pensa, Mia, étant donné ce qui allait s'y passer.

— Mia ! Te voilà !

Mia se tourna vers la droite et vit Korum qui s'approchait d'elles. Contrairement aux autres il était habillé comme d'habitude, en chemise de couleur claire et en short. Il se rapprocha encore et l'attira vers lui pour la prendre brièvement dans ses bras et pour l'embrasser sur le front.

— Comment ça va, ma chérie ? demanda-t-il en la regardant et en lui souriant chaleureusement.

À proximité de lui Mia sentit son cœur battre encore plus vite.

— Ça va. Es-tu prêt pour le combat ?

— Bien sûr ! Il lui caressa la joue puis se tourna vers Delia. Merci d'avoir amené Mia, dit-il en souriant à l'autre jeune fille. Il avait laissé son bras gauche autour de Mia et la serrait tout contre lui.

— Je t'en prie, dit Delia en faisant un signe majestueux de la tête. Je vous laisse tous les deux, vous devez avoir des choses à vous dire. Mia, quand tu auras fini, rejoins-moi s'il te plait. Nous sommes assises là-bas. Elle désigna un rang de sièges flottants qui étaient près de la clairière.

— Je vais l'accompagner dans une minute, promit Korum qui semblait légèrement amusé de l'attitude impérieuse de la jeune fille.

Dès que Delia disparut dans la foule il baissa la tête et donna à Mia un vrai baiser, l'une de ses mains lui tenait la tête et l'autre, le bas du corps pour la garder tout près de lui. Elle sentit la fermeté de son érection contre son ventre, la force de ses bras qui l'étreignaient et son corps fut envahi de chaleur, surtout entre ses jambes, là où elle était le plus sensible. Les lèvres et la langue de Korum taquinèrent et caressèrent sa bouche, lui donnant du plaisir, la consumant de plaisir, elle avait complètement oublié la foule qui les entourait, étourdie par ses sens.

Quand il la laissa enfin reprendre son souffle, elle se serra éperdument contre lui sans se soucier d'être entourée de la foule.

— Putain ! jura-t-il dans un murmure rauque en relevant la tête et en la regardant de ses yeux d'or qui brillaient. Je meurs d'envie que ce combat soit fini. Quelquefois, tu me rends fou, le sais-tu ?

Mia se lécha les lèvres, y retrouvant le goût de Korum. Elle était si excitée par ses baisers que c'était à peine supportable, sans le vouloir ses hanches ondulaient pour essayer de se frotter à lui. Et pourtant quelque chose la tourmentait vaguement et émergeait à travers le désir qui lui obscurcissait l'esprit.

Elle le repoussa un peu, essayant de créer un peu de distance entre elle et lui pour pouvoir réfléchir.

— Delia m'a dit… Mia hésita, ne sachant comment le formuler. Delia m'a dit que le vainqueur célèbre sa victoire en… hum…

— En baisant ? demanda Korum dont les yeux étaient toujours illuminés d'une lueur dorée. C'est ça qu'elle t'a dit ?

Mia hocha la tête, les joues en feu.

Korum recula presque d'un pas tout en continuant à la tenir près de lui.

— C'est vrai, dit-il, d'une voix basse et enrouée. Si je gagne, on s'attendra à ce que je célèbre ainsi ma victoire. Est-ce que ça te posera un problème ?

Mia le regarda fixement.

— Tu veux dire… Tu voudrais faire ça en public ?

— Ce n'est pas exactement en public, ma chérie, dit-il, et l'un des coins de sa bouche se releva. Nous serions dans une shatela, une structure conçue spécialement dans ce but. Mais oui, j'aimerais beaucoup te faire l'amour après le combat. Ton corps délicieux sera ma récompense.

* * *

Korum vit s'agrandir les pupilles de Mia, ce qui rendait ses yeux bleu plus sombre. Elle respirait de manière irrégulière et avait le rose aux joues, ce qui lui allait à ravir. Elle le désirait, presque autant qu'il la désirait. Si le combat avait déjà eu lieu, il était certain qu'elle n'aurait pas protesté s'il l'avait emmené dans la shatela, avait déchiré cette robe moulante et enfoncé sa verge entre ses cuisses. Il aimait l'idée de revendiquer ses droits sur elle devant tous, une idée qui plaisait à ce qu'il y a avait de plus primitif en lui.

— Korum, je…

— Chut ! dit-il en mettant le doigt sur la bouche dans un geste qu'il avait vu les hommes faire. Ne t'inquiète pas pour ça maintenant. Je ne t'obligerai pas à faire ce que tu ne veux pas faire.

Et Korum parlait sincèrement. Il n'avait pas cherché à prouver quoi que ce soit en embrassant Mia en public, mais sa réaction avait clairement démontré ce qu'elle ressentait. Malgré son amnésie, elle était aussi intensément attirée par lui qu'avant, et s'en apercevoir emplit Korum d'une profonde satisfaction masculine. Il ne la forcerait à rien, mais vraisemblablement il n'en aurait pas besoin. Il soupçonnait sa petite Charl d'être plus aventureuse qu'elle ne le pensait elle-même.

Elle continuait de le regarder avec méfiance si bien qu'il pencha la tête et l'embrassa une nouvelle fois, sa bouche était si délicieuse. Cette fois-ci ce ne fut qu'un petit baiser, il ne fit que lui effleurer les lèvres. Le corps de Mia s'insurgeait pour qu'il en fasse davantage et pour qu'il la prenne tout de suite, mais il n'en avait pas le temps. Il devait se préparer au combat.

Mais même ce petit baiser suffit à distraire Mia de ses préoccupations. De nouveau, elle avait les yeux dans le vague, embrumés de désir. Korum dut s'obliger à détourner le regard pour reprendre le contrôle de lui-même.

— Viens ! dit-il d'une voix rauque. Allons vers ton siège. Je dois y aller maintenant, mais je veux être sûr que tu es bien installée à côté de Delia avant de partir.

— Bien sûr ! L'angoisse l'avait de nouveau reprise et elle avait pâli. Le combat commencera exactement à midi ?

— Oui, dit Korum en la prenant par la main et en commençant à la conduire dans la foule. Nous avons tendance à être ponctuels si bien qu'il nous reste exactement dix minutes avant le début de la cérémonie.

Ils se dirigèrent vers le premier rang où Delia et Arus avaient déjà pris place. Il ne restait qu'un siège flottant de libre à côté de Delia et Korum y conduisit Mia. À leur approche, la foule se fendit en deux pour les laisser passer. Ceux qui connaissaient Korum le saluèrent poliment sur leur passage tandis que les autres le dévisagèrent ainsi que sa Charl avec curiosité et sans la moindre réserve, ce qui ne gêna nullement Korum. En tant que membre du Conseil jouissant d'une certaine réputation, il avait l'habitude de ce genre de réaction. On s'intéressait également à Mia étant données les rumeurs sur sa participation à la Résistance. Les Krinars ne pensaient pas qu'il est discourtois de regarder quelqu'un fixement ; au contraire, regarder quelqu'un droit dans les yeux était pour eux une marque d'intérêt.

— Bon ! dit Delia quand ils parvinrent au siège de Mia, je commençais à avoir peur que tu n'arrives pas à temps avant le début du combat.

— Ne t'inquiète pas, nous sommes là ! dit Mia en rougissant légèrement. Korum réprima un sourire, il savait qu'elle était gênée parce qu'ils s'étaient embrassés en public. Sa petite chérie était tellement innocente ; sa timidité lui plaisait autant qu'il avait du plaisir à l'en guérir.

Arus regarda calmement Korum.

— Nous prendrons bien soin de Mia, je te le promets. Tu n'as pas besoin de t'inquiéter pour elle pour le moment.

— Merci, dit Korum. Il était content que le Conseiller ait compris son anxiété sans avoir besoin de lui en parler. Tout en sachant qu'elle était en sécurité, il était mal à l'aise à l'idée de laisser Mia seule en public. Ce qui lui était arrivé avec Saret avait laissé une trace indélébile dans son esprit et il savait qu'il aurait beaucoup à faire pour surmonter sa peur de la perdre.

Tout autour d'eux, d'autres Krinars s'étaient installés sur leur siège flottant, dégageant les allées et le centre de l'Arène. Il restait moins de cinq minutes avant le début de la cérémonie et il fallait que Korum se prépare mentalement et physiquement à ce qui allait se passer.

— Il faut que j'y aille, dit-il à regret en voyant les yeux de Mia s'emplir de larmes à ces mots.

— Fais attention ! murmura-t-elle en le regardant. Je t'en prie, Korum, fais attention ! Elle lui entoura la taille et le serra très fort contre elle pendant de longues secondes.

Korum en fut touché et l'étreignit à son tour puis se dégagea doucement de ses bras.

— Je t'aime, dit-il en lui souriant une dernière fois.

— Et moi aussi je t'aime, murmura Mia quand il commença à s'éloigner.

Korum s'arrêta net, il osait à peine en croire ses oreilles. Il tourna la tête et vit que ses yeux étaient pleins des larmes qu'elle retenait. Il aurait voulu la reprendre dans ses bras et lui demander si c'était vraiment vrai, mais il n'en avait plus le temps. À la place il lui adressa le plus grand sourire possible et continua de se diriger vers un petit édifice qui était de l'autre côté de l'Arène.

La cérémonie était sur le point de commencer.

* * *

Mia s'assit sur son siège flottant, elle avait l'impression qu'un étau lui serrait le cœur. Malgré tout ce que Korum lui avait dit pour la rassurer, elle savait qu'elle voyait peut-être pour la dernière fois, c'était loin d'être impossible.

Cette pensée était si éprouvante que pendant un instant Mia n'arriva plus à respirer.

— Mia ? Écoute-moi, Mia ! Tout va bien se passer, d'accord ? C'était Delia, sa voix était calme et apaisante.

Mia cligna des yeux et se concentra sur l'autre Charl avec effort.

— Je sais, dit-elle en feignant la confiance. Bien sûr, je le sais bien.

Le Krinar qui était avec Delia lui sourit aussi d'une manière rassurante.

— Elle a raison, Mia, murmura-t-il d'une voix grave. Votre cheren est un excellent combattant, il n'a encore jamais perdu dans l'Arène. Au fait, je m'appelle Arus, nous ne nous sommes encore jamais rencontrés.

— Oh, bonjour, dit Mia en lui tendant machinalement la main pour la serrer. Je suis heureuse de faire votre connaissance.

Arus sourit encore plus.

— J'ai bien peur que nous n'ayons pas le droit de nous serrer la main, dit-il doucement. Je ne voudrais pas me retrouver sur le terrain pour affronter Korum à mon tour.

— Oui, bien sûr, dit Mia, légèrement embarrassée. Je suis désolée, j'avais oublié. Hier, Korum m'a un peu parlé de vos coutumes.

— Tu n'as aucune raison d'être désolée, dit Delia. Je suis très impressionnée par la vitesse avec laquelle tu réussis à tout réapprendre. J'ai mis beaucoup de temps avant d'être aussi à l'aise que tu sembles l'être maintenant.

— Ouais, je ne sais pas pourquoi, admit Mia. Peut-être qu'inconsciemment je me souviens de certaines choses.

— Et vous semblez déjà ressentir quelque chose de très fort pour Korum, observa Arus, ses yeux noirs étaient interrogateurs en regardant Mia. En tout cas, plus qu'on ne pourrait s'y attendre dans cette situation. Je me demande pourquoi. Je ne suis pas une spécialiste du cerveau, mais ça me semble assez inhabituel.

— Vraiment ? Mia fut si étonnée qu'elle fronça des sourcils. Je pensais que peut-être une amnésie forcée n'effaçait pas complètement les souvenirs…

— Si, dit Arus, elle est censée le faire. Si c'est une amnésie forcée habituelle, vous devriez vous retrouver telle que vous étiez il y a quelques mois, ne sachant rien ni de notre univers ni de Korum. Le fait que vous vous habituiez si vite est pour le moins… intéressant.

Mia le regarda en se demandant ce que tout cela voulait dire. Depuis qu'elle s'était réveillée à Lenkarda, elle avait eu d'étranges sentiments et d'étranges réactions. Était-il possible que Saret se soit planté et que finalement il n'ait pas réussi à effacer tous ses souvenirs ?

Un son puissant qui ressemblait à celui d'un carillon sortit Mia de ses réflexions.

La cérémonie précédant le combat allait commencer.

Un grand Krinar vêtu d'un inhabituel costume bleu sortit de l'un des petits édifices dressés sur les bords de l'Arène et se dirigea vers le milieu du terrain.

— C'est Voret, murmura Delia en se penchant un instant vers Mia. C'est l'un des plus anciens membres du Conseil.

Mia hocha la tête, les yeux rivés sur ce qui se passait en contrebas.

— Résidents de la Terre et vous qui nous regardez de Krina, dit Voret dont la voix sonore emplissait tout l'amphithéâtre, bienvenue au rite antique du défi dans l'Arène. Comme vous le savez tous, le combat d'aujourd'hui oppose deux de nos membres estimés du Conseil : Loris et Korum. La cause de ce défi, comme d'habitude, est un désaccord qui ne peut se dénouer que par le sang versé.

Voret leva le bras et une lumière bleue sembla couler du bout de ses doigts avant de devenir une gigantesque image en trois dimensions qui flottait dans l'air. Cette image montrait une étrange forêt avec des plantes verte, jaune, rouge et orange. Depuis des générations, nous nous sommes assemblés dans l'Arène pour assister au dénouement de tels conflits. Tout a commencé après la Grande Guerre quand nous nous sommes presque déchirés après la débâcle des *lonars*, la source de sang indispensable à notre vie. À cette époque, la violence était notre manière de vivre, et il en serait de même aujourd'hui sans le défi dans l'Arène.

L'image flottante commença à changer comme si une caméra faisait un zoom sur une partie de cette forêt étrange. Mia était fascinée, elle fixait des yeux l'image qui montrait un Krinar vêtu de lambeaux de tissu brun, il sautait d'arbre en arbre à une vitesse que Tarzan lui aurait envié. En dessous de lui, de petites créatures humanoïdes couraient sur le sol, le corps seulement recouvert d'un léger poil blond. Ce devait être les Ionars, comprit Mia en voyant l'air de prédateur sur le visage du Krinar qui les guettait d'en haut. Contrairement aux Ks d'aujourd'hui il n'était pas beau ; ses traits étaient moins fins, moins symétriques, bien qu'il ait eu cette caractéristique K, des cheveux bruns et une peau dorée.

— Notre évolution a fait de nous des prédateurs. Des chasseurs. La voix de Voret résonnait dans toute l'Arène. Nous avons besoin de violence. Nous en avons soif. Pour que notre société fonctionne en paix, nous avons besoin d'un exutoire, d'un moyen de dénouer des désaccords qui sans lui entraîneraient des conflits et des guerres. L'Arène est cet exutoire.

Dans l'image le Krinar sauta d'un arbre et bondit sur les infortunés Ionars. Ils hurlèrent de peur, leurs cris ressemblaient étrangement à ceux des singes, et ils se mirent à courir, mais c'était trop tard. L'un d'eux, une femelle, avait déjà été capturé par le K dont les bras l'enserraient comme un étau, et il plongea ses dents acérées dans son cou. Un sang écarlate coula sur son cou et sa poitrine, cette couleur offrait un contraste saisissant avec la fourrure claire du primate.

— La disparition des Ionars a failli provoquer notre propre destruction. Le fait que nous ayons survécu témoigne des efforts héroïques de nos savants qui ont trouvé un substitut pour le sang des Ionars en pleine guerre et en plein chaos.

Puis l'image changea, elle ne montrait plus la forêt ni le Krinar dévorant la femelle sans défense. À la place, on y voyait Trois K de sexe masculin aux traits marqués, leurs visages rudes ressemblaient davantage à l'ancien chasseur qu'aux magnifiques Krinars qui entouraient Mia.

— Dans l'Arène, nous rendons hommage à tous ceux qui nous ont précédés, et à tous ceux qui nous succèderont. Grâce à ce rite de la violence, nous honorons la paix, et les lois qui en permettent l'existence.

Désormais, l'image flottante montrait de nouveau la forêt multicolore de tout à l'heure, mais cette fois elle était parsemée des pâles édifices oblongs qui servaient d'habitats aux Krinars d'aujourd'hui. On y voyait un couple se promener entre les arbres, un K et une K vêtus des habits de couleur claire dont Mia avait l'habitude. Le couple était beau et semblait heureux, ils marchaient en se tenant la main. L'image s'attarda un instant sur eux puis disparut ne laissant que Voret, debout au centre de l'Arène.

Il demeura un instant silencieux puis sa voix retentit de nouveau.

— Et maintenant il est temps pour les combattants de me rejoindre. Loris et Korum, je vous prie d'entrer dans l'Arène.

Mia retint son souffle quand les deux Ks apparurent, Korum d'un édifice à la droite de Mia et Loris à sa gauche. Au lieu des vêtements habituels des Krinars ou du costume de cérémonie blanc des spectateurs, chacun portait une culotte qui leur arrivait à mi-mollet et qui était de la couleur du sang frais. Leurs pieds et leur torse étaient nus, mais leurs bras et leur buste étaient décorés de spirales à la peinture rouge.

Mia avala sa salive pour humecter sa gorge sèche et elle regarda son amant avec fascination. Il était très beau, et d'une sauvagerie extrême. Assise au premier rang, elle pouvait discerner l'or de ses yeux dont la lumière contrastait avec le bronze de la peau. Sa demi-nudité ne faisait qu'accentuer la force de son corps. En marchant, il faisait jouer ses muscles saillants, sa posture était à la fois gracieuse et menaçante.

L'autre Krinar était plus grand de quelques centimètres et sa carrure était un peu plus massive. L'expression de son visage de rapace était sombre et pleine de haine.

Les deux combattants s'approchèrent de la figure vêtue de bleu au centre de l'Arène et s'arrêtèrent respectueusement à un mètre de lui. Voret se tourna vers Loris et s'adressa à lui :

— Loris, tu as décidé de lancer un défi à Korum aujourd'hui. Est-ce vrai ?

— Oui, dit le Krinar dont les yeux brillèrent sombrement de la même impatience que Mia voyait dans ceux de Korum.

Voret hocha la tête, visiblement satisfait. Puis il se tourna vers Korum et lui demanda :

— Korum, acceptes-tu ce défi ?

— Je l'accepte, répondit Korum.

— Alors que le combat commence !

CHAPITRE QUINZE

Korum regarda Voret lever les bras, le signal du départ. Au même instant, la planche flottante qui était sous les pieds de Voret entra en action et le souleva dans les airs au-dessus de l'Arène. C'était la seule manière pour le Médiateur, le rôle assumé aujourd'hui par Voret, d'être en sécurité pendant le combat.

Les yeux rivés sur son adversaire, Korum commença lentement à encercler Loris, cherchant la meilleure occasion de frapper. Il sentit son cœur battre plus fort et son sang circuler plus rapidement dans ses veines. Il avait l'esprit clair et acéré, entièrement concentré sur son adversaire. Il en avait toujours été ainsi quand il était dans l'Arène ; l'adrénaline accentuait sa concentration et améliorait ses réflexes. Quelque part dans son esprit il était conscient que Mia le regardait à cet instant précis. Il sentait son regard sur sa peau, et le savoir lui donnait encore plus d'élan que la perspective même du combat.

Loris réagit également en décrivant de petits cercles, ses yeux noirs brillaient de haine. Korum lui sourit de manière provocante pour accroître encore sa rage. C'était l'un des principes de base du defrebs : le combattant qui garde la tête froide est le vainqueur. Quand Loris s'était attaqué à Korum dans la salle du conseil, il avait été ridiculement facile pour Korum de le maîtriser, en partie parce que le Protecteur avait complètement perdu le contrôle de lui-même.

Un sourire : c'était si simple, mais ça avait marché. Loris serra la mâchoire, le muscle proche de son oreille tressauta. Puis il frappa, son bras droit en avant, les doigts serrés comme une arme fatale.

Korum évita facilement le coup de Loris, il fit volte-face au dernier instant. En même temps, il frappa du pied le genou de Loris avec une telle force qu'il entendit l'articulation de son adversaire se briser en deux.

Loris hurla de douleur et revint à l'attaque en chancelant, alors Korum se jeta sur lui en mettant à profit l'élan de ce bond pour faire tomber le Protecteur. Un corps-à-corps était toujours dangereux, mais il était plus facile maintenant que l'adversaire était partiellement, mais seulement momentanément, blessé. Korum donna un coup de poing à Loris sur le visage, une fois, puis une autre et encore une autre, chacun de ses mouvements allait plus vite que l'éclair. Et simultanément, le genou de Korum frappait Loris au côté et lui meurtrissait les organes internes.

Ce combat n'allait pas durer longtemps.

En fait, il était si facile de vaincre le Protecteur que Korum devrait pouvoir éviter de le tuer.

* * *

Assis à deux rangées de Mia, Saret attendait le bon moment pour frapper, toute son attention se concentrait sur les combattants. Il avait pris des risques en étant aussi près du terrain, mais cette position améliorait ses chances de réussir et lui permettait de s'emparer de Mia si l'occasion se présentait.

Évidemment quand il avait choisi de s'asseoir à cet endroit il ne savait pas que la Charl de Korum serait aussi bien surveillée. Non seulement elle était assise à côté d'Arus, mais il y avait également deux gardiens qui veillaient sur elle. Saret les avait repérés un peu plus tôt. Ils essayaient de se fondre dans la foule, mais leurs regards toujours en alerte trahissaient leur véritable fonction : ils étaient là pour protéger Mia.

Saret se demanda si Korum soupçonnait quoi que ce soit ou s'il était seulement paranoïaque au sujet de la sécurité de sa Charl. Dans un cas comme dans l'autre, Mia semblait hors d'atteinte de Saret pour le moment, en tout cas tant que Korum serait en vie. Par contre, quand Saret se serait débarrassé de son ennemi, ce serait une autre histoire. À moins qu'un autre Krinar de premier plan prenne Mia pour Charl, alors elle serait amenée à Krina où Saret pourrait la revendiquer en utilisant l'autre identité à laquelle il avait recours.

Saret s'intéressait à la multiplication des identités depuis plusieurs siècles, bien avant d'avoir commencé à mettre au point son plan concernant l'espèce humaine. Il avait été chargé de réhabiliter un criminel qui était le maître du déguisement et feignait d'être trois personnes en même temps, chacune ayant une apparence physique différente, des papiers et un passé. Cette expérience avait tellement fasciné Saret qu'il avait passé d'innombrables heures à apprendre tout ce qu'il put savoir des artifices de cet individu. Le criminel s'était empressé de tout lui raconter en échange d'une version atténuée de réhabilitation.

La seconde identité de Saret était née d'une plaisanterie, comme un moyen de voir si ce serait possible dans une société aussi avancée d'un point de vue technologique. Et à sa surprise, il s'aperçut que oui ; il suffisait d'avoir les bons outils, une connaissance des bases de données du gouvernement et deux ou trois siècles pour créer une nouvelle personnalité qui serait crédible.

Saret, le spécialiste du cerveau, était maintenant considéré comme un criminel. Mais Juron était un citoyen modèle de Krina engagé actuellement dans une exploration personnelle du système solaire de Krina. Ce serait Juron qui revendiquerait Mia comme Charl.

Il suffisait à Saret de tuer immédiatement Korum et cette partie de son plan serait déjà réalisée. Ensuite, il pourrait essayer d'amener la paix sur Terre.

Le déguisement qu'il utilisait actuellement était une troisième identité qu'il avait commencé à usurper chez les hommes. Elle n'était pas aussi impénétrable que celle de

Juron, mais elle lui avait suffi pour franchir toutes les vérifications et pour entrer à Lenkarda et assister au combat. Et maintenant, personne ne soupçonnait que celui qui était assis si près du terrain, était le Krinar le plus recherché de tout l'univers.

De nouveau, Saret jeta un coup d'œil à Mia puis il détourna les yeux. Il ne valait mieux pas la dévisager ouvertement, bien que beaucoup d'autres Ks le faisaient. Elle ne voyait rien si ce n'est le combat sur lequel toute son attention était dirigée. Saret jura à voix basse. Il avait l'impression que sa petite expérience avait complètement raté et qu'elle était de nouveau sous l'emprise de ce salaud.

C'était vraiment dommage. Dans ces conditions, elle serait terriblement affligée quand il mourrait.

Saret leva lentement la main, la dirigea vers le terrain et attendit le meilleur moment. Quand Korum bondit sur Loris, Saret comprit que ce moment était venu.

Il respira profondément et activa son arme.

* * *

Korum leva le poing pour porter un nouveau coup et à cet instant son bras s'immobilisa.

Une vague de douleur déferla dans son corps à partir du cou. Une pesanteur implacable envahit ses membres, ses muscles tremblaient de l'effort qu'il faisait pour rester debout.

C'était une simple matraque électronique. Tout à coup, Korum en fut certain. Les scanners des gardiens étaient conçus pour détecter n'importe quel danger, mais ce type d'arme utilisait une technologie plus ancienne, plus simple, et elle était beaucoup plus difficile à détecter à distance.

Korum eut le réflexe de se serrer l'arrière du cou et il se sentit lâcher le corps de Loris et glisser. Il heurta le sol du dos et resta allongé sans défense, incapable de bouger pendant que de précieuses secondes s'écoulaient. Aux yeux des spectateurs, c'était comme si Loris l'avait frappé sans qu'ils l'aient vu ; personne ne penserait immédiatement à la matraque électronique.

En dépit du danger, ou peut-être à cause de lui, l'intelligence de Korum se mit à agir avec une clarté parfaite, et en un instant il analysa la situation. Une seule personne pouvait être assez motivée pour prendre un tel risque.

Saret. Il assistait donc au combat.

Korum avait été touché à l'arrière du cou. Il savait ce que l'on ressentait quand on avait été frappé par une matraque électronique, il en avait déjà reçu la décharge. Exactement comme les fusils utilisés par les hommes, c'était une arme conçue pour être mise en joue d'un endroit précis.

Un endroit que l'on pouvait identifier par la triangulation.

Sans prendre garde à sa souffrance et à sa faiblesse, Korum demanda mentalement à son ordinateur interne de faire ce calcul… et il eut la réponse.

Son ennemi n'était qu'à quelques mètres de Mia.

Une peur déchirante pénétra les veines de Korum et lui tordit les boyaux, mais elle fût vite remplacée par une rage si violente qu'elle lui secoua le corps tout entier.

Pour le moment, il ne pouvait pas sauver sa peau, mais cette fois il était hors de question de ne pas réussir à protéger Mia.

Korum ferma les yeux et se concentra pour entrer en contact avec le réseau de communication privée des gardiens.

* * *

Mia étouffa un cri quand elle vit Korum secoué de convulsions puis laisser s'échapper le corps de Loris et glisser par terre. Jusqu'ici, il avait semblé invincible, contrôlant complètement la situation. Elle avait même commencé à se détendre, certaines de ses peurs s'estompaient en assistant à la facile démonstration de force de son amant dans l'Arène.

Jusqu'à ce que tout change en un éclair.

Que s'était-il passé ? Elle put voir Korum se serrer l'arrière du ou comme s'il y avait été mordu. Il semblait étourdi, affaibli par quelque chose.

Que diable s'était-il passé ?

Elle vit Loris se relever. Il avait déjà moins de mal à bouger, son corps de Krinar était en train de guérir des blessures que lui avait infligées Korum.

Et Korum était toujours allongé sur le sol comme s'il ne pouvait plus bouger. Ses yeux étaient même fermés, il ne pouvait plus voir son adversaire.

— Non ! Mia s'entendit hurler, et son hurlement résonna dans l'Arène. Delia lui attrapa le bras pour l'empêcher de bondir de son siège quand Loris s'attaqua au corps prostré de Korum.

Elle vit la jubilation sur le visage de l'autre K qui frappa Korum à plusieurs reprises et elle sentit l'odeur métallique du sang qui rougeoyait encore davantage leurs corps peint de vermeille.

C'était le sang de Korum.

— Non ! Un autre hurlement de douleur jaillit de sa gorge. Et maintenant, elle entendait le bruit répété des coups, un bruit qui la rendait malade.

— Non, arrêtez !

Mia dégagea son bras de l'emprise de Delia et se leva d'un bond.

— Arrête, Mia ! Tu ne peux pas intervenir ! La jeune grecque tenta de nouveau de la retenir, mais Mia s'en débarrassa comme d'une mouche, prête à tout pour aller dans l'Arène.

Elle avait réussi à faire deux pas quand un étau se resserra autour de sa taille, c'était un bras qui la serrait contre un corps de Krinar aux muscles tendus. Mia griffa le bras qui la retenait prisonnière, seul comptait pour elle le massacre qui se déroulait sous ses yeux.

— Arrêtez le combat ! C'est un coup monté ! Vous ne voyez pas ? Il ne peut pas se battre ! C'est un coup monté !

Le bras se resserra encore plus autour d'elle.

— Laissez-moi passer ! Putain, laissez-moi passer !

Mia était vaguement consciente qu'elle hurlait comme une folle, qu'elle riait n'importe quoi, mais ça n'avait aucune importance. C'était Arus qui s'était emparé d'elle et elle luttait furieusement contre lui pour essayer de se dégager de son emprise. Il était impossible d'échapper à un Krinar, mais ça n'avait aucune importance.

Mia avait perdu la tête.

* * *

Korum sentait les coups de poing que lui assénait Loris et son corps tremblait de douleur tandis que les doigts griffus du Protecteur lui arrachaient des lambeaux de chair.

Enhardi par l'apparence faiblesse de Korum, son ennemi prenait le temps de le torturer avant de lui infliger le coup de grâce. C'était une souffrance affreuse qui lui donnait la nausée, mais Korum se battit contre les ténèbres qui menaçaient de l'entraîner, sachant qu'alors tout serait perdu. Il se rendait vaguement compte que ses reins et sa vésicule biliaire avaient et que ses côtes étaient brisées, ainsi que sa clavicule gauche, mais cela n'avait pas d'importance, car il sentait aussi que les effets de la matraque électronique commençaient à se dissiper.

Au loin, il pouvait entendre Mia hurler et pleurer, la douleur qu'il entendait dans sa voix lui déchirait le cœur. Mais chaque nouvelle seconde dissipait la faiblesse qui l'avait terrassé et son corps recommençait à fonctionner presque normalement.

Il suffisait de survivre juste un peu plus longtemps. Un peu plus longtemps et il aurait une chance de s'en tirer, au lieu d'être à terre comme une carcasse.

Mais pour le moment, il était encore trop faible. Il serait fatal de passer tout de suite à l'offensive. Loris se jouait de lui pour la galerie, il essayait de retrouver son standing en exhibant ses prouesses guerrières, mais si Korum donnait le moindre signe de résistance il le prendrait droit à la gorge.

Alors Korum laissa les coups pleuvoir sur lui et ne grondait même plus quand Loris redoublait ses coups. Il ne fit pas attention à la douleur qu'il ressentit quand ses os se brisèrent et que ses tendons furent déchirés, ne se concentrant que sur la nécessité de rester conscient.

Et finalement, au moment où Loris allait le prendre à la gorge, Korum rassembla toute la force qui restait dans son corps meurtri et déchiqueté… et laissa déborder sa rage.

Son bras gauche, le seul membre qu'il pouvait encore utiliser, entoura la gorge de Loris et la serra d'une manière impitoyable pour se rapprocher du Protecteur. Et avant même que son adversaire ne puisse réagir, les dents de Korum plongèrent profondément dans sa chair, lui mordirent la colonne vertébrale et cisaillèrent ce qui la reliait au cerveau.

Le sang jaillit partout, dans les yeux de Korum, ses cheveux, sa bouche… Il était couvert de sang, le goût du sang et son odeur le consumaient, accroissant encore la colère noire qui coulait à flots dans ses veines. Il ne réfléchissait plus, il ne raisonnait plus ; il était devenu une créature sanguinaire, voulant toujours davantage de sang. Ses dents se replongèrent dans la gorge de Loris et la déchirèrent, la déchiquetèrent jusqu'à ce qu'il n'en reste plus rien.

CHAPITRE SEIZE

Saret eut le choc de voir la tête coupée de Loris rouler sur le sol, il était furieux et n'arrivait pas à y croire. Les yeux noirs du Conseiller étaient encore ouverts et ne voyaient plus, sa bouche béante était couverte de sang.

Tout autour de lui, la foule était en délire. Assis sur leurs planches flottantes, les spectateurs hurlaient et tapaient des pieds, on entonnait le nom de Korum sans se lasser, ce qui donnait la nausée à Saret.

Il devait s'enfuir. Et sans plus tarder, avant qu'il ne soit trop tard. Il pourrait analyser plus tard les causes de son échec. Pour le moment une seule chose comptait, il devait s'échapper.

Il se leva de son siège et rejoignit les spectateurs qui hurlaient dans l'allée. Du coin de l'œil, il voyait Mia qui se débattait avec Arus pour rejoindre son amant. Saret aurait éperdument voulu s'emparer d'elle et l'emmener avec lui, mais elle était trop bien protégée. Il faudrait revenir la chercher.

Saret se fraya un chemin dans la foule et se dirigea vers la sortie en faisant de son mieux pour ne pas attirer inutilement l'attention sur lui. Il y était presque quand il fut anéanti des pieds à la tête.

Stupéfait et sans défense, il s'effondra sur le sol et se rendit à peine compte que les gardiens l'avaient entouré.

* * *

Korum ne sut pas combien de temps il resta dans cet état de rage folle, s'il s'agissait de minutes ou d'heures. Quand il retrouva l'usage de ses sens, la tête de Loris gisait à plusieurs mètres de son corps, les yeux vides et le cou donnant l'impression qu'il avait été mis en lambeaux par un animal sauvage.

Mort. Son adversaire était mort.

Korum continuait à souffrir le martyre et il sentait de nouveau les ténèbres l'envahir. Seul le fait de savoir qu'il lui restait encore quelque chose à faire l'empêcha de s'abandonner à la douceur de l'oubli.

Son plus grand ennemi n'était pas celui qui gisait sur le sol ; c'était celui qui se cachait parmi les spectateurs et Mia était encore en danger.

En gémissant de souffrance, Korum réussit à se mettre à quatre pattes, les muscles tremblants sous l'effort. Il était vaguement conscient que la foule l'acclamait et que Voret le proclamait vainqueur.

Mais rien de tout cela n'avait d'importance pour lui en ce moment. Seule comptait Mia, et réussir à l'atteindre avant Saret. Le corps de Korum se cicatrisait, mais pas assez vite, son fémur brisé refusa de le porter et sa jambe se déroba sous son poids quand il essaya de se relever.

— Nous l'avons pris. Tout va bien ; elle est en sécurité.

Tout à coup, des mains puissantes le soutenaient et l'aider à se relever. C'était Alir, le chef des gardiens.

Korum eut le vertige et la nausée, son corps blessé se rebellait contre la position verticale.

— Où est-il ? réussit-il à dire d'une voix rauque et haletante.

— Ici ! Alir désigna la sortie de sa main gauche tout en soutenant Korum de la droite.

Korum cligna des yeux dans cette direction, d'abord ébloui par le soleil. Quand sa vision fut plus nette, il vit un Krinar qu'il ne connaissait pas pris au collet par trois gardiens. Les traits de cet individu étaient complètement différents de ceux de Saret, les yeux plus grands et le menton plus proéminent.

— Il a un excellent déguisement, dit Alir en comprenant la question que Korum n'avait pas formulée. Même la couche extérieure d'ADN est différente et c'est la raison pour laquelle nous n'avions pas détecté sa présence. Mais les coordonnées du tireur que vous nous avez envoyées correspondent exactement à l'endroit où il se trouvait et un échantillon d'ADN interne a montré que c'est effectivement Saret.

Un profond soulagement se mêla à un amer regret pour Korum devant le tour qu'avaient pris les événements. Il aurait voulu avoir été celui qui avait capturé Saret afin de le châtier pour ce qu'il avait fait à Mia. Mais à la place, son ancien ami était désormais entre les mains des juges Krinars. Même si le souhait le plus ardent de Korum était de le tuer, Saret allait vivre pour être jugé.

— Korum ! La voix de Mia parvint à ses oreilles et le tira de ses sombres pensées. Il releva la tête et vit sa frêle silhouette courir sur le terrain, ses cheveux noirs volant au vent. Le bonheur qui l'emplit à sa vue fut si grand qu'il en oublia Saret et sa trahison et ne se concentra plus que sur la jeune fille qu'il aimait.

Alors elle fut près de lui et il vit qu'elle était pâle et tremblante, un pan de sa robe avait été déchiré. Son beau visage ruisselait de larmes. Elle leva l'un de ses bras blancs vers lui, elle avait la main tremblante comme si elle n'osait pas le toucher.

— Tu es vivant ! murmura-t-elle et il entendit une note d'incrédulité dans sa voix. Oh ! mon Dieu !, Korum, tu es vivant…

Et Korum comprit exactement le spectacle qu'il lui offrait. Il était couvert de sang, le sien et celui de Loris. Il pouvait en sentir le goût métallique sur la langue, sentir son odeur autour de lui, et il savait qu'il en était ouvert, dans ses cheveux, sur visage et sur sa bouche.

Putain ! Il devait avoir l'air de sortir d'un cauchemar, surtout où Loris lui avait arraché des lambeaux de chair qui commençaient maintenant à se cicatriser.

Korum se souvenait comment Mia avait réagi en voyant les restes de Saur sur la plage et il se maudit intérieurement de la laisser le voir dans cet état. C'était en partie pour cette raison qu'il avait espéré épargner la vie de Loris, parce qu'il ne voulait pas que sa petite terrienne soit traumatisée en voyant son amant tuer brutalement quelqu'un. Ce combat aurait dû être facile et Korum aurait pu se maîtriser, s'empêcher de donner libre cours aux instincts primitifs de son espèce. Sans l'intervention de Saret, Korum aurait pu facilement prendre le dessus sur son adversaire et le battre en lui laissant la vie de bonne grâce. Au lieu de cela, il avait fait preuve d'une extrême sauvagerie, comme un animal traqué.

Ses jambes allaient déjà mieux, si bien que Korum repoussa le soutien d'Alir et tendit les bras vers Mia pour la rapprocher de lui. Il savait qu'il y avait un risque qu'elle le repousse, mais il avait besoin d'elle. Il avait besoin de sa douceur, de sentir son parfum frais et doux.

À sa surprise, elle l'entoura de ses bras et le serra si fort que ses côtes à demi cicatrisées lui firent mal. Elle tremblait, son corps frêle tremblait dans cette étreinte.

— Tout va bien, ma chérie, murmura-t-il, moins contracté, en comprenant qu'elle n'avait pas peur de le toucher. Tout va bien se passer…

— Je pensais… Le visage de Mia était enfoui dans l'épaule de Korum et sa voix était à peine audible. Sur la peau nue de son dos, ses mains étaient glacées. Je pensais qu'il t'avait tué… Oh, Korum, je pensais que tu étais mort…

— Non, dit-il en la réconfortant et en savourant l'inquiétude dont elle faisait preuve. Non, ma chérie, il ne m'a pas tué. C'est fini maintenant…

Un sanglot s'échappa de la gorge de Mia.

— Mais il t'a fait du mal. Je l'ai vu te faire du mal à plusieurs reprises. Korum il allait te tuer…

— Tout va bien, je suis sain et sauf, murmura Korum. Il souffrait en entendant l'horreur dans la voix de Mia. Tout va bien se passer. Je suis navré que tu aies assisté à un tel spectacle. Ce n'était pas censé se passer comme ça, crois-moi…

Elle respira en tremblant et se dégagea pour le regarder. Elle avait les yeux rouges, ses cils noirs étaient pleins de larmes.

— Qu'est-ce qui s'est passé ? Je t'ai vu tomber et après ça on avait l'impression que tu ne pouvais plus te battre. Est-ce que Loris a trouvé un moyen de tricher ? Est-ce qu'il t'a fait quelque chose ?

— Ce n'était pas Loris, lui expliqua Korum en essayant d'adoucir sa voix malgré sa rage ? C'était Saret, il était dissimulé parmi les spectateurs, assis à quelques mètres de toi. Il m'a atteint avec une matraque électronique, c'est ce qui m'a empêché de bouger pendant un moment.

Mia en perdit le souffle.

— Il a essayé de te tuer ? C'est pour ça qu'il y a eu toute cette agitation ? Je n'ai pas bien regardé…

— Oui, dit Korum, j'ai lancé les gardiens à sa poursuite dès que j'ai compris ce qui se passait.

— Les gardiens ? Comment ?

— Tu te souviens que je t'ai dit que j'avais un ordinateur greffé dans la main ? lui demanda Korum.

Mia hocha la tête en le fixant des yeux. Elle était encore pâle même si elle commençait à moins trembler.

— Je l'ai utilisé pour entrer en contact avec les gardiens.

Mia cligna des yeux et il s'aperçut qu'elle ne comprenait pas ce qu'il lui disait, l'esprit encore trop ravagé par ce qui venait de se passer.

Alir fit un pas devant lui et Korum se rendit de nouveau compte de sa présence.

— La cérémonie de la victoire est sur le point de commencer, dit le gardien à voix basse, êtes-vous en mesure d'y participer ?

Korum y réfléchit un instant tenant toujours Mia contre lui, puis il hocha brièvement la tête. Ça devrait aller. Il continuait de souffrir, mais c'était le genre de souffrance que l'on ressent en guérissant. Son corps se cicatrisait de l'intérieur, les cellules se régénéraient. Dans quelques minutes, il serait presque guéri.

Évidemment, étant donné ce qui s'était passé, la cérémonie habituelle qui consistait à revendiquer sa Charl en public était hors de question. Même si le corps de Korum commençait à frémir en la sentant si près, il avait pleinement conscience de son apparence. Il était sale, en sueur et couvert de sang, il ne risquait pas d'attirer une jeune terrienne. Et elle venait de recevoir un choc terrible, elle n'avait surtout pas besoin de recevoir les avances indésirables de quelqu'un qu'elle considérait sans doute comme un sauvage et comme un tueur.

Alir inclina la tête en signe de respect et sortit du terrain, sa grande silhouette massive se déplaçait avec une allure de guerrier. Korum avait souvent joué au defrebs avec lui depuis deux ou trois ans et avait perdu plus d'une fois. Les gardiens étaient d'excellents combattants, leur profession exigeait qu'ils se maintiennent en pleine forme et Korum était content de n'avoir jamais eu à combattre l'un d'entre eux dans l'Arène.

— Il suffit que tu restes avec moi pour le moment, dit Korum à Mia quand Alir se fut éloigné. Étant données les circonstances, la cérémonie de clôture sera brève.

— Parce que tu es blessé ? demanda-t telle, et il put entendre de l'angoisse dans sa voix.

— Non, ça va aller. Mais toi, tu n'es pas en mesure de participer à une cérémonie de célébration en ce moment, dit Korum d'une voix douce. Ce dont nous avons besoin c'est de rentrer à la maison.

* * *

Alors que commençait la cérémonie, Mia tenta de se concentrer sur ce qui se passait, mais son esprit continuait de la ramener au combat dont elle revoyait les images atroces.

Flashback. Korum gisant sur le sol, incapable de bouger.

Flashback. Du sang jaillissant partout. Cette terrible expression de jubilation sur le visage de Loris.

Flashback. Korum contrattaquant avec la vitesse d'un cobra. La terreur apparaissant brusquement sur le visage du Krinar.

Flashback. Encore du sang.

Flashback. Loris décapité.

Non, arrêtez ! Mia aurait voulu crier, mais ils étaient en public et elle ne pouvait pas, elle ne pouvait pas faire honte à Korum. Il lui tenait la main maintenant et ils étaient sur une grande planche flottante au centre de l'Arène. Le

Krinar qui avait célébré le début de la cérémonie avait de nouveau pris la parole et parlait de l'histoire des combats dans l'Arène, mais Mia n'entendait rien. Elle avait l'impression que tout ce rituel était irréel ; elle avait l'impression d'être dans un rêve, ou plutôt un cauchemar.

La seule chose qui lui semblait réelle c'était de toucher la main de Korum. Elle voulait se réfugier entre ses bras et y rester pour toujours. Tout à l'heure quand il l'avait pris dans ses bras, elle avait senti sa terreur s'atténuer un peu, mais elle avait de nouveau froid et claquait des dents malgré la chaleur du grand soleil du Costa-Rica.

Il était vivant. Mia n'arrivait toujours pas à y croire. Ce devait être une sorte de miracle. Comment pouvait-on survivre à de telles blessures ? Elle savait que les Krinars se cicatrisent vite, mais le corps de Korum avait pratiquement été déchiqueté. Et il avait versé tant de sang. *Oh mon Dieu, le sang...*

Mia avala sa salive pour essayer de lutter contre la nausée. Elle ne voulait plus jamais revoir quoi que ce soit de rouge. Ce n'était pas étonnant que les Krinars préfèrent des maisons et des vêtements de couleur claire ; ils avaient sans doute besoin de ce contraste après le violent spectacle de l'Arène.

Korum avait failli mourir aujourd'hui. Son amant extra-terrestre, lui qui était si fort, qui semblait absolument invincible, avait presque été anéanti par traîtrise. Pendant quelques instants terrifiants, Mia avait été convaincue qu'il était mort, et elle avait voulu mourir à son tour. Elle avait eu l'impression qu'on lui déchirait le cœur, chacun des coups infligés à Korum allait se fracasser au fond de son âme. Elle n'avait jamais ressenti un tel martyre de sa vie et ne voulait jamais rien revivre de pareil.

Elle était vaguement consciente que Voret avait terminé son discours et qu'il parlait maintenant avec Korum pour lui demander si la célébration aurait lieu. Elle vit Korum commencer à secouer la tête et elle sentit quelque chose l'envahir. S'abandonnant complètement à son instinct elle se pencha plus près de Korum et lui murmura à l'oreille :

— Je te désire. Je t'en prie, Korum, je te désire.

Il tourna la tête pour la regarder, l'air incrédule, et elle lui pressa la main pour lui dire en silence que c'était d'accord, qu'il pouvait faire les célébrations selon le rituel de son peuple.

À tort ou à raison, elle avait besoin de lui maintenant et rien d'autre n'avait d'importance.

Mia put voir se dilater les pupilles de Korum et ses iris devenir d'un or plus pâle. Couvert de sang et de boue, il avait l'air d'un sauvage et ressemblait à l'un de ces anciens chasseurs que Voret avait montrés au début de la cérémonie. Elle le désirait à en avoir mal, son corps avait besoin de proclamer la vie de la manière la plus élémentaire qui soit.

Il hésita une seconde, la regarda fixement puis leva la main et lui caressa la joue droite.

— Mia…

— Je t'en prie, Korum.

Elle soutint son regard, sachant qu'il lirait la sincérité de ses intentions sur son visage. Elle avait besoin de sentir ses caresses sur sa peau, besoin qu'il lui fasse oublier l'horreur de l'heure qui venait de s'écouler.

Les yeux étincelants il se pencha vers elle et lui dit d'une voix douce :

— Tu ne sais pas ce que tu me demandes, ma chérie. Je ne pourrais pas être… doux avec toi en ce moment.

Mia avala sa salive, sous ces paroles, ses muscles intimes s'étaient contractés.

— Je ne veux pas que tu le sois.

Il la regarda encore quelques secondes et elle vit son pouls battre sur le côté de son cou musclé. Puis, comme s'il ne pouvait s'en empêcher, il baissa la tête et l'embrassa puis la prit dans ses bras et la mit sur ses genoux.

À l'arrière-plan, Mia entendit hurler la foule, les spectateurs les acclamaient et tapaient des pieds, mais cela ne la gênait pas. Elle ne se concentrait que sur l'ardeur de la bouche de Korum qui brûlait la sienne, la pression de son érection sur ses fesses, les caresses de ses grandes mains le long de son dos. Elle sentit un goût métallique qui aurait dû lui répugner, mais qui l'excita encore plus. Celui qui l'embrassait en ce moment était un prédateur, un tueur, et elle le désirait, exactement tel qu'il était, tout serait permis.

Il leva la tête, la fixa un instant du regard, il respirait fort et il avait rougi sous les traînées de saleté et de sang. Tout autour d'eux, la foule avait perdu la tête et scandait leurs noms. Tout à coup, Mia eut l'impression que c'était ce que devaient ressentir les stars de rock quand elles étaient entourées par leurs fans qui hurlaient.

Comme en guise de confirmation, une étrange musique s'éleva, ses notes étaient si graves que Mia en sentit la vibration jusque dans la moelle de ses os. C'était un rythme irrégulier, presque agité de soubresauts. Cette musique aurait dû lui sembler discordante et désagréable, mais au contraire elle amplifiait la chaleur qu'elle avait entre les jambes, lui tendait la peau et faisait battre son cœur plus vite.

Korum en subit aussi les effets, sa verge se raidit encore plus et se poussa contre la douceur des fesses de Mia. Tout en continuant à la tenir dans ses bras, il se releva et se dirigea vers un édifice ressemblant à une tente dressée au centre de l'Arène, il portait Mia comme un trophée.

Elle se cramponna à lui, presque enivrée. Elle avait le vertige et tout lui semblait irréel, comme dans un rêve. L'étudiante en psychologie qui sommeillait en elle comprit que c'était les réactions de son cerveau au traumatisme qu'elle avait subi, elle ne pensait pas clairement, mais ça n'avait pas d'importance. Elle mourrait de désir, et Korum était le baume qui allait la guérir.

Ils arrivèrent à la tente et il la posa sur le sol tout en la gardant serrée contre lui. Ils ne rentrèrent pas dans la tente, c'est elle qui sembla bouger et les entourer en flottant, essentiellement pour les protéger des regards de la foule. Mia était vaguement consciente de la légèreté des parois, du fait que des milliers de regards Krinars pleins de curiosité étaient braqués sur cet édifice en ce moment, mais elle n'en tirait pas vraiment les conclusions habituelles. Ils avaient une certaine forme d'intimité, et cela suffisait à la satisfaire.

Dès que les pans de la tente s'immobilisèrent, Korum recula d'un pas et libéra Mia de son étreinte.

— Enlève cette robe !

Contrairement à son habitude, sa voix était brutale et Mia pouvait voir à quel point ses puissantes épaules étaient tendues. Les yeux de Korum étaient jaune vif, il avait l'air sauvage et sa bestialité avait repris le dessus.

— Enlève-la, Mia !

Elle obéit et se déshabilla, son excitation se mêlait à un soupçon de peur. Il ne l'avait pas encore touchée, mais elle savait qu'il était sur le point de perdre le contrôle de lui – même.

Avant même que la robe n'ait touché le sol, il était déjà sur Mia, l'une de ses mains plongea entre les cuisses et l'autre lui attrapa les cheveux. Ses lèvres s'abattirent sur celles de Mia tandis que ses doigts se frayaient un chemin en elle par sa petite ouverture. Il était brutal, presque fou, et Mia comprit qu'il ne lui avait pas menti tout à l'heure en lui disant qu'il ne serait pas capable de douceur. Elle était mouillée, mais malgré cela, ses muscles internes se contractèrent involontairement, son corps résistait à cette pénétration agressive.

Brusquement, il enleva son doigt, et de la main qui la tenait par les cheveux, il l'obligea à s'agenouiller. Des petits cailloux et du gravier égratignèrent la peau douce de Mia à l'endroit des rotules.

— Suce-la, dit-il durement en déchirant le devant de son pantalon. Je veux être dans ta bouche, tout de suite.

Une fois libre, sa verge en érection rebondit et caressa la joue de Mia. Elle ouvrit la bouche et le prit, alors il gémit en sentant ses lèvres se refermer sur son gland. Il avait un goût de sel, le gland déjà couvert de liquide prééjaculatoire. Elle fit tourner sa langue autour de sa verge comme elle l'avait vu faire dans les films pornographiques. Il laissa échapper un son qui ressemblait à un grognement et ses mains s'agrippèrent plus fort aux cheveux de Mia pour lui immobiliser la tête quand il se mit à mouvoir les hanches et à la baiser dans la bouche avec sa verge.

Mia s'appliqua à respirer légèrement et essayer de ne pas s'étrangler quand il s'enfonça presque entièrement dans sa bouche, s'appuyant sur le fond de sa gorge. Il poussa sans relâche puis il jouit en poussant un grognement brutal, et sa semence chaude et salée se mit à gicler. Quand il eut fini il se retira lentement, sa verge encore à demi en érection.

Mia avala, se lécha les lèvres et le fixa des yeux, étrangement excitée par ce qui venait juste de se passer. Lui donner du plaisir de cette manière l'excitait, c'était presque comme s'il l'avait aussi caressée.

Il soutint son regard et elle vit ses yeux devenir plus brillants, il était aussi avide d'elle que jamais. Son sexe se redressa de nouveau, il raidissait à vue d'œil. Ce premier orgasme ne l'avait pas rassasié, comprit Mia immédiatement quand il la releva.

Quand il la toucha de nouveau il fut plus doux, son désir plus contrôlé. Ses mains et sa bouche descendirent le long du corps de Mia, caressant avec vénération chaque centimètre de sa peau. Elle ferma les yeux, et gémit légèrement en sentant une tension délicieuse naître aux profondeurs de son ventre. Puis il s'agenouilla devant elle, le visage à la hauteur des hanches de Mia, les mains placées sur les courbes douces de ses fesses. Il l'attira d'une main vers lui et un doigt de l'autre la pénétra, bien plus doucement cette fois-ci. Au même moment, sa bouche fouilla entre les boucles qui lui séparaient les cuisses et sa langue plongea entre ses plis pour lui caresser le clitoris.

Assaillie par des sensations auxquelles elle ne s'attendait pas, Mia eut un soubresaut et tout son corps se tendit quand le doigt de Korum la caressa là où elle était si sensible. Elle sentait s'accroître la pression et ses genoux se mirent à trembler, si bien que ses jambes furent trop faibles pour la soutenir. Si Korum n'avait pas eu un doigt en elle et une main sous ses fesses elle se serait effondrée et serait tombée par terre à côté de lui.

— Jouis ! Fais-le pour moi ! murmura-t-il, son souffle chaud caressant le sexe de Mia. Alors elle atteignit l'orgasme, les paroles de Korum l'avaient conduite au point de non-retour, lui donnant ce je-ne-sais-quoi qu'elle ignorait pourtant désirer. En elle, tout se resserra et se relâcha, et son plaisir fut si vif qu'il lui sembla être une explosion tout le long de ses terminaisons nerveuses.

Quand les pulsations s'arrêtèrent, Korum retira son doigt et tira de nouveau Mia vers le bas. Cette fois, ils étaient tous les deux à genoux sur le sol dur. Il la regarda, leva la main et se lécha lentement le doigt, celui qui venait juste d'être en elle.

— J'aime ton goût ! murmura-t-il, et ses yeux exprimaient tant d'avidité que Mia en eut la bouche sèche.

Elle se mit à respirer par saccade et son sexe se contracta de désir.

Avant qu'elle n'ait pu dire un mot, il se coucha par terre, la souleva et la posa à cheval sur ses cuisses. Il était de nouveau en érection, sa verge à la verticale.

— Viens à cheval sur moi, Mia ! Dit-il en la regardant les yeux mi-clos.

— Oui, murmura-t-elle, j'arrive ! Et en se saisissant de lui de la main droite, Mia le guida vers son ouverture puis ferma les yeux quand son gros gland commença à la pénétrer. Elle se baissa lentement pour le taquiner et fut récompensée d'un grognement sourd venu de la gorge de Korum.

Quand il fut en elle jusqu'au bout, elle ouvrit les yeux et rencontra son regard brûlant. Le visage couvert de saleté et de sang, il semblait inquiétant et même cruel. C'était comme si elle chevauchait un tigre, un prédateur qui pourrait la mettre en pièces en un clin d'œil. Mais au lieu de lui faire peur, cette sensation forte ne faisait que s'ajouter au désir qui lui courait dans les veines.

Tout en allant et venant, elle gardait les yeux sur lui et vit de petites gouttes de sueur perler sur son front et un muscle de sa mâchoire vibrer sous l'effort visible qu'il faisait pour se contrôler. Les mains de Korum serrèrent plus fort les hanches de Mia, des doigts s'enfoncèrent dans sa chair tendre et il la fit glisser de haut en bas sur sa verge, allant de plus en plus loin à chaque coup.

De nouveau, la tension de Mia monta en spirale et elle rejeta la tête en arrière, la bouche ouverte sur un cri muet. Un puissant orgasme déferla sur elle alors que Korum continuait d'aller de plus en plus vite, cherchant sa propre jouissance. Quand il y parvint, les mouvements inlassables de son pelvis intensifièrent les retombées du plaisir de Mia et la laissèrent pantelante. Elle s'effondra en haletant sur la poitrine de Korum, les muscles en bouillie et la tête vide.

Elle était si détendue qu'elle ne réagit même pas quand il la souleva encore plus haut pour rapprocher la bouche de son cou. C'est seulement quand elle sentit l'étrange douleur d'une coupure que Mia comprit ce qui se passait… et tout son univers s'évanouit dans une frénésie radieuse de sang et de sexe.

TROISIÈME PARTIE

CHAPITRE DIX-SEPT

Korum se réveilla en sentant l'inhabituelle dureté du sol sous son dos. Avant même d'ouvrir les yeux, il se souvint de tout ce qui s'était passé la veille, y compris la volonté de Mia de participer aux célébrations.

Il la sentait peser légèrement sur son bras, il entendait sa paisible respiration et il savait qu'elle dormait profondément, épuisée par la double épreuve du combat et des célébrations. Korum fit attention en bougeant et en se dégageant le bras pour lui poser doucement la tête sur le sol. Puis il se leva et leur fabriqua de nouveaux vêtements pour tous les deux. Un short pour lui et un peignoir pour Mia, juste ce qu'il fallait pour se couvrir au cas où il y aurait encore eu des spectateurs dans l'Arène.

Il avait faim et soif, mais sinon il se sentait en pleine forme et débordait d'énergie. Les savants disaient que les Ks n'avaient pas un besoin physiologique de boire du sang

Ionar ou du sang humain grâce à leur solution génétique, mais de nombreux Krinar continuaient à penser qu'ils en avaient un besoin psychologique. Korum n'était pas certain de le croire, mais ce qu'il savait c'est qu'il se sentait rarement aussi bien que lorsqu'il buvait le sang de Mia. Le peignoir à la main, il s'accroupit à côté d'elle et l'examina un instant pour savourer la vue de son corps nu. Il avait rarement l'occasion de la regarder comme ça ; habituellement, il avait tellement envie d'elle qu'il ne pouvait voir sa chair nue sans la prendre tout de suite. Même maintenant, après le marathon sexuel de la nuit précédente, il sentait le tressaillement ardent du désir, bien qu'il soit négligeable par rapport à son avidité habituelle.

Mia était couchée sur le dos, un de ses bras minces sur le visage et l'autre replié sur sa cage thoracique. Fasciné par la vue de ses seins, Korum tendit la main et caressa l'un des petits mamelons blancs, en souriant quand le téton se raidit sous ses doigts. La peau de Mia était la plus douce qu'il ait jamais touchée, sa texture soyeuse ne cessait d'attirer ses caresses.

Il enveloppa Mia dans le peignoir moelleux puis la souleva. Elle ne broncha même pas, elle dormait si profondément qu'elle semblait évanouie. C'était toujours le cas quand il buvait son sang : son corps humain avait besoin de récupérer après avoir éprouvé des sensations aussi extrêmes.

Et le corps de Korum aussi, mais à un degré moindre. Il comprenait comment d'autres étaient devenus dépendants de leur Charl ; le sang de Mia le tentait beaucoup, ses effets étaient plus puissants que n'importe quelle drogue.

Autrefois, il pensait que les accros au sang étaient des êtres faibles, mais maintenant il se demandait s'il y avait beaucoup de différence entre une dépendance physique et une dépendance sentimentale. En tout cas, il ne pouvait pas imaginer avoir plus besoin de Mia que maintenant.

Il la porta à l'extérieur de la shatela et se dirigea vers la pelouse où il avait laissé sa nacelle de transport. Il l'avait laissée telle quelle et elle les attendait.

En regardant autour de lui il s'aperçut que l'Arène était complètement vide. Et c'était de bonne heure, le soleil venait juste de se lever. En souriant, Korum comprit qu'il était resté dans la shatela beaucoup plus longtemps que d'habitude. C'était la première fois qu'il accomplissait les célébrations avec un être humain, et c'était de loin la plus belle expérience qu'il ait jamais eue.

Ils atteignirent la nacelle de transport et tout de suite Korum ordonna mentalement qu'elle les mène à la maison. Une minute plus tard, ils entraient chez lui, et Mia dormait toujours entre ses bras.

Dès qu'ils furent à l'intérieur, Korum alla directement à la salle de nettoyage, ce que nous appelons la salle de bain. Il était encore couvert de boue, de sang séché et de sueur et il avait sali Mia qui avait des traînées sombres sur sa peau pâle.

De nouveau, il donna mentalement des ordres et l'eau jaillit, des jets chauds les massèrent doucement et rincèrent toute trace de ce qui s'était passé la veille. Korum savoura cette sensation ; elle renforçait son énergie tout en l'apaisant. Quelques minutes plus tard, Mia et lui étaient propres et secs et il la porta vers le lit, il savait qu'elle avait besoin de dormir davantage. Elle était si épuisée qu'elle ne s'était pas réveillée pendant qu'il lui faisait sa toilette.

Il la coucha sur le lit et laissa le tissu 'intelligent' flotter autour d'elle puis la couvrit d'un drap très doux, il savait qu'elle aimait être sous les couvertures. Il l'embrassa sur le front, regarda une dernière fois la jeune fille qu'il aimait et sortit commencer sa journée.

* * *

— Il refuse de nous parler, dit Alir à Korum pendant qu'ils longeaient le bâtiment des gardiens. Il dit que vous êtes le seul à qui il veut le faire.

— Ah vraiment ? dit Korum sans prendre la peine de cacher son ton sarcastique. Et qu'est-ce qui lui donne l'impression d'être en mesure de formuler des exigences ?

Alir haussa les épaules.

— Je l'ignore. Mais il semble convaincu que ce qu'il a à dire vous intéressera. Il dit que ça concerne Mia.

Korum serra les poings en entendant le nom de sa Charl. Le fait que Saret ait osé parler d'elle…

— Le rapport des Anciens est prêt, dit Alir en changeant de sujet. Aimeriez-vous en prendre connaissance ?

— Oui, dit Korum, envoyez-le-moi, j'en ferai part au Conseil.

Alir hocha la tête.

— Entendu.

Ils étaient arrivés et Alir s'arrêta avant d'entrer.

— Voulez-vous que je vienne avec vous ?

— Non ! Korum fut catégorique. Je veux lui parler seul à seul.

— Alors il est à vous. Et Alir fit demi-tour, laissant Korum seul.

Il attendit que le chef des gardiens soit parti puis s'avança vers le mur qui empêchait son ennemi de le voir. Le mur se désintégra pour former une ouverture et Korum entra.

Saret était assis sur une planche flottante, il portait le collier des criminels autour du cou. Korum sourit en le voyant. Il se souvenait s'être disputé avec Saret à propos de ces colliers plusieurs siècles auparavant quand son ancien ami tentait de le convaincre qu'ils étaient une humiliation inutile. Korum n'était pas d'accord, il pensait que le collier des criminels avait un pouvoir de dissuasion.

Il était content de voir que Saret en portait un maintenant, particulièrement étant donné ce qu'il en pensait.

— Je constate que tu n'es plus déguisé, remarqua Korum en examinant le visage familier de son ennemi. Tu t'es légèrement trompé, n'est-ce pas ?

Saret lui sourit froidement.

— Il faut le croire. J'ai sous-estimé la haine que Loris avait à ton égard. Si j'avais su qu'il allait tenter de prolonger ta mise à mort, je t'aurais tiré dessus deux fois de suite.

— On apprend de ses erreurs, dit Korum, n'est-ce pas ce que disent les hommes ?

— Effectivement. Une sombre lueur apparut dans les yeux de Saret.

Korum lui jeta un regard moqueur et s'assit sur une autre planche flottante en allongeant les jambes pour lui manquer de respect. Tu voulais me parler, dit-il froidement. Alors, vas-y.

— D'accord, dit Saret. Je vais te parler. Comment va Mia, au fait ? Elle avait l'air un peu contrarié hier.

Korum sentit monter la colère en lui, mais l'expression de son visage resta calme et ironique.

— C'est vrai. Mais elle est contente maintenant, je suis certain que tu le devines.

— Bien sûr, elle est contente, dit Saret. Et elle s'habitue à merveille à la vie de Lenkarda, n'est-ce pas ? C'est presque comme si elle n'avait pas complètement perdu la mémoire, tu es d'accord ? Comme si à un certain niveau elle savait encore qui tu étais et continuait à t'aimer. Elle est si accommodante. Rien ne la déroute longtemps. C'est extraordinaire, n'est-ce pas ?

Korum se figea un instant, il en eut des frissons dans le dos. Pour que Saret le sache il fallait que…

— Oui, dit Saret. Je vois que tu as compris. Tu vois, là encore, je me suis trompé. C'était avec moi que Mia devait se retrouver, pas avec toi.

— Que lui as-tu fait ? demanda Korum à voix basse, ses cheveux se dressaient sur sa tête.

Saret se mit à rire.

— Rien de bien grave, crois-moi. J'ai seulement fait en sorte qu'elle soit réceptive. Elle est encore égale à elle-même… plus ou moins.

— Qu'as-tu fait ? Sans même s'apercevoir de ce qu'il faisait, Korum avait quitté son siège et avait mis les mains autour de la gorge de Saret.

Saret fit le bruit de quelqu'un qu'on étrangle, il s'agrippa aux doigts de Korum et celui-ci se força à le relâcher en reculant d'un pas. Il tremblait de rage et il savait qu'il allait tuer son ennemi s'il ne mettait pas un peu de distance entre eux.

— On appelle ça un adoucissement, dit Saret en se frottant la gorge. Korum lui avait en partie broyé la trachée-artère et sa voix était rauque. C'est une nouvelle procédure que j'ai inventée exclusivement pour les êtres humains. Un esprit adouci n'a plus de sensations aussi intenses qu'avant. Il est également plus ouvert à de nouvelles impressions et à de nouvelles idées. Saret marqua une pause appuyée. Ainsi qu'à de nouvelles relations. En fait, un tel esprit recherche quelque chose ou plutôt quelqu'un, auquel *s'attacher*.

Korum fixa Saret des yeux, le sang se glaçait dans ses veines.

— Et tu vois, ce quelqu'un peut être n'importe qui. Ce devait être moi, mais à la place c'est toi.

Tu mens ! Korum voulait hurler, contredire tout ce qu'il venait d'entendre, mais c'était impossible. C'était trop convaincant. La jeune fille qu'il avait rencontrée à New York n'aurait jamais tout accepté aussi facilement, elle ne l'aurait jamais séduit seulement un jour après l'avoir rencontré. Elle aurait été pleine de peur et de méfiance, et il aurait dû reconquérir sa confiance et son affection. À la place, elle s'était mise à l'aimer presque sans qu'il ait besoin de faire d'effort.

Sauf qu'elle ne l'aimait pas. Pas réellement. Rien de tout cela n'était réel. Son comportement, son attachement apparent à lui n'étaient que le résultat de la procédure imaginée par Saret.

— Est-ce qu'elle a encore des souvenirs ? Korum enfouit ses souffrances au plus profond de lui-même, là où elles ne pourraient altérer son jugement. Ou bien les as-tu effacés eux aussi ?

Saret se mit à sourire, il était visiblement ravi de cette question.

— Non, elle n'a plus de souvenirs. Elle en donne seulement l'illusion parce qu'elle absorbe tout comme une éponge et qu'elle apprend à un rythme incroyable. Très bientôt, elle sera mieux acclimatée à notre univers qu'elle ne l'était avant, si ce n'est déjà le cas.

— Peux-tu inverser la procédure ? Korum savait que c'était inutile de poser la question, mais il ne put s'en empêcher.

— Inverser quoi, l'adoucissement ou l'amnésie ?

— Les deux. L'un ou l'autre.

Saret sourit de plus belle.

— Non ! Et même si je le pouvais, je ne le ferais pas. Elle a beau être avec toi maintenant, elle ne sera jamais vraiment à toi. Tu ne pourras jamais savoir si ce qu'elle ressent pour toi est sincère ou si elle aurait ressenti exactement la même chose pour celui qui se serait trouvé auprès d'elle quand elle s'est réveillée.

Korum regarda celui qu'il avait autrefois considéré comme son ami. Des souvenirs heureux et insouciants de leur enfance lui traversèrent l'esprit, ces souvenirs lui laissèrent un arrière-goût amer.

— Mais pourquoi ? demanda-t-il à voix basse.

— Pourquoi est-ce que je te déteste ? Saret haussa les sourcils. Ou pourquoi est-ce que j'ai fait tout ça ?

Korum ne le quitta pas des yeux.

— La réponse est la même pour ces deux questions, dit Saret et son sourire s'estompa. J'en avais assez d'être toujours dans ton ombre. Quels que soient mes succès, aussi haut que j'arrive, je n'étais que l'ami de Korum. Korum l'inventeur, Korum l'ingénieur, Korum qui nous a amenés sur la Terre. Ton ambition était sans borne, tout comme ma haine pour toi.

— Pourtant tu m'as soutenu, dit Korum. La souffrance provoquée par cette trahison était encore loin, elle ne l'avait pas encore entièrement atteint. Au Conseil, tu étais toujours de mon côté. Tu m'as aidé à les convaincre de venir ici, sur la Terre.

— C'est vrai, dit Saret. Parce que je savais qu'il aurait été absurde de faire autrement. Même les Anciens te suivent aveuglément désormais, n'est-ce pas ?

Korum ne l'honora pas de sa réponse. Au contraire, il regarda Saret avec mépris.

— Alors tous tes plans grandioses pour l'humanité, ton soi-disant désir de paix ne viennent que d'une jalousie mesquine ?

— Non, dit Saret qui plissa les yeux. Je le considérais comme un moyen de laisser ma marque sur l'histoire et j'ai saisi l'occasion. Y a-t-il une plus grande réussite que la paix sur toute une planète ? Crois-tu que tes gadgets sont à la hauteur ?

— Une réussite qui aurait nécessité la mort de cinquante mille Krinars.

— Oui, confirma Saret, et il eut le cran de sembler le regretter pendant quelques instants. Ce qui aurait été dommage. Inévitable, mais dommage.

— Dommage ? Korum avait du mal à en croire ses oreilles. Quel est ton problème, Saret ? Comment se fait-il que tu sois devenu comme ça ?

À ces mots, Saret commença à se mettre en colère.

— *Mon* problème ? Tu me poses cette question alors que le sang de Loris est encore frais sur tes mains ! Tu penses que j'ai un problème parce que je voulais améliorer la vie de milliards d'êtres humains en tuant quelques milliers de Ks ? Combien en as-tu tué dans l'Arène, Korum ? Vingt ? Trente ? Et combien d'êtres humains ? Tu crois que j'ignore que tu aimes tuer, exactement comme tous ceux de ta foutue race ?

Korum le fixa des yeux, il essayait de comprendre celui qu'il avait connu toute sa vie.

— Tu te trompes, dit-il à voix basse. Je n'aime pas tuer. Hier, je ne voulais pas tuer Loris, et je ne l'aurais pas tué si tu n'étais pas intervenu. J'aime combattre, pas tuer. Et c'est le propre de notre foutue race, comme tu devrais le savoir puisque c'est toi, le spécialiste du cerveau. Nous aimons le danger et la violence, nous en avons soif, mais ça ne fait pas de nous des assassins.

— Et pourtant c'est ce que nous sommes, dit Saret. Tu peux te raconter autant d'histoires que tu le désires, mais c'est finalement ce que nous sommes. Nous sommes venus sur la Terre et le résultat c'est que des milliers d'êtres humains sont morts pendant la Grande Panique. Et ce que tu veux faire maintenant provoquera encore d'autres morts. Elle ne te le pardonnera pas, tu sais.

— Je croyais que ta procédure y remédierait, dit Korum dont la bouche eut un sourire amer. Ne va-t-elle pas m'aimer ? Quelles que soient les circonstances ?

Saret secoua la tête.

— Non ! À force de provocations, son amour se transformera en haine. Tu vas voir !

CHAPITRE DIX-HUIT

Mia se réveilla en hurlant, le cœur battant à tout rompre et couverte de sueur froide.

Dans son cauchemar, le corps de Korum était un cadavre dépecé et mutilé qui nageait dans une rivière de sang. Elle avait tenté de le sauver de cette rivière, de le tirer sur la berge, mais en vain. Le courant était trop fort et l'arrachait de ses mains pour l'emporter jusqu'aux cascades où l'eau était noire comme du sang coagulé.

Mia s'assit dans le lit et essaya de contrôler sa respiration. Ce n'était qu'un mauvais rêve. Korum avait remporté le combat. Il était sain et sauf.

Sain et sauf, et en pleine forme si l'on en jugeait par la célébration de la veille.

En se souvenant des exploits de Korum sous la shatela, Mia se sentit tout de suite bien mieux. Son amant avait vraiment une énergie hors du commun. Il lui avait donné un plaisir extraordinaire, presque excessif. Quand il l'avait mordue, l'extase qu'elle éprouva avait dépassé tout ce dont elle avait fait l'expérience jusqu'à présent ; elle n'aurait jamais pu imaginer que de telles sensations soient possibles.

Elle se leva en souriant et se dirigea vers la douche. Le combat était terminé, Saret avait été fait prisonnier, et il n'y avait plus rien à craindre.

Korum et elle étaient enfin en sécurité.

En fredonnant, Mia laissa les inventions technologiques prendre soin de ses ablutions, elle pensait à son amant et à quel point il lui était de nouveau devenu indispensable.

Quand elle fut lavée et séchée, elle alla à la cuisine et demanda à la maison de lui préparer le petit déjeuner. Selon l'information que lui donnait sa tablette, Adam, son partenaire au laboratoire, devait revenir aujourd'hui de sa semaine de vacances, ce qui voulait dire que Mia pouvait de nouveau réapprendre tout ce qu'elle avait oublié pendant son apprentissage.

Étant donné ce qui s'était passé récemment, le laboratoire serait fermé, mais elle espérait pouvoir continuer à étudier le fonctionnement du cerveau. Ce sujet la fascinait plus que jamais.

* * *

Korum errait en direction de la plage, il laissait le hurlement des vagues qui venaient s'abattre sur le rivage noyer la cacophonie qu'il avait dans la tête. Pour la première fois de sa vie, il se sentait perdu. Perdu, désespéré... et furieux.

Sa colère était surtout dirigée contre lui-même, bien qu'une bonne partie soit également réservée à Saret. Jusqu'ici, Korum avait refusé de penser à la trahison de son ami, il était trop concentré sur Mia et sur son amnésie. Puis c'est le combat qui avait mobilisé son attention. Mais maintenant, rien ne pouvait plus le distraire du fait que celui qu'il avait considéré comme son ami s'était révélé être son pire ennemi.

Korum savait que tout le monde ne l'aimait pas. C'était une situation qui ne l'avait pas préoccupé jusqu'ici. On le respectait et on le craignait, mais ses amis étaient peu nombreux. La plupart d'entre eux étaient restés à Krina où ils étaient retenus par leur vie et par leur carrière. Saret avait été le seul à l'accompagner sur Terre.

Même dans son enfance Korum s'était toujours suffi à lui-même. Il avait découvert de bonne heure son goût pour les inventions et cette passion avait monopolisé sa vie. Et maintenant, il avait deux passions, son travail et la jeune terrienne qui était sa Charl. Il n'était pas solitaire, mais il avait rarement besoin de la compagnie des autres. Contrairement à la majorité, Korum était aussi heureux quand il était seul ou avec Mia, que lorsqu'il était entouré de gens.

La trahison de Saret s'avérait insupportable pour plusieurs raisons. Korum faisait confiance à Saret ; depuis des siècles, il se confiait à lui, il avait partagé ses projets et ses rêves avec lui. Ils jouaient ensemble quand ils étaient petits, ils parlaient de leurs conquêtes féminines quand ils étaient adolescents, et ils avaient souvent poursuivi le même but quand ils devinrent membres du Conseil. À quel moment Saret avait-il commencé de le détester ? À moins qu'il en ait toujours été ainsi et que Korum ait été trop aveugle pour s'en apercevoir ? Pouvait-il continuer à faire confiance à ses amis ou étaient-ils tous comme Saret, prêts à frapper dès qu'il aurait le dos tourné ?

Ces pensées étaient à la fois douloureuses et inquiétantes. Il n'était pas dans la nature de Korum de douter de lui-même, mais il ne pouvait pas s'empêcher de se demander si c'était de sa faute. Il savait qu'il pouvait parfois être dur et arrogant, et même impitoyable quand il s'agissait d'atteindre un but. Qu'avait-il fait à Saret pour qu'il le haïsse à ce point ? Ou s'agissait-il simplement de jalousie comme Saret l'avait lui-même suggéré ?

Arrivé à l'estuaire où il s'était un jour assis sur les rochers avec Mia, Korum se déshabilla et entra dans l'eau pour s'y rafraîchir. Il avait toujours trouvé le soulagement dans l'océan. Le pouvoir des vagues l'attirait, et il aimait surtout s'y baigner quand le courant était fort, ce qui était maintenant le cas à marée haute. Le courant l'emporta et l'amena au large, et Korum s'y abandonna, flottant jusqu'à ce qu'il soit à plusieurs kilomètres de la côte. Quand il commença à nager vers le bord, la force du courant lui offrit assez de résistance pour le mettre au défi. L'effort machinal de la nage l'aidait à s'éclaircir les idées et il se sentit un peu mieux quand il sortit enfin de l'eau.

Il s'assit sur les rochers et laissa le soleil qui brillait sécher sa peau nue et le réchauffer de nouveau. Ce qu'il y avait de pire dans la trahison de Saret n'était pas le mal qu'elle avait fait à Korum : c'était les conséquences qu'elle avait pour Mia. Non seulement elle avait perdu la mémoire, mais elle n'avait plus de libre arbitre. Ce qu'elle ressentait désormais pour Korum était involontaire, c'était le résultat de 'l'adoucissement' que Saret lui avait infligé. Sa belle jeune fille chérie n'était plus celle qu'elle avait été ; son cerveau avait été modifié de la manière la plus impardonnable qui soit.

Elle l'avait redouté, Korum s'en souvenait. La première fois qu'elle était arrivée à Lenkarda, elle avait hésité au sujet de l'implant linguistique, elle avait eu peur de laisser une technologique extra-terrestre envahir son cerveau. Cela avait amusé Korum à l'époque, mais il s'était avéré qu'elle avait eu raison d'avoir peur. Saret était dangereux depuis le début.

Et Korum n'avait pas réussi à la protéger. Cette pensée le rongeait, le dévorait de l'intérieur. Alors qu'il n'avait jamais échoué nulle part il avait été incapable de protéger celle qui comptait le plus pour lui. Est-ce que Mia pourrait un jour le lui pardonner ? Et si c'était possible, comment saurait-il si ses sentiments étaient réels ? À en croire Saret elle acceptait désormais tout ce qui se passait avec sérénité et ses réactions n'étaient plus comme avant.

Korum se leva, s'habilla et se dirigea vers la maison. Le chemin du retour était long, mais il n'était pas pressé. Mia y était, et pour la première fois il n'avait pas envie de la voir.

Il devrait lui dire ce qu'il venait d'apprendre. Elle aurait besoin de savoir, de décider par elle-même ce qu'elle allait faire.

Et si elle choisissait de partir, il devrait la laisser.

Même s'il devait en mourir.

* * *

Mia sortit de la maison et se dirigea vers la nacelle de transport qui l'attendait. Elle avait envoyé à Adam un message avec le dispositif qu'elle portait au poignet et le K avait accepté de la rencontrer, il avait envoyé son petit vaisseau pour la prendre et l'amener au laboratoire.

Mia y entra et s'assit sur l'une des planches flottantes qu'elle sentit s'ajuster autour d'elle. Elle s'habituait tellement bien aux inventions technologiques des Ks qu'elle n'avait même pas besoin de réfléchir pour les utiliser, tout commençait à lui sembler parfaitement naturel.

Elle était curieuse de rencontrer son ancien partenaire et de se replonger dans cette partie de sa vie à Lenkarda. Elle avait retrouvé des enregistrements où Adam donnait des explications et il l'avait impressionnée, non seulement par son intelligence, mais aussi par sa capacité d'aborder des sujets compliqués et de les formuler d'une manière simple et facile à comprendre.

Deux minutes plus tard, elle atterrit dans une clairière devant un bâtiment de taille moyenne qui avait l'air d'avoir subi quelque chose d'incroyable. Les murs avaient en partie disparu comme si quelque chose les avait fait fondre de haut en bas, mais l'intérieur semblait parfaitement intact.

Adam s'y trouvait et l'attendait. Quand Mia sortit de la nacelle, il sourit, un grand sourire sincère qui éclaira son beau visage. Son type était celui que Mia commençait à considérer comme caractéristique des Ks : des cheveux et des yeux noirs et cette belle peau bronzée.

— Alors, comment ça va, collègue ? demanda-t-il, et de jolies rides de sourire lui apparurent au coin des yeux. J'ai entendu dire que notre patron s'est avéré être le Docteur Maudit et s'est servi de toi comme cobaye.

Mia sourit, ce Krinar lui plaisait déjà.

— Eh oui, ce qu'on t'a raconté est exact. Tu ne t'es absenté qu'une semaine et voilà ce qui s'est passé.

— Donc maintenant tu ne te souviens plus de moi ? demanda-t-il en se montrant plus sérieux. Quelle est l'étendue de ton amnésie ?

— Quand je me suis réveillée ici il y a deux jours mes derniers souvenirs remontaient au mois de mars, expliqua Mia en voyant le K serrer la mâchoire.

— Quel salaud, dit Adam d'une voix pleine de colère. Je suis navré, Mia. Si seulement j'avais été là…

Mia fit un geste de la main pour indiquer que cela n'avait pas d'importance.

— Tu plaisantes, personne n'avait soupçonné quoi que ce soit ; il était trop doué. Il a même réussi à se glisser au combat hier et a failli tuer Korum.

— Ouais, j'en ai aussi entendu parler, dit Adam. J'ai regardé l'enregistrement ce matin.

— Ah d'accord, dit Mia en s'efforçant de ne pas rougir. Si Adam avait vu le combat, il avait peut-être aussi regardé les célébrations qui avaient suivi.

— Veux-tu entrer ? demanda Adam en se dirigeant vers le bâtiment. Je crois qu'on peut sortir un certain nombre de dossiers et de données. J'en ai parlé avec les autres apprentis et ils sont d'accord.

— Entendu ! dit tout de suite Mia qui lui fut reconnaissante de changer de sujet.

Ils allèrent vers le bâtiment et enjambèrent un pan de mur en ruines. Le mécanisme qui désintégrait d'habitude les murs à l'approche de quelqu'un ne semblait plus fonctionner, ce qui n'était pas étonnant étant donné l'état du bâtiment.

— Que va devenir le laboratoire, demanda Mia quand ils furent à l'intérieur. Quel est le protocole normal dans un cas comme celui-ci ?

Adam haussa les épaules.

— Il n'y en a pas. Ce laboratoire appartient à Saret, donc techniquement nous faisons intrusion chez lui. Mais je pense que maintenant c'est peut-être le gouvernement qui en est propriétaire, étant donnés les crimes de Saret. Je ne suis pas vraiment sûr de ce qu'il en est. Le plus vraisemblable, c'est que l'essentiel des informations sera transféré dans les laboratoires des autres Centres, et peut-être qu'un autre spécialiste du cerveau voudra ouvrir un nouveau laboratoire ici, à Lenkarda.

— Pourquoi pas toi ? Pourquoi ne te demandent-ils pas de prendre la direction du laboratoire ?

— Moi ? Adam haussa les sourcils. De leur point de vue je suis trop jeune et trop inexpérimenté.

— Ah bon ? Mia le regarda avec surprise. Il avait l'air d'être dans la fleur de l'âge, d'une apparence comparable à celle de Korum. Quel âge as-tu ?

— Oh, c'est vrai, j'ai presque oublié que tu ne t'en souviens plus. Adam sourit. J'ai vingt-huit ans, à peine quelques années de plus que toi. Et il n'y a pas longtemps que je suis arrivé dans les Centres. Tu vois, j'ai grandi sur terre, j'ai été élevé par des êtres humains.

— C'est vrai ? Mia ouvrit grands les yeux. Comment ?

— J'ai été adopté quand j'étais petit, dit Adam. Alors, pourquoi ne pas commencer à examiner les dossiers de Saret et voir si on y trouve quelque chose d'utile ? On pourra peut-être mieux comprendre ce qui t'est arrivé.

Mia mourait d'envie de poser à Adam d'autres questions sur ses origines, mais il n'avait pas l'air d'être d'humeur à en parler si bien qu'à la place elle se concentra sur le travail en question. Adam lui montra comment faire marcher certains équipements du laboratoire et ils commencèrent à fouiller dans une montagne d'informations en cherchant tout ce qui concernait la mémoire.

Six heures plus tard, Mia se leva et se frotta le cou, elle avait l'impression que son cerveau allait exploser à cause de tout ce qu'elle avait appris aujourd'hui. Adam était toujours aussi concentré, parcourant dossier après dossier sans montrer le moindre signe de fatigue.

En entendant Mia bouger, il releva la tête de l'image qu'il examinait et lui sourit chaleureusement.

— Tu devrais rentrer à la maison, Mia. Il se fait tard. Je vais encore travailler un peu et puis je partirai aussi.

Mia hésita.

— En es-tu sûr ? Elle était mentalement épuisée et elle mourrait de faim, mais elle se reprochait de laisser Adam tout seul.

— Évidemment, dit Adam. Vas-y ! Tu en as assez fait pour aujourd'hui.

* * *

Korum faisait les cent pas au salon, il était trop énervé pour s'asseoir. Quand il était arrivé à la maison une heure plus tôt et qu'il n'y avait trouvé personne, il avait immédiatement pensé qu'il était arrivé quelque chose à Mia, que Saret avait quand même trouvé un moyen de lui faire du mal.

Bien sûr, ce n'était pas le cas. Une vérification rapide lui permit de la localiser, et ensuite il lui avait été facile d'avoir accès aux images de satellite et de la voir parler quelques heures plus tôt avec Adam devant le laboratoire de Saret. Pourtant, les quelques secondes qui s'étaient écoulées avant que Korum ne soit certain qu'elle était bien en sécurité le glacèrent jusqu'à la moelle des os.

Et maintenant, il luttait contre l'envie d'aller au laboratoire et de la ramener à la maison. Il voulait la tenir dans ses bras et sentir la chaleur de son corps, peut-être pour la dernière fois. Quand il lui aurait dit la vérité sur ce qui lui était arrivé, elle aurait amplement raison de vouloir le quitter. Son amnésie avait beau être terrible, l'autre procédure était infiniment plus envahissante et altérait son cerveau d'une manière qu'elle trouverait sans doute impardonnable. Désormais, elle ne saurait jamais si ce qu'elle ressentait pour Korum ni tout ce qu'elle ressentait en général étaient réels ou provenait de ce que lui avait fait Saret.

Une grave tentation tourmentait Korum. Et s'il ne lui en parlait pas ? Et si elle continuait à vivre dans une ignorance délicieuse heureuse de sa vie telle qu'elle était ? À part Saret et Korum, personne d'autre ne savait la vérité. Il pourrait la garder auprès de lui, elle continuerait à l'aimer et lui seul saurait que cet amour n'était pas véritable.

Deux ou trois mois plus tôt, Korum n'aurait pas hésité. Il l'aurait désirée, et il l'aurait simplement prise, sans tenir compte de ce qu'elle souhaitait. S'il avait été confronté à ce dilemme à ce moment-là, sa décision aurait été facile à prendre : la garder et au diable tout le reste. Mais il ne pouvait plus agir ainsi, il ne pouvait plus la traiter comme on traite un enfant ou un animal de compagnie, comme elle l'avait accusé un jour de le faire. Il voulait qu'elle reste, mais il fallait que ce soit de son plein gré, même si d'une certaine manière sa volonté avait été altérée.

Non, il devait le lui dire, et il fallait le faire rapidement.

Enfin, Korum vit une nacelle atterrir dehors. Mia en sortit et le vaisseau décolla pour s'en retourner là d'où il venait.

Malgré son humeur sombre, Korum ne put s'empêcher de sourire quand elle entra dans la maison. Elle portait une robe couleur crème qui lui dénudait presque entièrement le dos et ses cheveux noirs étaient relevés en un épais chignon ébouriffé. Cette coiffure était étonnamment sexy parce qu'elle lui dégageait le cou et attira l'attention de Korum sur la ligne élégante de la gorge de Mia.

— Chéri, je suis rentrée ! dit-elle avec un sourire jusqu'aux oreilles.

Incapable de s'en empêcher, Korum se mit à rire et la souleva de terre pour un long baiser.

Quand il la reposa sur le sol, il fut presque ébloui par le sourire de Mia. Elle le regardait comme s'il était tout au monde pour elle, et Korum eut l'impression que son cœur allait se briser en mille morceaux.

— Comment s'est passée ta journée ma chérie ? demanda-t-il sans lui lâcher la taille.

— C'était super, dit-elle toujours en souriant. J'avais rendez-vous avec Adam. Il est très gentil. Je l'aime beaucoup.

Korum sentit une pointe de jalousie, mais il la réprima et refusa de lui donner libre cours. Mia avait toujours apprécié son collègue, mais pour autant que Korum le sache, ses sentiments étaient totalement platoniques. D'ailleurs, le jeune Krinar était déjà fou d'une autre jeune terrienne, une information que Korum avait découverte quand il avait vérifié les antécédents d'Adam au moment où Mia avait commencé à travailler avec lui.

— Nous avons beaucoup fouillé dans les dossiers de Saret, continua Mia, les yeux brillants d'enthousiasme. Adam pense que ça pourrait être un moyen de trouver quelque chose d'utile sur ce qui m'est arrivé.

À ce moment-là, son ventre fit des gargouillis et elle rougit en l'entendant ce qui fit sourire Korum.

— Je parie qu'on a faim, dit-il pour la taquiner.

— Touché ! dit-elle en riant.

Korum la lâcha en souriant et se dirigea vers la cuisine. Quelques minutes plus tard, ils étaient attablés devant un délicieux repas, c'était des sandwiches aux légumes grillés avec une sauce au miso et à l'avocat.

Mia dévora tout ce qui était dans son assiette et lui aussi, il avait beaucoup d'appétit après avoir nagé quelques heures plus tôt. Pour le dessert Korum avait demandé à la maison de leur préparer une tarte au kiwi et à la mangue sur un lit de noix de macadamia concassées, et du thé pour Mia.

Tandis qu'ils se régalaient, Korum étendit le bras sur la table, prit la main de Mia et lui caressa la paume de son pouce.

— Mia, dit-il à voix basse, il faut que je te dise quelque chose.

Elle se figea un instant, visiblement elle avait réagi au timbre sérieux de sa voix.

— De quoi s'agit-il ?

— J'ai parlé à Saret aujourd'hui, dit Korum dont les doigts se refermèrent sur sa main. Il ne s'est pas contenté d'effacer tes souvenirs les plus récents. Il a aussi fait quelque chose pour te rendre plus… pour que tu acceptes plus facilement ce qui t'arrive.

* * *

Mia fixa son amant des yeux, elle ne pouvait en croire ses oreilles.

— Comment ? Qu'est-ce que ça signifie ?

— Il appelle ça un 'adoucissement,' dit Korum, et l'expression de son visage était grave. Apparemment, c'était un moyen de te rendre plus susceptible de répondre à ses avances. S'il a dit la vérité, tu ne ressens pas la peur aussi intensément qu'avant… et tu es également plus ouverte à de nouvelles impressions.

Mia fronça des sourcils.

— Je ne comprends pas. En quoi cela pourrait-il aider Saret ?

— Parce que non seulement tu es plus ouverte, ce qui explique pourquoi tu t'acclimates aussi bien ici, mais tu es aussi plus susceptible de former de nouvelles relations. Korum serrait les dents de colère.

— De nouvelles relations ? C'est alors qu'elle comprit ce qu'il lui disait. Il pensait que j'allais tomber amoureuse de lui ? C'est insensé ! Elle se mit à rire, invitant Korum à s'en moquer avec elle.

Mais il ne réagit pas et la gaieté de Mia disparut.

— Attends une seconde, dit-elle lentement. Est-ce que je comprends bien ce que tu essaies de me dire ?

— Je suis navré, Mia, j'aimerais tellement qu'il en soit autrement.

Mia secoua machinalement la tête, retira sa main de son emprise et se leva.

— Mais c'est ridicule, dit-elle. Est-ce que tu me dis que je ne suis plus moi-même ? Que tout ce que je pense et que je ressens est le résultat d'une procédure infligée par un fou ? Et que ce que j'éprouve pour *toi* n'est pas réel ?

Korum se leva à son tour.

— Tout est de ma faute, dit-il d'une voix pleine de culpabilité. J'aurais dû être là. J'aurais dû te protéger de lui…

— Non. Mia se refusait à le croire. Comment sais-tu qu'il disait la vérité ? Ne serait-il pas logique qu'il mente ?

— Si, dit Korum. Ce serait parfaitement logique. Et c'est la raison pour laquelle je veux que tu sois examinée au laboratoire d'Arizona. On ira demain.

— Mais tu penses qu'il dit vrai.

— Oui. Korum la regarda tristement. C'est ce que je pense.

— Et pourquoi ? murmura Mia en balbutiant.

— Parce que tu n'es pas vraiment toi-même ma chérie, dit-il avec douceur. Les différences sont subtiles, mais elles sont bien là. Toi aussi, tu l'as remarqué, non ?

Mia retint son souffle. Si, elle l'avait remarqué. Bien sûr que si. Elle s'était demandé comment il se faisait qu'elle se soit aussi bien adaptée à son nouvel univers, à vivre dans une colonie d'extra-terrestres avec un amant qu'elle venait tout juste de rencontrer. Un amant qui lui était aussi indispensable que de respirer et de manger.

— Ne pourrait-il pas y avoir une autre explication ? Mia savait qu'elle se raccrochait à une chimère, mais la vérité était insurmontable. *Et si je n'avais pas vraiment perdu la mémoire ? Et si mes souvenirs étaient encore là, cachés quelque part en profondeur ? Tout s'expliquerait : pourquoi je suis tellement à mon aise ici, pourquoi j'apprends aussi vite, pourquoi je suis tombée amoureuse de toi…*

Korum ferma un instant les yeux. Quand il les rouvrit, son regard était sombre.

— Non, Mia. Tu n'es pas tombée amoureuse de moi. Tu me connais à peine.

— Mais si je me souvenais de toi à un certain niveau de conscience…

Il respira profondément.

— Non, ma chérie. Ellet a fait des tests avant ton réveil et il y avait des signes de lésions qui correspondent à une amnésie. J'aimerais bien qu'il en soit autrement, crois-moi.

Mia cligna des yeux, elle avala sa salive de toutes ses forces pour ne plus avoir la gorge nouée. Il pensait qu'elle avait subi des lésions. Qu'elle était diminuée. Incapable d'émotions véritables.

— Alors qu'est-ce qu'on fait maintenant ?

— C'est à toi de décider, dit Korum dont la voix était étrangement neutre. Ou bien tu restes avec moi, ou bien tu reprends ta vie d'avant.

— Reprendre ma vie d'avant ? Elle avait du mal à prononcer ces mots. Tu… t-tu veux que je m'en aille ?

— Quoi ? Bien sûr que non ! Il sembla sursauter à cette idée. Bien sûr que non, je ne veux pas que tu partes. Tu es toute ma vie maintenant, ne le comprends-tu pas ?

Mia frissonna presque de soulagement. Il voulait encore d'elle, malgré les lésions infligées par la procédure de Saret.

— Toi aussi, tu es toute ma vie, lui dit-elle. Je sais que ce que je sens vient de ce qu'a fait Saret, mais je n'y crois pas. Je t'aimais avant, malgré tout ce qui s'était passé entre nous, et je suis de nouveau tombée amoureuse de toi depuis deux jours. Tu penses peut-être que ce n'est pas réel, mais je connais mon propre cerveau. C'est vrai, j'ai remarqué que je ne réagis pas à ce qui se passe comme je m'y attendais, et alors ? N'est-ce pas une bonne chose d'apprendre aussi vite ? De commencer à être aussi à l'aise à Lenkarda que je l'étais à New York ? Même si c'est le résultat de la procédure de Saret, ça ne change rien au fait que je sois comme ça maintenant, c'est comme ça que je pense et que je le sens. Cela n'amoindrit pas mes sentiments, et cela ne les rend pas moins réels.

Tout en parlant, elle sentait que sa tension commençait à se dissiper.

— Tu en es sûre, Mia ? demanda-t-il, ses yeux s'emplissant de la lueur d'or qu'elle connaissait bien. C'est vraiment ce que tu veux ?

— Être avec toi ? Oui ! Mia n'avait jamais été aussi résolue de toute sa vie. La pensée de le quitter, de rentrer chez elle et de ne plus jamais le revoir lui était insupportable. Quand elle l'avait cru mort, elle avait voulu mourir à son tour. La vie sans Korum ne valait pas la peine d'être vécue.

— Alors tu seras avec moi. Sa voix était rauque et il se dépêcha de la prendre dans ses bras.

Sa bouche était avide, comme s'il voulait la dévorer, et Mia réagit de même, avec une ardeur aussi intense que celle de Korum. Elle désirait tant qu'il la caresse, qu'il l'étreigne, qu'elle en avait mal. L'extase bouleversante qu'elle avait ressentie quand ils avaient fait l'amour après le combat dans l'Arène l'avait laissée pantelante et l'avait épuisée, et pourtant elle en voulait encore plus. Plus de Korum, plus de cette magie.

Il jeta frénétiquement les mains sur elle, déchira sa robe qui tomba en lambeaux sur le sol puis en fit autant avec ses propres vêtements. En un clin d'œil Mia se retrouva plaquée contre le mur, les cuisses ouvertes et il la souleva en frottant sa verge en érection contre son sexe nu.

— Putain, grommela-t-il. L'expression de son visage était celle de quelqu'un qui souffre, il respirait fort en haletant. Il faut que je sois en toi, Mia, tout de suite !

— Oui ! murmura-t-elle en soutenant son regard brûlant. Oui, je t'en prie !

Comme si elle lui en avait donné la permission, il plongea en elle, sa verge était douloureusement grosse et longue et elle emplit Mia profondément. Elle poussa un cri, le plaisir et la souffrance de sa possession étaient tellement intenses qu'elle fût surprise. Il la tenait de telle manière qu'elle s'ouvrait complètement à lui et qu'elle était incapable de contrôler en quoi que ce soit jusqu'où il allait. Il était si profondément en elle qu'elle le sentit lui frôler le col de l'utérus, et son fourreau se rétrécit dans un effort inutile pour le repousser.

Il s'arrêta un bref instant pour lui laisser reprendre son souffle puis il commença à la marteler, chaque coup la poussa davantage contre le mur. Mia gémit, submergée par tout ce qu'elle éprouvait. Il n'y eut pas de montée lente du plaisir ni de transition progressive de la souffrance à la jouissance ; à la place l'orgasme s'empara brusquement d'elle, sans qu'elle s'y attende ses muscles intimes furent secoués par un spasme autour de la verge de Korum.

Il poussa un grondement, accéléra son rythme et elle se mit de nouveau à jouir en hurlant, incapable de maîtriser les réactions de son corps sans défense. Elle avait trop chaud, elle haletait, perdait le souffle, mais il continuait sans relâche et la fit jouir une troisième fois à peine quelques secondes plus tard.

Et au moment même où Mia pensait qu'elle n'en pouvait plus, il jouit à son tour en hurlant violemment, la tête rejetée en arrière et la verge vibrant profondément en elle.

* * *

Le lendemain matin, Korum attendait impatiemment tandis qu'Haron, le spécialiste du cerveau de Centre d'Arizona, examinait attentivement Mia.

Elle était allongée sur une planche flottante, les yeux fermés, et semblait détendue. Il lui avait administré un léger calmant pour permettre un examen plus approfondi de son cerveau. Haron lui brossait les cheveux en arrière pour mieux lui dégager le front afin d'y attacher son équipement.

Korum lui avait donné la permission de la toucher à cette occasion, mais il avait quand même envie de le mettre en pièces. De même, il avait été furieux d'apprendre qu'Arus avait maîtrisé Mia pendant le combat alors qu'il savait que c'était pour la protéger. Cet instinct territorial était primitif, et complètement irrationnel étant données les circonstances, mais Korum ne pouvait s'en empêcher. Quand il s'agissait de Mia, il n'était pas plus évolué que la plus élémentaire des créatures.

Une fois que l'examen fut terminé, Korum était d'humeur sombre.

— Eh bien ? demanda-t-il d'une voix impérieuse dès qu'Haron posa son équipement.

Le spécialiste du cerveau haussa des épaules.

— Je ne sais pas, dit-il en regardant Korum d'un air perplexe. Son cerveau est sain, mais il montre des signes d'une récente amnésie forcée. Et il y a aussi autre chose, quelque chose que je n'ai encore jamais vu.

— C'est la procédure d'adoucissement, dit Korum. Tu crois que c'est possible ? Il avait parlé à Haron des affirmations de Saret qui avait beaucoup intrigué le spécialiste du cerveau.

— Peut-être, dit Haron. Franchement, je n'ai encore jamais rien vu de pareil. Si Saret dit qu'il a inventé cette procédure, alors ça serait logique. Il semblait admiratif ce qui redoubla le désir de Korum de le frapper.

— Et peux-tu la guérir ? Korum connaissait déjà la réponse, mais il fallait qu'il pose la question.

Haron hocha la tête.

— Je ne crois pas, en tout cas, pas sans risquer en même temps de lui faire de graves lésions au cerveau. Ici quand nous découvrons quelque chose de nouveau, nous faisons d'abord des tests complets en simulation avant d'expérimenter sur des sujets vivants. Bien sûr, je pourrais essayer si tu veux…

— Non. Jamais Korum ne pourrait prendre un tel risque pour Mia. N'en parlons plus.

Tandis que leur vaisseau rentrait à Lenkarda Korum tenait Mia sur ses genoux. Elle était réveillée, mais un peu léthargique, et elle semblait satisfaite de rester assise comme ça, la tête posée sur l'épaule de Korum. Il lui caressait les cheveux en savourant la douceur de ses boucles sur ses doigts.

Leur conversation de la veille avait pris un tour très différent de celui qu'il avait redouté. Mia avait été choquée par ce que Saret lui avait fait et elle avait eu du mal à le croire, mais ce qui l'avait le plus bouleversée c'était la perspective de le perdre. Et Korum était content. Il était sacrément content et tellement soulagé qu'elle veuille rester. Il ne savait vraiment pas ce qu'il aurait fait si elle lui avait dit qu'elle voulait rentrer chez elle. Il voulait croire qu'il l'aurait laissé partir… mais dans son for intérieur il savait que ce n'était pas vrai. Il ne pouvait supporter l'idée d'être séparé d'elle une journée ; comment aurait-il pu survivre une vie entière sans elle ?

Il n'aurait pas pu. C'était aussi simple que ça. Il aurait essayé si elle l'avait voulu, mais il y aurait de fortes chances qu'il échoue. Korum n'avait pas d'illusions sur lui-même. L'altruisme n'était pas dans sa nature. Il aurait commencé par souffrir un moment, il se serait senti coupable de ne pas l'avoir protégée, il aurait désiré s'amender, mais il serait finalement venu la chercher.

Elle s'agita dans ses bras, ce qui interrompit les réflexions de Korum. En levant la tête, elle lui sourit d'un air assoupi.

— Où allons-nous maintenant ?

— À la maison, ma chérie, répondit Korum, et il cessa d'être de mauvaise humeur en regardant son beau visage. Il avait beau vouloir annuler la procédure de Saret et guérir cette délicieuse créature, de toute façon il était heureux de l'avoir avec lui. Même si elle ne l'aimait pas réellement pour le moment, il espérait qu'avec le temps naîtraient en elle des sentiments sincères à son égard.

Et Korum ferait en sorte que cet amour ne se changerait pas en haine quand elle apprendrait la vérité sur ses projets.

CHAPITRE DIX-NEUF

Le mois suivant passa à toute vitesse. Korum fut plus occupé que d'habitude, il mit la dernière main aux nouveaux boucliers pour les Centres et le Conseil essaya de décider du devenir de Saret.

Après plusieurs réunions, il fut acquis qu'un procès comme celui des Keiths n'était pas la bonne solution dans ce cas-là. Comme Saret était depuis longtemps membre du Conseil, personne n'était complètement impartial et les sentiments étaient à vif. Korum n'était pas seul à avoir considéré Saret comme un ami. En général, on aimait bien le spécialiste du cerveau qui avait donné l'impression d'être sympathique et facile à vivre. L'étendue des crimes qu'il avait tentés était incroyable et même une réhabilitation complète semblait être un châtiment trop indulgent pour ce qu'il avait entrepris. Finalement, le Conseil demanda l'aide des Anciens, une initiative dirigée par Korum puisqu'il y avait d'autres sujets dont il voulait débattre avec eux.

Entre tout cela et son travail, Korum avait à peine le temps de dormir parce qu'il voulait aussi passer autant de temps que possible avec sa Charl. L'attachement de Mia à son égard semblait grandir chaque jour davantage et Korum ne mettait plus en doute la force de ses sentiments. Comme elle le lui avait dit, quels que soient les traitements infligés par Saret, elle était ainsi désormais, et il fallait qu'ils l'acceptent tous les deux.

Ce qui était positif c'était que Korum continuait d'être étonné par la facilité avec laquelle Mia s'habituait à tout… et à quel point elle devenait indépendante.

Avant son amnésie, elle avait hésité à s'aventurer toute seule à Lenkarda, elle se méfiait des Ks et elle était intimidée par certaines de leurs inventions technologiques. À part aller au laboratoire et dans certains des endroits agréables qu'il lui avait montrés d'habitude Mia restait à la maison avec lui. Et ses loisirs étaient limités étant donné l'emploi du temps exigeant que Saret avait imposé à ses apprentis. Mais maintenant puisqu'elle travaillait surtout en équipe avec Adam Korum s'aperçut que sa Charl semblait avoir soif d'aventure et la satisfaisait dès qu'elle en avait la possibilité.

Un jour, elle alla nager dans l'océan aux abords de l'estuaire alors que le courant était relativement faible. Mais Korum qui avait pris l'habitude de vérifier toutes les heures où elle se trouvait sentit son sang se glacer quand il s'aperçut qu'elle était à plusieurs centaines de mètres du rivage. Il s'y était immédiatement rendu et l'avait trouvée nageant paisiblement, visiblement, elle s'amusait bien. Quand elle sortit de l'eau, il avait réussi à se calmer suffisamment pour lui parler tranquillement des dangers que présentait cet endroit et elle lui avait promis de faire attention en nageant vers le large, mais Korum fut quand même ébranlé par cet incident pendant plusieurs jours.

Les autres excursions de Mia étaient moins dangereuses. Elle se mit à aimer la marche et à photographier la faune sauvage du Costa-Rica sur son dispositif du bracelet-montre. Les singes hurleurs, les iguanes et même de gros insectes, elle photographiait tout cela ou les prenait en vidéos et les envoyait à sa famille pour partager avec elle ses expériences dans son nouveau pays.

Son amitié avec Delia grandit aussi, elle la rencontrait souvent le matin pour aller se promener avec elle sur la plage. Korum encouragea cette amitié, il était content que Mia connaisse d'autres gens que lui à Lenkarda. Quelquefois, Maria venait elle aussi, et Korum avait tenu à l'inviter à dîner deux ou trois fois avec Arman.

Entre eux, le point épineux concernait le statut de Charl de Mia.

— Tu ne comprends pas ce que je ressens de savoir que je t'appartiens légalement juste parce que je suis un être humain et que tu l'as décidé ? lui dit-elle un jour. Tu ne vois pas à quel point cette coutume est barbare ?

Korum ne partageait nullement ce point de vue. Oui, elle était à lui, et il la protégeait, il l'aimait et la chérissait. Prendre une Charl était un engagement sérieux, un engagement pour la vie. Selon le droit Krinar Korum était responsable des actions de Mia. Par exemple, si elle enfreignait le mandat de non-ingérence c'est lui qui devrait en répondre devant les Anciens. Mia ne serait plus jamais un être humain ordinaire maintenant qu'elle avait des nanocytes dans le corps ; même si elle le quittait, Korum devrait continuer à la surveiller pour s'assurer qu'elle ne fasse aucune révélation sur les informations concernant les Krinars qui n'avaient pas été rendues publiques. Une Charl n'était une esclave ni un animal de compagnie et la plupart des cherens les considéraient comme leur compagne humaine, mais Mia n'avait pas l'air de le comprendre.

— Comment puis-je être ta compagne sans avoir de droits à Lenkarda ? disait-elle. Son obstination donnait à Korum l'envie de la prendre sur ses genoux et de lui donner une fessée sur son joli petit derrière. D'abord, je n'ai jamais donné mon accord pour devenir ta compagne, ou ta Charl, n'est-ce pas ? Et en plus, nous ne pouvons même pas avoir d'enfants ensemble…

Korum ne trouvait rien à redire sur ce dernier point et le problème du statut de la Charl demeura sans solution, il resta en suspens et revenait dans leurs discussions les plus enflammées, bien que celles-ci deviennent de plus en plus rares au fur et à mesure de l'évolution de leur relation.

En voyant que Mia devenait à l'aise avec la technologie Krinar, Korum lui donna un fabricateur à elle, c'était une version plus sophistiquée de celui qu'il avait fait pour l'anniversaire de Maria. Il était assez puissant pour fabriquer tout ce dont Mia avait besoin dans la vie quotidienne, y compris une nacelle de transport.

Quand il le lui avait donné, le bonheur de Mia avait battu tous les records.

— Merci ! Oh, mon Dieu, Korum, merci beaucoup ! C'est incroyable ! Elle le couvrit de baisers, ses yeux brillaient, et elle tremblait d'excitation de la tête aux pieds. Pendant les heures qui avaient suivi, elle joua sans interruption avec le fabricateur, créant et défaisant une chose après l'autre tandis que Korum savourait sa joie.

Peu de temps après Mia décida d'aller à New York dans un vaisseau de sa propre fabrication ; c'était une machine plus compliquée que celui qu'ils utilisaient dans le Centre. Elle le fabriqua sous les yeux de Korum qui souriait plein de fierté en pensant à tout ce qu'elle avait déjà appris.

Ils se rendirent ensemble à New York, car Korum ne voulait pas qu'elle aille aussi loin toute seule. Il savait que ce n'était pas logique ; après tout, elle avait vécu dans cette ville pendant des années avant leur rencontre sans qu'il lui arrive quoi que ce soit, et Saret et la Résistance n'étaient plus une menace. Et pourtant il ne pouvait se débarrasser d'une peur irrationnelle pour la sécurité de Mia. Soit il y allait avec elle soit il lui interdisait d'y aller, et Korum savait qu'elle n'apprécierait pas la seconde solution.

Le matin de leur voyage Mia utilisa le fabricateur pour faire des vêtements comme ceux qu'en portent les humains pour tous les deux.

— Hum… voyons ! dit-elle en souriant malicieusement. Que dirais-tu d'un tee-shirt rose ?

— Entendu ! Korum réprima un rire en voyant son air déconfit. Un tee-shirt rose me plairait beaucoup ! Ses semblables n'associaient pas les couleurs et l'appartenance à un sexe ou à un autre, et personnellement il aimait les couleurs pastel. Il savait qu'elle espérait qu'il se hérisse à l'idée de ce qu'elle considérait comme un vêtement féminin, mais ça lui était égal, du moment qu'elle ne lui faisait pas porter une jupe. Une jupe, ça ne serait pas possible.

— D'accord, grommela-t-elle, mais tu n'es pas drôle. Cependant, elle fabriqua quand même le tee-shirt rose et Korum le porta sans hésitation. Heureusement, le jean qu'elle lui tendit était bleu foncé comme d'habitude.

— Tu sais, dit-elle d'un air pensif en l'examinant une fois qu'ils furent tous les deux habillés, le rose te va vraiment bien !

Korum se mit à rire.

— Eh bien, merci beaucoup, ma chérie, je suis flatté. De son côté, elle était très sexy avec un jean serré, des bottines à hauts talons et un débardeur argenté qui mettait en valeur ses bras et ses épaules désormais bien musclés. Grâce aux nanocytes qu'elle avait dans le corps, Mia avait beaucoup plus d'endurance pour toutes les activités physiques et depuis qu'elle nageait et marchait son corps mince en avait beaucoup profité. Korum l'avait toujours trouvée irrésistible, mais désormais il avait du mal à la quitter des yeux et à ne pas la toucher.

— Tu as dit à Jessie que nous allons atterrir sur le toit de son immeuble ? demanda-t-il quand ils entrèrent dans le vaisseau.

— Ouais. Elle sait que nous venons et elle a même obtenu l'autorisation du syndic.

Pour gagner du temps, ils avaient décidé d'aller directement chez Jessie au lieu d'atterrir dans l'une des zones réservées aux Krinars. Le principe de ces terrains d'atterrissage était de déranger le moins possible les êtres humains qui habitaient dans les grandes villes. Même aujourd'hui, voir un vaisseau Krinar provoquait encore souvent des accidents de voiture. Visiblement, les conducteurs effrayés devenaient des conducteurs distraits. En tant que membre du Conseil, Korum n'avait pas besoin de suivre ces directives concernant l'atterrissage, mais dans les grandes villes comme New York il essayait tout de même de se montrer prudent.

Jessie était sur le toit pour les accueillir quand ils atterrirent. Elle était accompagnée d'un jeune homme qui ne pouvait être qu'Edgar, son nouveau petit ami. Korum se souvenait de l'avoir déjà vu au night-club où il avait surpris Mia en train de danser avec quelqu'un d'autre. Cet incident-là n'était pas l'un des souvenirs préférés de Korum.

Malgré tout, il sourit à Jessie et à Edgar, déterminé à se montrer sous son meilleur jour. Il savait que l'ancienne colocataire de Mia s'inquiétait pour elle. Elle avait été témoin des débuts mouvementés de sa relation avec Mia et elle n'avait toujours pas de sympathie pour lui, ce à quoi Korum avait l'intention de remédier ce jour-là.

Mia sourit à son tour, et il vit qu'elle était sincèrement heureuse de voir son amie. Mais elle était également nerveuse à en juger par la manière dont elle lui serrait la main. Pour une raison ou pour une autre, elle n'avait encore parlé de son amnésie ni à ses amis ni à sa famille.

Quand Korum l'avait confrontée à ce sujet, elle lui avait vaguement répondu qu'elle ne voulait inquiéter personne et il s'était satisfait de cette réponse.

— Mia ! Jessie se jeta sur elle dès qu'ils sortirent du vaisseau et les deux jeunes filles s'embrassèrent en riant et en s'exclamant.

Korum sourit en voyant ces retrouvailles exubérantes puis avança d'un pas et tendit la main à Edgar comme le font les êtres humains pour se saluer.

— Salut ! Je ne pense pas que nous ayons été présentés l'un à l'autre.

— Non, effectivement, dit sèchement Edgar en acceptant de lui serrer la main. La dernière fois que je vous ai vu, vous aviez la main autour de la gorge de mon ami Peter. Visiblement, ce n'était pas le moment idéal pour des présentations.

— C'est vrai, dit Korum qui plissa légèrement les yeux. Cet homme osait lui parler de ça ? Peter avait eu de la chance qu'il arrive à se maîtriser aussi bien qu'il l'avait fait. Chaque fois que Korum pensait au baiser que ce garçon avait donné à Mia, il voyait rouge. *Sois gentil*, se rappela-t-il et il prit une expression plus amicale. Alors vous êtes acteur, dit-il, mettant la conversation sur un sujet dont il était certain qu'il plairait au jeune homme.

— Oui ! Edgar avait mordu à l'hameçon. Je suis dans le dernier feuilleton de CBS. Il s'appelle *Le Tourbillon.* Vous en avez peut-être entendu parler ?

— J'ai vu tous les épisodes, dit Korum. En fait, je l'adore. Je n'arrivais pas à croire ce qui est arrivé à Eva la semaine dernière, je n'aurais jamais pensé que sa sœur débarque ainsi.

Les yeux d'Edgar se mirent à briller.

— Ce n'est pas possible ! Vous regardez le feuilleton ? Est-ce qu'il a du succès chez les Ks ?

Il avait eu du succès chez un K en particulier qui avait dû le regarder pour préparer ce voyage.

— Absolument, dit Korum. Nous aimons nous divertir autant que vous.

Mia avait fini d'embrasser Jessie et elle se dirigea à son tour vers Edgar.

— Salut, Edgar, dit-elle, c'est super de te revoir.

Korum dissimula un sourire. Petite menteuse. Elle avait complètement oublié ce garçon, mais elle jouait très bien le jeu. Elle aussi aurait pu être actrice.

— Salut, Korum ! C'était Jessie. Korum reconnut l'air de méfiance qui était sur son joli visage et soupira en son for intérieur. Cette amie de Mia serait la plus difficile de tous à rallier à sa cause. Il le voyait à sa manière têtue d'incliner le menton en le regardant. Elle lui en voulait de lui avoir pris Mia ainsi que sa tactique et son despotisme du début.

Heureusement que Korum était toujours prêt à relever le défi.

— Salut, Jessie ! Et il sourit chaleureusement à la jeune fille.

Ils rentrèrent dans l'appartement que Jessie avait partagé avec Mia. Korum savait qu'un certain nombre d'étudiants de l'Université de New York habitaient ce bâtiment à cause de sa proximité du campus et de son loyer raisonnable (pour New York), mais il l'avait toujours trouvé insalubre. Dans les couloirs, la peinture s'écaillait et il pouvait sentir le renfermé et le moisi qui venait des vieux murs. Quand il avait rencontré Mia pour la première fois, il mourrait d'impatience de le lui faire quitter et de l'installer dans son confortable appartement luxueux.

Jessie avait préparé une assiette végétarienne avec des frites et de la bière et ils s'assirent tous les quatre dans le salon pour grignoter. Korum avait l'intention d'emmener ensuite tout le monde au restaurant, mais pour le moment c'était parfait pour bavarder.

Korum s'assit à dessein à côté de leur hôtesse avec Mia de l'autre côté et Edgar s'installa sur un pouf en face de Korum.

S'il y avait eu un léger malaise au départ, il s'était dissipé après avoir bu deux ou trois bières et la conversation coulait à flots. Pour un jeune couple de terriens, les amis de Mia s'avérèrent très intéressants, et contrairement à son attente Korum se rendit compte qu'il appréciait leur compagnie. Jessie et Edgar s'entendaient à merveille, ils plaisantaient et se taquinaient sans cesse et Korum s'aperçut que Mia n'était plus tendue comme à son arrivée puisque personne ne semblait deviner son amnésie.

Quand tout le monde fut suffisamment détendu, Korum commença son entreprise de séduction auprès de Jessie. Il commença en lui demandant comment c'était passé l'été, puis l'écouta attentivement lui raconter en détail son stage dans une grande compagnie pharmaceutique. Korum savait déjà tout ce qu'elle lui apprenait puisqu'il avait fait les recherches nécessaires avant de venir à New York. Mais comme il savait aussi que les gens aiment bien parler d'eux-mêmes, il posa de nombreuses questions à Jessie. Pendant ce temps, de l'autre côté de la pièce, Edgar montrait à Mia les affiches de son dernier feuilleton.

— Est-ce que cette compagnie est celle que vous choisiriez en priorité pour un travail à plein-temps ? demanda Korum, et elle acquiesça avec espoir.

— C'est la priorité pour tous ceux qui ne vont pas directement en faculté de médecine, expliqua-t-elle. Comme je veux d'abord faire de la recherche, ce serait parfait. Mais bien sûr, la compétition est impitoyable. Ils prennent dix fois plus de stagiaires qu'ils n'ont besoin d'assistants de recherche à plein temps pour l'an prochain, si bien que faire un stage chez eux ne garantit pas une offre d'emploi.

Et cela suffit pour que Korum sache ce qu'il lui restait à faire.

— Ne vous inquiétez pas, dit-il doucement. Je parlerai à la direction en votre faveur.

— Vraiment ? dit Jessie stupéfaite. Vous connaissez les patrons de Biogem ?

— Oui, dit Korum. Ce qui n'était pas vraiment un mensonge puisqu'il allait bientôt faire leur connaissance.

— Oh la la ! Mais ce n'est pas la peine, Korum. Elle protesta pour la forme, mais Korum vit bien qu'elle ne croyait pas ce qu'elle disait. Elle voulait vraiment ce poste et Korum le lui offrait sur un plateau d'argent.

— Je veux leur en parler, -dit Korum avec fermeté. Il est évident que vous méritez cette chance et je sais que Mia souhaite que vous obteniez ce poste.

Jessie sourit d'un air incertain.

— Alors dans ce cas, merci. J'apprécierai toute l'aide que vous pourrez m'apporter.

Et l'Opération Jessie fut terminée.

Quand ils eurent fini la bière et les snacks, ils sortirent dîner de bonne heure. Korum les emmena dans un nouveau restaurant français dont on parlait en termes très élogieux dans les journaux et qui avait la réputation de servir des plats de viande traditionnels à des prix astronomiques. Korum se cantonna à son régime végétarien habituel, mais pas Mia et ses amis. Cela ne dérangeait pas Korum qu'ils se fassent plaisir de temps en temps. Les Krinars s'inquiétaient surtout des conséquences environnementales des habitudes alimentaires des hommes et manger occasionnellement de la viande n'était pas aussi désastreux pour la planète que se comporter comme l'avaient fait autrefois les habitants des pays développés.

Après le dîner, ils allèrent boire un verre. Korum savait que les jeunes filles avaient envie de rester seules et fit en sorte qu'Edgar et lui-même se retrouvent au fond du bar, laissant Mia et Jessie, toutes les deux vers la fenêtre. Mais il leur jetait un coup d'œil de temps en temps pour être sûr que personne ne venait les déranger ; le reste du temps, il s'intéressait à ce que lui disait Edgar.

— Faites-vous du sport ? lui demanda-t-il quand leurs bières arrivèrent. C'était l'un des nombreux points communs entre les Krinars et les êtres humains, des jeux demandant des qualités physiques et de l'adresse.

L'acteur hocha la tête.

— À la faculté, je jouais au football et je continue de temps en temps pour le plaisir. J'ai aussi commencé la boxe il y a pas longtemps pour être en forme pour mon prochain rôle.

— Vraiment ? dit Korum. Alors, racontez-moi !

* * *

Mia sourit en son for intérieur quand elle vit Korum et Edgar au fond du bar. Elle savait exactement ce qu'il faisait et pourquoi il le faisait : son amant voulait les laisser entre filles, Jessie et elle.

— Oh la la Mia, dit Jessie après que le barman leur ait servi leurs cocktails. Je dois dire que je commence à comprendre pourquoi tu es tombée amoureuse de lui. Il est tellement plus gentil que je ne le pensais au début.

Mia sourit.

— Oui, il est génial. Elle n'avait pas la moindre idée de la manière dont Korum se comportait quand ils s'étaient rencontrés, mais elle s'en doutait un peu d'après ce qu'il lui avait raconté, et d'après ce qu'elle avait observé de sa manière d'agir avec les autres depuis un mois. L'amour de sa vie n'était vraiment pas quelqu'un qu'elle aimerait avoir pour ennemi.

— Et toi aussi tu as changé, dit Jessie. Tu es plus forte, tu as davantage confiance en toi. Je ne sais pas comment il est avec toi, mais ça à l'air de marcher.

— Il me rend heureuse, lui dit Mia. Oh, Jessie, il me rend si incroyablement heureuse. Je n'aurais jamais cru que j'aurais pu être aussi amoureuse. C'est comme la réalisation d'un conte de fées.

— Avec son Prince charmant extra-terrestre ?

Mia se mit à rire.

— Absolument ! Korum n'était pas vraiment le Prince charmant, mais elle n'avait pas l'intention de le dire à Jessie. Elle aimait bien cette nouvelle entente entre son amant et son amie et elle n'avait pas l'intention de la mettre en péril.

Évidemment elle savait que Korum était loin d'être parfait. Elle l'aimait, mais elle voyait ses défauts. Il était possessif à l'extrême et paranoïaque en qui concernait sa sécurité, et manipulateur quand il le fallait. Elle avait bien vu la manière dont il avait fait exprès de passer un moment avec Jessie pour la rallier à lui. Et ça avait marché ; son ancienne colocataire semblait avoir une bien meilleure opinion de lui désormais.

— Ça ne t'ennuie pas qu'il soit bien plus vieux que toi ? demanda Jessie dont les yeux brillaient de curiosité. Edgar a vingt-six ans et il dit en plaisantant que je suis une jeunette. Je ne peux même pas imaginer d'avoir une relation avec quelqu'un de l'âge de Korum…

— Il n'est pas si vieux que ça pour un Krinar, même si c'est difficile à croire, dit Mia en souriant. Certains sont beaucoup, beaucoup plus vieux. Mais effectivement, la différence d'âge est un problème. Il y a vraiment des moments où je m'aperçois que je l'amuse. Avec lui je n'ai jamais l'impression d'être bête ou quoique ce soit de ce genre, mais je sais qu'il me trouve très jeune.

— Il ne te traite pas comme une enfant ?

— Non. Mia secoua la tête. Non, il me surprotège d'une manière ridicule, mais ça s'arrête là.

Jessie la regardait pensivement.

— Tu penses que cette relation est à long terme ? demanda-t-elle en fronçant légèrement son front lisse. Je veux dire le mariage et tout le tralala ? Comment ça se passerait avec un K s'ils ne vieillissent pas comme nous ?

Mia avala une bonne gorgée de son cocktail et se mit à tousser quand il passa dans sa trachée-artère.

— Hum, je ne crois pas que nous en soyons déjà là, dit-elle quand elle eut finalement repris son souffle. Korum avait insisté sur le fait que personne à l'extérieur de Lenkarda n'était censé savoir que son espérance de vie avait changé. C'était lié au mandat de non-ingérence décidé par les Anciens. Mia détestait le fait de ne pas pouvoir en parler, mais elle savait qu'il ne valait mieux pas enfreindre ces règles. Comme Korum le lui avait expliqué, les êtres humains qui en savaient trop perdraient la mémoire et Mia ne voulait pas faire subir ce sort à aucun de ses amis ni à quiconque de sa famille.

— Mais au bout du compte ? insista Jessie. Y as-tu pensé ? Si vous restez ensemble, que se passera-t-il quand tu vieilliras ? Et pouvez-vous avoir des enfants ensemble ?

Mia haussa les épaules.

— Nous verrons bien le moment venu. Elle ne voulait pas parler des enfants maintenant. C'était *le* sujet de conversation qui était garanti de lui faire perdre sa bonne humeur. La différence d'ADN entre les êtres humains et les Krinars était trop grande pour qu'ils aient des enfants biologiques, une réalité logique, mais qui lui faisait trop de peine pour qu'elle ait envie de s'appesantir sur le sujet.

— Quoiqu'il en soit, dit Mia voulant parler d'autre chose. Parle-moi de toi et d'Edgar ? Est-ce que cela devient sérieux entre vous ?

Jessie eut un sourire radieux.

— J'ai fait connaissance avec ses parents la semaine dernière, lui confia-t-elle. Et la semaine prochaine, je l'emmène chez les miens.

— Oh la la, Jessie, c'est super ! Pour autant que Mia le sache, c'était la première fois que son amie présentait un garçon à sa famille. Bien que les parents de Jessie soient aux États-Unis depuis longtemps, ils avaient encore gardé certaines coutumes et certains comportements liés à la culture chinoise. Amener un petit ami à la maison était une décision importante et le petit ami en question devait être prêt à répondre à des questions très précises sur sa carrière et sur ses projets d'avenir.

— Eh oui, dit Jessie d'un air narquois. J'ai prévenu Edgar qu'il serait mis sur le gril, mais il est d'accord.

Tout à coup, Mia sentit quelqu'un lui toucher légèrement le bras.

— Mesdemoiselles, puis-je vous offrir un verre ? demanda une voix d'homme qu'elles ne connaissaient pas, et Mia tourna la tête pour voir un homme séduisant aux cheveux bruns qui avait l'air d'avoir vingt-huit ou vingt-neuf ans.

— Nous sommes avec nos amoureux, dit immédiatement Jessie avec une note d'anxiété dans la voix.

— OK, pas de problème, dit le jeune homme.

Mia regarda Jessie en haussant les sourcils. Contrairement à son habitude, son amie venait de manquer de courtoisie, et elle ne comprenait pas pourquoi. À ce moment-là, elle vit dans quelle direction Jessie regardait. Korum les observait, la mâchoire contractée et les yeux d'un jaune vif. Mia sourit et lui fit signe de la main, elle voulait détendre l'atmosphère. Elle savait qu'il n'aimait pas que quelqu'un de sexe masculin la touche, mais ce garçon avait été inoffensif.

— Il ne va pas de nouveau perdre la tête, si ? Jessie semblait terrifiée.

— Comment ? Bien sûr que non ! dit machinalement Mia, et alors elle se rappela que Korum lui avait parlé d'un d'incident dans un night-club au début de leur relation. Il lui avait raconté que Jessie et elle étaient sorties en boîte toutes les deux et que quelqu'un l'avait embrassée. Étant donné la réaction que venait d'avoir Jessie il avait dû minimiser sa propre réaction à l'époque.

— Hum ! dit Jessie d'un air dubitatif.

— Mais non ! dit Mia avec confiance en regardant Korum droit dans les yeux. Elle savait parfaitement qu'il pouvait l'entendre.

Il la fixa du regard à son tour. Il avait encore d'inquiétantes paillettes d'or dans les yeux, mais un coin de sa bouche se releva et un léger sourire lui apparut sur le visage. Mia continua de le regarder, elle plissa des yeux et le sourire de Korum s'épanouissant, celui qui était seulement très beau devint incroyablement sexy. Puis il se retourna et continua à parler avec Edgar comme si de rien n'était.

— Merde alors ! murmura Jessie en écarquillant les yeux. Tu y es arrivée, Mia, putain, tu as réussi… !

— Réussi quoi ?

— Tu as réussi à apprivoiser un K !

CHAPITRE VINGT

Deux autres semaines passèrent après le voyage à New York. Mia s'aperçut qu'elle adorait sa nouvelle vie… et pensait ne pas retourner finir sa dernière année de faculté.

Elle avait l'impression que Lenkarda ressemblait au paradis. Dans cette région du Costa Rica, l'été était la saison des pluies si bien que les matinées étaient ensoleillées et des pluies tropicales tombaient l'après-midi. Par conséquent, tout devenait verdoyant et luxuriant, les cascades et les rivières sur le point de déborder. Mia passait souvent le matin à explorer les bois des environs et à prendre des photos de la faune sauvage et le reste de la journée au laboratoire avec Adam.

Haron, le spécialiste du cerveau d'Arizona avait accepté de reprendre provisoirement la direction du laboratoire de Saret pour qu'il reste ouvert. Les recherches qui y avaient été menées étaient trop importantes pour se contenter de le fermer. Mia l'avait rencontré pour la première fois pendant leur bref voyage en Arizona et elle n'avait pas l'impression qu'il lui plaisait beaucoup. Elle sentait qu'il la considérait comme un cobaye à cause de ce qui lui était arrivé. Malgré tout, il n'avait pas d'objection à ce qu'elle continue à travailler au laboratoire, et la plupart du temps il la laissait tranquille avec Adam, ce qui convenait parfaitement à Mia.

Au fil du temps, Mia se retrancha de plus en plus dans sa nouvelle vie à Lenkarda. Son amitié avec Delia continua de se renforcer et souvent les deux jeunes filles allaient nager et faire de la plongée ensemble, ce qui soulageait les inquiétudes de leurs deux cherens.

— Au moins, Delia peut appeler au secours le cas échéant et inversement, dit Korum un soir qu'ils étaient au lit. Et elle connaît les endroits à éviter.

Cette surprotection de Korum à son égard exaspérait Mia. Quand elle s'en plaignait à Delia, l'autre jeune fille, qui était tellement plus âgée, celle-ci se mettait à rire.

— Oh, il faut t'y habituer ! Arus est exactement pareil, crois-moi. On pourrait imaginer qu'après avoir vécu plusieurs siècles ensemble il pourrait comprendre que je suis capable de me débrouiller, mais pas du tout. S'il avait le choix, je ne quitterais jamais la maison sans lui.

— Et comment réussis-tu à le supporter ? demanda Mia en examinant ses mains. Elle savait qu'elle y avait un dispositif de localisation et ça lui déplaisait *vraiment* beaucoup. Quand elle avait découvert l'existence du marquage, après avoir demandé à Korum comment il se faisait qu'il eût toujours l'air de savoir où elle était, elle s'était mise en colère et avait exigé qu'il lui enlève ce dispositif. Il avait refusé en lui expliquant qu'il avait besoin de la savoir en sécurité. Et ça s'était terminé par une longue dispute qui s'était conclue au lit. Pour le moment, le dispositif était toujours là, mais Mia avait fermement l'intention de s'en débarrasser dès que possible.

Delia haussa ses frêles épaules.

— Je ne sais pas, dit-elle. Je sais qu'Arus m'aime et qu'il a peur de me perdre. Je suis aussi nécessaire à son existence qu'il l'est à la mienne, et j'essaye d'en tenir compte. Avec le temps, chacun de nous a appris l'importance de faire des compromis, Korum et toi en ferez autant.

Avoir Delia pour amie, c'était comme avoir en même temps un mentor et une confidente. Parfois, la gracieuse Dela avait la sagesse mystérieuse d'un sphinx, mais à d'autres moments elle était comme n'importe quelle jeune femme de l'âge de Mia et se comportait gaiement comme une adolescente. Mia s'aperçut que cet étrange mélange de traits de caractère était fréquent chez les Krinars. Ils vivaient longtemps, mais ils ne se sentaient jamais *vieux*. À dix mille ans, leur corps jouissait de la même santé qu'à vingt, et tout le monde autour d'eux avait la même longévité, si bien que contrairement aux êtres humains qui ont une vie exceptionnellement longue ils n'étaient pas souvent confrontés au deuil.

— Tu sais, tu ne ressembles pas du tout au mythe de l'immortel mélancolique, dit un jour Mia à Korum après qu'ils se soient bien amusés dans la pièce en apesanteur. Tu ne devrais pas plutôt être triste et détester la vie au lieu d'en profiter autant ?

Korum lui sourit en guise de réponse, ses dents blanches étincelaient.

— Comment pourrais-je détester la vie avec toi ? dit-il en la soulevant et en la faisant virevolter dans la pièce.

Quand il la posa au bout d'un moment Mia avait perdu le souffle à force de rire.

— Il faut savoir profiter de la vie, ma chérie, dit-il sans la lâcher, et de manière inattendue, l'expression de son visage était devenue sérieuse. C'est pourquoi je t'aime tant. Je te *savoure*, Mia, tu embellis chaque instant de mon existence. Ton sourire, ton rire, et même ton obstination, me rendent plus heureux que je ne l'aie jamais été avant. Même quand nous ne sommes pas ensemble, penser à toi me rend heureux parce que je sais que tu es là, et que quand je rentre à la maison je peux te tenir dans mes bras, te sentir… Alors ses yeux se mirent à briller. Et te faire l'amour.

Mia le fixa des yeux, ses tétons se raidissaient et sa peau la chatouillait de désir.

— Oui, dit-il d'une voix grave et enrouée, n'oublions pas ce dernier point. J'adore te baiser. J'aime ta manière de gémir quand je suis au plus profond de toi, ta manière de rougir quand tu es excitée… j'aime ton parfum, ton goût. Je veux te déguster comme un dessert…

À ces mots il lui mit la main entre les jambes, son doigt écartant les plis de Mia, il la caressa et comme elle était déjà mouillée, il lui humecta l'ouverture.

— Ton sexe est plus sucré que n'importe quel fruit, murmura-t-il en se mettant à genoux et en soulevant le bas de sa robe, plus délicieux que du chocolat…

Et Mia se mit presque immédiatement à jouir dès qu'il la caressa de sa langue. En gémissant, elle enfouit les doigts dans les cheveux de Korum pour le tenir tandis que sa langue habile l'amenait à l'orgasme et la fit jouir jusqu'à en être toute pantelante.

* * *

— Redis-le-moi, exigea Korum en fixant Ellet des yeux.

— Je crois que j'ai trouvé quelqu'un qui peut annuler la procédure de Saret et rendre la mémoire à Mia, répéta Ellet en croisant ses longues jambes. Ils étaient assis dans le laboratoire d'Ellet, là où Korum avait amené Mia après l'avoir sauvée des griffes de Saret.

— Qui est-ce ?

— Une apprentie très prometteuse du laboratoire de Baranil. Apparemment, elle vient juste de trouver un moyen d'annuler presque toutes les procédures affectant le cerveau. Le secret est bien gardé, c'est la raison pour laquelle on ne l'a pas appris plus tôt. Tu peux en imaginer les implications. Tous ceux qui ont subi une forme de réhabilitation vont vouloir en bénéficier.

— Le laboratoire de Baranil, dit Korum qui regardait fixement Ellet, à Krina.

— Oui.

— Je vois. Korum se leva et fit les cent pas.

— Mais est-ce encore nécessaire ? demanda Ellet en le regardant de ses grands yeux noirs. Mia semble très heureuse telle qu'elle est… et toi aussi. Il y avait un léger accent de regret dans sa voix.

Korum lui jeta un regard dur. Bien qu'ils aient été amants, il n'avait jamais rien senti de plus pour Ellet et il était convaincu qu'il en allait de même pour elle.

Comme pour répondre à sa question tacite, Ellet se mit à sourire.

— Et j'en suis heureuse pour toi, dit-elle d'une voix douce. Vraiment heureuse. Ce qui s'est passé entre toi et moi appartient au passé. C'est seulement que je n'aurais jamais pensé que ce serait une jeune terrienne qui te rendrait aussi heureux.

Korum soupira en se passant la main dans les cheveux.

— Moi non plus Ellet. Crois-moi, pour moi aussi c'est un choc.

— Oh, je te crois, dit Ellet en continuant de sourire. Elle était belle, objectivement Korum était prêt à l'admettre, mais d'une beauté qui le laissait froid. Toutes l'étaient désormais comparées à Mia et aucune ne l'égalait, c'était un autre aspect de son obsession pour sa Charl.

— Pourrais-tu s'il te plait me mettre en contact avec cette apprentie ? demanda Korum, en revenant à leur conversation. J'aimerais lui parler.

Korum laissa Ellet et se dirigea vers son propre laboratoire, là où travaillaient ses ingénieurs. Bien qu'ils puissent tous travailler à distance et ne se rencontrer que dans un environnement virtuel, il y avait quelque chose dans la proximité physique qui stimulait le processus de création et permettait une plus grande cohésion de l'équipe ainsi que des résultats plus innovants pour leurs projets.

Korum entra dans le grand bâtiment de couleur crème et salua Rezay, l'un de ses ingénieurs en chef puis il alla dans son bureau, en général c'était là qu'il travaillait le mieux. La dernière semaine avait été paisible, ses employés avaient eu un moment de détente après la précipitation de mois dernier pour terminer les maquettes des nouveaux boucliers. Normalement, c'était le moment idéal pour que Korum travaille à ses propres projets, mais les deux dernières semaines avaient été loin d'être normales.

Korum s'assura que personne ne pouvait entrer dans son bureau, puis il s'attacha un nodule de réalité virtuelle à la tempe et ferma les yeux. Quand il les rouvrit, il était près d'une grande rivière, entouré des tons vert, rouge et doré qu'il connaissait bien, c'était la végétation de Krina.

Le soleil brillait, il faisait encore plus chaud qu'à l'équateur. Korum sentait ses rayons sur ses bras nus et savourait cette sensation agréable. Il respira profondément et s'emplit les poumons de cet air pur de toute pollution et du parfum entêtant des plantes en fleur.

— C'est bien différent de la Terre, n'est-ce pas ? dit une voix grave venant de sa droite, et Korum tourna la tête pour découvrir Lahur qui était là, à moins de deux mètres de lui. Il ne l'avait pas entendu s'approcher, mais évidemment personne n'égalait la mobilité de Lahur. L'Ancien Krinar était le prédateur parfait, sa rapidité et sa force étaient aussi légendaires que lui.

— Oui, dit Korum. Très différent. S'il y avait quelque chose qu'il avait appris dans sa récente fréquentation des Anciens, c'était l'importance de parler le moins possible.

Lahur, le plus âgé d'entre eux, aimait le silence et semblait mépriser ceux qui parlaient pour ne rien dire.

Le fait même que Lahur parle à Korum était incroyable. Korum connaissait les Anciens, il avait souvent fait appel à eux pour les affaires du Conseil. Mais toutes ses communications précédentes étaient passées par la voie officielle, et les Anciens ne rencontraient presque jamais les Conseillers en personne, que ce soit virtuellement ou dans le monde réel. Si bien que lorsque Korum avait fait appel aux Anciens de la part de Mia quelques semaines auparavant, il n'avait jamais imaginé que sa requête soit prise au sérieux, et encore moins d'obtenir une rencontre virtuelle avec eux.

Une rencontre virtuelle qui avait finalement été suivie de nombreuses entrevues dans les semaines qui suivirent.

Lahur fixait Korum de ses yeux noirs et impénétrables. Comme Korum il avait été conçu naturellement, pas dans un laboratoire, et des traits dissymétriques ressemblaient davantage à ceux des anciens Krinars qu'à ceux d'aujourd'hui.

— Nous avons pris ta requête en considération, dit l'Ancien sans ciller ni quitter Korum des yeux.

Korum ne dit pas un mot et se contenta d'incliner légèrement la tête. Il était essentiel d'être patient. Patient et respectueux.

— Tu souhaites que la famille de ta Charl soit introduite chez nous. Et qu'elle partage notre plus longue espérance de vie.

Korum garda le silence, soutenant le regard de Lahur.

— Nous ne satisferons pas ta requête.

Korum lutta pour cacher sa déception.

— Pourquoi ? demanda-t-il calmement. Il ne s'agit que de quelques êtres humains. Quel mal cela ferait-il de les amener à Lenkarda et de les laisser partager pour de bon la vie de ma Charl ?

Les yeux de Lahur s'assombrirent et devinrent d'un noir d'encre.

— Tu prends leur défense ?

— Non, dit Korum calmement en ne prêtant pas attention à l'accélération de son pouls. Je prends sa défense, la défense de Mia.

Lahur continua de le fixer des yeux.

— Pourquoi ? Pourquoi est-ce que l'une de ces créatures est aussi importante pour toi ?

— Parce que c'est comme ça, dit Korum. Parce qu'elle est tout au monde pour moi. Il savait que ce qu'il venait de faire était l'équivalent de s'offrir en sacrifice à Lahur, mais ça lui était égal. On savait que Mia était son point faible, et essayer de le cacher à un Ancien vieux de dix millions d'années était aussi futile que de se frapper la tête contre le mur.

À l'immense surprise de Korum, un sourire imperceptible effleura les lèvres de Lahur et adoucit la dureté de ses traits.

— Très bien, dit Lahur, tu m'as convaincu, et je te donnerai une chance de convaincre les autres. Amène ces êtres humains ici et laisse-les eux-mêmes présenter leur requête. Il resta un instant silencieux, laissant Korum sous l'effet de ce qu'il venait de dire.

— Et j'aimerais bien rencontrer ta Mia.

CHAPITRE VINGT-ET-UN

— Qu'est-ce qui ne va pas ? demanda Mia quand Korum se tut pour la deuxième fois comme s'il était absorbé dans ses pensées.

Il était tard et ils dînaient sur la plage, une sortie romantique que Korum avait suggérée la veille. Mia s'attendait à quelque chose d'extraordinaire… et elle n'avait pas été déçue. Tout autour d'eux, des centaines de petites lumières flottaient, à mi-chemin entre des étoiles et des lucioles. Le soleil était déjà couché, et ces lumières, accompagnées du nouveau croissant de lune, étaient leur seul éclairage.

Pour le repas, Korum avait préparé des douzaines de petits plats, surtout des canapés. Il y avait de tout, des minuscules sandwiches à la crème d'artichauts qui étaient délicieux à des fruits exotiques auxquels Mia n'avait encore jamais goûté. C'était un banquet de roi. Mia avait tout savouré avec le plus grand plaisir jusqu'à ce qu'elle remarque l'attitude étrangement distraite de Korum.

— Qu'est-ce qui te donne l'impression que quelque chose ne va pas ? demanda-t-il avec un sourire sensuel aux lèvres, mais Mia ne s'y laissa pas prendre. Il était vraiment préoccupé.

— Tu ne crois pas que je le devine quand tu t'inquiètes pour quelque chose ? Mia pencha la tête de côté et regarda fixement son amant. Il pouvait encore être une énigme pour elle, mais de jour en jour elle le connaissait un peu plus.

Il la regarda d'un œil presque… calculateur.

— Tu as raison, ma chérie, dit-il finalement. Il y a quelque chose dont il faut que je te parle.

Mia avala sa salive. La dernière fois que Korum avait dû lui parler de quelque chose, elle avait découvert qu'on avait manipulé son cerveau. Qu'est-ce que ça pouvait bien être cette fois ?

— Ce n'est pas une mauvaise nouvelle, dit Korum qui semblait comprendre pourquoi elle était inquiète. En fait, c'est une bonne nouvelle !

— De quoi s'agit-il ? Mia n'arrivait pas à se débarrasser de son appréhension.

— Nous avons trouvé quelqu'un à Krina qui peut annuler la procédure de Saret., dit Korum en la regardant attentivement. Elle va pouvoir annuler tout ce qu'il t'a fait, y compris l'amnésie.

— Oh mon Dieu… Mia ne savait même pas quoi dire. Mais Korum, c'est incroyable !

Il sourit.

— Oui ! Et il y a autre chose.

— Quoi ?

— Te souviens-tu de ma pétition aux Anciens au sujet de ta famille ?

Mia s'arrêta presque de respirer.

— Pour qu'ils soient immortels, comme moi ?

— Oui.

— Bien sûr que je m'en souviens, dit Mia dont le cœur battait à tout rompre dans sa poitrine dans un mélange violent d'espoir et d'appréhension.

— Il y a une chance qu'ils acceptent.

Cette fois Mia ne put réprimer un cri de joie. Elle se releva en bondissant et se jeta en riant sur Korum qui se releva juste à temps.

— Merci ! Oh, mon Dieu, Korum, merci !

— Attends, ma chérie, dit-il doucement en la repoussant. Ce n'est pas si simple. Il faudra faire quelque chose que tu refuseras peut-être.

Mia le fixa des yeux en perdant un peu de son excitation.

— Quoi ?

— Il faudra aller sur Krina et emmener ta famille avec nous.

* * *

Cette nuit-là, Mia fut incapable de dormir. Elle se réveilla heure après heure, la tête remplie de questions et d'inquiétude. Korum le lui avait expliqué, le voyage à Krina aurait deux objectifs différents : annuler la procédure de Saret et plaider la cause de Mia devant les Anciens.

— Ils veulent te rencontrer, avait-il dit, et Mia était tellement stupéfaite qu'elle avait été réduite au silence.

Elle sentit la chaleur d'un grand corps se presser contre le sien et sortit de sa rêverie.

— Tu t'es encore réveillée, murmura Korum en la prenant dans ses bras. Pourquoi ne dors-tu pas ma chérie ?

— Pourquoi est-ce que les Anciens veulent nous voir ? Mia ne pouvait penser à autre chose. Pourquoi veulent-ils nous voir ? Je croyais qu'ils étaient comme des dieux. En quoi les concernons-nous, ma famille et moi ?

Korum soupira et elle sentit sa poitrine se soulever.

— Ce ne sont pas des dieux. Ce sont des Krinars, comme moi, mais beaucoup, beaucoup plus âgés. Quant à leurs raisons, je les ignore. Contrairement à ce qu'on pouvait attendre, ils ont pris ma pétition au sérieux et ils m'ont rencontré plusieurs fois à ce sujet pour me poser toutes sortes de questions sur toi et sur tes parents.

— Mais ils n'ont pas dit qu'ils donneraient leur accord, n'est-ce pas ? Mia se retourna dans ses bras pour lui faire face.

— Non, dit Korum, la faible lueur de la lune qui traversait le plafond transparent se reflétait dans ses yeux. Non, ils n'ont pas dit ça. Mais Lahur a dit qu'il nous donnerait une chance supplémentaire, et il a laissé entendre qu'il nous soutiendrait.

— Lahur, c'est le plus vieux ?

— Oui, c'est lui qui vit depuis plus de dix millions d'années.

Mia frissonna, elle avait la chair de poule sur les bras.

— Tu as froid ? Korum la serra plus fort et mit la couverture sur eux deux.

— Non, pas vraiment. Le corps nu de Korum était incandescent, il dégageait tant de chaleur que Mia n'avait jamais froid quand elle dormait près de lui. Et dans la maison de Korum, la température était toujours agréable, plus fraîche la nuit, plus chaude le jour. Elle était adaptée pour leur convenir parfaitement. Quand Mia vivait en Floride, elle détestait la climatisation ; l'air froid offrait un contraste trop brutal avec la chaleur extérieure et elle n'aimait pas son intensité. À Lenkarda les structures 'intelligentes' maintenaient l'intérieur des bâtiments à une température parfaite, créant ainsi des microclimats pour chacun.

— Nous ne sommes pas obligés d'y aller, tu sais. Korum caressait doucement le dos de Mia. Nous pouvons rester ici. Tu t'es tellement bien adaptée à tout. Si l'amnésie ne te gêne pas, alors tout peut continuer comme avant…

— Non, dit Mia en se blottissant contre sa poitrine. S'il ne s'agissait que de ça, on pourrait imaginer de rester. Mais c'est mes parents, ma sœur… S'il y a la moindre chance qu'ils puissent vivre plus longtemps, il faut la saisir. Sinon, je ne me le pardonnerais jamais.

— Je sais, ma chérie, dit Korum d'une voix douce. Je sais bien.

— Ne pourrions-nous pas avoir un rendez-vous virtuel avec les Anciens ? Mia recula pour le regarder. C'est comme ça que tu les as rencontrés, n'est-ce pas ?

— Oui, dit Korum. Mais pour eux ce ne serait pas une vraie rencontre. Quand Lahur a dit qu'il voulait te voir, ça voulait dire te voir en personne, dans la vraie vie.

— Il est vieux jeu, non ? dit Mia d'un air narquois.

Korum se mit à rire.

— Voilà la litote du siècle !

Mia se tut, elle pensait de nouveau à leur prochain voyage.

— Et penses-tu que l'on reviendra bientôt ? demanda-t-elle quelques secondes plus tard.

— Je ne sais pas, dit Korum, cela dépendra de la volonté des Anciens.

* * *

Le lendemain Korum regardait Mia sonner à la porte de la maison de ses parents. Il savait qu'elle s'inquiétait sur cet aspect de sa mission : révéler à ses parents que les Krinars avaient une espérance de vie illimitée et les convaincre de venir à Krina.

Aujourd'hui, elle était habillée comme une "Terrienne" et portait un short et un tee-shirt. Korum avait beau aimer la voir en robe, il devait admettre que ce short lui allait à ravir et qu'il mettait ses jolies jambes en valeur. Il devrait peut-être lui demander de s'habiller comme ça plus souvent.

La mère de Mia ouvrit la porte, un grand sourire sur son doux visage rond.

— Mia ! Korum ! Oh, je suis si contente que vous soyez là tous les deux !

Elle embrassa d'abord Mia, puis prit Korum dans ses bras et il sentit son parfum.

Il lui donna un léger baiser sur la joue en souriant et entra dans la maison, suivi des deux femmes. Mocha, le minuscule petit chien que Mia appelait un chihuahua arriva en courant d'une autre pièce en aboyant gaiement et en essayant de sauter sur Korum. Il se pencha pour la caresser et la petite chienne roula immédiatement sur le ventre, visiblement pour s'y faire caresser aussi.

— Oh la la, Korum, elle t'adore ! dit Mia avec émerveillement. Je n'arrive pas à croire qu'elle se comporte comme ça avec toi. D'habitude, elle est très farouche avec les étrangers… Et pour prouver ce qu'elle venait de dire, Mia tendit la main vers la chienne qui se détourna instantanément d'elle et s'enfuit.

Korum sourit. Visiblement, les mignons petits êtres avaient un faible pour lui.

La maison des parents de Mia était très agréable, elle correspondait exactement à la conception que Korum avait d'une maison américaine. On s'y sentait à l'aise, il y régnait une atmosphère confortable, avec des canapés bien rembourrés qui avaient bien vécu et des photos de famille partout. Korum aimait particulièrement regarder celles de Mia quand elle était petite. Elle avait été une jolie petite fille avec de longues boucles et de grands yeux bleus. Durant un instant, ces photos lui donnèrent envie d'avoir une fille lui aussi, elle aurait les traits de Mia, un rêve étrange, douloureux et impossible à réaliser qu'il n'avait encore jamais eu.

Le père de Mia entra dans le salon au moment où ils allaient s'asseoir sur le canapé. Mia se leva d'un bond.

— Papa !

— Oh Mia, ma chérie ! Je suis si content de te voir ! Dan Stalis embrassa sa fille sur la joue.

Korum se leva aussi et tendit la main comme le font les êtres humains.

— Je suis content de vous voir aussi, Korum, dit le père de Mia en lui serrant la main. Il se montra plus réservé qu'avec Mia et Korum savait que Dan se posait encore des questions sur la relation de sa fille avec un extra-terrestre. Korum ne pouvait pas lui en vouloir ; s'il avait été à sa place, il n'aurait pas accepté aussi facilement que quelqu'un vienne lui prendre sa fille.

— Où est Marisa ? demanda Mia quand tout le monde se fut assis de nouveau. Est-ce qu'elle va venir ?

— Oui, elle devrait arriver dans quelques minutes, répondit sa mère encore rayonnant du bonheur d'avoir sa fille à la maison. Mia était radieuse elle aussi. En les regardant, Korum fut plus convaincu que jamais qu'il avait eu raison de contacter les Anciens. Sa charl aurait été très malheureuse de voir ses parents vieillir et disparaître tout en sachant que Korum avait le pouvoir de l'empêcher.

— Puis-je vous offrir du thé ? Ou peut-être des fruits ? demanda Ella à Korum. Avez-vous faim tous les deux ? J'ai fait une délicieuse salade de betteraves hier…

— Non, je vous remercie, dit Korum en accompagnant sa réponse d'un sourire. Nous avons mangé juste avant de venir.

— Je vais faire du thé, dit Mia. Mais ne t'inquiète pas, maman, je m'en occupe. Elle se leva et se dirigea vers la cuisine en laissant Korum avec ses parents.

Ella et Dan Stalis le regardaient d'un air étrange, presque comme s'ils s'attendaient à quelque chose, et tout à coup l'intuition de Korum lui permit de comprendre de quoi il s'agissait. Ils pensaient que Mia et lui allaient se fiancer et ils s'attendaient sans doute à ce qu'il leur demande la permission, selon les anciennes coutumes de la Terre.

De manière inattendue, Korum eut un instant de regret à l'idée de les décevoir. Mia et lui n'étaient pas venus pour ça aujourd'hui, et l'idée ne lui était encore jamais venue. Pour autant qu'il le sache, un Krinar n'avait encore jamais épousé une terrienne ; ça ne se faisait pas, tout simplement. Mais en faisant de Mia sa charl, Korum s'était déjà engagé envers elle, même si elle ne voyait pas forcément les choses de la même manière.

Il fut soulagé d'entendre de nouveau la sonnette de la porte d'entrée, ce moment d'embarras était terminé. Les parents se levèrent et se précipitèrent vers la porte pour faire entrer leur fille aînée et son mari. Mia sortit également de la cuisine, un grand sourire sur le visage.

Korum se leva pour les saluer quand ils arrivèrent au salon. Il embrassa Marisa sur la joue et serra la main de Connor, il était sincèrement heureux de voir le jeune couple. Malgré sa minceur habituelle, la sœur de Mia commençait juste à avoir un petit ventre arrondi et elle semblait rayonnante de bonheur.

Quand elle sentit les lèvres de Korum lui effleurer la joue, Marisa se mit à rougir, sa peau claire était aussi sensible que celle de Mia. Korum réprima un sourire. Il savait que les terriennes le trouvaient séduisant et cela ne lui déplaisait pas de leur faire cet effet. C'était toujours mieux que de les voir se hérisser de peur, ce qui arrivait quelquefois aussi à cause de ce qu'il était.

Connor ne sembla pas agacé par la réaction de sa femme et il continua à sourire aussi calmement qu'avant. Korum ne pouvait pas comprendre qu'il puisse rester aussi placide. Si Mia avait rougi parce qu'elle avait été touchée par un autre, celui-ci n'aurait pas fait long feu. Les hommes étaient vraiment beaucoup plus flegmatiques dans ce domaine ; à l'égard de leurs femmes, certains étaient aussi possessifs que les Krinars, mais ils étaient en minorité.

Ensuite, ce fut au tour de Mia de les saluer et puis tout le monde revint vers le canapé.

— Eh bien ! sœurette, dit Marisa en s'asseyant tandis que son mari approchait une chaise du canapé où elle était, dis-nous ce qui se passe.

Mia respira profondément et Korum lui pressa la main pour l'encourager.

— Je suis immortelle, dit-elle sans le moindre détour. Désormais, je vivrai aussi longtemps que Korum, et vous aussi, si vous venez avec nous à Krina.

Pendant un moment, un silence complet régna dans la pièce. Puis tout le monde se mit à parler en même temps. Dans la cacophonie des voix, il était impossible d'entendre une question précise. Seul, Dan Stalis gardait le silence, il était accoudé sur une table et observait ce qui se passait avec une expression de légère curiosité sur le visage.

— Vous n'êtes pas surpris, dit Korum au père de Mia.

— Non, dit Dan. Pas du tout.

— Pourquoi pas ? demanda Korum.

— Parce que c'est parfaitement logique, répondit Dan Stalis. Sinon, comment Mia et vous pourriez-vous être ensemble ? Elle ne nous a jamais parlé de son avenir avec vous et pourtant elle n'avait jamais de peine quand nous lui en parlions. Comment était-ce possible alors qu'elle vous aime et qu'elle veut être avec vous ? Et d'ailleurs, vous pouvez guérir la migraine avec un seul petit comprimé. Cela ne demande pas un grand effort d'imagination de penser que vous, les Krinars, vous pourriez guérir d'autres maladies, comme le cancer ou les maladies de cœur. Il s'arrêta un instant. Et même peut-être le vieillissement.

Korum sourit, malgré lui il était impressionné par cet homme.

— Dan, tu ne m'en as jamais parlé ! Ella était stupéfaite. Nous avons si souvent parlé de Mia et tu ne m'as jamais fait part de tes soupçons ! Elle éleva la voix à la fin de sa phrase et plissa les yeux en fixant son mari.

— Parce que c'était seulement une supposition, dit Dan pour la calmer. Ella, ma chérie, je ne voulais pas te donner de faux espoirs, je risquais de me tromper.

— Alors maintenant tu es une K ? Marisa regardait sa sœur et l'expression de son visage montrait le choc qu'elle avait reçu. Toi aussi tu bois du sang ?

— Une minute, dit Connor, pourrions-nous d'abord reparler de ceci : nous pouvons tous être immortels si nous allons à Krina ?

Mia ouvrit la bouche pour lui répondre, mais Korum lui pressa de nouveau la main.

— Laisse-moi essayer de l'expliquer, ma chérie, dit-il, et ensuite nous répondrons aux questions que ta famille voudra nous poser.

Tout le monde se tut et le fixa des yeux. Il poursuivit :

— Nous pouvons effectivement guérir le cancer, le vieillissement et tout ce dont souffrent les hommes. C'est grâce à l'insertion de nanocytes, de nanomachines qui imitent la fonction des cellules dans le corps humain. Elles remédient à tous les dégâts subis par les cellules et permettent une cicatrisation rapide des blessures. Elles ne font rien d'autre, il n'y a pas de transformation d'une espèce à l'autre.

Ces nanocytes ont été implantés dans le corps de Mia il y a deux ou trois mois. Et vous avez raison, Dan, c'est le seul moyen de nous permettre d'être ensemble à long terme.

Korum s'arrêta et fit le tour de la pièce du regard.

— La raison pour laquelle Mia ne vous en a pas parlé plus tôt et pour laquelle vous n'en aviez jamais entendu parler, c'est ce que l'on appelle le mandat de non-ingérence. Il a été instauré par nos Anciens. Nous n'avons pas le droit de faire quoi que ce soit qui pourrait altérer d'une manière significative la progression naturelle de l'humanité. C'est aussi la raison pour laquelle nous ne partageons pas avec vous le résultat de nos recherches scientifiques ni nos inventions technologiques. La seule exception à cette règle concerne celles que nous appelons les charls. Ce sont des femmes, comme Mia, avec lesquelles nous avons une relation sérieuse.

— Mais pourquoi ? demanda Connor en fronçant les sourcils. Pourquoi avoir décidé d'appliquer ce mandat ?

— Je l'ignore, admit Korum. Il y a plusieurs théories, et celle qui rencontre le plus de faveurs c'est que les Anciens poursuivent encore leur expérience concernant votre évolution. Ils étaient là pour assister à la naissance de votre espèce et ils veulent voir ce que vous allez devenir avec le moins d'intervention possible de notre part...

— Que voulez-vous dire quand vous parlez de la naissance de notre espèce ? Alors,quel âge ont-ils vos Anciens ? Dan lui avait coupé la parole et regardait Korum.

— Ils sont vieux. Mia avait répondu à sa place. Très vieux. Environ dix millions d'années.

Le père de Mia pâlit à vue d'œil.

— Dix *millions* d'années ?

— Oui, dit Mia. Quand Korum disait qu'ils ont assisté à la naissance de l'humanité, il ne plaisantait pas. En fait, deux d'entre eux ont dirigé notre évolution à cette époque. C'est bien ça ? Elle leva les yeux vers Korum.

— Oui, exactement, confirma-t-il.

— Mais si ce mandat existe, pourquoi nous en parler maintenant ? demanda la mère de Mia qui semblait troublée. Et que disiez-vous avant, vous parliez d'aller à Krina ?

— J'ai envoyé de votre part une pétition aux Anciens, expliqua Korum. Afin que vous puissiez bénéficier du même traitement que Mia. Ils n'ont pas encore donné leur accord, mais ils ont fait une requête très inhabituelle : rencontrer Mia en personne ainsi que sa famille.

— Les Anciens veulent *nous* voir ? Ella Stalis semblait sur le point de s'évanouir.

— Oui, dit Korum. Ils veulent vous voir en personne, vous et Mia.

— Mais pourquoi ? C'était de nouveau Dan.

— Je l'ignore, dit franchement Korum. J'aimerais bien pouvoir vous le dire.

— Soyons clairs… Ils veulent qu'on aille sur Krina, mais ils ne nous garantissent pas de nous donner ces nanocytes ? demanda Connor en fronçant davantage les sourcils. Ils nous demandent de laisser notre vie derrière nous alors qu'il n'y a qu'une faible chance de les obtenir ?

— Oui. Korum n'essayait même pas de dorer la pilule.

— Et qu'arriverait-il si vous désobéissez aux Anciens, demanda Marisa en se tordant les mains. Si vous enfreigniez le mandat de non-ingérence ?

— Cela dépend, dit Korum. S'il s'agit d'une infraction minime, on perd son standing, c'est l'équivalent de notre réputation, et souvent il y a des amendes et d'autres pénalités. Si c'est plus grave, alors c'est considéré comme un crime, au même titre que le meurtre.

— Ah bon ! murmura Marisa.

— Pour résumer, dit Dan Stalis, vous nous donnez la possibilité d'avoir une espérance de vie illimitée, mais seulement si nous vous accompagnons dans une autre planète.

— C'est ça.

— Et qu'arrivera-t-il si nous refusons ? demanda Connor, l'air têtu. Qu'arrivera-t-il si nous refusons de nous déraciner pour aller dans l'espace ?

Korum haussa les épaules. En vérité, il ne savait pas ce qui se passerait si la famille de Mia décidait de refuser l'invitation des Anciens. Normalement, si les hommes découvraient quelque chose qu'ils n'auraient pas dû savoir, ils subissaient une amnésie partielle. Mais la situation était différente, et il ignorait quelles règles s'appliqueraient dans ce cas.

— Non, Connor, tu ne peux pas refuser, dit Mia en jetant un regard désapprobateur à son beau-frère. Tu ne comprends donc pas ? Si les Anciens acceptent notre requête, cela voudra dire que Marisa et toi, et votre bébé, vous vivrez des milliers d'années. Comment refuser une chose pareille ? Et vous, maman et papa, vous retrouverez votre jeunesse ; ça serait absolument extraordinaire ! Elle jeta un regard suppliant autour d'elle. Je vous en prie, je ne veux pas vous voir tous mourir parce que vous avez peur. Korum vous offre l'occasion d'être immortels. Comment pourriez-vous la refuser ?

CHAPITRE VINGT-DEUX

À cause des préparatifs de départ, les deux semaines suivantes furent un véritable tourbillon d'activités. Les parents de Mia ainsi que Marisa et Connor devaient demander un congé à leurs employeurs et mettre leurs finances en ordre. C'était Connor qui semblait hésiter le plus, mais Marisa réussit à le convaincre qu'ils devaient partir, ne serait-ce que pour leur bébé. Après en avoir beaucoup discuté, on décida que si les Anciens ne leur accordaient pas l'immortalité, ils reprendraient leur vie comme avant après avoir d'abord signé leur accord de ne rien révéler de confidentiel sur les Ks. Mais si la pétition réussissait, ils s'installeraient à Lenkarda qui serait leur nouvelle demeure comme c'était déjà le cas de Mia.

Pour minimiser les inquiétudes concernant Marisa et un tel voyage pendant sa grossesse, Mia parla à Ellet et lui demanda d'examiner Marisa une dernière fois.

— Elle est en parfaite santé, dit Ellet en les rassurant, et un voyage dans l'espace aussi banal que celui-là ne devrait pas poser de problème. Évidemment, si elle partait explorer de nouvelles galaxies je serais inquiète, mais un simple trajet entre la Terre et Krina est très sûr de nos jours.

Mia appela Jessie et lui expliqua qu'elle s'absentait un moment et qu'elle ne reviendrait pas pour la rentrée universitaire. Jessie n'en fut nullement surprise, mais elle se mit à pleurer quand Mia lui dit qu'elle ne savait pas quand elle reviendrait. Comme elle ne pouvait donner à Jessie les véritables raisons de ce voyage, elle lui laissa entendre qu'il s'agissait d'un voyage d'affaires de Korum.

— Est-ce que Jessie peut venir aussi ? demanda Mia après cette conversation qui lui brisa le cœur. Je sais que tu as dit 'Seulement ta famille,' mais pour moi elle fait vraiment partie de la famille…

— Non, ma chérie, dit Korum avec regret. Les Anciens ont rechigné quand ils ont appris que Connor venait aussi. J'ai eu beaucoup de mal à les convaincre qu'un beau-frère est l'équivalent d'un véritable frère. Si les parents de Connor avaient encore été en vie, je ne crois pas que ça aurait marché, il y aurait eu trop d'êtres humains demandant une exception.

Mia avala sa salive. Elle n'avait pas réalisé qu'elle avait presque failli perdre sa sœur. C'était bien la première fois que le fait que Connor soit seul au monde était un avantage. Mia avait toujours plaint son beau-frère parce que sa mère qui l'avait élevé seule était décédée d'un cancer sept ans plus tôt… mais maintenant cette situation permettait à la famille de Mia de rester ensemble.

Adam prépara tout un dossier et confia aussi à Mia des enregistrements à apporter au laboratoire du cerveau de Krina.

— N'oublie pas de le donner à cette apprentie, dit-il à Mia. Cela comprend tout ce que j'ai pu trouver dans les dossiers de Saret concernant l'amnésie et l'adoucissement. Ce n'est pas grand-chose, il avait dû effacer l'essentiel des données à l'avance, mais ça pourra éventuellement les aider à comprendre ce qui t'est arrivé.

— Merci, Adam ! Mia sourit au K. C'était génial de t'avoir comme collègue.

Adam sourit, ses dents blanches étincelaient.

— Et toi aussi, chère collègue ! Envoie-moi un message quand vous arriverez et que vous serez installés ; j'aimerais bien savoir comment se passera votre réunion avec les Anciens.

— Bien sûr ! dit Mia. Elle savait qu'Adam avait une très bonne raison de vouloir connaître le résultat de la pétition de Korum : ceux qui l'avaient adopté étaient des terriens ainsi que la mystérieuse petite amie dont il ne parlait jamais.

* * *

— Saret sera aussi du voyage, dit Korum à Mia tandis qu'ils se promenaient sur la plage la veille au soir de leur départ. Le Conseil veut qu'il retourne sur Krina pour que les Anciens eux-mêmes puissent le juger.

En se souvenant de sa peur, Mia eut l'estomac noué. De temps en temps, elle avait encore des cauchemars où elle revoyait le combat dans l'Arène, des rêves terrifiants où Korum ne remportait pas la victoire. Saret avait bien failli tuer son amant et elle ne pourrait jamais oublier la douleur de ces moments où elle avait cru avoir perdu Korum.

Comme s'il lisait dans ses pensées, Korum lui dit :

— Tu n'as rien à craindre, ma chérie. Il sera enfermé pendant tout le voyage.

— Et le voyage ne durera pas plus de quinze jours, n'est-ce pas ? demanda Mia.

— Non, confirma Korum. Ce qui prendra le plus de temps ce sera de s'éloigner de la Terre. Son système solaire est très encombré et nous devrons nous assurer que rien ne viendra gêner la capacité de déformation de notre vaisseau spatial.

Mia se mit à rire et oublia complètement Saret pour le moment.

— La capacité de déformation ? C'est comme ce qui déforme l'espace-temps dans nos romans de science-fiction et permet d'aller plus vite que la lumière ?

— Oui, dit Korum. C'est très comparable. Cela déforme l'espace-temps et nous permet de voyager presque instantanément d'un point à l'autre de l'univers.

— Et comment ça fonctionne ? demanda Mia qui était fascinée. Elle n'avait jamais été très douée en physique, mais elle savait quand même que d'étranges phénomènes se produisaient vers la vitesse de la lumière et que jusqu'à l'arrivée des Ks, on pensait qu'il n'était pas possible d'aller plus vite qu'elle. Korum sourit, il était visiblement content de voir que ça l'intéressait.

— Je ne peux pas l'expliquer sans faire appel à des calculs complexes, mais je peux t'en donner une idée approximative, dit-il. En gros, notre vaisseau produira une immense bulle d'énergie qui provoquera une contraction de l'espace-temps devant lui et une expansion derrière. C'est ce qui nous propulsera d'un endroit à l'autre, ce mouvement de poussée et de traction de l'espace-temps lui-même. À aucun moment, nous n'aurons besoin d'atteindre la vitesse de la lumière, nous la contournerons complètement.

— Mais ça doit demander énormément d'énergie ? Qu'est-ce qu'on utilisera comme source d'énergie ?

— Eh bien, la bulle d'énergie qui entoure le vaisseau utilise une combinaison d'énergie positive et d'énergie négative, dit Korum. Nos savants commencent tout juste à explorer l'énergie négative. Eh oui, tu as absolument raison, déformer l'espace-temps demande une extraordinaire quantité d'énergie. Heureusement, nous en avons en abondance. Et, nous utilisons aussi l'antimatière, c'est ce qui fait avancer le vaisseau quand il n'est pas en mode de déformation.

Mia écarquilla les yeux.

— L'antimatière ?

— C'est la source d'énergie la plus puissante qui soit, expliqua Korum.

Mia se tut et pensa à la portée de ce qu'elle était sur le point de faire. Le lendemain, elle quitterait la Terre pour une durée encore indéterminée, avec un amant qui n'était même pas un homme. Et elle mettait le sort de toute sa famille entre ses mains.

Cette pensée aurait dû la terrifier, mais étrangement ce n'était pas le cas. Au contraire, elle était si excitée qu'elle en avait presque le tournis. Une occasion comme celle-ci était rarissime. Aller sur une autre planète, voir Krina, l'origine même de la vie, et rencontrer les Anciens Krinars… C'était encore quelque chose qui la laissait abasourdie. Elle, une jeune terrienne ordinaire allait rencontrer les véritables créateurs de l'humanité.

C'était assez pour faire tourner la tête de n'importe qui.

* * *

Le lendemain matin, ils s'envolèrent pour la Floride pour prendre au passage la famille de Mia, ils voyagèrent dans une nacelle plus grande que d'habitude que Korum avait fabriquée spécialement pour cet usage. Tout le monde était déjà rassemblé chez les parents de Mia, leurs bagages étaient faits et tout était prêt. Korum avait beau leur avoir expliqué qu'ils n'avaient pas besoin d'emporter grand-chose, ils avaient insisté pour prendre leurs propres vêtements et d'autres choses qu'ils considéraient comme indispensables.

Cette fois-ci, Korum atterrit dans la rue en face de la maison des Stalis. Mia lui avait expliqué que ses parents avaient déjà parlé à leurs voisins du voyage qu'ils allaient faire (mais pas de sa raison) et personne ne serait trop surpris de voir un vaisseau extra-terrestre atterrir dans leur quartier tranquille.

En sortant de la nacelle, Korum et Mia se dirigèrent vers la porte et sonnèrent. Tout autour d'eux, les gens sortaient peu à peu de leur maison, poussée par leur curiosité à propos des liens que leurs voisins avaient avec des extra-terrestres. Korum pouvait entendre leurs chuchotements, leurs petits rires et leurs petits cris d'excitation et de peur. Un couple plus âgé qui habitait à quelques maisons de là avait appelé ses enfants au téléphone et se plaignait que le 'dangereux K' était revenu à Ormond Beach. Ils pensaient sans doute qu'il ne pouvait pas les entendre sans réaliser à quel point les Krinars avaient l'ouïe fine.

Rien de tout cela ne dérangeait Korum. Autrefois, il avait essayé d'être courtois et de veiller à ce que sa présence dans cette petite ville n'attire pas trop l'attention sur la famille de sa charl. Mais maintenant, cela n'avait plus d'importance. Si les Anciens acceptaient leur requête, les proches de Mia ne retrouveraient jamais leur vie d'avant.

Marisa ouvrit la porte et les fit entrer.

— Salut ! s'exclama-t-elle gaiement. Entrez ! Nous sommes pratiquement prêts.

— Super ! En entrant dans la maison, Mia avait un grand sourire. Tu es tout excitée ? En tout cas, moi, oui !

— Oh mon Dieu ! Est-ce que je suis excitée ? Tu plaisantes ? Je n'ai pas dormi depuis deux nuits…

Korum sourit et suivit les deux sœurs qui continuèrent à bavarder jusqu'à la cuisine. Les parents de Mia y étaient avec Connor et prenaient leur petit déjeuner.

— Korum ! s'exclama Ella dont les yeux se mirent à briller. Allez-vous vous joindre à nous ? J'ai préparé des galettes aux pommes de terre et il y a de la confiture de fraises maison.

— Volontiers, dit Korum qui s'attabla avec eux. J'aimerais bien des galettes. Mia et lui avaient mangé une heure plus tôt, mais il était curieux de goûter ce plat dont Mia lui avait dit que c'était la spécialité de sa mère.

À ce moment, Mia vint derrière sa chaise, l'embrassa sur la joue et ses cheveux chatouillèrent le cou de Korum.

— Tu as déjà faim ? lui dit-elle pour le taquiner tout en lui massant les épaules. Cette preuve spontanée d'affection lui donna envie de la prendre dans ses bras. Il n'avait pas deviné à quel point il avait besoin qu'elle le fasse avant qu'elle se mette à le caresser ainsi depuis quelques semaines. Avant, c'était presque toujours lui qui prenait l'initiative pour faire l'amour avec elle ou simplement lui donner une petite caresse.

Évidemment chaque fois qu'il la sentait si près de lui il avait une érection, mais cet inconfort en valait la peine. Korum bougea sur son siège et releva légèrement le genou au cas où l'un de ses compagnons jette un coup d'œil sous la table.

— Et toi, Mia, ma chérie ? demanda sa mère. Tu en veux aussi ?

— Oui, avec plaisir, merci maman. Mia laissa les épaules de Korum et s'assit sur une chaise à côté de lui. Korum tendit la main et prit la sienne, il avait envie de davantage de caresses.

— Oh, les amoureux ! dit Connor en mangeant une galette. Regarde-les, ces deux-là, Marisa !

— Ferme-la, Connor, dit sa femme en traversant la cuisine pour faire bouillir de l'eau. Contrairement à nous, ce n'est pas un vieux couple marié. Mais elle avait un grand sourire en le disant et Korum savait qu'elle plaisantait. D'après ce qu'il avait pu voir, Marisa et son mari étaient très affectueux l'un envers l'autre.

Les taquineries de Connor ne déplaisaient pas à Korum ; il aimait Mia et il n'avait pas l'intention de cacher ses sentiments à sa famille. Ils pouvaient voir à quel point il tenait à elle. Après tout, ils lui faisaient suffisamment confiance pour laisser toute leur vie derrière eux.

Il espérait que les Anciens ne leur refuseraient pas les nanocytes. Il ne supporterait pas l'idée de décevoir la famille de Mia et Mia elle-même. D'une certaine manière, imperceptiblement, Korum s'était attaché à eux. Depuis une quinzaine de jours, il avait passé beaucoup de temps avec chacun d'entre eux pour répondre à leurs questions sur Krina et sur ce à quoi s'attendre pendant le voyage et il s'était aperçu qu'il les aimait bien et que c'était sincère de sa part. Il retrouvait des aspects de Mia chez son père, sa mère et sa sœur et souvent Connor le faisait rire. Si l'on avait dit à Korum quelques mois auparavant qu'il réagirait comme ça avec des terriens, il se serait mis à rire. Mais depuis qu'il avait rencontré Mia, plus rien ne se passait comme prévu dans sa vie.

Ella Stallis apporta les galettes et servit tout le monde. Quand il eut goûté ce qu'il avait dans son assiette Korum s'empressa de la complimenter pour sa cuisine, il adorait cette combinaison du sucré (la confiture) et du salé (les pommes de terre). Elle rayonnait, visiblement ravie. À ce moment, Korum s'aperçut qu'elle avait dû être une beauté dans sa jeunesse, et qu'elle le redeviendrait après l'implantation des nanocytes.

Finalement, tout avait été mangé et débarrassé. Korum donna un coup de main et remplit le lave-vaisselle. Il s'était toujours intéressé aux appareils ménagers des êtres humains ; ils étaient si rudimentaires et si peu attrayants, mais la plupart du temps, ils faisaient ce qu'on attendait d'eux.

Au même moment, un minuscule petit chien sortit en courant de l'une des pièces en aboyant et sauta à nouveau sur Korum. Avant qu'il n'ait le temps de faire quoi que ce soit, Marisa le prit dans ses bras.

— Mocha ! gronda-t-elle. Puis elle se tourna vers Korum en souriant en guise d'excuse. Désolée ! Nous l'avions enfermée dans la chambre pour qu'elle ne nous dérange pas pendant que nous faisions les bagages, mais elle a dû réussir à sortir…

— Je t'en prie, ça n'a pas d'importance, lui assura Korum. Puis, il pensa tout à coup à quelque chose. Qu'est-ce que vous allez en faire en partant ?

Marisa le fixa des yeux.

— Elle vient avec nous, évidemment.

Korum cligna des yeux.

— Je vois.

— Cela ne pose pas de problèmes, n'est-ce pas? demanda Marisa d'un ton anxieux. Je sais que mes parents mourraient de chagrin s'ils étaient séparés d'elle…

— Non, cela n'en pose pas, dit Korum. C'était inattendu, mais ça n'était pas insurmontable. Il aurait dû se douter qu'ils voudraient l'emmener ; les hommes s'attachent d'une manière étrange à leurs animaux de compagnie. Il lui faudrait faire quelques transformations de dernière minute au vaisseau spatial pour permettre au chien de voyager, mais ce serait minime.

Vingt minutes plus tard, tout le monde était prêt à partir. Korum apporta cinq grosses valises dehors et les mit dans le vaisseau en faisant comme s'il ne voyait pas les voisins qui le fixaient d'un œil curieux.

— Faites attention, elles sont lourdes, lui recommanda Dan Stalis, et Korum réprima un sourire. Le père de Mia n'avait visiblement pas compris à quel point les Krinars et les hommes étaient physiquement différents. Pour Korum les valises ne pesaient pas davantage que son petit sac à main ne pesait à Ella. Mais la sollicitude de Dan était vraiment touchante.

Quand ils furent tous à bord du vaisseau, Mia s'assura qu'ils étaient confortablement assis sur les sièges flottants. Sa mère tenait le chien sur ses genoux et la manière éperdue dont elle se cramponnait à lui trahissait sa nervosité.

— Au revoir, Ormond Beach ! Au revoir la Terre ! murmura la sœur de Mia quand le vaisseau décolla les emmenant bien haut, au-delà de l'atmosphère terrestre, là où le grand vaisseau spatial les attendait pour commencer leur voyage interplanétaire.

CHAPITRE VINGT-TROIS

Pendant que leur vaisseau s'élevait dans le ciel, Mia regardait vers le bas diminuer les bâtiments et les principaux monuments. Les parois transparentes de la nacelle et son sol permettaient de voir à 360° et le spectacle était extraordinaire. En quelques secondes, leur vaisseau fut au-dessus des nuages et la lumière éblouissante du soleil envahit la cabine ce qui fit cligner des yeux à Mia jusqu'à ce que Korum fasse quelque chose pour atténuer son effet.

— Oh la la, murmura Marisa, faisant écho à ce que ressentait Mia, c'est différent d'un voyage en avion…

— Notre vitesse est beaucoup plus grande que celle de vos avions, expliqua Korum. Encore quelques minutes, et nous serons parvenus à notre destination, juste en dehors de l'atmosphère terrestre.

Mia tendit la main et lui serra la sienne. Elle était si excitée et dans un tel état de trépidation que son cœur battait à tout rompre et elle pouvait facilement imaginer ce que ressentaient les autres voyageurs. Son père avait légèrement pâli et sa mère tenait Mocha si serré contre elle que le petit chien se tortillait dans ses bras. Même Connor était inhabituellement silencieux, il semblait très impressionné.

— Tout va bien se passer, ma chérie, dit Korum en se penchant pour lui embrasser la tempe. Tout ira bien.

— Je sais, dit Mia à voix basse. Mais c'est incroyable, voilà tout.

Il sourit, ce qui fit apparaître sa petite fossette sexy sur la joue gauche. Elle le rendait encore plus beau que d'habitude et Mia aurait éperdument désiré qu'ils soient seuls maintenant au lieu d'être entourés de toute sa famille.

Comme s'il lisait dans ses pensées, Korum lui murmura :

— Plus tard… et Mia se sentit rougir. Le sourire de Korum se transforma de façon suggestive et Mia fronça les sourcils :

— Pas devant mes parents, murmura-t-elle et il sourit de plus belle.

Bien décidée à ne pas rougir à cause de lui, Mia regarda en bas à l'extérieur du vaisseau, elle avait du mal à contenir son excitation tandis qu'ils s'éloignaient de plus en plus de la Terre. Quand elle était petite, elle avait rêvé d'être astronaute, d'aller dans les étoiles et d'explorer de lointaines galaxies. Comme pour la plupart des enfants, ça lui avait passé en grandissant et elle avait finalement choisi un métier qui lui convenait mieux. Mais maintenant, elle avait l'occasion de réaliser ce lointain rêve d'enfant et c'était tellement extraordinaire. Bientôt, ils furent si loin qu'elle put voir la Terre entière, une belle planète bleue qui semblait bien trop petite pour abriter des milliards d'habitants. En la regardant, Mia ne put s'empêcher de comprendre à quel point toute l'humanité était vulnérable en liant son sort à cette seule planète qui semblait si fragile dans l'immensité de l'espace.

— À quoi penses-tu ? demanda Korum, se rapprochant d'elle pour lui caresser le genou.

— Je pensais qu'il était compréhensible que les Krinars veuillent trouver de nouvelles alternatives, dit Mia. Je comprends mieux pourquoi vous ne voulez pas limiter vos espérances de survie à une seule planète. La nôtre a l'air si fragile vue d'ici…

— Oui, c'est vrai, n'est-ce pas ? La main de Korum se resserra sur le genou de Mia. Quand elle leva les yeux vers lui, il la regardait avec une expression étrange sur le visage. Mais avant qu'elle puisse lui demander ce qui se passait, elle entendit sa mère s'exclamer :

— Oh la la Korum ! s'exclama soudain Mia Stalis, est-ce votre vaisseau spatial ?

Mia releva les yeux. Ils s'approchaient de quelque chose qui ressemblait à un gros obus. Il était de couleur sombre, étonnamment simple d'aspect, complètement différent de tous les vaisseaux spatiaux qu'elle avait vus dans des films de science-fiction.

— C'est lui ? demanda-t-elle en essayant de cacher la déception qu'elle éprouvait. Les nacelles de transport Krinar semblaient plus sophistiquées et plus innovantes que ce vaisseau qui était censé aller plus vite que la lumière.

— Le voici, dit Korum en souriant. Il ne ressemble pas à ce qu'imaginent les hommes, n'est-ce pas ?

— Non, pas du tout, dit Connor qui ouvrait la bouche pour la première fois depuis que la nacelle avait décollé. Mais comment dix mille Krinars ont-ils pu y tenir ? Il a l'air si petit…

— Oh, ce n'est pas le vaisseau qui nous a amenés sur Terre, expliqua Korum. Vous avez raison ; il était beaucoup plus grand que celui-ci. J'ai construit ce vaisseau spécialement pour notre voyage. Nous ne sommes que soixante-dix à aller à Krina aujourd'hui ; il était inutile de prendre un plus grand vaisseau pour si peu de voyageurs.

— Vous en êtes capable ? demanda le père de Mia., vous pouvez aussi facilement fabriquer un vaisseau qui peut aller dans une autre galaxie ?

— Oui, Korum en est capable, dit Mia qui comprenait le trouble de son père. Mais ce n'est pas le cas de tous les Krinars. C'est lui qui est à l'origine de sa conception. C'est bien vrai, n'est-ce pas ?

— Oui, c'est vrai, confirma son amant. C'est moi qui ai conçu celui-ci. Évidemment, nous avions déjà des vaisseaux pouvant aller plus vite que la lumière, mais voici ceux de la dernière génération. Ils sont plus sûrs et plus faciles à diriger.

— Je vois, dit Dan en regardant Korum avec un mélange de stupéfaction et de respect. On lisait les mêmes émotions sur le visage d'Ella. Visiblement, les parents de Mia venaient seulement de réaliser de quelles prouesses technologiques Korum était capable.

Quand la nacelle s'approcha du vaisseau, un de ses côtés se désintégra pour les laisser entrer. Comme toutes les maisons Krinars étaient équipées de la même technologie pour y entrer elle ne broncha pas en le voyant. Mais sa famille fut très impressionnée.

— Comment marche cette technologie 'intelligente' ? demanda Marisa. Ce sont les murs eux-mêmes qui sont capables de penser ?

— Non, dit Korum. Il ne s'agit pas d'intelligence artificielle au véritable sens du terme. Ils n'ont pas de conscience propre. Quand je parle de 'technologie intelligente' ce que je veux vraiment dire c'est qu'un objet est capable de remplir certaines fonctions d'une manière qui imite les capacités d'un être intelligent. Par exemple, ma maison peut préparer les repas, maintenir une température qui nous convient, empêcher les intrus d'entrer, et faire le ménage. Elle accomplit ces tâches aussi bien qu'un être humain ou un Krinar, mais on ne peut pas vraiment parler avec elle.

— C'est vraiment super, dit Connor. Est-ce que les Krinars ont des robots avec lesquels on *peut* parler ?

Korum sourit avec indulgence.

— Oui, ils étaient en vogue, il y a encore quelques millénaires et puis ils se sont démodés. Aujourd'hui, on les utilise surtout comme jouets pour les enfants, bien que certains adultes les apprécient aussi.

Avant que Connor n'ait le temps de poser d'autres questions, leur nacelle se posa sur le sol du vaisseau en atterrissant doucement. Marisa se mit à applaudir :

— Bravo ! C'était le voyage le plus agréable possible.

Korum se mit à rire et se leva de son siège.

— Nous y sommes, dit-il. C'est là que vous allez demeurer jusqu'à ce que nous parvenions à destination.

Quand ils débarquèrent, Korum leur fit visiter le vaisseau spatial. Malgré son apparence modeste vue de l'extérieur, la partie intérieure du vaisseau était aussi belle qu'une maison Krinar. Des couleurs claires, des meubles flottants, des plantes exotiques, il avait tout ce auquel Mia était habituée à Lenkarda et elle s'y sentit tout de suite chez elle.

Les parents de Mia étaient extrêmement impressionnés.

— Korum, c'est vraiment ravissant, répétait sans cesse la mère de Mia. Et quelle vue ! Quelle vue, mon Dieu !

Effectivement, la vue était splendide. De l'intérieur, les parois du vaisseau étaient transparentes, exactement comme dans la plupart des bâtiments Krinars, et il y avait de nombreux endroits pour observer l'espace dans toute sa splendeur. Sans l'interférence de l'atmosphère, tout était plus net, plus clair, et les étoiles brillaient bien plus que lorsque Mia les admirait de la Terre.

Korum avait préparé un appartement spécialement destiné à la famille de Mia, il était identique à l'intérieur de leur maison.

— J'espère que ça vous plaira, leur dit-il. Sinon je pourrais le modifier selon vos désirs.

— Oh non ! c'est parfait, dit le père de Mia en s'asseyant sur l'un des canapés bien rembourrés. Je dois vous avouer que tous ces trucs flottants m'intimident un peu.

— Bon, je suis content que ça vous plaise ! Korum sourit et Mia aurait voulu l'embrasser pour avoir été aussi attentionné. J'ai aussi fait un endroit spécial pour Mocha, elle pourra y gambader et y faire ses besoins.

Les quelques Ks qu'ils rencontrèrent pendant cette visite furent amicaux avec la famille de Mia, Korum les avait prévenus de leur présence. Bien sûr, tous les dévisagèrent, mais Mia y était déjà habituée. Deux membres féminines de l'équipage Krinar semblèrent particulièrement intriguées par le petit chien que la maman de Mia insistait pour emmener partout avec elle.

— Il est si mignon ! s'exclama l'une d'elles. Oh, je n'en avais jamais vu d'aussi près !

Confrontée à tant d'attention, la petite chienne fit preuve de patience, mais Mia savait qu'elle n'était pas ravie. Visiblement, Korum était le seul K que Mocha aimait bien.

Après la visite, la famille de Mia décida d'aller se reposer. Marisa était particulièrement fatiguée, épuisée par toute cette excitation.

— C'est l'heure de la sieste, dit Connor en souriant à sa femme, et elle hocha la tête en étouffant un bâillement.

Mia et Korum se retrouvèrent enfin seuls.

* * *

— Enfin seuls, dit Mia en souriant à Korum. Ils venaient juste d'entrer dans leur propre appartement qui avait un grand lit circulaire comme chez Korum.

— Effectivement ! Ses yeux commencèrent à briller de cette lueur d'or que Mia connaissait bien.

Elle soutint son regard et glissa les doigts sous les bretelles de sa robe d'été en faisant exprès de prendre son temps, puis elle les fit tomber sur ses épaules.

— Oh la la ! murmura-t-elle, je n'arrive pas à l'enlever, il va peut-être falloir que tu m'aides…

Korum gonfla les narines et elle put voir ses muscles se contracter.

— Viens ici, gronda-t-il.

Mia secoua la tête.

— Non, c'est toi qui vas venir. Elle savait exactement ce qu'elle voulait, et cette fois ce ne serait pas Korum qui mènerait le jeu.

Il plissa les yeux. Il avait l'air dangereux désormais, comme un prédateur sauvage qu'on ne peut pas contrôler et le cœur de Mia se mit à battre plus fort, elle frissonnait de plaisir à l'idée de ce qu'elle essayait de faire.

— Viens ! répéta-t-elle, en lui faisant signe du doigt.

Il vint vers elle. Ou plutôt il bondit presque d'un bout à l'autre de la pièce. En une seconde, il fut à ses côtés et son grand corps musclé et intimidant la pressait contre le mur.

— Tu as besoin que je t'aide à enlever cette robe, c'est ça ?

Il tira sur les fines bretelles et le tissu léger tomba presque en lambeaux dans ses mains.

— Oui, murmura Mia en le regardant. J'ai besoin de toi. Mais fais attention. Et quand tu me l'auras enlevée, je veux que tu te déshabilles pour *me* faire plaisir.

Les yeux de Korum devinrent presque jaunes.

— Vraiment ?

— Oui, vraiment, dit Mia. Et ensuite, je veux que tu te couches sur le lit. Son cœur battait si fort qu'elle avait l'impression qu'il allait éclater et elle fondait de désir. Elle avait terriblement envie de lui… mais selon ses propres désirs.

Elle crut un instant qu'il n'obéirait pas, puis il recula d'un pas.

— D'accord, dit-il d'une voix inhabituellement brutale. Retourne-toi !

Mia réprima un sourire triomphant et fit ce qu'il lui demandait. Elle portait une robe comme celles que les femmes aimaient sur Terre, avec une fermeture éclair dans le dos et les doigts de Korum brûlèrent sa peau nue quand il l'ouvrit jusqu'en bas. Dès qu'il eut fini, Mia fit un pas de côté et laissa la robe tomber par terre. Dessous elle portait un minuscule string bleu qu'elle avait mis exprès le matin en pensant à Korum.

Il avala sa respiration.

— Mia… tu es une petite coquine…

Elle haussa les sourcils.

— Ça ne te plait pas ? Elle virevolta en feignant de ne pas voir le regard incandescent qu'il posait sur elle.

Un muscle de sa mâchoire palpitait.

— Tu veux me mettre à la torture ?

— Je ne sais pas, ronronna Mia. Je te torture ? Elle lui tourna le dos, se pencha et fit lentement descendre le string comme elle l'avait vu faire au cinéma. Puis elle l'enjamba. Quand elle se retourna vers lui il avait presque l'air d'un animal sauvage avec ses yeux étincelants et ses poings serrés.

— À ton tour, dit Mia en le regardant d'un air fasciné. Allait-il perdre le contrôle de lui-même et la prendre tout de suite ? Elle adorait le mettre dans cet état, quand il la désirait au point d'en perdre la tête. Elle n'avait pas peur de cette passion sauvage, au contraire cela intensifiait encore son propre désir.

Il respira profondément à plusieurs reprises et elle vit qu'il ouvrait lentement les mains. Puis, tout en continuant à la regarder avec des yeux brûlants, il enleva son tee-shirt et ouvrit son jean qu'il fit descendre le long de ses hanches. Il ne portait pas de slip et il était déjà en pleine érection, sa verge jaillit violemment.

En la voyant, Mia sentit sa gorge devenir sèche. Son amant était la personnification de la beauté virile. Chaque muscle de son corps vigoureux était parfaitement sculpté et la douceur de sa peau dorée n'était atténuée que par quelques touffes de poils noirs ici ou là. Elle voulait lui sauter dessus et le lécher partout.

— Couche-toi sur le lit ! parvint-elle à dire, la voix lourde de désir.

Il fit ce qu'elle lui demandait, mais elle pouvait voir qu'il ne réussirait pas longtemps à se contrôler. Tout à coup, elle eut une idée.

— Mon fabricateur, s'il te plait ! dit-elle à voix haute en sachant que le vaisseau 'intelligent' comprendrait ce qu'elle voulait. Effectivement, quelques secondes plus tard l'une des parois se désintégra et le cadeau que Korum lui avait fait arriva directement en planant dans les mains.

— Qu'est-ce que tu fais ? demanda Korum avec méfiance, et elle lui sourit d'un air coquin.

— Tu vas voir !

Elle tint le fabricateur dans la main et lui dit :

— Des menottes avec leur clé, s'il te plait ! Puis elle attendit que les nanomachines s'exécutent.

Korum s'assit sur le lit en la fixant d'un regard énigmatique.

— Et qu'est-ce que tu as l'intention de faire avec ça ?

Mia reposa le fabricateur et prit les menottes.

— Te les mettre, évidemment !

— Ah vraiment ?

— Oui, vraiment ! dit fermement Mia en venant sur le lit à côté de lui. Et maintenant, donne-moi tes poignets !

Il hésita un instant puis lui tendit les mains, le désir qui se lisait sur son visage se nuançait maintenant d'amusement.

— Tu crois qu'elles vont suffire à m'immobiliser ?

— Probablement pas, admit Mia en lui passant les menottes. Chacun des poignets de Korum faisait le double des deux poignets de Mia et ses avant-bras étaient particulièrement musclés. Mais ce n'est pas la question, tu sais ?

— Alors *c'est* quoi la question ma chérie ? demanda-t-il doucement en la regardant, les paupières lourdes. Est-ce que tu essaies de prouver quelque chose ?

Au lieu de répondre, Mia le poussa légèrement et il se retrouva sur le dos avec les mains menottées derrière la tête. Puis elle monta sur lui et le chevaucha jusqu'à ce que sa verge en érection soit près de son ouverture. Elle se pencha en avant, s'allongea sur son buste et lui murmura à l'oreille :

— Tu es à moi et je ferai de toi ce qu'il me plaira.

Il respira d'un coup et cambra les hanches pour rapprocher sa verge du sexe de Mia.

— Et j'ai le droit d'entrer dans ton petit minou bien serré ? Il avait la voix rauque, éprouvée par le désir.

— Oh oui ! Mia descendit jusqu'à ce que sa verge soit ses lèvres intimes et que son clitoris se frotte contre elle. La peau qui recouvrait son gland était douce, presque délicate et Mia ferma les yeux en savourant la sensation de la sentir contre elle.

— Mia, gronda-t-il en faisant des soubresauts. Prends-la, prends-la tout de suite !

Mia décida de ne pas le torturer, et de ne pas se torturer plus longtemps, elle lui prit la verge de la main et la guida en elle. Elle se mordit les lèvres en se sentant s'étirer puis descendit doucement sur lui jusqu'à ce qu'il soit presque entré jusqu'à la garde. Elle s'arrêta pour prendre le temps de s'habituer à sa taille puis le prit encore plus profondément, ne s'arrêtant de nouveau que lorsqu'il ne pouvait pas aller plus loin.

Il gronda une nouvelle fois, il faisait saillir ses muscles dans l'effort qu'il faisait pour ne pas se saisir immédiatement d'elle, et sa verge sursautait au plus profond de Mia. Elle savait qu'il mourait d'envie de reprendre le contrôle et de les faire jouir tous les deux et elle s'émerveillait de son inhabituelle retenue.

Mais ça ne dura pas longtemps. Avant qu'elle puisse bouger de nouveau, elle se retrouva sur le dos et le grand corps de Korum l'enfonçait dans le matelas. Il avait les yeux fous, perdus dans le vague. Il était parvenu à arracher la chaîne qui reliait les menottes et il avait mis les mains sur les cuisses de Mia, les gardant grandes ouvertes pour mieux marteler.

Mia hurla et noua les bras autour de son cou, elle avait toutes les peines du monde à ne pas le lâcher alors qu'il la pilonnait, uniquement poussé par l'instinct primitif de l'accouplement. À chacun des violents mouvements de ses hanches, le corps de Mia allant d'avant en arrière sur le matelas, et le lit 'intelligent' devint comme un cocon autour d'eux, empêchant Mia d'être blessée.

Un premier orgasme la frappa de plein fouet et elle se mit à hurler en se cabrant dans les bras de Korum, mais il continua sans relâche, impitoyable. Le second, qui survint seulement quelques instants plus tard, lui en fit voir trente-six chandelles, et pourtant il continua à la baiser tant son désir était insatiable.

C'en était trop. Mia eut l'impression qu'elle allait tomber en pièces et se briser en mille morceaux sous l'intensité de telles sensations. Ni son corps ni son esprit ne lui appartenaient plus. Il n'y avait plus que la chaleur et la sueur du corps de Korum, sur elle, en elle et tout autour d'elle. Ils étaient soudés l'un à l'autre, ils fusionnaient dans une union incandescente.

Quand il eut un ultime sursaut, Mia ne savait plus ce qu'elle disait, sa voix était enrouée à force d'avoir trop crié et son corps était secoué d'ondes successives de plaisir. Et juste au moment où elle pensa que c'était fini, elle sentit les dents de Korum lui mordre une veine du cou… pour l'envoyer tournoyer encore plus haut.

CHAPITRE VINGT-QUATRE

Si l'on avait dit à Mia qu'un voyage intergalactique était aussi facile qu'une croisière, elle aurait ri aux éclats. Et pourtant c'était le cas. Ils passèrent presque une semaine de vol depuis la Terre à une vitesse inférieure à celle de la lumière pour ne pas provoquer de turbulences à cause de la déformation de l'espace-temps puis ils activèrent le système de déformation et arrivèrent à Krina après quelques jours de vol supplémentaire. Tout se passa si bien que Mia ne s'en aperçut même pas. Elle ne remarqua la différence que lorsque Korum lui dit qu'ils étaient dans une autre galaxie.

— Allons-nous voir tout de suite les Anciens ? demanda-t-elle alors qu'ils étaient au lit le soir qui précéda leur arrivée. Comme ils étaient moins pris par autre chose, Korum et elle avaient passé beaucoup de temps ensemble pendant le voyage. Mia faisait une parenthèse dans ses recherches sur le cerveau et Korum n'avait pas besoin de s'inquiéter à propos de problèmes urgents au Conseil. Mia faisait la grasse matinée, puis passait quelques heures avec les siens et le reste de la journée avec Korum, ce qui aboutissait invariablement aux délices de l'amour.

— Non, dit Korum. Nous allons d'abord voir la spécialiste du cerveau pour que tu puisses retrouver la mémoire. Et pour qu'elle annule l'adoucissement provoqué par Saret, mais il n'en parlât pas. Mia savait qu'ils attendaient tous les deux cette rencontre avec impatience, mais aussi qu'ils appréhendaient légèrement l'annulation de cette procédure, ils ignoraient à quel point la situation changerait entre eux après ça, et même si quoi que ce soit serait différent.

Mia fixait des yeux la paroi transparente de leur chambre et voyait dans le ciel des étoiles et des constellations qu'elle ne connaissait pas. Ils étaient déjà dans le système solaire de Krina, un endroit étrange et beau où dix planètes entouraient une étoile qui faisait environ 1,2 la taille du soleil terrien. Krina était la quatrième de ces planètes en fonction de sa distance par rapport à son soleil et elle ressemblait étonnamment à la Terre en taille, en masse et en composition géochimique.

— C'est la raison pour laquelle la Terre est si importante pour nous, expliqua Korum. Depuis que nous explorons l'univers, nous nous sommes aperçus que c'est elle qui ressemble le plus à Krina.

La plus grande différence entre les deux planètes venait de ses lunes. La Terre n'en avait qu'une alors que celles de

Krina étaient au nombre de trois, une de la taille de la Terre, et deux plus petites.

— Nous avons des marées spectaculaires, lui dit Korum. Elles ressemblent davantage à de petits tsunamis. De ce point de vue, il vaut mieux être sur Terre ; vous pouvez presque toujours habiter au bord de l'océan, la seule chose que vous ayez à redouter ce sont des ouragans de temps en temps. Sur Krina l'océan est plus dangereux et nous n'habitons jamais à moins de 30 km de la côte.

Mia fut étonnée d'apprendre que lorsque Korum parlait de l'océan de Krina il voulait dire L'Océan c'est-à-dire une seule immense étendue d'eau. Contrairement à la Terre où le supercontinent originel de Pangée s'était dispersé en plusieurs continents, Krina n'avait qu'une seule masse terrestre gigantesque qui abritait tous les Krinars, Korum l'appelait Tinara.

Cela expliquait également autre chose qui avait déconcerté Mia : l'absence relative de variété dans l'apparence physique des Krinars. Les congénères de son amant avaient tous tendance à être bruns avec une peau bronzée et même s'il y avait des variations de teint et de couleur de cheveux parmi eux elles étaient bien plus limitées que chez les hommes qui ont des races différentes. Les Krinars étaient plus homogènes, ce qui était logique s'ils venaient tous du même supercontinent.

— Mais pourquoi est-ce que ta cousine Leeta est rousse ? demanda Mia. Depuis son amnésie, elle avait rencontré cette belle Krinar deux ou trois fois. Est-ce que ce gène existe dans la population Krinar ?

Korum secoua la tête.

— Non, pas vraiment. Certains d'entre nous ont une nuance légèrement auburn dans les cheveux, mais ça n'a rien à voir avec la couleur de ceux de Leeta. Depuis qu'elle est venue sur terre, elle a altéré la structure de ses molécules capillaires, sans doute parce que cette couleur lui plait.

— Et il n'y a pas de Krinars blond aux yeux bleus ?

— Non, dit Korum. Ni de Krinars aux cheveux aussi bouclés que les tiens. Avec tes boucles et tes yeux bleus, tu vas vraiment te faire remarquer à Krina.

— C'est super ! marmonna Mia. Elle savait que les Krinars ne pensaient pas que c'était impoli, mais c'était tout de même une différence culturelle entre eux et les êtres humains, qui la mettait très mal à l'aise. Et quand allons-nous voir tes parents ? demanda-t-elle en changeant de sujet de conversation. Est-ce qu'ils seront là à notre arrivée ?

— Non. Je leur ai dit que nous viendrions les voir dès que tu auras retrouvé la mémoire. Tu les as déjà rencontrés une fois et tu te sentiras sans doute mieux si tu te souviens de cette première rencontre.

Mia bâilla et se retourna, elle appuya son dos contre le buste de Korum et le laissa l'étreindre par-derrière. Il la prit dans ses bras en l'attirant plus près de lui.

— Dors bien, ma chérie, lui murmura-t-il à l'oreille.Mia s'assoupit, bien au chaud et bien en sécurité entre ses bras.

* * *

— Oh mon Dieu, ça y est, c'est Krina ? Marisa se leva de son siège et désigna la planète qui grandissait devant eux à

353

vue d'œil. Mia la regardait aussi, bouche bée, et son cœur battait la chamade tant elle était impatiente et excitée.

— Oui, confirma Korum en leur souriant. C'est effectivement Krina.

Ils étaient tous assis autour d'une table flottante et prenaient leur petit déjeuner. C'était leur dernier repas à bord du vaisseau avant leur arrivée. De nouveau, Connor était inhabituellement silencieux, et Mia s'apercevait que ses parents se contentaient de grignoter, ils étaient visiblement trop nerveux pour manger normalement.

Ils étaient assis dans l'une des pièces qui avaient une paroi donnant sur l'extérieur du vaisseau, une paroi faite du même matériau que celui des maisons Krinars. Korum l'avait choisie exprès pour qu'ils puissent voir leur première arrivée à Krinar.

Le vaisseau avançait à une incroyable vitesse et bientôt on put voir la planète plus en détail.

— Nous arrivons du côté du Tinara, c'est le nom du continent, expliqua Korum. C'est pourquoi vous ne voyez pas beaucoup d'eau, contrairement à la Terre.

Et c'était vrai. L'image qu'ils avaient devant les yeux était assez différente de celles de la NASA montrant la Terre vue de l'espace. Mia ne voyait qu'un fin anneau bleu ; tout le reste était dominé par une gigantesque masse terrestre au centre, le supercontinent. En se rapprochant, elle comprit que ce qu'elle avait pris pour la couleur marron était en fait une combinaison de vert, de rouge et de jaune.

Ils entrèrent bientôt dans l'atmosphère et Mia remarque une légère lueur rougeâtre autour du vaisseau.

— Ce sont nos boucliers de force qui nous protègent de la chaleur et de la friction, expliqua Korum. Nous allons encore vite et sans ces boucliers, nous serions carbonisés.

Petit à petit, la lueur s'évanouit et le vaisseau ralentit. Quand ils traversèrent l'épaisseur des nuages, Mia vit une grande forêt s'étendre à leurs pieds, elle était remarquablement bariolée... et étonnamment intacte. Là où l'on aurait pu s'attendre à voir des villes et des gratte-ciels, on ne voyait que des arbres et toujours des arbres.

— Nous allons à un terrain d'atterrissage réservé aux vaisseaux intergalactiques, dit Korum qui devinait visiblement les questions qu'ils allaient lui poser. Il est assez loin de nos Centres.

— Pourquoi ne pas prendre une nacelle de transport comme lorsque nous sommes montés à bord du vaisseau ? demanda le père de Mia. Pourquoi faire atterrir le vaisseau lui-même ?

— Bonne question, Dan ! dit Korum. Quand nous étions sur Terre, nous avons pris la nacelle parce qu'il n'y a pas de terrain d'atterrissage convenable pour ce type de vaisseau. À l'avenir ça pourrait changer, mais pour le moment c'est plus facile de les laisser en orbite autour de la Terre. Ici, à Krina nous sommes équipés et il n'y a pas de raison de ne pas atterrir directement.

Maintenant, Mia pouvait voir devant elle une vaste clairière avec des structures ressemblant à des champignons géants. Ce devait être le terrain d'atterrissage. Effectivement, leur vaisseau s'y dirigea immédiatement et quelques minutes plus tard ils touchaient le sol.

Ils étaient officiellement arrivés à Krina.

En sortant du vaisseau, Mia sentit une vague de chaleur qui lui rappelait le climat de Floride aux jours les plus chauds. Il était difficile de respirer et elle eut une impression d'étourdissement en essayant de prendre de plus grandes bouffées d'air. Elle attrapa la main de Korum pour attendre de retrouver ses esprits.

— Est-ce que ça va ? demanda-t-il en l'enlaçant pour la soutenir.

— Oui, dit Mia. C'est seulement qu'ici l'air a moins de densité, il me semble. Elle sentait aussi un étrange parfum, un parfum agréable de plantes en fleur et de fruits sucrés.

— L'air est raréfié, confirma Korum. Généralement, notre atmosphère contient un peu moins d'oxygène que la vôtre et cette région-ci se trouve en altitude. Mais avec tes nanocytes tu devrais bientôt t'y habituer.

Mia se sentait déjà mieux, mais quelque chose d'autre l'inquiétait.

— Et mes parents ? Et Marisa et Connor ? Comment vont-ils s'y habituer ? Sa famille commençait à sortir du vaisseau, ils étaient à une dizaine de mètres derrière eux.

— La plupart des êtres humains supportent bien notre atmosphère après une période initiale d'acclimatation, dit Korum. Mais ne t'inquiète pas. Je sais que la santé de tes parents n'est pas parfaite et j'ai prévu l'assistance de nos experts en médecine. Il désigna une petite nacelle qui venait juste d'atterrir à côté de leur vaisseau. Ils vont s'occuper de résoudre les problèmes que pourraient avoir tes parents.

À ce moment-là deux Krinars de sexe féminin sortirent de la nacelle. Elles étaient grandes, brunes, et gracieuses et se dirigèrent vers Korum en souriant.

— Je m'appelle Rialit et voici Mita, ma collègue, dit la plus petite des deux qui se trouvait à droite. Bienvenue à Krina.

Korum inclina la tête.

— Merci Rialit, et Mita. J'aimerais que vous aidiez mes compagnons qui arrivent de la Terre. Ma charl n'a pas de problème, mais sa famille pourrait avoir besoin de votre aide.

— Avec plaisir, dit Rialit en se tournant vers Ella et Dan. Ils semblaient légèrement pâles tout comme Marisa, et Connor avait l'air d'essayer de respirer aussi fort que possible.

Les médecins se précipitèrent vers eux, elles tenaient à la main de petits instruments, et en une minute tout le monde semblait comme d'habitude. Korum les remercia quand elles s'en allèrent et leur nacelle décolla quelques instants plus tard.

— Oh la la ! dit la mère de Mia en regardant s'éloigner la nacelle. J'ai du mal à croire qu'il leur a suffi de passer ces petits trucs devant nous et que nous pouvons à nouveau respirer. Qu'est-ce qu'elles nous ont fait ?

— Je crois qu'elles ont créé une zone d'oxygène tout autour de vous, dit Korum. De cette manière, votre acclimatation pourra se faire en douceur. La zone d'oxygène disparaîtra dans deux ou trois jours afin que votre corps puisse s'habituer à respirer l'air de Krina.

— Extraordinaire, dit Dan. Tout simplement extraordinaire.

Mia sourit.

— C'est vrai, non ?

Pendant qu'ils parlaient, Korum avait commencé à fabriquer une nacelle de transport pour les emmener à leur destination finale : chez lui. La sœur de Mia en perdit le souffle en voyant le vaisseau prendre forme tandis que ses parents ainsi que Connor regardaient bouche bée. Leur réaction fit sourire Mia ; il n'y avait pas si longtemps que tout ce que lui montrait Korum lui semblait miraculeux. Maintenant, elle pouvait en faire autant, même si elle ne comprenait pas quelles découvertes technologiques le rendaient possible. D'ailleurs, la plupart des gens ne comprennent pas comment fonctionnent le téléphone et la télévision, mais ils s'en servent quand même, tout comme Mia se servait de son fabricateur.

Quand la nacelle fut prête, tout le monde y monta et s'installa confortablement sur les sièges flottants.

— J'adore ces sièges, dit Marisa qui sembla enchantée quand le siège se structura autour d'elle. Mia devina que sa sœur commençait à avoir les courbatures dont on souffre pendant la grossesse et elle décida d'en parler aux médecins de Krina. Vraisemblablement, Marisa était trop timide pour l'évoquer d'elle-même.

Quand leur nacelle décolla, Mia regarda à travers le sol transparent et elle eut le souffle coupé en réalisant qu'elle était arrivée. Arrivée à Krina.

La planète qui était aux origines de toute la vie sur la Terre.

CHAPITRE VINGT-CINQ

Le vol pour se rendre chez Korum prit à peine deux minutes, le vaisseau allait trop vite pour permettre à Mia autre chose que de voir vaguement une végétation exotique en contrebas. Dès qu'ils furent arrivés, elle se leva d'un bond, impatiente de voir Krina de près.

— Attends, ma chérie, dit son père en l'attrapant par le bras au moment où elle allait sortir du vaisseau en courant. C'est une planète que tu ne connais pas. Tu ne sais pas ce qu'il peut y avoir dans les bois.

— Il a raison, ma chérie, dit Korum. Il faut d'abord que je vous montre un certain nombre de choses pour éviter d'éventuels problèmes. Pour le moment, reste bien à côté de moi et ne touche rien.

Il sortit de la nacelle et les conduisit vers une structure couleur ivoire qui apparaissait dans les arbres.

Chemin faisant, Mia s'émerveillait devant la végétation splendide qui les entourait. Les plantes vertes étaient en majorité, mais il y avait beaucoup plus de plantes rouges et jaunes que sur Terre. À certains endroits, on voyait même des feuilles d'un violet vif à travers les grandes pousses rondes ressemblant à de l'herbe qui couvraient le sol de la forêt. Ici et là, des fleurs de toutes les couleurs de l'arc-en-ciel ajoutaient une note de gaieté à l'ensemble. C'étaient ces fleurs qui sembler donner le parfum que Mia avait remarqué en arrivant.

Le tronc des arbres était également coloré, surtout brun, mais aussi noir ou blanc. Un arbre qui plut tout particulièrement à Mia avait des branches blanches et des feuilles rouge vif aux nervures jaunes.

— Que c'est beau ! s'exclama-t-elle, et Korum se mit à rire en hochant la tête.

— Cette merveille est vénéneuse, dit-il. Surtout, ne laisse pas la sève de l'arbre te toucher, elle brûle comme de l'acide.

— Vraiment ? Aussitôt, Mia examina ce qui l'entourait avec précaution. Ses parents avaient l'air d'avoir peur et Connor entoura Marisa de son bras protecteur et la serra plus près de lui.

— Vous n'avez pas besoin d'avoir peur, dit Korum. Il suffit de savoir qu'il ne faut pas toucher l'arbre *alfabra*. Pareil pour cette plante… Il désignait un joli buisson couvert de fleurs roses et blanches. Elle aime manger tout ce qui se pose sur elle et il lui est arrivé d'avaler de gros animaux.

Quelque chose frôla l'oreille de Mia en volant et elle eut le réflexe de l'écraser, mais elle eut le souffle coupé en sentant brusquement une légère piqure. Elle baissa la tête et fut bouche bée de surprise.

— Oh mon Dieu, Korum, qu'est-ce que c'est que ça ?

Un animal bleu vert était posé dans sa main, ses énormes yeux faisaient presque la moitié de son corps long de huit centimètres. Il n'avait que quatre pattes, mais chacune d'entre elles semblait avoir des centaines de minuscules doigts qui s'enfonçaient dans la peau de Mia. Il avait aussi de minuscules ailes qui ne semblaient pas assez grandes pour lui permettre de voler.

— C'est un *virta,* dit Korum en le soulevant délicatement de la main de Mia et en le jetant. Il est inoffensif, mais tu lui as fait peur et il s'est accroché à toi. Ils se nourrissent de feuilles et quelquefois de *mirats.*

— Le *mirat* ? demanda Connor.

— Oui, le mirat, dit Korum en désignant l'un des troncs bruns.

Quand Mia le regarda de plus près, elle s'aperçut que ce qu'elle avait pris pour du bois massif était en fait une espèce de substance semblable à de la gelée qui tremblotait, bougeait, grandissait et diminuait d'une manière inquiétante.

— Les mirats ressemblent à vos abeilles, mais ne piquent pas, expliqua Korum. Ce sont des insectes qui vivent en société et qui construisent des structures sophistiquées autour des arbres. Nos savants aiment bien les étudier. Il y a chez nous de grands débats pour savoir si l'esprit collectif d'une ruche de mirats peut donner des preuves d'une intelligence supérieure. Nous les laissons toujours tranquilles et en général ils prennent soin de nous éviter, nous et nos habitations. Si l'on touche leur ruche, ils émettent un gaz qui nous donne le tournis, il vaut donc mieux les éviter.

— C'est dingue ! dit Marisa qui semblait inquiète. Y a-t-il autre chose que nous devrions savoir ? Elle avait posé la main sur son ventre en signe de protection.

— Oui, dit Korum, juste là… Il montrait sur le sol quelque chose de rouge qui ressemblait à un petit insecte. Il faut vraiment vous en méfier. Il mord et s'enfouit sous la peau. Il n'est pas dangereux, mais c'est très désagréable de l'enlever. Il y a aussi quelques grands prédateurs, mais on ne les rencontre que rarement dans le voisinage. Ils ont peur des Krinars et en général ils évitent les endroits où nous sommes implantés.

Connor fronçait les sourcils.

— Excusez-moi, Korum, mais ça en fait des saletés dont il faut nous méfier. Je n'avais pas réalisé qu'on allait vivre en pleine jungle !

Korum ne sembla nullement vexé.

— Notre jungle est bien moins dangereuse que vos villes du moment que l'on ne s'y aventure pas à l'aveuglette, dit-il calmement. Et chez moi, on est parfaitement en sécurité, il n'y a aucun animal dans la maison. Dans quelques jours, vous saurez exactement ce qu'il faut éviter de faire et vous pourrez sortir seuls. En attendant, je vous accompagnerai partout et vous n'aurez aucun problème.

Connor ouvrait la bouche pour dire autre chose, mais la mère de Mia l'interrompit en s'exclamant :

— Oh la la, Korum, c'est votre maison ?

— Oui, dit Korum en souriant, nous y sommes !

— Vous n'avez ni portes ni fenêtres ? demanda Dan en examinant ce bâtiment avec une curiosité évidente.

— Non, papa, dit Mia. Ce sont des murs 'intelligents' comme sur le vaisseau qui nous a amenés ici. Ils sont sans doute transparents de l'intérieur. C'est ça, Korum ?

— Oui, absolument, confirma son amant, et Mia sourit, son excitation était à son comble : elle était vraiment arrivée à Krina !

Korum leur fit rapidement visiter la maison et montra à la famille de Mia comment tout fonctionnait. Les parents semblèrent un peu dépassés si bien qu'il leur offrit un appartement 'humanisé' comme il l'avait fait dans le vaisseau. Mais Marisa et Connor décidèrent de rester dans la maison proprement dite, ils préféraient le confort de la technologie K plutôt que de se retrouver dans le mobilier dont ils avaient l'habitude sur terre.

— J'adore ce lit ! Marisa était étendue de tout son long sur le lit 'intelligent' de sa chambre, le visage en extase grâce au massage qu'il lui prodiguait. Je ne veux plus jamais le quitter !

— Je sais, c'est super ! Mia s'assit à côté de sa sœur. Et tout ce qu'ils possèdent est aussi incroyable que ça. La première fois que je me suis couchée dans un lit comme celui-ci, j'ai cru être au paradis.

— Sérieusement ! Marisa ferma les yeux et gémit de plaisir. C'est si bon…

— Je te laisse, dit Mia en souriant. Repose-toi, d'accord ?

Marisa ne répondit pas et Mia s'aperçut que sa sœur s'était déjà endormie, étant enceinte elle avait besoin de davantage de repos qu'avant.

Connor prenait une douche et les parents de Mia se reposaient, si bien qu'elle alla voir Korum.

— Je suis prête, lui dit-elle. On peut y aller !

Il se leva de la planche flottante du salon où il était assis, son grand corps musclé était aussi gracieux que celui d'une panthère.

— Tu en es sûre ? demanda-t-il et elle put lire de l'inquiétude sur son beau visage.

— Oui, dit Mia en levant la main pour caresser ses cheveux noirs, j'en suis sûre.

Il lui prit la main et la porta à ses lèvres, la baisant tendrement.

— Alors, allons-y, dit-il d'une voix douce, allons retrouver ta mémoire et ton ancienne personnalité.

* * *

Une Krinar mince aux cheveux bruns faisait le tour de Mia et lui plaça de petites pastilles blanches sur le front, les tempes et à l'arrière du cou. Mia croyait qu'elle aurait une anesthésie générale pour annuler la procédure de Saret, mais l'apprentie spécialiste du cerveau (elle s'appelait Laira) dit qu'il fallait que Mia reste consciente.

— Et voilà, dit Laira avec satisfaction. C'est fait. Et maintenant, asseyez-vous, s'il vous plait. Vous pouvez vous mettre sur les genoux de Korum si vous voulez. Elle lui fit un clin d'œil et Mia se mit à rire, décidément cette K lui plaisait beaucoup. Selon Korum, Laira était jeune, elle avait moins de deux cents ans, et on la considérait déjà comme une étoile montante dans le domaine des recherches sur le cerveau.

Korum sourit et prit Mia sur ses genoux.

— Bien sûr, j'en serai ravi.

— Pas étonnant, dit Laira en souriant, vous avez une Charl ravissante.

— Excusez-moi, dit Mia en mettant un bras de propriétaire autour du cou de Korum, c'est *moi* qui ai un très beau cheren.

— C'est vrai, c'est vrai, dit Laira en riant. Puis elle redevint sérieuse. Alors, Mia, voici ce qui va se passer : vous allez avoir l'impression d'avoir l'esprit vide. Puis il va être envahi d'images et d'impressions au fur et à mesure que vous allez retrouver la mémoire et que la procédure sera annulée. À l'arrivée des souvenirs, je voudrais que vous vous concentriez sur chacun d'eux à tour de rôle afin de les assimiler lentement. C'est la raison pour laquelle vous devez rester éveillée pendant ce traitement, même si je sais que ça va être désagréable pour vous.

— Est-ce qu'elle va avoir mal ? demanda Korum qui serra Mia plus étroitement contre lui.

— Non, comme je viens de le dire ça sera seulement désagréable, répondit Laira. Êtes-vous prête, Mia ?

— Oui. Mia prit son courage à deux mains.

— Alors c'est parti.

Au début, Mia sentit une lassitude agréable l'envahir et elle ferma les yeux. Elle avait l'impression que son esprit partait à la dérive comme si elle allait s'endormir. Elle avait une étrange sensation de vide, de vacuité.

Tout à coup, ce fut comme si une bombe venait de lui exploser dans le cerveau, une explosion de couleurs, de formes, de sentiments apparaissant tous en même temps. Mia en eut le souffle coupé et elle enfonça les doigts dans le bras de Korum en essayant de faire face à cet assaut de sensations. C'était trop à la fois, comme un film IMAX en trois dimensions avec trop d'effets spéciaux qui lui serait arrivé directement dans le cerveau.

Quelque part au loin elle pouvait entendre la voix de Korum. Il était furieux et exigeait :

— Arrêtez ! Arrêtez immédiatement ! Vous voyez bien qu'elle souffre !

— Elle va s'en sortir… C'était la voix de Laira, calme et apaisante. Mia s'y raccrocha, elle avait besoin de quelque chose de solide dans la tempête qui emportait son esprit.

D'abord, ce fut insupportable et elle cria intérieurement, trop bouleversée pour pouvoir émettre le moindre son. Laira n'avait pas menti. Elle n'avait pas mal, elle souffrait le martyre. C'était comme si le cerveau de Mia était rempli à ras bord et que son crâne ait dû s'élargir pour essayer de tout contenir.

Et au moment même où elle crut que sa tête était littéralement sur le point d'exploser, son martyre cessa, les couleurs et les formes se séparèrent en images, et ces images ainsi que ces émotions devinrent des évènements précis. Les souvenirs s'unirent les uns aux autres et prirent forme les uns après les autres jusqu'à ce qu'elle puisse s'en emparer et les intégrer à ce qu'elle savait déjà et à ce dont elle se souvenait encore.

Il y avait cette fête fin mars, peu avant sa rencontre avec Korum. Jessie l'y avait entraînée, et après quelques verres, Mia s'y était finalement bien amusée. Elle avait dansé avec quelques garçons, et même échangé des numéros de téléphone avec l'un d'entre eux, mais sans conséquence. Si seulement elle avait su alors quel étrange tour sa vie allait prendre…

Le souvenir de sa première rencontre avec Korum lui traversa l'esprit et elle retrouva une peur intense mêlée des premiers élans de désir. Celui qui la tenait si tendrement dans ses bras aujourd'hui l'avait terrifiée au début avec son arrogance et son indifférence désinvolte à l'égard de ce qu'elle souhaitait, ce qui l'avait amenée à imaginer le pire sur son espèce.

Encore des souvenirs… La première fois au lit avec Korum, John qui lui expliquait ce qu'était une Charl, l'incident de la boîte de nuit où Korum avait failli tuer Peter… Korum la tenant dans ses bras pendant qu'elle pleurait, la première visite de Korum aux parents de Mia… les beaux jours, les mauvais, les jours affreux, elle se rappelait de tout et c'était comme si un vide en elle se comblait, l'avant et l'après se rejoignaient lui permettant de retrouver son unité intérieure pour la première fois depuis l'agression de Saret.

Saret ! Mia se souvenait aussi de lui. Elle l'aimait bien au début, elle le considérait comme son patron et son mentor. C'est lui qui lui avait donné l'implant linguistique, qui lui avait permis de faire un stage au laboratoire. Mia retrouva l'enthousiasme qu'elle avait ressenti quand Korum lui avait parlé de cette chance, la joie d'apprendre ce qui demeurait un rêve pour des milliers de savants sur Terre. Mia se souvenait aussi de sa terreur, de son choc quand elle avait appris ce qu'il préparait pour l'humanité… Son dégoût quand il avait admis qu'il la désirait, sa nausée quand il lui avait parlé de ses plans concernant les Krinars… Et les affreuses ténèbres qui s'étaient emparées d'elle quand il avait effacé une part considérable de sa mémoire et altéré son cerveau.

Mais désormais, le présent et le passé ne faisaient plus qu'un. Mia se rendit compte que Korum lui caressait les cheveux, couvrait son visage de doux baisers. Tout en gardant les yeux fermés, elle vécut de nouveau les évènements les plus récents, ceux qui s'étaient déroulés entre son réveil dans le lit de Korum et le voyage à Krina. Elle essaya de comparer ce qu'elle ressentait avant avec ce qu'elle ressentait maintenant et à ce qu'elle avait toujours été.

Saret n'avait pas menti. Quand Mia s'était réveillée amnésique, elle n'était plus tout à fait elle-même. Effectivement, elle acceptait plus facilement ce qui se passait, elle était plus ouverte à de nouvelles expériences. Elle le voyait bien maintenant. Mais le résultat avait été positif. Dans sa tentative d'adoucir Mia à son égard, Saret avait involontairement créé les conditions lui permettant de surmonter la douleur et le trouble provoqués par son amnésie. Au lieu d'en souffrir, Mia s'y était habituée. Au lieu de s'inquiéter, elle s'était mise à apprendre.

Et au lieu d'avoir de nouveau peur de Korum, elle était tombée amoureuse de lui. Sincèrement, profondément amoureuse du beau, du tendre Krinar qui l'avait accueillie quand elle s'était réveillée. Le Korum de ces derniers mois n'était plus celui qu'elle avait rencontré dans le parc en avril ; son arrogance avait été atténuée par sa tendresse, son indifférence à ce qu'elle voulait s'était transformée en un désir de la rendre heureuse. Il l'aimait, Mia n'en doutait pas. Il l'aimait aussi intensément, aussi éperdument qu'elle l'aimait.

Quand le présent avait rejoint le passé, les sentiments et les émotions de Mia en avaient fait autant. Désormais, tout ce qu'elle avait senti autrefois était magnifié, renforcé par les épreuves et les tribulations des deux derniers mois.

En ouvrant les yeux, Mia sourit à son amant K.

CHAPITRE VINGT-SIX

En la voyant sourire, Korum eut un frisson de soulagement.

— Mia, ma chérie, comment vas-tu ? Depuis dix minutes, elle était raide comme un piquet, le visage pâle et les lèvres exsangues. Elle ne réagissait plus, comme si elle était dans le coma.

— Oui, elle va bien. N'est-ce pas, Mia ? Laira se rapprocha et se pencha pour examiner le visage de Mia et Korum lutta contre le désir d'étrangler la jeune apprentie. Visiblement, sa Charl avait souffert et il savait qu'il ne pourrait jamais le pardonner à Laira.

— Oui, ça va maintenant, dit doucement Mia comme si elle comprenait ce qu'il ressentait. Elle leva la main et lui caressa la joue, un geste de tendresse qui calma la colère de Korum.

— Est-ce que vous vous souvenez de quelque chose ? C'était de nouveau Laira qui les interrompait.

— Oui, dit Mia, levant les yeux vers elle. Je me souviens de tout. Merci de m'avoir guérie.

Elle se souvenait. Elle se souvenait de tout. Korum eut l'impression de pouvoir respirer de nouveau, la culpabilité terrible qu'il avait eue en lui depuis qu'il avait appris la trahison de Saret commença à s'atténuer.

— Et la procédure d'adoucissement ? demanda-t-il à Laira en refermant involontairement les bras autour de Mia qui était toujours assise sur ses genoux.

— Elle devrait aussi avoir été annulée, dit Laira. Mia, est-ce que vous sentez une différence de ce point de vue ?

— Je ne sais pas, dit Mia en fronçant légèrement des sourcils. Je sais que mes réactions étaient un peu étranges auparavant, quand je me suis réveillée à Lenkarda, mais je ne sens pas de différence maintenant.

— Tu es sûre ? demanda Korum, et Mia sourit.

— Oui, dit-elle, en le regardant avec douceur et avec tendresse, j'en suis sûre.

Un autre poids fut ôté des épaules de Korum, il se sentait plus léger que l'air. Jusqu'à cet instant, il ne s'était pas rendu compte à quel point il redoutait la réponse qu'elle ferait à cette question. Mia l'aimait avant de devenir amnésique, il le savait, mais quelque chose en lui avait quand même eu peur que ses sentiments qu'elle éprouvait à son égard depuis ce que lui avait infligé Saret n'aient pas été réels et qu'annuler la procédure détruise l'amour qu'elle avait pour lui.

Mia fit un geste pour se lever et il se contraint à la libérer, même s'il aurait voulu continuer à la tenir ainsi pour toujours.

Il se leva à son tour, se tourna vers Laira et la remercia froidement d'un signe de tête. Le traitement avait été efficace, mais Korum ne pouvait toujours pas oublier l'expression de douleur qu'il avait vue sur le visage de Mia pendant ces dix minutes épouvantables. Il s'était senti impuissant, incapable de faire quoi que ce soit pour soulager sa souffrance, et il n'était pas près de l'oublier.

Nullement contrariée par son évident mécontentement, Laira sourit à Korum.

— J'ai l'impression que vous avez retrouvé votre Charl, et elle est saine et sauve.

— Oui, dit Korum en enlaçant Mia de son bras protecteur, j'en ai effectivement l'impression.

Le vol qu'ils firent pour rentrer chez Korum leur prit une vingtaine de minutes, car le laboratoire de Laira était à quelques milliers de kilomètres de la région de Rolert dont Korum était originaire. Il vit que Mia était fascinée par la vue que l'on avait de leur nacelle de transport et il pilota le vaisseau lentement et à basse altitude pour lui permettre de mieux regarder le paysage.

Il essaya de voir Krina par les yeux de Mia et il devait admettre que sa planète était belle. La gigantesque masse terrestre de Tinara abritait une extraordinaire variété de faune et de flore, et vue du ciel, la végétation ressemblait à un tapis bariolé où dominait le vert avec des touches de rouges et d'or. Il y avait de grands lacs et des rivières, l'eau y était parfois aussi bleue qu'aux Caraïbes et parfois d'un riche bleu-vert.

Les colonies Krinars étaient rares et se regroupaient surtout autour de l'eau. Il n'y avait pas de villes à proprement parler, seulement des Centres servant de point de concentration pour le commerce et les affaires. La majorité des Krinars habitaient à la périphérie de ces Centres et se déplaçaient pour aller travailler et pour leurs autres activités.

La maison de Korum était à côté de Banir, un Centre de taille moyenne dans la région de Rolert, vers le centre du supercontinent et proche de l'Équateur. Quand il y avait conduit Mia et sa famille ce matin-là tout le monde avait remarqué à quel point il faisait chaud, et même plus chaud qu'en Floride en été. La chaleur ne dérangeait pas Korum, mais il savait que les êtres humains y sont plus sensibles et il avait donc fait en sorte de les faire vite rentrer chez lui. Ce soir, quand il ferait plus frais, il avait prévu de les emmener au lac voisin pour se baigner et regarder la faune sauvage qui vivait dans les environs.

— C'est Viarad, dit Korum à Mia quand ils survolèrent ce Centre qui était particulièrement grand. C'est ce que nous avons qui se rapproche le plus d'une capitale sur notre planète. Il s'y fait beaucoup de recherche et de développement et c'est aussi là que se déroulent les combats dans l'Arène et les autres rassemblements importants.

Mia leva les yeux vers lui, ses yeux brillaient de curiosité.

— Vos villes ne sont pas du tout comme les nôtres, remarqua-t-elle. Je ne vois pas beaucoup de bâtiments, et encore moins de gratte-ciel etc…

— Et pourtant il y en a, assura Korum. Pas de gratte-ciel, mais beaucoup de grands bâtiments aux diverses fonctions commerciales. Tu ne les vois pas vraiment du ciel à cause de tous les arbres. La forêt qui entoure Viarad a certains des plus grands arbres de Krina, nombreux sont ceux qui dépassent des immeubles de vingt étages.

Elle écarquilla les yeux.

— Vingt étages ?

— Au moins, dit Korum. Et peut-être davantage. Ces arbres sont très anciens ; certains existent depuis plus de cent millions d'années.

— C'est incroyable ! Sa voix était pleine d'émerveillement. Korum, ta planète est extraordinaire. Il sourit, l'enthousiasme de Mia lui faisait plaisir.

— Oui, n'est-ce pas ?

Même en volant moins vite ils arrivèrent à la maison quelques minutes plus tard. Korum conduisit Mia à l'intérieur, sa famille s'y détendait après le voyage.

— Je vais nous préparer à dîner, dit-il à Mia. Tu peux te reposer un peu si tu veux. Tu en as beaucoup vu aujourd'hui.

— Non, ça va, dit Mia, et il vit qu'elle disait vrai. Elle avait retrouvé des couleurs et semblait s'être complètement remise de l'épreuve qu'elle venait de subir. Je vais retrouver mes parents si ça ne te dérange pas.

— Non, bien sûr que non, vas-y ! dit Korum. À tout de suite !

* * *

Le dîner qu'avait confectionné Korum était aussi exotique que délicieux, il se composait de toutes sortes de fruits, de légumes et de graines de Krina, tous préparés avec beaucoup d'imagination. Mia et chacun des siens découvrirent quelque chose de nouveau qui leur plut beaucoup.

L'un des plats consistait en un légume ovale à la peau violette dont le goût se situait entre la tomate et la courgette. Il était farci avec des céréales au goût de noisette avec une texture légère. Le père de Mia adora ce plat et en reprit une deuxième fois, puis une troisième fois dès qu'il eut fini ce qu'il avait dans son assiette. Pendant ce temps, Mia et Marisa raffolèrent du ragoût de kalfani qui avait un goût savoureux et généreux tandis qu'au dessert Ella et Connor apprécièrent tout particulièrement les fruits exotiques.

— Tous ces ingrédients conviennent à des humains, leur dit Korum. Ce n'est pas le cas de tout ce qu'on mange sur Krina, mais j'ai fait en sorte que vous pourrez bien digérer ce que vous venez de manger.

Après le dîner, Korum les conduisit vers le lac qui était près de chez lui. C'était le coucher du soleil et Mia put voir trois lunes qui commençaient à apparaître dans le ciel bien qu'il y ait encore beaucoup de lumière.

Chemin faisant, Korum leur montra une variété de plantes et d'insectes en leur donnant des explications.

— Voici un *nooki*, dit-il en désignant quelque chose qui ressemblait à une grosse araignée jaune avec des centaines de pattes. Elles prennent leur nourriture dans le sol, presque comme une plante. Ici, les enfants aiment jouer avec elles parce qu'elles font des trucs amusants quand on leur fait peur. Il frappa dans les mains à côté de cette petite bête et elle se mit à gonfler, chacune de ses pattes tripla de volume et son abdomen devint rouge vif.

Mia sourit et tendit la main vers elle, curieuse de savoir si elle pourrait la toucher. Elle s'en alla à toute vitesse comme une petite boule bariolée et maladroite.

Korum lui sourit et Mia se mit à rire, elle se sentait incroyablement heureuse. Elle se mit sur la pointe des pieds, plaça les mains sur ses épaules et attira sa tête vers elle pour lui donner un rapide baiser sur la bouche.

— Je t'aime, dit-elle en soutenant son regard et son cœur se serra en voyant l'amour si tangible dans les yeux de Korum.

— Allez, les amoureux, venez voir ça ! cria Connor, et Mia aurait voulu le frapper d'avoir interrompu cet instant magique.

Korum lui sourit tristement et alla voir ce dont parlait Connor. Mia le suivit, encore agacée par son beau-frère. Mais dès qu'elle les rejoignit, elle oublia cette contrariété.

— Oh la la, murmura-t-elle, qu'est-ce que c'est ?

Sur la branche d'un arbre à quelques mètres du sol de la forêt, en partie caché par le feuillage, se trouvait un minuscule animal qui ressemblait à la fois à un maki et à un chaton. Il était brun, avec d'immenses yeux bleus et une courte queue touffue.

— C'est un bébé *fregu*, dit Korum d'une voix douce. Ils sont très mignons, mais quelquefois ils mordent, alors n'essaye pas de le caresser.

— Un fregu ? Elle avait l'impression qu'elle avait déjà entendu ce nom. Puis elle se rappela. Oh, mais oui, tu m'as dit que je te faisais penser à l'un d'eux ! dit-elle à Korum d'un air accusateur puis, elle éclata de rire parce qu'elle-même pouvait voir la ressemblance.

Le fregu ne fut que le premier des nombreuses rencontres avec la faune et la flore de Krina. Il y eut des oiseaux avec quatre ailes, des insectes de la taille d'un petit oiseau, et des plantes qui se comportaient plutôt comme des animaux. À un moment, Connor faillit marcher sur un animal qui ressemblait à un serpent et qui se mit à hurler et partit en roulant sur lui-même comme un rouleau à pâtisserie.

Finalement, ils atteignirent le lac. Il était assez grand, il faisait environ quatre ou cinq kilomètres de largeur et autant de longueur. Les rives du lac étaient couvertes d'un fin sable gris et de petits galets noirs qui rendaient l'eau sombre et mystérieuse.

— On peut se baigner en toute sécurité ? demanda Marisa en enlevant ses sandales et en plongeant un doigt de pied dans l'eau pour voir à quelle température elle était.

— Oui, lui dit Korum. Il y a de dangereux prédateurs dans le lac, mais aucun ne vient si près du bord. Ce lac est très profond et toutes sortes de bêtes y vivent, mais en général elles ne viennent pas là où l'eau est peu profonde. Au cas où, il vaut mieux mettre ceci. Il lui tendit un fin bracelet transparent qu'il venait juste de faire. Ce bracelet éloigne les animaux aquatiques en émettant un son qui leur est très désagréable.

Mia et les autres eurent aussi droit au même bracelet et ils allèrent tous nager et savourèrent cette occasion de se rafraîchir alors qu'il faisait si chaud.

CHAPITRE VINGT-SEPT

Mia se réveilla le lendemain matin avec une sensation désagréable et tenace dans le cœur. Sans savoir pourquoi, elle n'arrêtait pas de rêver de Saret et de cette journée fatidique au laboratoire. Dans ce rêve, Saret la touchait, à cause de lui sa peau se hérissait de dégoût et elle ne pouvait rien faire d'autre que de crier silencieusement dans sa tête parce qu'elle était paralysée et incapable de bouger.

Trop énervée pour se rendormir, Mia se leva et alla prendre une douche. Korum était parti quelque part, et Mia ne savait pas si les siens dormaient encore ou pas. D'après la position du soleil à l'extérieur il devait être encore très tôt.

Debout sous la douche, elle se mit à bâiller, elle se sentait inhabituellement fatiguée. Peut-être n'aurait-elle pas dû encore se lever. Ce rêve idiot l'obsédait toujours et elle se frotta la peau minutieusement pour essayer de s'en purifier. En réalité, Saret l'avait à peine touchée, si bien qu'elle ne savait pas pourquoi son inconscient l'avait entraînée dans cette direction pendant la nuit.

Pour effacer toute impression provenant encore de ce rêve, elle repassa en revue mentalement les évènements qui avaient eu vraiment lieu ce jour-là en commençant par le moment où elle avait rencontré Saret au moment de sortir du laboratoire. Il était si content de lui parler de son projet, de lui dire tout ce qu'il avait l'intention de faire aux hommes et à ses congénères, les Krinars. Mia imaginait que ce ne devait pas avoir été facile pour lui qui ne s'était jamais confié à qui que ce soit, qui essayait toujours de jouer un rôle, de cacher sa nature véritable. Avec elle, comme il croyait qu'elle ne se souviendrait pas de leur conversation, il s'était senti suffisamment en sécurité pour tomber le masque.

Rétrospectivement, tous ses délires sur la paix qu'il allait apporter sur Terre en sauvant sa population étaient presque drôles. Il avait même essayé de la convaincre que Korum avait le projet maléfique de s'emparer de la Terre. C'était tellement ridicule que Mia en rit sous cape. Est-ce que Saret avait vraiment imaginé qu'elle aurait de la sympathie pour sa cause ? Et que parce qu'elle avait accepté une fois de croire les pires allégations sur Korum elle pouvait commettre de nouveau la même erreur ?

Mia sortit de la cabine de douche et se fit sécher automatiquement. Puis, en se sentant relativement mieux, elle retourna dans la chambre pour chercher son fabricateur et pour s'habiller.

À sa surprise, Korum était là, assis sur le lit. Il était vêtu du costume Krinar traditionnel, un short de couleur claire et une chemise sans manches. Pour une raison ou pour une autre, il avait les cheveux mouillés.

— Tu es réveillée, dit-il en regardant son corps nu avec cette lueur sensuelle dans les yeux qu'elle connaissait bien. Je suis allé nager dans le lac parce que je pensais que tu dormirais encore durant un bon moment. Pourquoi t'es-tu levée si tôt ?

— J'ai fait un mauvais rêve. Mia s'assit à côté de lui. Les mains de Korum se portèrent immédiatement à ses seins qu'il caressa légèrement comme s'il ne pouvait s'empêcher de la toucher.

— Pourquoi ma chérie ? Qu'est-ce que c'était que ce rêve ? Son beau visage était inquiet, même si ses mains continuaient à jouer avec les seins de Mia, ses pouces les effleuraient de telle manière qu'un élan de chaleur atteignit Mia au plus profond d'elle-même.

Dans ces conditions, elle avait du mal à réfléchir.

— Hum… c'est juste ce truc avec Saret… Sa tête tomba en arrière, son cou se tendit quand Korum se pencha sur elle pour mordiller le point sensible qu'elle avait à la clavicule.

— Quel truc ? murmura-t-il et une de ses mains glissa entre les cuisses de Mia et caressa son sexe douloureux.

— Juste cette… conversation… Mia eut le souffle coupé quand il glissa un doigt en elle et pressa son clitoris du pouce tandis qu'il continuait de jouer avec ses tétons de l'autre main.

— Et alors ? murmura-t-il, et elle sentit son haleine chaude sur son cou ce qui lui donna la chair de poule des pieds à la tête.

— Je ne… je ne sais pas, réussit à dire Mia, ses muscles intimes se contractaient autour du doigt de Korum et une vague de chaleur l'envahit tout entière. Elle était si près… si près…

Korum ôta son doigt et la repoussa sur le lit, elle était maintenant sur le dos avec les jambes en dehors. Il s'agenouilla sur le sol, mit ses jambes sur ses épaules et rapprocha son intimité lancinante de sa bouche.

Dès qu'elle sentit sa langue chaude et mouillée sur son clitoris, Mia se pulvérisa. Son orgasme fut si intense qu'elle glissa du lit, les yeux clos, pendant que des ondes de plaisir se diffusaient dans chaque partie de son corps.

Avant qu'elles ne se soient dissipées, il était déjà en elle, il avait déchiré son short à l'entrejambe et sa grosse verge s'était enfouie profondément dans son petit vagin. Cette brusque pénétration fit haleter Mia, elle lui attrapa les épaules et se cramponna à lui pendant qu'il commença d'aller et de venir en stimulant les terminaisons nerveuses qui étaient encore sensibles après son orgasme. En haletant, elle ouvrit les yeux et rencontra le regard doré de Korum.

Il la fixait avec une expression d'intense avidité sur le visage. Il pencha la tête et lui prit la bouche dans un baiser brutal, la ravageant de la langue tandis que sa verge continuait de la pénétrer. Une de ses mains tenait Mia par les cheveux et maintenait sa tête immobile, l'autre lui glissa sur les côtés et sous les hanches, et caressa l'endroit où ses plis se rejoignaient. Son doigt frotta tout autour de son ouverture puis le même doigt s'enfonça entre ses fesses et entra dans son autre ouverture.

Submergée de sensations, sans défense, Mia se mit à gémir. Étant donnée la manière dont il la tenait, elle ne pouvait que s'abandonner. Il était sur elle, partout en elle, et elle n'arrivait pas à reprendre son souffle, son cœur battant à tout rompre alors que la tension qu'elle éprouvait tourbillonnait de plus en plus haut. Elle avait l'impression que le doigt de Korum dans son fessier était bien trop gros, comme une invasion, et pourtant il lui donnait aussi du plaisir, un plaisir sombre, une inhabituelle sensation de plénitude qui rendait l'instant encore plus sensuel.

Au moment où elle s'y attendait le moins, tout se tendit en elle de manière convulsive, elle jouit, son corps se tortilla et se mit à frissonner dans les bras de Korum. Il gronda à son tour et continua de pousser en elle pour essayer d'aller encore plus loin et elle sentit la pulsation de sa verge quand il jouit lui aussi.

Quelques minutes plus tard, il se retira lentement.

— Tout va bien ? demanda-t-il doucement, et Mia hocha la tête, pantelante et trop détendue pour bouger.

Il sourit et la prit dans ses bras pour l'amener prendre une douche rapide puis ils s'habillèrent et se préparèrent pour aller prendre leur petit déjeuner avec la famille de Mia.

Au petit déjeuner, Mia s'aperçut qu'elle était distraite, elle repensait encore à son rêve et à sa fameuse conversation avec Saret. Après quelques minutes passées à ruminer tout cela, elle comprit ce qui la tracassait.

Pourquoi Saret avait-il prétendu que c'était Korum le méchant ? Est-ce qu'il délirait ou est-ce qu'il pensait que Mia serait assez crédule pour croire ses mensonges ? Et d'ailleurs, pourquoi même prendre la peine de lui mentir puisqu'il avait l'intention de la rendre amnésique immédiatement après ? Elle essaya de se souvenir exactement ce qu'il avait dit, quelque chose au sujet de Korum qui voulait s'emparer de la Terre. Qu'est-ce que ça pouvait bien vouloir dire ? Les Krinars y étaient déjà et partageaient la Terre avec les hommes, et Korum lui avait dit que telle était leur intention.

Malgré tout, Mia n'arrivait pas à se débarrasser d'une impression désagréable. Elle connaissait le côté impitoyable de son amant et elle le savait loyal à son peuple. Est-ce que cette loyauté pourrait aller jusqu'à vouloir éliminer une espèce entière, une espèce rivale, pour gagner de précieuses ressources ? Korum lui avait lui-même dit que la Terre était unique, que de toutes celles qui existaient, c'était elle qui ressemblait le plus à Krina. Et maintenant que Mia était sur Krina, elle pouvait voir que c'était effectivement le cas ; si quelque chose arrivait à la Terre, les hommes seraient particulièrement heureux d'habiter Krina, et l'inverse était vrai pour les Krinars.

Mia posa son ustensile en forme de pince et examina son amant tandis qu'il parlait et plaisantait avec sa famille. Il semblait impossible que de noirs desseins se cachent derrière cette belle apparence et ce sourire chaleureux.

Pouvait-il simultanément être amoureux d'elle et vouloir détruire ses congénères ? Et jusqu'où allait son ambition ?

Mia mangea une bouchée et essaya d'y penser de manière logique. C'était évident, elle le saurait si elle était tombée amoureuse d'un monstre. Personne ne pouvait dissimuler aussi longtemps tant de noirceur. Korum n'était pas un ange, et il n'avait pas forcément beaucoup d'estime pour les hommes, mais il n'irait jamais jusqu'à leur prendre leur planète.

Était-ce si sûr ?

Ce que Mia venait d'avaler lui resta sur l'estomac. Elle s'excusa, se leva et alla se rafraîchir à la salle de bain. Elle s'aspergea le visage et se regarda attentivement dans le miroir, ses yeux avaient du mal à cacher sa panique.

Il fallait qu'elle parle avec Korum et il fallait le faire maintenant, avant que les doutes et les soupçons d'autrefois puissent revenir empoisonner leur relation. S'il y avait quelque chose que Mia avait appris de l'échec de la Résistance, c'était l'absurdité de conclure trop hâtivement et d'assumer le pire. Elle n'était plus cette jeune fille qui redoutait de parler à son amant K de peur de trahir ses congénères. Désormais, Korum lui appartenait autant qu'elle lui appartenait, et d'une manière ou d'une autre elle saurait la vérité.

Le petit déjeuner semblait s'éterniser. Mia sourit et bavarda avec les siens tout en bouillonnant d'impatience. Elle voyait bien que de temps en temps Korum lui jetait des coups d'œil interrogateurs, et elle savait qu'il se rendait compte que quelque chose n'allait pas, qu'elle souriait de manière forcée.

Finalement, ils avaient terminé de manger. Marisa retourna se coucher dans sa chambre, elle avait commencé depuis peu à le faire pour lutter contre la fatigue de sa grossesse, et Connor se joignit à elle, ne voulant pas se séparer de sa femme. Les parents de Mia allèrent aussi dans leur chambre pour lire et pour regarder des émissions sur Krina que Korum avait sélectionnées pour eux.

— Veux-tu faire une promenade ? demanda Mia à Korum dès que ses parents furent trop loin pour l'entendre.

Il haussa les sourcils.

— Ne fait-il pas trop chaud pour toi en ce moment ?

— Non, ça devrait aller. Mia ne savait pas si ça irait ou pas, mais elle voulait sortir de la maison pour que sa famille ne puisse pas les entendre.

— Alors d'accord. Korum se leva avec cette grâce propre aux Krinars. Allons-y !

L'intensité de la chaleur frappa Mia dès qu'ils sortirent de la maison. Il était environ onze heures du matin et le soleil était incroyablement haut dans un ciel sans nuage. Tout autour d'eux, Mia entendait le gazouillis et le bruissement des oiseaux, des insectes et des autres animaux, certains sons lui semblaient familiers, d'autres étranges et exotiques.

Ils marchèrent quelques minutes au bord du lac en suivant le même chemin que la veille. À la lumière du jour, le paysage était encore plus beau et plus remarquable qu'il ne l'avait été au crépuscule, mais Mia ne pouvait lui accorder la moindre attention pour le moment. Elle avait l'estomac noué et elle avait mal au cœur comme si elle avait mangé quelque chose qui lui avait fait mal.

— Alors, Mia... Korum s'arrêta à l'ombre quand ils furent près du lac et la fit s'asseoir près de lui dans une épaisse touffe de plantes qui ressemblaient à de l'herbe. Qu'est-ce qui ne va pas, ma chérie ? Qu'est-ce qui se passe ce matin ?

Mia regarda celui qu'elle aimait plus que la vie.

— Je veux savoir si ce que m'a dit Saret est vrai.

Korum ne broncha pas et la regarda calmement.

— À quel moment ?

— Quand il a dit... sa voix se brisa en pleine phrase. Quand il a dit que tu voulais nous prendre la Terre.

Pendant un moment, le silence fut complet, ils se fixaient mutuellement des yeux. Puis il lui dit d'une voix douce :

— Nous voulons partager votre planète avec vous, je te l'ai déjà dit.

— Alors pourquoi Saret m'a-t-il dit que tu veux nous la prendre ? Il y a quelque chose d'étrange. Se trompe-t-il complètement ou y a-t-il quelque chose que je devrais savoir ? Quelles sont tes véritables intentions, Korum ? Comment allez-vous vraiment partager notre planète avec nous quand votre soleil s'éteindra ?

Il garda le silence quelques instants, son visage était dur et énigmatique.

— Tu ne me fais toujours pas confiance, n'est-ce pas ? dit-il enfin. Après tout ce qui s'est passé, tu continues à penser que je suis le méchant.

Mia respira en tremblant, la sensation désagréable qu'elle avait ne faisant qu'empirer.

— Non, Korum, ce n'est pas ce que je pense. Je ne veux pas le penser. Je veux seulement savoir la vérité. Toute la vérité.

Il semblait implacable si bien qu'elle ajouta :

— Je t'en prie, Korum, si tu tiens vraiment à moi, je t'en prie, il faut tout me dire.

CHAPITRE VINGT-HUIT

— D'accord. Il y avait longtemps qu'elle n'avait pas entendu une telle froideur dans sa voix. Mais souviens-toi, ma chérie, que personne en dehors du Conseil et des Anciens ne sait ce que je vais te dire. Tu ne peux en parler à personne, tu me comprends bien ?

Mia hocha la tête en retenant son souffle.

— Nous n'allons pas vous prendre la Terre, dit-il. Nous prendrons Mars. Ensuite, nous donnerons aux hommes la possibilité de s'y installer une fois que nous y aurons créé les conditions indispensables pour y vivre.

Mia était stupéfaite et le fixa des yeux.

— Quoi ? Mars ? Mais c'est inhabitable…

— Oui, c'est inhabitable pour le moment, dit Korum. Une fois que nous serons passés par là, ce sera une sorte de paradis. Cette planète a déjà de l'eau sous forme de glace. Nous la réchaufferons, nous y créerons de l'atmosphère et nous donnerons à Mars un champ magnétique pour atténuer les radiations solaires et empêcher l'atmosphère de disparaître dans l'espace. On peut même remédier à l'écart de gravité ; nos savants viennent de trouver un moyen d'y améliorer la gravité en surface et de la rendre comparable à celle de la Terre et à celle de Krina.

— Mais… Mia ne savait que dire. Attends, alors c'est Mars que vous voulez, pas la Terre ?

Korum soupira.

— Non, Mia. Nous voulons un endroit pour que notre espèce puisse continuer d'être florissante une fois que notre soleil commencera à s'éteindre. Malheureusement, nous ne pouvons l'empêcher de mourir. Peut-être un jour nous découvrirons aussi une solution à ce problème, mais pour le moment nous devons nous préparer au pire. La Terre sera notre seconde option après Krina, et Mars la troisième.

— Alors vous voulez la Terre ? Mia avait l'impression que quelque chose lui échappait.

— Oui. Les yeux d'ambre de Korum étaient plus froids que jamais. Bien sûr que oui. Ou du moins ses régions les plus chaudes. Mais nous ne tuerons pas les hommes pour l'obtenir, si c'est ce que Saret t'a laissé entendre. Nous vous donnerons la possibilité de rester sur la Terre ou de vous installer sur Mars que nous aurons aménagé, en échange d'une rétribution considérable et d'autres avantages.

— Vous allez soudoyer les hommes pour qu'ils quittent la Terre ? Mia n'en croyait pas ses oreilles.

— Oui. Un petit sourire apparut sur les lèvres de Korum. On pourrait dire ça. De nombreuses régions de la

Terre sont pauvres, l'existence quotidienne y est un combat. Nous offrirons à ces gens la possibilité d'aller vivre dans ce qui ressemblera beaucoup à un paradis, où tous leurs besoins essentiels seront satisfaits et où ils seront comme des rois. Tu ne crois pas que ça pourrait tenter quelqu'un qui habite actuellement en Inde ou au Zimbabwe ?

Mia cligna des yeux. Elle comprenait sa logique, mais elle voyait aussi un gros problème dans ce qu'il disait.

— Si Mars va devenir aussi extraordinaire, dit-elle lentement, pourquoi est-ce que les Krinars n'y vont pas à la place des hommes et pourquoi ne laissent-ils pas notre planète tranquille ?

— Certains d'entre nous voudront sans doute vivre sur Mars, dit Korum. Il n'est pas impensable que toi et moi allions y vivre un jour. Mais il y aura toujours des gens qui seront mal à l'aise avec ce qu'ils perçoivent comme une nature artificielle, ceux qui préfèrent vivre sur une planète qui a connu des milliards d'années d'évolution naturelle, même si cette planète a d'une certaine manière été polluée et abîmée par les hommes.

— Alors ils viendront vivre sur Terre avec nous, je veux dire avec nous, les êtres humains ?

— Oui, dit Korum. Exactement. Nous construirons de nouveaux Centres sur la Terre pour que les Krinars puissent y habiter. Et en échange des terrains que nous cèderont les hommes, nous leur donnerons un environnement beaucoup plus luxueux sur Mars. Les deux espèces y trouveront leur compte.

— Et si les hommes ne veulent pas vous céder de terrains ?

Il plissa les yeux.

— Et pourquoi refuseraient-ils ? Tu crois vraiment qu'un petit agriculteur du Rwanda refuserait de ne plus jamais avoir à se tuer au travail ? De pouvoir nourrir sa famille tous les jours et lui offrir des repas délicieux et nutritifs ? Quiconque ira sur Mars aura accès à un système de santé gratuit, à l'éducation, à un logement... À tout ce dont il aura besoin. Nous ne traiterons pas tes congénères comme vous avez traité les Indiens d'Amérique. Ce n'est pas notre style.

— Tu n'as pas vraiment répondu à ma question, dit lentement Mia. Si les gens ne veulent pas y aller, seront-ils déportés sur Mars ? Allez-vous leur prendre leurs terres quoiqu'il arrive ?

— Nous ferons tout ce qu'il sera nécessaire pour assurer la survie et la future prospérité de notre espèce, Mia., dit-il, et ses yeux froids brillaient sous la ligne sombre de ses sourcils. Exactement comme vous le feriez.

Mia en eut froid dans le dos.

— Je vois.

— À quoi t'attendais-tu, ma chérie ? Il parlait d'une voix doucement moqueuse. Tu voulais que je te mente, que je te dise que nous ne prendrions jamais ce dont nous avons besoin si nous ne pouvons l'obtenir autrement ?

— Non, dit Mia. Je ne voulais pas que tu me mentes. Je veux que tu me dises toujours la vérité. Elle se leva et alla vers l'eau du lac, elle fixait des yeux la surface d'un bleu sombre, sans rien voir. Elle ne savait que penser ni par quoi commencer pour faire face à cette situation.

Ce que Korum venait de décrire semblait relativement inoffensif et même généreux si on le comparait à ce que les conquérants avaient fait dans l'histoire de l'humanité. Et pourtant Mia savait que ce ne serait pas aussi simple. L'arrivée des Krinars quelques années plus tôt avait provoqué une grande panique qui avait été à l'origine du mouvement de Résistance et qui avait entraîné des milliers de morts. Il était absurde de penser que cela ne se reproduirait pas quand on apprendrait quelles étaient les intentions des Krinars concernant Mars. Même si les Krinars ne déplaçaient que ceux qui le voulaient, la population dans son ensemble aurait de graves soupçons et sans doute à juste titre. Une fois que les Krinars disposeraient d'un lieu où ils pourraient emmener les hommes en toute bonne conscience, qu'est-ce qui pourrait les empêcher de le faire ?

Korum vint derrière elle et lui enveloppa le buste de ses bras, l'attirant contre lui de manière à ce que le front de Mia se blottisse sous son menton.

— Je suis navré, Mia, dit-il d'une voix douce. Je ne voulais pas être dur avec toi. Il est évident que tu as le droit de savoir, et je ne devrais pas t'en vouloir de ne pas me faire confiance après ce qui s'est passé au début entre nous. Je ne veux aucun mal à ton espèce. Vraiment aucun, surtout maintenant que je suis tombé amoureux de toi et que j'ai fait la connaissance de ta famille. Nous ferons de notre mieux pour que tout se passe bien, que tous vos gouvernements soient pleinement impliqués et informés de ce qui se passe. Tout peut se passer de manière paisible. Nous ferons en sorte que cela bénéficie à tous.

Mia voulait se laisser aller entre ses bras, le laisser la rassurer que tout allait bien se passer, mais elle ne pouvait se conduire comme une autruche et se cacher la tête dans le sable.

— Et quand allez-vous le faire ? Sa voix était neutre, absente. Quand allez-vous commencer les transformations sur Mars ?

— Bientôt, dit Korum en la serrant plus fort. Je viens juste de recevoir l'accord des Anciens pour le faire.

— Mais pourquoi Mars ? C'était ce que Mia ne comprenait pas. Pourquoi est-ce que les Krinars ne prennent pas n'importe quelle planète dans un autre système solaire ? Si vous pouvez faire ce genre de choses…

— Le terraforming, dit Korum, ça s'appelle le terraforming.

— Entendu, dit Mia. Si vous pouvez terraformer Mars, pourquoi ne pas le faire pour une autre planète ? Pourquoi faut-il que ce soit si près de la Terre ?

— Parce que la proximité de la Terre facilitera la réalisation du projet, expliqua-t-il à voix basse. Nous n'avons encore jamais rien fait à cette échelle et nous avons besoin d'une base à partir de laquelle pourront travailler nos savants et les autres spécialistes. La tâche ne va pas être facile. Cela va prendre des années, voire des décades pour rendre Mars habitable, et ce sera pratique d'avoir nos Centres sur Terre à proximité en cas d'urgence. Une fois que nous avons résolu tous les problèmes qui se posent, nous pourrons terraformer d'autres planètes situées dans d'autres zones habitables des différentes galaxies.

— D'autres planètes en plus de la Terre et de Mars ? Toujours entre ses bras, Mia se retourna pour le regarder. Pour la première fois, elle comprit jusqu'où allait son ambition, et elle en fut profondément ébranlée. Vous allez construire un empire, n'est-ce pas ? murmura-t-elle. Un véritable empire intergalactique… le Terre, Mars, d'autres planètes encore à l'avenir, les Krinars domineront tout, c'est bien ça ?

— Oui. Les yeux de Korum étincelaient. Nous dominerons l'univers tout entier.

* * *

Korum put voir sur son visage à quel point elle était choquée et il se radoucit.

— Est-ce que ça serait si grave, ma chérie ? Vous aussi, vous en profiterez. S'il devait arriver quelque chose à la Terre, vous pourrez survivre et prospérer avec nous.

Il pouvait sentir qu'elle était tendue et il maudit Saret d'avoir introduit le doute dans son esprit ce jour-là. Korum avait l'intention de tout dire à Mia le moment venu et de lui expliquer de la manière la plus rassurante possible ce qu'il projetait de faire. Il savait qu'il serait possible qu'elle l'interroge une fois qu'elle aurait retrouvé la mémoire, mais il n'avait pas prévu ses propres réactions à ses questions. Son manque de confiance, sa tendance à le voir de la pire manière possible, tout ceci lui rappelait trop le début de leur relation quand elle l'avait épié et trahi au profit de la

Résistance. Ses blessures venant de cette époque étaient encore trop fraîches pour lui permettre de rester aussi calme et aussi rassurant qu'il l'espérait.

— Avec vous, et sous votre contrôle, c'est ça ? Elle fit un geste pour se libérer et Korum baissa les bras puis recula d'un pas pour la laisser respirer. Il ne prit pas la peine de lui répondre ; la réponse allait de soi.

Un empire intergalactique… D'habitude, il n'y pensait pas en ces termes, mais ce n'était pas une mauvaise description pour ce qu'il espérait accomplir de son vivant. Depuis toujours, même quand il était petit, Korum avait rêvé d'explorer d'autres planètes et d'y installer des Krinars. Telle était leur destinée. Krina avait beau être magnifique, ce n'était qu'une minuscule planète parmi des milliards et des milliards, un rocher dépendant de son étoile et vulnérable à divers désastres cosmiques.

La Terre l'avait toujours fasciné grâce à ses caractéristiques comparables à celles de Krina et une espèce remarquablement similaire aux Krinars. Dans sa jeunesse, Korum, comme beaucoup d'autres, avait considéré les hommes comme des êtres inférieurs à cause de leur corps fragile et faible et leur manière primitive de vivre. C'était seulement depuis quelques siècles qu'il avait commencé à comprendre que ces êtres étaient aussi intelligents et débrouillards que les Krinars. Autrefois, les craintes de Mia auraient été justifiées : il y a mille ans, Korum n'aurait pas hésité à prendre la Terre aux hommes, tout simplement. Mais maintenant, il ne voulait plus priver les hommes de leur planète ; il voulait seulement faire en sorte que les Krinars y aient également une place.

Il n'avait jamais pensé que son ambition était particulièrement scandaleuse, mais il savait que d'autres le pensaient. Même son propre père semblait parfois intimidé par la volonté de Korum et ne comprenait pas que son fils voulait seulement le meilleur avenir possible pour leur espèce. Un groupe de planètes peuplées et contrôlées par les Krinars, c'était logiquement la prochaine étape de leur évolution, et Korum ne voyait rien de répréhensible dans le fait de travailler pour réaliser cet objectif.

Et maintenant, il lui suffisait d'obtenir que sa Charl partage son propre point de vue sur la question.

— Mia, écoute-moi ! dit Korum en la regardant attentivement. Je sais que tu as peur, mais je te dis la vérité. C'est parce que c'est presque un secret d'état que je ne t'en avais pas encore parlé, et pas parce que j'essayais de te cacher quelque chose de mal. Concernant Mars, je viens juste de recevoir l'accord définitif des Anciens, et la prochaine étape, ce sera de prendre contact avec vos gouvernements pour les informer de nos intentions. De cette manière, ils pourront préparer convenablement les populations et empêcher des rumeurs qui risqueraient d'être dangereuses de se propager. Tout peut se passer paisiblement, et nous ferons de notre mieux pour qu'il en soit ainsi.

La petite langue sexy de Mia vint pourlécher ses lèvres et il s'aperçut qu'il avait les yeux rivés à sa bouche, en l'imaginant lécher tout à fait autre chose. *Putain, concentre-toi !* Avec effort Korum leva les yeux pour croiser ceux de Mia, faisant comme s'il ne sentait pas se raidir sa verge. Ce n'était pas le moment de penser au sexe ; il devait la convaincre qu'il n'était pas sur le point d'exterminer son espèce ou de voler sa planète.

— Est-ce que tu le jures ? Sa voix était douce, tremblante, et sur son visage il pouvait voir l'espoir combattre le doute. Elle voulait lui faire confiance, mais elle avait besoin d'être davantage rassurée. Tu jures que tu ne veux aucun mal à mes semblables ? Que lorsque tu construiras ton empire ce ne sera pas aux dépens du bien-être de mon espèce ?

— Oui, ma chérie, dit Korum, je le jure. À moins que les hommes ne nous attaquent, nous ne ferons rien contre eux. Ceux qui souhaiteront quitter la Terre recevront une compensation équitable pour avoir fait ce choix et nous vivrons aux côtés des hommes sur la Terre, sur Mars et sur les planètes que nous trouverons. Tout se passera bien, ma chérie, je te le promets.

Alors il s'avança vers elle, la reprit dans ses bras et poussa un soupir de soulagement quand il sentit qu'elle lui mettait à son tour le bras autour de la taille.

CHAPITRE VINGT-NEUF

Mia mit le collier de pierres chatoyantes que Korum lui avait offert et s'examina d'un œil critique dans le miroir. Elle était vêtue d'un costume de cérémonie Krinar, une robe blanche étincelante semblable à celle qu'elle avait le jour du combat. Elle avait un chignon et ses cheveux étaient couverts d'un filet argenté assorti à ses sandales. Elle était en costume d'apparat, et prête à affronter les Anciens.

Il aurait été parfaitement normal qu'elle soit nerveuse. Après tout, elle allait rencontrer les Krinars les plus vieux du monde, ceux dont les noms étaient légendaires parmi les ks et dont les décisions déterminaient le destin de l'humanité. Les Krinars qui allaient décider de l'espérance de vie des siens. Et pourtant elle se sentait étrangement calme comme si rien ne pouvait l'atteindre en ce moment.

Elle continuait sans cesse à revenir sur la conversation de ce matin avec Korum, la passant inlassablement en revue dans son esprit. Mars, la Terre, un empire intergalactique… L'ambition de son amant était donc sans fin. Mia était convaincue que Korum parviendrait finalement à son but et qu'il serait à la tête de l'empire qu'il était sur le point de bâtir.

Et elle serait à ses côtés. Cette pensée lui fit tourner la tête. Elle, qui n'avait jamais voulu rien de plus qu'une vie tranquille, ordinaire, serait là pour voir l'empire Krinar prendre forme, elle serait aux côtés et dans le lit de celui qui allait en être l'artisan.

Était-ce trahir ses congénères ? Ou bien Delia avait-elle eu raison de dire que l'amour de Korum pour elle contribuait davantage à aider les hommes que tous les efforts réunis de la Résistance ?

Elle l'avait cru quand il avait promis que les Krinars ne feraient pas volontairement de mal aux hommes. Il avait toujours tenu les promesses qu'il lui avait faites. Mais elle n'était pas sûre de ce qu'il adviendrait quand on apprendrait les intentions des ks concernant Mars. Les mouvements anti-ks reprendraient-ils ? La population de la Terre allait-elle être prise de panique et tenter de frapper les envahisseurs provoquant les représailles des Krinars ? Mia serait accablée si ça devait arriver.

Mais la pensée de quitter Korum lui était insupportable. Elle ne pouvait pas vivre sans lui ; c'était aussi simple que ça. Elle l'aimait de chaque fibre de son être et elle savait qu'il l'aimait tout aussi passionnément. Était-ce trahir les siens… ou était-elle la femme la plus heureuse au monde ? Seul l'avenir le dirait.

Pour l'heure, il lui fallait rencontrer les Anciens.

— Il vaudra mieux me laisser parler, dit Korum alors qu'ils s'approchaient d'une clairière au milieu de la forêt. Ils n'aiment pas les paroles inutiles.

— Bien sûr, dit Mia. Nous ne dirons pas un mot.

— Si, ça pourrait être nécessaire, lui dit-il. Ils vont sans doute vouloir vous parler directement à toi et à ta famille. Dans ce cas, je te conseille vivement de répondre à leurs questions aussi sincèrement et aussi brièvement que possible.

Mia hocha la tête en signe d'acquiescement. Du coin de l'œil, elle voyait ses parents se tenir la main en marchant. Sa mère était pâle et son père semblait sombre, comme s'il allait à une exécution capitale. Marisa et Connor traînaient derrière, ils paraissaient à la fois nerveux et excités.

Contrairement à Mia, le reste de la famille était habillé comme d'habitude. C'est ce qu'ils avaient choisi de faire.

— Quoi ! Je dois enfiler quelque chose comme ça à mon âge ? avait dit la mère de Mia en désignant la robe moulante et décolletée dans le dos que portait sa fille. Korum n'avait pas fait d'objection ; puisqu'aucun d'eux n'avait le statut de Charl, ils n'étaient pas considérés comme faisant partie de la société Krinar et ils pouvaient donc s'habiller à leur guise. Dan avait mis un costume et une cravate et Connor en avait fait autant. Ella et Marisa portaient des robes élégantes et des talons hauts. Mia espérait qu'elles n'étaient pas trop mal à l'aise, habillées et chaussées de cette manière pour marcher dans la forêt en pleine chaleur. Mia ne fut nullement surprise que les Anciens veuillent les rencontrer à l'extérieur plutôt qu'à l'intérieur. Les ks étaient en communion parfaite avec la nature et Korum lui avait dit que certains Anciens évitaient complètement les constructions artificielles et choisissaient de vivre comme le faisaient leurs ancêtres primitifs, dans les troncs creux d'arbres géants ou dans des cavernes rocheuses dans les montagnes. Et ils gardaient jalousement leur territoire, ne permettant à quiconque de venir à plus d'une vingtaine de kilomètres de la zone qu'ils avaient choisie. Cet endroit dans les bois était considéré comme un terrain neutre, un endroit où les Anciens se rencontraient souvent pour parler de différents sujets et passer du temps ensemble.

— Très peu de Krinars ont le privilège de voir les Anciens en personne comme tu vas le faire, dit Korum alors qu'ils s'arrêtaient à l'entrée de la clairière. C'est le plus grand honneur qui soit.

Mia respira profondément pour essayer de calmer le léger tremblement de ses mains. Maintenant qu'ils étaient arrivés, elle avait perdu son calme initial et son cœur battait à tout rompre dans sa poitrine. Et si par mégarde elle disait ou faisait quelque chose qui mettait les Anciens en colère ? Alors ils refuseraient la pétition, ou bien pire. Elle ignorait de quoi ces anciens Krinars pouvaient être capables.

— Es-tu prête, ma chérie ? Et elle hocha la tête en mettant sa main dans la sienne. Puis ils entrèrent tous les deux dans la clairière. Sa famille marchait sur leur pas.

Neuf Ks se trouvaient là : trois Krinars de sexe féminin et six de sexe masculin. Tous regardaient Mia et sa famille, le visage dépourvu de toute expression. Physiquement, ils semblaient dans la fleur de l'âge, pas plus âgé que Korum ou que les Krinars qu'elle avait déjà rencontrés. Tous les Anciens étaient grands et costauds et même les Anciennes semblaient plus fortes que les autres Ks. La plus petite d'entre elles faisait sans doute un peu plus d'un mètre quatre-vingt et elle était très musclée. À la surprise de Mia, ils portaient tous le costume moderne des ks et leurs vêtements de couleur claire contrastaient avec leur peau bronzée.

Les Anciennes étaient belles comme des princesses guerrières, mais l'apparence des Anciens était plus inégale. L'un d'entre eux ressemblait beaucoup plus à l'enregistrement des premiers ks qu'aux autres Krinars. Bien que ses traits rudes et marqués aient eu un certain pouvoir d'attraction, ils manquaient trop de finesse pour qu'on puisse le trouver beau. Mia se demandait si l'un d'entre eux avait une compagne ou un compagnon ou s'ils avaient survécu seuls pendant des millions d'années.

Korum lâcha la main de Mia et inclina respectueusement la tête sans rien dire. Mia suivit son exemple sans cesser de regarder les Anciens. Dans la culture Krinar, il était discourtois de baisser les yeux ou de détourner le regard quand on rencontrait un personnage important ; il fallait le regarder droit dans les yeux.

L'une des Anciennes s'avança, ses gestes étaient harmonieux et fluides. Elle s'approcha de Mia et lui caressa la joue selon le geste de salut traditionnel entre Krinars de sexe féminin. Mia sourit et en fit de même tout en espérant ne pas se tromper. À en juger par la lueur approbatrice qu'elle lut dans les yeux de Korum, elle avait fait exactement ce qu'il fallait.

Après avoir salué Mia, l'Ancienne fit le tour des autres humains et les examina avec une visible curiosité. Elle ne dit pas un mot et ne fit pas un geste, mais Mia pouvait voir de grosses gouttes de sueur perler sur le front de son père. Il devait être très anxieux parce que d'habitude il n'était pas en sueur quand il faisait chaud.

Toujours en silence, l'Ancienne revint vers les autres et reprit sa position initiale auprès d'elles. Puis neuf paires d'yeux se contentèrent de regarder Mia et sa famille, ils les examinaient d'un regard froid et profondément intelligent qui n'avait rien d'humain.

Mia les regarda de nouveau en se demandant quels étaient les deux Anciens qui étaient chargés de guider l'évolution de l'humanité.

D'une certaine manière, elle voyait des dieux vivants, les créateurs de l'humanité. C'était une idée si déroutante qu'elle ne souhaitait pas s'y attarder. Elle risquait moins de s'effondrer en tremblant en considérant les Anciens qui étaient devant elle comme une version plus ancienne de Korum. Et effectivement, pour quelqu'un qui n'avait que vingt-et-un ans, il n'y avait pas une différence énorme entre avoir deux mille ans et en avoir deux millions. Dans les deux cas, c'est un âge incroyable, ou du moins c'est ce qu'elle se répétait.

Finalement, après ce qui sembla interminable à Mia, l'Ancien aux traits marqués s'avança de Mia et de Korum.

— Alors voici votre Charl, murmura-t-il d'une voix exceptionnellement grave. Mia pensa qu'il bougeait comme un lion, rien que du muscle et une intensité de prédateur.

Korum inclina la tête.

— Oui.

— Étonnante, dit l'Ancien en penchant la tête de côté pendant qu'il examinait Mia. Très étonnante.

Mia dut lutter contre le désir de fléchir devant ce regard pénétrant. Elle avait l'impression d'être déshabillée du regard et que l'Ancien percevait toutes ses craintes et toute sa vulnérabilité.

— Pourquoi pensez-vous que nous devrions faire une exception pour votre famille, Mia ? dit tout à coup l'Ancien en s'adressant directement à elle.

Mia avala sa salive, elle avait un chat dans la gorge. Elle s'était préparée mentalement pour ce genre d'interrogatoire, et pourtant elle fut prise de court. Mais quand elle se mit à parler, sa voix était étonnamment calme et ne trahit pas son désarroi intérieur. L'adrénaline coulait dans ses veines, accentuait sa concentration et les mots qui lui vinrent à la bouche furent inhabituellement clairs et nets.

— Je ne pense pas que vous devriez faire une exception pour ma famille, dit-elle en levant les yeux vers l'Ancien. Je pense que vous devriez partager vos découvertes technologiques avec l'humanité tout entière. Si pour une raison ou pour une autre vous refusez de le faire, pensez à ceci : maintenant que je vis avec Korum j'ai la même longévité que lui. Puisque vos collègues et vous-même l'avez permis, vous devez en voir la logique. Sans les nanocytes implantés dans mon corps, je vieillirais et je mourrais dans quelques décennies, tandis que Korum resterait tel quel et cela serait insupportable pour nous parce que nous nous aimons. Elle se tut et respira profondément. Et il me serait également insupportable de voir ceux que j'aime (elle désigna les siens) tomber malades et mourir.

Le vieux K continuait de la regarder et elle pouvait voir une lueur d'amusement sur son visage. Elle adoucissait légèrement ses traits et le rendait un petit peu moins intimidant. Mia aurait voulu en dire plus, mais elle se rappela des recommandations de Korum sur la nécessité d'être concise quand elle répondrait aux questions et elle décida au contraire de se taire. À part se répéter ou invoquer leur sens éthique et moral, il n'y avait rien d'autre à ajouter.

L'Ancien la fixa des yeux encore quelques secondes de plus puis se retourna. Mia put deviner une communication tacite entre lui et les autres puis il se tourna de nouveau vers Mia et Korum.

— Nous prendrons bientôt notre décision, dit-il en s'adressant cette fois à Korum.

Ensuite, il se dirigea vers les autres Anciens et ils disparurent tous dans la forêt laissant Korum, Mia et sa famille seuls dans la clairière.

* * *

— C'était Lahur, dit Korum à sa Charl pendant qu'ils rentraient à la maison. C'est celui dont je t'ai parlé, le plus vieux Krinar au monde. Celle qui s'est approchée de toi et de tes parents est Sheura ; c'est une biologiste spécialisée dans l'évolution et elle est impliquée depuis le début dans la création de l'humanité.

— Ah, pas étonnant qu'elle semblait si curieuse à notre sujet ! Que vont-ils décider ? Est-ce que tu crois qu'ils seront d'accord ? Mia était juchée sur un siège flottant à côté de Korum, ses yeux brillaient d'excitation. Korum savait qu'elle était encore sous le contrecoup de sa rencontre avec les Anciens et il lui sourit, il était fier de la façon dont elle s'était comportée avec eux. Il savait qu'elle était nerveuse, évidemment, mais elle avait toujours gardé son sang-froid, ce qui n'aurait pas été le cas de bien des Krinars à sa place.

— Je ne sais pas, ma chérie, dit-il sincèrement. Personne ne peut prédire ce que les Anciens vont décider. J'espère qu'ils ont vu ce qu'ils voulaient voir aujourd'hui. Il ne nous reste plus qu'à attendre.

— Est-ce qu'il faut que nous restions à Krina pendant qu'ils prennent leur décision ? demanda la mère de Mia, et Korum put voir qu'elle avait l'air bien plus calme maintenant, elle était soulagée que cette épreuve soit derrière eux.

— Oui, dit Korum. Il vaudrait peut-être mieux. Ils ont dit 'bientôt,' donc ça ne devrait pas être trop long. Et d'ailleurs, vous n'avez pas encore fait la connaissance de mes parents. Je sais qu'ils ont hâte de rencontrer tout le monde. Korum avait encore une autre raison de souhaiter la présence de la famille de Mia à Krina, mais ce n'était pas le bon moment pour en parler.

— Oh, nous serions aussi très heureux de faire leur connaissance, s'exclama Ella. Tu es de mon avis, n'est-ce pas, Dan ?

— Bien sûr, dit le père de Mia, nous en serions ravis.

— Bien, dit Korum. Alors je m'en occupe.

CHAPITRE TRENTE

Tout en fredonnant, Mia s'habillait et se préparait pour aller chez les parents de Korum. Elle se rappelait qu'elle avait bien aimé Riani et Chiaren pendant la rencontre virtuelle avec eux et elle était impatiente de les revoir. Elle imaginait que ses propres parents les trouveraient sympathiques aussi, bien qu'ils seraient impressionnés par leur jeunesse et leur beauté.

Si les Anciens accordaient leur permission, les parents de Mia retrouveraient aussi leur jeunesse. C'était quelque chose qu'elle désirait si fort que c'était physique. Elle avait vu des photographies de son père et de sa mère quand ils avaient son âge et ils avaient formé un joli couple, son père était grand et beau et sa mère mignonne et insouciante. Elle voulait les voir comme ça en vrai, qu'ils aillent bien et soient pleins de force, sans avoir tous les ennuis de santé liés à l'âge mûr.

Au moment où elle mettait sa robe, Korum entra dans la chambre. Il semblait encore plus beau que d'habitude, son visage était éclairé d'une émotion qu'elle ne lui avait jamais vue. Il s'approcha de Mia et baissa la tête pour effleurer ses lèvres d'un baiser.

— Tu es ravissante, ma chérie, dit-il d'une voix douce en replaçant une des boucles de cheveux de Mia derrière son oreille.

— Merci ! Mia lui rendit son sourire. Toi aussi, tu es très beau.

— Voici un petit quelque chose que j'aimerais te voir porter, dit-il en la regardant avec un mystérieux sourire. C'est un autre bijou.

— Oui, bien sûr ! Mia avait déjà mis le collier de pierres chatoyantes pour cette rencontre avec les parents de Korum, mais ça ne l'ennuyait pas de mettre quelque chose d'autre à la place, ou en plus de ce collier. Elle n'avait jamais été très douée pour les accessoires bien qu'elle ait vraiment l'intention d'apprendre. Elle savait déjà mieux s'habiller et suivre la mode ; la manière de porter des bijoux serait la prochaine étape.

À sa complète stupéfaction, Korum recula d'un pas et mit un genou à terre. Il avait un petit écrin noir à la main. L'écrin s'ouvrit sous ses yeux et fit apparaître la plus jolie bague qu'elle ait vue de sa vie. Elle était petite et délicate et semblait faite de la même matière que son collier et une grosse pierre ronde chatoyante y était sertie.

— Mia, dit Korum à voix basse tout en la regardant de ses extraordinaires yeux d'ambre, je sais que tout n'a pas toujours été facile entre nous, et je ne puis te promettre qu'il n'y aura jamais d'autres difficultés. Mais il y a une chose dont je suis certain. Je veux que tu sois avec moi, maintenant et pour toujours, plus que je n'ai jamais voulu être avec quiconque de toute ma vie. Je veux que tu sois dans ma vie, dans mon lit et à mes côtés aussi longtemps que nous vivrons tous les deux. Je veux te chérir et te protéger. Je veux que le monde entier soit à tes pieds. Je veux que ton visage soit le premier que je verrai en me réveillant et le dernier en m'endormant. Je veux te rendre aussi heureuse que tu le fais. Mia, ma chérie, je suis éperdument amoureux de toi. Me feras-tu l'honneur de devenir ma femme ?

Mia ouvrit la bouche, mais aucune parole n'en sortit. Mais elle sentait que ses yeux la brûlaient étrangement.

— Tu… tu veux que je t'épouse ? réussit-elle finalement à murmurer de peur de ne pas avoir bien entendu. Mais… Elle avala sa salive. Tu es un Krinar ! Tu ne peux pas épouser une terrienne ! À la fin de sa phrase, sa voix s'éleva avec incrédulité.

— Je peux faire ce que je veux, dit Korum, et elle ne put s'empêcher de sourire intérieurement à la nuance d'arrogance dans sa voix. Même à genoux, il parlait comme le roi du monde. Ce n'est pas parce que personne ne l'a jamais fait que je ne peux pas le faire. Je veux que tu sois à moi dans tous les sens du terme, selon la loi Krinar *et* selon celle des hommes. Mia, ma chérie, veux-tu m'épouser ?

Ses yeux la brûlaient davantage et une larme qui s'en échappa lui roula sur la joue.

— Oui ! dit-elle. Sa poitrine était oppressée et elle avait du mal à respirer. Oui, mon amour, je veux bien t'épouser.

Le sourire qu'il lui adressa en guise de réponse était aussi éblouissant que le soleil de Krina. Il se releva, lui prit la main gauche et glissa la bague sur son annulaire. Elle lui allait à merveille et chatoyait de toutes les couleurs de l'arc-en-ciel.

— Oh, Korum, elle est… Désormais, Mia ne cachait plus ses larmes, c'étaient des larmes de bonheur qui coulaient sur ses joues. Elle est belle…

— Pas aussi belle que toi, dit-il doucement en la prenant dans ses bras. Rien ne sera jamais aussi beau que toi. Et lui prenant le visage entre ses grandes mains, il essuya les larmes de son visage en l'embrassant, ses lèvres étaient tendres et empreintes d'un profond respect.

* * *

Ils étaient d'accord pour partager la nouvelle avec les parents de Mia quand les deux familles seraient rassemblées et maintenant Korum regardait avec amusement comment Mia faisait de son mieux pour se cacher la main gauche dans les plis de sa robe pendant le trajet qui les menait chez ses parents. Il lui avait dit qu'elle pouvait l'enlever en attendant, mais elle avait refusé avec véhémence.

— Et si je la perdais ? avait-elle dit d'une voix horrifiée, alors Korum n'avait pas discuté. Il aimait voir ce bijou à son doigt et savoir qu'il y avait un symbole visible de leur engagement mutuel.

Il ignorait à quel moment il était devenu si désireux de l'épouser comme on le fait sur la Terre. Pendant sa dernière visite chez les parents de Mia, l'idée avait germé dans son esprit et il y avait beaucoup pensé depuis un mois. Il savait que Mia continuait d'être mal à l'aise d'être sa Charl ; de son point de vue, c'était lui qui avait tous les pouvoirs dans leur relation. C'était une source continuelle de conflits entre eux, et Korum savait qu'elle ne serait pas totalement heureuse tant qu'elle se sentirait privée de droits parmi les ks.

Plus Korum réfléchissait au problème, plus il lui semblait que le mariage en était la solution. En épousant publiquement Mia à Krina, il élèverait son standing chez les ks. Elle ne serait plus seulement une Charl, une terrienne lui appartenant ; elle serait l'équivalent de sa compagne, bien avant la célébration des Quarante-Sept.

Et elle lui appartiendrait aussi officiellement aux yeux des hommes. Cela plaisait beaucoup à Korum. Si un homme osait la regarder, il verrait la bague à son doigt et saurait que cette femme n'était pas libre. Porter une bague était une coutume astucieuse, Korum s'en rendait compte maintenant. Elle permettait à quelqu'un de marquer son territoire d'une manière très civilisée. Mia était maintenant sa fiancée, bientôt elle serait sa femme, et personne ne pourrait en douter.

Bien sûr, ce mariage rassurerait aussi les parents de Mia. Bien que la famille Stalis ait accepté leur relation, Korum savait qu'ils seraient bien plus heureux s'ils pouvaient l'appeler autrement que le petit ami de leur fille. Maintenant, il serait leur gendre, un lien beaucoup plus fort à leurs yeux, et ils seraient beaucoup plus sereins vis-à-vis de son engagement à l'égard de Mia.

La nacelle de transport se posa devant la maison des parents de Korum et il la conduisit à l'intérieur avec ses parents, sa sœur et son beau-frère à leur suite. Sa famille humaine, pensait-il narquoisement. C'était si incroyable qu'il avait encore du mal à le croire, mais ces gens comptaient pour Mia et ils comptaient aussi de plus en plus pour lui.

Riani et Chiaren les attendaient. Quand Korum entra dans la maison, il vit d'abord sa mère avec un immense sourire sur le visage, puis la présence plus austère de son père juste derrière elle. Quand il leur avait parlé de Mia la première fois, ils avaient reçu un choc, mais ils avaient aussi été contents. Korum se demandait parfois si ses parents pensaient qu'il vivrait toute sa vie sans jamais trouver celle qu'il aimerait.

Il s'avança et prit Riani dans ses bras puis salua son père d'une manière plus distante avec le traditionnel geste sur l'épaule. Ensuite, se tournant vers la famille de Mia, il fit les présentations.

À sa grande surprise, les deux groupes de parents s'entendirent presque tout de suite. En quelques minutes, ils bavardaient avec animation et échangeaient des histoires concernant les exploits de leurs enfants quand ils étaient petits.

— Oh, mon Dieu, que c'est gênant ! lui murmura Mia à l'oreille en rougissant quand Ella révéla l'habitude de sa fille d'enlever sa couche et de ramper dans leur cour à la poursuite des écureuils.

— Qu'est-ce que c'est, un écureuil ? demanda Riani avec curiosité et le père de Mia expliqua tout ce qu'il fallait savoir sur le petit mammifère à la queue touffue.

Marisa et Connor qui avait tout observé avec étonnement vinrent s'asseoir à côté de Korum et de Mia de l'autre côté de la pièce.

— Oh la la, ils s'entendent bien, n'est-ce pas ? dit Marisa à sa sœur et Mia se mit à rire, les yeux rayonnants de bonheur.

C'était le moment idéal pour annoncer la nouvelle.

Korum se leva et entraîna Mia. Tous les yeux se tournèrent immédiatement vers eux.

— Nous avons quelque chose que nous désirons partager avec vous, dit Korum en regardant autour de la pièce. Ses parents semblèrent étonnés tandis que ceux de Mia le regardèrent en cachant à peine leur plaisir. J'ai demandé à Mia de m'épouser et elle a accepté.

Mia sourit et leva la main pour montrer la bague qui chatoyait à son doigt.

La pièce explosa de joie. Des rires, des exclamations, des félicitations fusèrent de toute part. Tout le monde s'embrassait et les parents de Korum jouèrent le jeu et prirent part à l'excitation générale même si Chiaren continuait à jeter des regards interrogateurs à son fils. Comme l'avait dit Mia, aucun Krinar n'avait encore jamais épousé de terrienne et le concept même de mariage leur était inconnu. L'union d'un couple marquée par la célébration des Quarante-Sept en était le plus proche équivalent chez les Krinars. Korum avait l'intention d'expliquer plus tard à ses parents les raisons de sa décision ; pour le moment, il suffisait qu'ils sachent à quel point il aimait sa Charl.

Quand le brouhaha initial se fut apaisé, Korum dit aux parents de Mia :

— Je ne savais pas s'il fallait d'abord vous demander la permission. D'après ce que j'ai compris à propos de cette coutume, elle est rarement en vigueur de nos jours. J'espère que vous ne m'en voulez pas…

— Vous en vouloir ? s'exclama Ella. Bien sûr que non ! Ses yeux brillaient de larmes et Korum se demanda pourquoi le mariage provoquait tant d'émotion chez les femmes.

Le reste du temps qu'ils passèrent ensemble fut consacré à choisir des dates possibles pour le mariage (Korum insista pour que ce ne soit pas plus tard que la semaine suivante), l'endroit où il aurait lieu (Mia aimait bien le lac à côté de chez eux), et comment organiser un mariage avec une terrienne sur une planète si éloignée de la Terre.

— N'aurez-vous pas besoin de quelqu'un pour assurer la cérémonie ? demanda Connor. Un prêtre, un rabbin, un juge, enfin quelqu'un ? Et pour que le mariage soit reconnu chez nous, ne faudra-t-il pas le déclarer quelque part sur Terre ?

Korum avait déjà pensé à ces obstacles.

— En fait, l'une des charls qui vit à Krina était juge dans le Missouri, dit-il à tous. J'ai déjà pris contact avec elle pour lui demander de nous aider. En ce qui concerne la déclaration de mariage, nous enverrons nos signatures en ligne au greffier de la Cour de Daytona Beach. Étant données les circonstances, je suis persuadé qu'on fera une exception pour nous.

* * *

Pour Mia, les cinq jours qui suivirent passèrent en un clin d'œil. Dès que la nouvelle de ses fiançailles avec Korum se répandit, il y eut un défilé continuel de visiteurs chez lui, tous voulaient faire la connaissance de la jeune fille et de sa famille.

Les amis de Korum, ses connaissances, ses employés, ses relations d'affaires, même les membres du Conseil… Mia rencontra tant de Ks pendant ses brèves fiançailles qu'elle n'arrivait pas à se souvenir de tous les noms et de tous les visages. À sa grande surprise, elle décela envers elle comme un écho du respect qu'ils témoignaient à Korum. C'était subtil, mais c'était bien là. On lui demandait plus souvent son opinion et l'on s'adressait plus souvent à elle directement sans passer par l'intermédiaire de Korum. Après s'être posé la question pendant deux ou trois jours, Mia comprit que désormais on la traitait davantage comme la compagne de Korum et moins comme sa Charl. Aux yeux des Ks elle n'était plus seulement une femme qui appartenait à l'un d'eux ; elle allait être un membre à part entière de leur société.

Mia sympathisa tout particulièrement avec Jalet et Huar, les amis de longue date de Korum. Comme les parents de Korum, Jalet était un touche-à-tout. Il était futé et drôle et semblait tout savoir sur tous les sujets possibles et imaginables, et Mia aimait bien l'écouter parler de la vie à Krina. Huar, au contraire, était silencieux et sérieux. C'était un spécialiste en océanographie. Huar et Jalet avaient également été les amis de Saret et ils avaient été horrifiés en apprenant sa véritable nature.

— Tous les quatre, nous étions comme vos Mousquetaires, lui expliqua Jalet en faisant allusion au célèbre roman d'Alexandre Dumas. Il nous est arrivé tant d'aventures quand nous étions jeunes. J'avais pensé accompagner Saret et Korum sur la Terre, mais j'étais retenu par un projet et ce n'était pas le bon moment de partir.

— Peut-être que c'est mieux comme ça, dit Korum en souriant à son ami. Si ça se trouve, il aurait pu essayer de te tuer, toi aussi.

— Tu sais, dit Huar d'un air pensif, maintenant que j'y pense, ce n'est pas du tout surprenant que Saret t'ait attaqué, Korum. Il était très ambitieux, mais en secret. Toi, tu as toujours su ce que tu voulais et tu as poursuivi ton but ouvertement, mais Saret aimait intriguer et comploter en coulisses si bien qu'on ne savait pas qu'il était derrière tel ou tel projet. Je soupçonnais qu'il risquait d'être jaloux de toi, mais je ne m'étais pas aperçu jusqu'où allait cette jalousie.

— Aucun d'entre nous ne le connaissait vraiment, dit Korum. Saret a réussi à tromper tout le monde, et surtout moi. Mia entendait de l'amertume dans sa voix et elle en souffrait. Il n'en parlait pas souvent, mais elle savait qu'il s'en voulait encore de l'avoir mise en danger.

— Mon amour, tu sais, c'était sans doute un psychopathe. Elle posa la main sur le genou de Korum de manière réconfortante et le regarda sérieusement. Il était assez malin pour le cacher, mais c'est sans doute ce qu'il était vraiment. Le charme même à l'extérieur, et une absence complète de remords à l'intérieur. Et il était intelligent, assez intelligent pour garder le masque pendant des siècles. Mia se souvenait avoir étudié les psychopathes dans l'un de ses cours d'université et ils étaient vraiment une espèce fascinante. Elle ne savait pas si Saret correspondait exactement à la définition des manuels ou si les ks pouvaient vraiment être des psychopathes au sens clinique, mais il en possédait indiscutablement certaines caractéristiques parmi lesquelles sans aucun doute un ego surdimensionné.

Korum lui sourit en guise de réponse et la prit dans ses bras, mais elle voyait bien qu'il faudrait beaucoup de temps avant que les blessures infligées par Saret puissent se refermer.

En plus des visites, il y avait beaucoup à faire pour les préparatifs du mariage lui-même. Avec l'aide virtuelle de Leeta, la cousine de Korum, Mia imagina une belle robe blanche qui associait des éléments des deux cultures. Elle fit aussi des vêtements seyants pour sa famille, ils étaient de style essentiellement Krinar, mais ils tenaient également compte de leurs préférences personnelles.

Pendant ce temps, Korum fabriqua un immense hall de cérémonie planant au-dessus du lac, à côté de chez lui. Il faisait la taille d'un stade olympique et était conçu pour accueillir environ cent mille invités, un chiffre qui faisait tourner la tête de Mia chaque fois qu'elle y pensait.

— Combien de gens vont assister à notre mariage ? murmura-t-elle en voyant cette gigantesque structure.

— Autant qu'il le faudra ! répondit Korum en la regardant calmement, et Mia réalisa que ce mariage servirait de déclaration officielle. En épousant Mia devant l'ensemble de la population de Krina, il proclamait que les êtres humains avaient officiellement réussi, qu'ils n'étaient plus une espèce inférieure n'existant qu'en marge de la société K.

Korum avait répondu aux inquiétudes de Mia sur sa propre place dans son univers.

CHAPITRE TRENTE-ET-UN

La veille du mariage, les Anciens prirent finalement leur décision concernant le sort de Saret. Dès que Korum apprit la nouvelle, il rendit visite à son ancien ami, il éprouvait un étrange besoin de le voir une dernière fois.

Saret était emprisonné à Viarad dans un bâtiment sous haute surveillance où les criminels dangereux attendaient d'être jugés. Les deux derniers mois ne lui avaient pas été cléments. Si Korum n'avait pas su que c'était impossible, il aurait pu penser que d'une certaine manière Saret avait vieilli. Son regard était morne et vide et son teint étrangement blême. C'était comme s'il avait perdu tout espoir et pendant un bref instant Korum eut pitié de son ennemi en se souvenant de leur enfance à tous les deux.

Mais ensuite, il se souvint de ce que Saret avait fait à Mia, et de ce qu'il voulait leur infliger à tous, et ce sentiment de pitié s'évanouit. Finalement, Korum n'avait jamais su qui était le vrai Saret, ni si les bons moments qu'ils avaient passés ensemble étaient aussi illusoires que l'amitié de Saret.

— Tu es venu en triomphateur, n'est-ce pas ? La voix de Saret avait rompu le silence. J'imagine que tu sais que j'ai été condamné. Ses lèvres eurent un rictus amer et ses doigts tiraient machinalement sur le collier de criminel qu'il portait autour du cou.

— Non, dit sincèrement Korum. Je ne suis pas venu en triomphateur.

— Alors pourquoi es-tu ici ?

— Je ne sais pas, admit Korum. Sans doute ai-je besoin de mettre un point final.

— Un point final ? Saret se mit à rire, un son dur qui irrita les oreilles de Korum. Quel genre de point final ?

Korum haussa les épaules, il ne savait que répondre à cette question.

— Jalet et Huar sont venus me voir hier, dit Saret, les yeux rivés sur le visage de Korum. Ils m'ont parlé en détail de ta fiancée, la petite terrienne, et ils m'ont dit que ton mariage serait le plus grand évènement du millénaire. Félicitations ! J'imagine que tu lui as administré un lavage de cerveau plus efficace que celui que j'aurais pu lui donner. Même une fois que cette salope de Laira a annulé ma procédure Mia a quand même voulu de toi. Tu lui as dit ce que tu avais l'intention de faire à ses congénères ?

— Oui, dit Korum. Je lui ai tout expliqué. Elle a compris. Je n'ai jamais eu l'intention de nuire aux hommes, seulement d'avoir de la place pour nous sur leur planète.

— Ben voyons ! Saret le regarda d'un air sarcastique. Tu crois que j'ai oublié ce que tu pensais autrefois des hommes ? Quand tu disais que le Terre devrait nous revenir de droit ?

Korum regarda Saret, il n'en croyait pas ses oreilles.

— Tu pensais vraiment que j'avais encore ces idées ? Mais, Saret, c'était il y plus de mille ans ! Tout a changé depuis. *Moi* j'ai changé depuis…

— Ah vraiment ! Et qu'est-ce qui t'a fait changer ? Un petit minou et deux grands yeux bleus ?

Korum eut très envie de donner un coup de poing à Saret, mais il se contrôla in extremis.

— Non, dit-il en gardant une voix calme. J'ai vu à quelle vitesse ils progressaient et devenaient plus semblables à nous. Il y a des siècles que j'ai compris que j'avais eu tort à leur sujet, qu'un bon nombre d'entre nous avait eu tort. Tu le savais, c'est évident.

— Non, je ne le savais pas. Et maintenant, ça n'a plus d'importance, pas vrai ? Demain, j'aurai cessé d'exister. C'est pour cela que tu es venu me voir, n'est-ce pas ? Pour me voir mourir ?

— Tu ne mourras pas, dit calmement Korum. Tu as été condamné à une nouvelle version de réhabilitation complète, une version que Laira elle-même vient de mettre au point. Contrairement à la précédente, elle ne peut être annulée.

Saret eut un rire amer.

— Exactement, c'est ce que je viens de dire. Après cette procédure, je n'existerai plus.

— Au revoir, Saret. Korum regarda une dernière fois son ancien ami et sortit, ce chapitre de sa vie venait de se terminer.

Quand il arriva chez lui Mia l'attendait, le visage anxieux.

— Comment ça s'est passé ? demanda-t-elle en se levant de la planche flottante où elle lisait sa tablette. Tu as réussi à lui parler ?

— Oui. Korum l'attira vers lui et la prit dans ses bras. Cette sensation familière et la sentir contre lui, le réconforta et fit disparaître le stress et la tension qu'il éprouvait. Korum avait beau avoir du mal à l'admettre, la rencontre avec Saret avait été une épreuve pour lui. Malgré sa trahison, malgré tout ce qui s'était passé, toute sa vie Korum l'avait considéré comme son ami et il ne pouvait s'empêcher de pleurer la perte de cette illusion.

Elle lui entoura la taille des bras et le serra contre elle, ses petites mains lui caressèrent le dos. D'une manière ou d'un autre, elle savait qu'il avait besoin d'être réconforté en ce moment. Désormais, elle savait toujours ce dont il avait besoin.

Après quelques minutes, elle recula légèrement, ses yeux bleus pleins de sympathie.

— C'est pour quand ? demanda-t-elle. Quand vont-ils engager la procédure ?

— Cet après-midi, dit Korum en levant la main pour enlever une boucle de cheveux qui était tombée sur la joue de Mia. Dans deux ou trois heures seulement.

— Et puis après ? Que deviennent ceux qui sont réhabilités comme ça ?

— On l'emmènera dans un centre spécial de rééducation où l'on apprend aux réhabilités à redevenir des membres productifs de la société. Évidemment il saura qui il a été, mais on lui donnera la possibilité de recommencer, de se reconstruire une nouvelle vie.

— Et sera-t-il complètement différent ? Ne voudra-t-il pas recommencer ?

— Vraisemblablement pas, dit Korum. D'ailleurs, il sera étroitement surveillé pour les siècles à venir. Au moindre signe de nouvelles tendances criminelles, il subira de nouveau la procédure.

Elle se mouilla les lèvres et Korum se mit à lui fixer la bouche des yeux, d'un seul coup ses pensées prenaient un tour coquin.

— Tu crois qu'on croisera de nouveau son chemin ? demanda-t-elle. S'il revient dans la société après sa réhabilitation, tu penses qu'on le reverra ? Korum essayait de penser à autre chose qu'aux lèvres de Mia autour de sa verge.

— Sans doute, dit-il. Mais ne t'inquiète pas, il ne sera plus le même. Malgré le sérieux de la conversation, il sentit venir une érection comme ça lui arrivait dès qu'elle était si près de lui.

Mia sentit évidemment cette grosse bosse contre son ventre et fit à Korum un sourire entendu puis se serra plus près de lui en frottant ses seins contre sa poitrine. Il respira profondément et sentit ses tétons raidis sous les deux couches de vêtements qui les séparaient. Les yeux de Mia devinrent plus foncés, ses pupilles se dilatèrent et ses joues pâles prirent des couleurs. Elle le désirait ; il le voyait… il le sentait et il en goûtait le parfum. Ce parfum chaud et sensuel était comme un aphrodisiaque pour lui, il faisait circuler le sang plus rapidement dans ses veines et faisait vibrer sa verge de désir.

Sans cesser de le regarder avec ce sourire de séductrice, elle se lécha de nouveau les lèvres, plus lentement cette fois-ci. Le son qui s'échappa de la gorge de Korum ressembla à un grognement. Désormais, elle savait exactement quoi faire, comment le rendre fou le plus vite possible.

Désirant éperdument savourer le goût qu'elle avait, Korum pencha la tête et l'embrassa, il se délecta de la manière dont sa langue se releva contre la sienne, puis lui lécha et lui caressa l'intérieur de la bouche. Elle embrassait à merveille maintenant, elle n'avait plus rien de la vierge timide qu'il avait forcée à partager son lit à New York. Les doigts de Mia se retrouvèrent dans ses cheveux, ses ongles lui grattaient doucement le cuir chevelu et il gronda presque tout en balançant ses hanches d'avant en arrière pour pousser sa verge en érection contre son ventre.

Il avait chaud, et brusquement leurs vêtements les serraient, ils étaient de trop. Korum fit descendre le haut de sa robe, emprisonnant les bras de Mia dans l'étoffe et dénudant ses beaux seins sous son regard. Ils étaient blancs, fermes et parfaitement ronds et ses tétons étaient d'un joli rose. Incapable de résister à la tentation, il se mit à genoux et prit ces petits tétons durs dans sa bouche, les suçant l'un après l'autre. Elle gémit et se cambra vers lui tout en lui tenant l'arrière de la tête, alors Korum glissa une main sous le bas de sa robe et sentit la douceur des boucles qu'elle avait entre les cuisses.

— Korum, je t'en prie, murmura-t-elle, et elle savait qu'il en désirait davantage, exactement comme elle. Sans arrêter de lui lécher les tétons, il mit un doigt en elle et il sentit se contracter ses bourses sous la sensation de son vagin chaud et glissant. Il voulait la faire jouir, mais en même temps il voulait continuer à la torturer, à la faire hurler de plaisir entre ses bras. Son pouce passa entre les plis, trouva son petit clitoris et s'y appuya légèrement, trop légèrement pour qu'elle atteigne l'orgasme. Elle se cabra contre lui et Korum recommença, il adorait ces petits gémissements sans défense qui venaient de sa gorge. Il avait l'impression que sa verge allait exploser, mais il continua à pousser le doigt en elle et la sentait gicler à chaque caresse.

Putain, elle était si douce, si douce… Il déchira sa robe, dénudant son ventre et le triangle noir entre ses cuisses, et sa bouche passa de ses seins à chaque centimètre de sa peau nue. Il y avait tant de choses qu'il avait envie de lui faire, et il le ferait le moment venu, tant de manières de la prendre, mais pour le moment il voulait prendre son temps, l'introduire progressivement aux plaisirs de la chair. Elle tremblait dans ses bras, ses délicates parois intimes frissonnaient autour de son doigt, et il lui mit un autre doigt pour l'étirer, tout en continuant de jouer légèrement du pouce avec son clitoris.

— Korum… Son gémissement tourmenté était doux à ses oreilles et il eut un sourire triomphant en effleurant des dents la peau sensible de son ventre. Il ne la mordait pas, mais elle en eut tout de même le souffle coupé et il sentit son sexe se resserrer autour de son doigt et le mouiller encore délicieusement.

— Oui, murmura-t-il, oui, tu peux jouir pour moi maintenant... Et c'est ce qui arriva, elle rejeta la tête en hurlant et la pulsation de ses muscles intimes attisa encore l'ardeur de Korum.

Il retira les doigts, les lécha en savourant son goût puis la traîna sur le sol à côté de lui. Le tissu 'intelligent' était doux autour d'eux et leur massait les genoux et les mollets de petits appendices semblables à de minuscules doigts, mais Korum remarqua à peine cette sensation agréable, il se concentrait exclusivement sur la femme qui était dans ses bras.

Mia tremblait encore, sa respiration était haletante sous le contrecoup de l'orgasme et Korum disposa son corps souple de telle manière qu'elle était maintenant à quatre pattes et lui tournait le dos. Les courbes de ses fesses parfaites étaient une tentation à laquelle il ne pouvait résister. Il pouvait voir les plis mouillés et gonflés de son sexe et la minuscule rose de son autre ouverture et il voulait être aux deux endroits en même temps pour la baiser de toutes les manières possibles.

Il poussa le pouce dans son vagin glissant, le mouilla et avec ce lubrifiant lui enfonça le même doigt entre les fesses. Elle hurla, ses muscles résistèrent à l'intrusion et il s'arrêta pour la laisser s'habituer à cette sensation avant de continuer d'avancer lentement dans ce passage étroit.

Quand il fut au bout, il lui prit les hanches de l'autre main et enfonça sa verge dans son minou.

Elle se cambra et se mit à gémir, Korum retint son souffle, son pouce sentait le mouvement de sa verge en elle à travers la fine paroi qui séparait les deux orifices. *Si douce, putain !* C'était un plaisir inexprimable, presque intolérable. Incapable d'attendre plus longtemps Korum commença à la baiser sans se contrôler, il sentait les muscles intimes de Mia se contracter autour de sa verge et la serrer si fort qu'il avait l'impression d'être sur le point d'exploser.

Et alors il se mit à jouir, tête baissée, en hurlant. Elle hurla elle aussi et Korum sentit ses muscles intimes le téter, avaler goulûment chaque goutte de sperme de son corps.

Pantelant, il s'écroula sur le sol, encore profondément enfoui en elle. Après quelques instants, il retira son pouce et serra le corps nu et tremblant de Mia contre lui. Elle respirait aussi fort que lui et il embrassa la conque délicate de son oreille, sachant qu'elle avait besoin de tendresse après la façon violente dont il l'avait prise.

— Je t'aime, lui murmura-t-il et elle se retourna vers lui en souriant, c'était le sourire d'une femme qui vient d'être parfaitement comblée.

— Et moi aussi je t'aime, dit-elle doucement en lui caressant le visage.

Ils restèrent un moment allongés en s'étreignant et en goûtant le contact de leur peau l'une sur l'autre. Puis Korum entendit un gargouillis dans le ventre de Mia.

Elle rougit légèrement et il lui sourit.

— Une douche et on mange ?

— Oui, s'il te plait ! dit-elle puis elle se mit à rire quand il la souleva et la porta dans la salle de bain.

* * *

Les gardiens vinrent chercher Saret à deux heures de l'après-midi. Alir était parmi eux, ses yeux noirs étaient froids et dénués d'expression.

Quand ils voulurent se saisir de lui, Saret les repoussa et sortit de lui-même de la pièce, les suivant vers la salle d'exécution.

Laira s'y trouvait déjà, l'air sombre comme il seyait aux circonstances. Saret l'avait rencontrée un jour et elle lui avait tout de suite déplu. Elle le faisait penser à Korum. La même intelligence incisive, la même ambition impitoyable. Elle avait posé sa candidature pour travailler dans son laboratoire quelques décennies plus tôt, avant de se faire connaître comme une étoile montante dans son domaine de recherche. Après un bref entretien, Saret avait refusé sa candidature et savouré la détresse de son visage quand il lui avait dit qu'elle n'avait pas les qualifications requises.

Il y avait une ironie perverse dans le fait que ce soit elle qui allait procéder aujourd'hui à l'exécution.

On le sangla sur une planche flottante pour s'assurer qu'il ne pourrait bouger pendant ce qui allait suivre. Saret ne s'était pas débattu. À quoi bon ? Les gardiens étaient armés jusqu'aux dents et même s'ils ne l'avaient pas été, ils étaient d'excellents combattants et Il n'aurait eu aucune chance contre eux. Au point où il en était, la seule chose qui comptait pour Saret était de mourir avec dignité.

Car c'était de mort qu'il s'agissait. Même si son corps demeurait, son esprit, ce qui faisait qu'il était Saret, allait disparaître et serait entièrement détruit. Il ne serait plus jamais lui-même ; ses souvenirs, sa personnalité, son essence même, tout serait annihilé.

Laira s'approcha de lui, elle tenait un petit instrument blanc à la main. Saret le reconnut. Il en avait utilisé un semblable contre Mia deux mois plus tôt.

— Je suis navrée, dit Lair en appuyant l'instrument sur son front. Je suis vraiment navrée.

Son visage fut la dernière image que vit Saret avant d'être plongé dans les ténèbres.

CHAPITRE TRENTE-DEUX

Le matin du mariage, la journée s'annonçait claire et lumineuse.

— Mia, ma chérie, tu es… Sa mère essuya ses larmes. Tu es absolument ravissante…

— Merci, maman, dit Mia d'une voix douce, Marisa et toi vous êtes belles aussi toutes les deux. Elle disait vrai ; sa sœur était éclatante dans une robe couleur crème dont les plis se drapaient pour cacher habilement son début de grossesse tandis que sa mère avait l'air étonnamment jeune dans un fourreau couleur pêche qui mettait ses rondeurs en valeur. Son père et Connor avaient aussi revêtu le costume Krinar et étaient étonnamment élégants dans leurs culottes moulantes et leurs chemises cintrées sans manches.

— Je n'arrive pas à croire que ma petite sœur va se marier, renifla Marisa, les yeux humides elle aussi. Ce qui n'était pas étonnant ; ces jours-ci, Marisa se mettait à pleurer à la moindre occasion.

— Et avec un K, rien de moins, remarqua Connor avec un grand sourire sur le visage. Dan, aviez-vous imaginé qu'une chose pareille arriverait à votre fille cadette ?

— Non, dit sèchement son père, certainement pas.

La famille de Mia était assise dans une pièce à part du gigantesque hall et regardait Mia mettre la dernière main à sa coiffure. En guise de cadeau de mariage, Leeta lui avait envoyé un superbe accessoire et Mia le plaçait dans ses cheveux. C'était un filet métallique étincelant serti de gemmes blanches qui lui couvrait la tête et passait entre chacune de ses boucles et faisait de Mia une vraie princesse de conte de fées.

Sa robe ne faisait qu'accentuer cette impression. Elle était longue et lui couvrait les pieds avec une jupe ample et un décolleté en cœur qui mettait ses seins en valeur ainsi que son buste mince. Cette robe aurait été une robe de mariage classique si le dos n'avait pas été entièrement nu comme les autres costumes Krinars que Mia portait d'habitude. Comme elle était longue, Mia avait décidé de mettre des talons hauts qui lui donnaient plusieurs centimètres supplémentaires, elle semblait presque aussi grande que les plus petites Ks.

— Korum ne t'a pas encore vue, n'est-ce pas ? demanda anxieusement sa mère et Mia fit non de la tête en souriant de cette superstition.

— Mais non, maman, détends-toi.

Mia savait qu'elle aurait dû être nerveuse elle aussi. Après tout, les jeunes mariées perdent toujours un peu la tête. Et Mia avait vraiment de bonnes raisons d'en faire autant étant donné l'importance de la cérémonie et le fait que les Krinars au grand complet allaient regarder cet évènement sans précédent, soit virtuellement soit en personne.

Mais elle n'avait pas du tout le trac. Elle était auréolée d'un nimbe de bonheur. Korum s'était chargé de tous les détails pratiques et de tous les préparatifs du mariage avec la même assurance que d'habitude, il n'y avait donc aucune inquiétude à avoir à ce sujet. Et concernant leur avenir commun, elle savait que ce ne serait pas toujours un long fleuve tranquille, mais que leur amour était assez fort pour survivre aux obstacles qu'ils risquaient de rencontrer.

Il y avait encore quelque chose en elle qui n'arrivait toujours pas à croire que c'était pour de bon, qu'elle allait épouser le K dont elle avait d'abord eu peur et qu'elle avait un moment considéré comme son ennemi. Bien que quelques mois seulement se soient écoulés, sa vie avait tellement changé, et celle de Korum aussi. Tous les deux avaient appris à faire des compromis, à voir le point de vue de l'autre. Mia était devenue plus forte, elle avait davantage confiance en elle et Korum avait commencé à modérer son arrogance naturelle et sa tendance à tout contrôler. Évidemment, il était encore ridiculement enclin à trop la protéger, mais Mia espérait que ça s'arrangerait avec le temps, au fur et à mesure que le souvenir de l'attaque de Saret s'estomperait. Quant au caractère possessif de Korum, c'était une autre histoire ; elle se doutait bien que cet aspect de sa personnalité ne changerait jamais.

— Tu sais, tu vas devenir célèbre chez nous, dit Marisa d'un air pensif en regardant Mia. Ma petite sœur, la première femme à épouser un K ! Si les médias s'en emparent, tu seras à la une de tous les journaux…

— Je sais. Dans son for intérieur, Mia frissonnait à cette idée.

Korum et elle avaient déjà parlé de ce problème.

— Quand nous reviendrons sur la Terre, nous habiterons Lenkarda, ça ne sera pas trop grave. Mais pour vous… Vous pourriez réfléchir à la possibilité de vous installer également à Lenkarda, quel que soit le résultat de la pétition. Il allait de soi que la famille de Mia devrait vivre dans les Centres si l'immortalité leur était accordée, comme s'ils étaient des charls.

Mia jeta un dernier coup d'œil dans la glace, se retourna et sourit à tout le monde.

— Je suis prête !

* * *

Revêtu d'un tuxedo blanc comme on en porte sur la Terre, Korum attendait près de l'autel. Alors que retentissaient les premières notes de la traditionnelle marche nuptiale, son pouls s'accéléra d'impatience. Dans quelques minutes, Mia s'avancerait dans la nef et il verrait enfin la jeune terrienne qu'il allait épouser.

Deux heures plus tôt, les parents de Mia l'avaient entraînée et avaient très sérieusement averti Korum qu'il ne pourrait pas la voir avant le début de la cérémonie. Il paraissait que cela portait malheur ou quelque chose de ridicule de ce genre. Korum n'avait pas été content parce qu'il voulait aider Mia à s'habiller et peut-être profiter avec elle d'un moment d'intimité avant la très longue cérémonie, mais Ella Stalis avait été intraitable et Korum avait dû renoncer malgré lui. Contredire celle qui serait bientôt sa belle-mère était hors de question aujourd'hui.

Toujours au son de la musique il jeta un rapide coup d'œil autour du grand hall de fête. Il était décoré de blanc et d'argent, plein à craquer. En plus de la famille de Korum, de ses amis et de diverses connaissances, de nombreuses personnalités de l'élite Krinar étaient là en personne. Le reste de Krina et les Krinars qui habitaient sur la Terre vivaient l'évènement de manière virtuelle. Tous regardaient Korum avec une curiosité manifeste et il savait qu'on se demandait pourquoi il avait pris cette décision, pourquoi il épousait sa Charl. Même Arus semblait interloqué.

— N'est-ce pas inutile ? avait-il demandé à Korum à l'issue d'une séance du Conseil à laquelle Korum avait participé par vidéoconférence. C'est comme si Mia et toi étiez déjà mariés. Elle est ta Charl.

Korum s'était contenté de sourire, sans prendre la peine d'expliquer les raisons de son choix. Effectivement, Mia était sa Charl, et maintenant elle allait aussi devenir sa femme.

Il entendit les pas de Mia dans le lointain. Son père l'accompagnait selon l'ancienne coutume qui veut que le père de la mariée la remette à son futur époux. Korum sourit intérieurement. Il se chargerait d'elle avec plaisir.

Quand elle apparut au bras de son père à l'extrémité de la nef, il retint son souffle. Mia était plus radieuse, plus belle qu'aucune femme ne l'avait jamais été à ses yeux. Elle était rayonnante, ses yeux bleus brillaient de bonheur et elle avait le sourire aux lèvres. Sa robe accentuait sa taille très fine et relevait ses délicieux petits seins, attirant l'attention sur son décolleté. Le simple fait de la voir ainsi lui donna envie de la prendre dans ses bras et de l'emmener au lit pour l'y garder pendant des heures.

Bientôt, se promit-il et il fit de son mieux pour ne plus y penser pour le moment. Mais c'était impossible, car il ne pouvait détacher les yeux d'elle. Tandis qu'elle glissait dans la nef, il se prit à la regarder avidement à chacun de ses pas, il buvait la délicatesse de ses traits, les lignes élégantes de son cou et de ses épaules. Sa peau semblait si douce, si propice aux caresses que les doigts de Korum se mirent à le démanger tant il avait envie de la caresser, de la sentir partout.

Et puis elle fut là, à ses côtés, et la musique atteignit son crescendo puis s'atténua. Korum prit la main de Mia et se tourna vers la femme blonde qui officiait la cérémonie. Après avoir été juge dans le Missouri, Lana Walters était maintenant une Charl qui vivait à Krina et pour qui c'était un honneur de participer à cette occasion historique.

— Chers familles et amis ainsi que tous ceux qui sont présents ou qui nous regardent aujourd'hui dit Lana d'un ton rauque, nous sommes rassemblés aujourd'hui pour assister au mariage de Nathrandokorum et de Mia Stalis, et c'est la toute première fois qu'une telle union est célébrée. Elle marqua une pause théâtrale. Korum, prenez-vous pour épouse Mia et promettez-vous de l'aimer et de la chérir, de la garder malade et en bonne santé, jusqu'à ce que la mort vous sépare ?

— Oui ! dit Korum en regardant Mia. À ces mots, elle eut un sourire plus rayonnant encore et Korum fut ébloui par sa beauté.

— Et vous, Mia ? Prenez-vous pour époux Korum et promettez-vous de l'aimer et de le chérir, de le garder malade et en bonne santé, jusqu'à ce que la mort vous sépare ?

— Oui ! Sa voix était claire et forte, sans l'ombre d'une hésitation.

— Alors je vous prononce mari et femme ! Vous pouvez embrasser la mariée !

Korum ne se le fit pas dire deux fois. Il attira Mia vers lui, baissa la tête et l'embrassa, le goût délicieux qu'elle avait lui envoya un afflux brutal de sang dans l'entrejambe. Il eut besoin de toute sa volonté pour s'arrêter au bout d'une minute. Quand il se dégagea, elle le regardait, la bouche légèrement gonflée et les yeux alanguis de désir.

D'un seul élan, la foule se leva et commença à taper du pied, l'équivalent des applaudissements chez les Krinars. Le sol s'ébranla sous les pieds de cent mille invités tapant du pied et acclamant Mia et Korum. Il lui prit la main et il éleva leurs paumes unies en l'air, ce qui provoqua un redoublement de frénésie dans la foule.

Le temps de la célébration était venu.

* * *

Mia n'arrivait pas à arrêter de rire, son mari la faisait virevolter sur la piste de danse aussi facilement qu'une poupée. Tout autour d'eux, des couples Krinars dansaient aussi, avec des figures si compliquées et si fluides que Mia ne serait jamais arrivée à en faire autant toute seule. Sa famille regardait sur le côté avec la même admiration que Mia cette grâce inaccessible aux humains et la force athlétique des danseurs.

Si la cérémonie de mariage avait suivi les us et coutumes de la Terre, la fête qui la suivit fut vraiment Krinar. Elle rappela à Mia l'union de Leeta à Lenkarda. Tout était dans la tradition K, de la musique exotique à la position des pistes de danse aux quatre coins du hall. Il y avait des sièges flottants, des murs miroitants et des décorations étincelantes à profusion.

Mia s'aperçut que ses parents étaient éberlués par toute cette lumière et par la beauté de tous ceux qui les entouraient. Au contraire, Marisa et Connor semblaient ravis. Le beau-frère de Mia goûta même l'une des boissons alcoolisées de Krina.

— Ce n'est pas de la limonade dit-il d'un air approbateur quand il reprit son souffle. Mia et les autres se cantonnèrent au cocktail rosé rafraichissant aux fruits, ne souhaitant pas boire quelque chose d'assez fort pour griser un K. Un peu plus tard, les parents de Korum rejoignirent la famille de Mia et tout le monde se mit à bavarder tandis que Korum entraînait Mia vers la piste de danse.

Après avoir dansé sans interruption pendant une heure, Mia dut crier grâce.

— As-tu oublié que je ne suis pas une K ? demanda-t-elle en riant à Korum quand elle s'arrêta pour reprendre son souffle.

À ce moment-là, un grand Krinar s'approcha d'eux.

— Félicitations ! dit-il en leur souriant. Je suis Kellon, le cousin d'Ellet.

Korum lui sourit et ils échangèrent le salut Krinar traditionnel en se touchant réciproquement à l'épaule.

— J'ai un cadeau de mariage pour vous, dit Kellon, c'est de la part d'Ellet.

— Ah bon ? Korum haussa les sourcils et Mia regarda le K. Que voulait donc leur offrir la biologiste ?

— Depuis un certain nombre d'années, Ellet travaille sur un projet très ambitieux, dit Kellon, et hier soir elle a fait une grande découverte. C'est quelque chose qui devrait vous intéresser tout particulièrement l'un et l'autre et c'est la raison pour laquelle elle m'a demandé de vous voir aujourd'hui, à l'occasion de votre mariage.

— De quoi s'agit-il ? demanda Mia qui était dévorée par la curiosité.

— Elle a essayé de trouver comment les terriens et les Krinars pourraient avoir des enfants ensemble… et elle pense avoir enfin une solution.

— Une solution ? murmura Mia qui n'en croyait pas ses oreilles. Parlez-vous de bébés mi-terriens et mi-Krinars ? Son mari semblait sous le choc, pétrifié et fixant l'autre K avec des yeux abasourdis.

— Oui, confirma Kellon. Le processus est encore loin d'être au point et Ellet a encore beaucoup de détails à régler, mais elle a réussi à trouver comment combiner l'ADN des deux espèces de telle manière que des enfants viables puissent naître. Encore quelques années, et vous pourrez avoir un enfant tous les deux, si vous le souhaitez, évidemment.

— En est-elle sûre ? La voix de Korum était calme, mais ses yeux étaient presque jaunes à cause de l'intensité de son émotion. Est-ce qu'Ellet en est absolument sûre ? Il ne s'agit pas seulement d'une de ses simulations…

— Non, dit Kellon, elle en est sûre. Elle a fait au moins des centaines de simulations, et elles ont toutes donné le même résultat. Pour la toute première fois, une Charl et un cheren pourront avoir des enfants ensemble.

— Merci, Kellon, dit Mia d'une voix enrouée. Remerciez Ellet de notre part. C'est… c'est le plus beau cadeau de mariage que nous puissions recevoir. Elle avait l'impression qu'elle allait se mettre à pleurer d'un instant à l'autre et elle détourna les yeux en les clignant éperdument pour retenir ses larmes. Un enfant avec Korum ! Cela dépassait ses rêves les plus fous.

— Oui, dit Korum d'une voix douce. Transmettez nos sincères remerciements à Ellet. Elle a toute notre gratitude.

Dès qu'il fut parti, Mia se tourna vers son mari.

— Un bébé ! Oh mon Dieu Korum, un bébé ! Tout excitée, elle lui attrapa la main et la serra dans la sienne.

— Un bébé, répéta-t-il, avec une étrange expression sur le visage. Notre bébé.

L'excitation de Mia retomba légèrement.

— Tu… tu veux un enfant, n'est-ce pas, demanda-t-elle d'un ton hésitant. Je veux dire… je sais qu'il serait en partie humain etc…

— Vouloir un bébé ? Il la dévisageait comme s'il n'en revenait pas. Quand il reprit la parole, il parlait à voix basse et avec intensité. Mia, ma chérie, je t'aime. Un enfant qui serait en partie toi et en partie moi ? Comment ne pourrais-je ne pas en avoir envie ? Il lui prit la main et l'attira vers lui, les yeux étincelants. J'en ai très très envie !

Mia lui adressa un sourire radieux, il lui semblait que son cœur allait déborder de bonheur.

— Si nous avons une fille, nous l'appellerons Ivy. J'ai toujours adoré ce prénom. Qu'en penses-tu ?

— J'en pense qu'il me plaît beaucoup, murmura-t-il en baissant la tête et en l'embrassant passionnément.

Ils décidèrent d'attendre la fin des célébrations pour partager la nouvelle avec leurs familles. Il y avait simplement trop de monde autour d'eux pour leur faire part d'une nouvelle aussi importante, et aussi personnelle. Mais Mia ne pouvait penser à autre chose qu'au cadeau d'Ellet.

— Est-ce que tu penses que les recherches seront au point d'ici mon trentième anniversaire ? demanda-t-elle à Korum qui la ramenait sur la piste de danse. J'ai toujours voulu avoir un bébé avant d'avoir trente ans…

— Trente ans ? Son mari se mit à rire. Mia, ma chérie, l'âge n'a plus d'importance maintenant. Que ton enfant naisse quand tu auras trente ans ou cinq cent trente ans, cela n'a vraiment plus d'importance…

— Si, ça en a pour mes parents, dit Mia à voix basse. J'aimerais qu'ils voient leurs petits-enfants, qu'ils les connaissent tant qu'ils seront encore en vie. C'était une autre chose qui l'inquiétait, le fait qu'ils n'aient pas encore reçu de réponse des Anciens.

Korum allait lui répondre quand la musique s'arrêta brusquement. Tout le brouhaha cessa et un silence de mort descendit sur le hall. Chacun semblait pétrifié et fixait la porte d'entrée des yeux.

— Que se passe-t-il ? murmura Mia en se rapprochant de Korum.

— Chut, ma chérie, dit-il à voix basse en lui mettant le bras autour de la taille de manière protectrice. J'ai l'impression que Lahur vient d'arriver.

Mia faillit en avoir le souffle coupé. D'après ce que lui avait dit Korum, les Anciens ne se joignaient jamais aux autres Krinars et n'assistaient jamais aux évènements publics. Ils étaient par essence des solitaires qui se tenaient à l'écart du reste de la population. Et maintenant Lahur, le plus âgé d'entre eux était de la fête ?

La foule se divisa lentement pour le laisser passer et Mia aperçut un grand K imposant qui s'avançait vers eux. Quand il s'approcha, elle reconnut les traits marqués de l'Ancien avec lequel elle avait parlé dans la forêt. Il portait un costume de cérémonie Krinar comme tous les autres invités, mais ces vêtements d'apparat ne dissimulaient en rien sa nature de prédateur. Même parmi les Krinars, il semblait plus sauvage qu'eux, comme une panthère se promenant parmi des chats domestiques.

— Bienvenue, Lahur, dit calmement Korum en inclinant la tête vers le nouveau venu. Nous sommes heureux que vous ayez pu vous joindre à nous.

— Merci. On entendait une nuance d'amusement dans la voix grave de Lahur. Je ne vais pas rester longtemps. Je suis venu vous apporter un cadeau de mariage. C'est une de vos coutumes, n'est-ce pas, Mia ?

Mia était tellement stupéfaite qu'elle fixa l'Ancien du regard.

— Oui, parvint-elle finalement à répondre. C'est une coutume sur la Terre. Elle était étonnée d'avoir quand même réussi à dire quelque chose alors que son cœur battait à tout rompre.

— Eh bien, alors, dit Lahur dont les yeux noirs s'attardaient sur Mia, je voudrais vous dire que nous acceptons votre pétition. Votre famille aura tous les droits et tous les privilèges que nous accordons à ceux et celles que nous appelons les charls.

À ces paroles, un murmure de stupéfaction parcourut la foule et Mia respira profondément tandis que ses yeux s'emplissaient de larmes de joie.

— Merci, murmura-t-elle en regardant le visage sombre de l'extra-terrestre vieux de dix millions d'années qui se tenait devant elle. Merci infiniment…

— Oui, dit Korum dont le bras se resserrait autour de Mia, merci de ce merveilleux cadeau de mariage. Ma femme et moi nous vous en sommes profondément reconnaissants.

Lahur inclina la tête pour accepter leurs remerciements. Puis il se retourna et partit, la foule se divisant de nouveau pour le laisser passer.

La musique reprit et la fête aussi. Se précipitant vers Mia, Marisa prit longuement sa sœur puis Korum dans ses bras, elle sanglotait de bonheur, et les parents de Mia s'embrassèrent aussi avec des larmes qui coulaient le long de leur visage. Connor serra la main de Korum et Mia vit que les yeux de son beau-frère étaient humides eux aussi.

Pour la première fois dans l'Histoire, toute une famille humaine allait devenir immortelle, un cadeau infiniment plus précieux que tout ce qu'ils auraient pu imaginer.

Mia leva les yeux vers son mari, son bel amant K, et lui sourit à travers ses larmes.

— Je t'aime, lui dit-elle d'une voix douce. Je t'aime tant.

— Et moi aussi je t'aime, la regardant avec toute la tendresse de ses yeux couleur d'ambre.

Leur bonheur était complet.

ÉPILOGUE

Lahur était dans la forêt et il sentait une brise chaude sur son visage. Les autres étaient rassemblés autour de lui, leurs visages lui étaient aussi familiers que le sien. Ceux que l'on appelait les Anciens étaient les rares personnes dont il tolérait la compagnie plus de dix minutes d'affilée.

— Alors qu'allons-nous faire maintenant ? demanda Sheura en le regardant de ses yeux calmes.

Lahur la regarda à son tour.

— Qu'en penses-tu ?

— Je pense que le moment est venu, dit-elle à voix basse. Je pense que nous devons le faire.

— Je suis d'accord. C'était Pioren, celui qui avait travaillé avec Sheura sur cette expérience. Nous ne pouvons plus nous contenter de rester à part et d'observer. Notre projet a très bien réussi. Ils sont comme nous. Désormais, les meilleurs d'entre nous s'unissent à eux.

— Oui, dit Lahur, c'est vrai. Voir la jeune femme bouclée aux côtés de Korum avait été une révélation pour lui. Ce n'était pas la première terrienne qu'il rencontrait, mais quelque chose en elle l'avait touché, avait pénétré la carapace de glace qui le recouvrait désormais. Pendant un instant, Lahur avait pu sentir la force du lien qui existait entre elle et son cheren, il avait goûté la chaleur de l'amour qu'ils avaient l'un pour l'autre.

Parmi tous les jeunes, Lahur trouvait que Korum était le plus intéressant, probablement parce qu'il le faisait penser à lui-même dans sa jeunesse. La même volonté, le même désir de faire ce qu'il fallait pour parvenir au but. Lahur était convaincu que Korum parviendrait à construire un empire Krinar et emmènerait l'espèce tout entière dans une aventure sans précédent.

Une aventure que Korum allait entreprendre avec une terrienne à ses côtés.

Il ne pouvait y avoir de signe plus clair qu'ils devaient terminer leur expérience.

— Faisons-le, dit Lahur. Vous avez raison. Le moment est venu. Nous devons partager nos technologies avec eux, donner à tous ce que nous venons de donner à quelques-uns. Leur évolution est terminée.

Et tout en regardant autour de lui dans la clairière et en lisant l'assentiment sur leurs visages, Lahur ne pensait qu'à une seule chose :

Plus ne serait jamais comme avant.

EN AVANT-PREMIÈRE

Merci d'avoir lu *Souvenirs Intimes*, le troisième volume de la trilogie des Choniques Krinar. J'espère que ce livre vous a plu. Si c'est le cas, je vous remercie de le recommander à vos amis ainsi que sur les réseaux sociaux. Je vous serais aussi très reconnaissante d'aider d'autres lecteurs et d'autres lectrices à découvrir ce roman en postant un compte-rendu sur Amazon, Goodreads ou sur d'autres sites.

L'histoire de Mia et de Korum est terminée (pour le moment), mais de nombreux autres romans et sans doute d'autres collections auront pour cadre l'univers Krinar. De plus, je prépare actuellement d'autres romans situés dans des univers différents, y compris dans le monde contemporain. Je vous invite sur mon site www.annazaires.com/series/francais, en vous y inscrivant pour recevoir ma liste de nouvelles parutions vous serez prévenu(e) s dès qu'ils seront disponibles en français.

Merci infiniment de votre soutien !

Et maintenant je vous invite à tourner la page pour un avant-goût de *Twist Me - L'Enlèvement*, ainsi que pour d'autres romans à paraître...

EXTRAITS DE *TWIST ME - L'ENLÈVEMENT*

Note de l'auteur : Ce roman d'un érotisme sombre traite de sujets qui risquent de heurter certains lecteurs. Vous voilà prévenus ! Il diffère aussi de mes autres livres parce qu'il est écrit à la première personne.

* * *

Kidnappée. Séquestrée sur une île privée.

Je n'aurais jamais cru que cela puisse m'arriver. Je n'ai jamais imaginé qu'une rencontre fortuite la veille de mon dix-huitième anniversaire pourrait ainsi changer ma vie.

Désormais, je lui appartiens. J'appartiens à Julian. Un homme aussi impitoyable que beau. Un homme dont les caresses me consument. Un homme dont la tendresse me fait plus de mal que sa cruauté.

Mon ravisseur est une énigme. Je ne sais ni qui il est ni pourquoi il m'a enlevée. Il y a des ténèbres en lui, des ténèbres qui me font peur tout en m'attirant.

Je m'appelle Nora Leston, et voici mon histoire.

* * *

C'est le soir maintenant. Chaque minute qui passe accroit mon anxiété à la pensée de revoir mon ravisseur.

Le roman que je lis ne m'intéresse plus. Je l'ai posé et je tourne en rond dans la pièce.

Je porte les vêtements que Beth m'a donnés tout à l'heure. Ce n'est pas ce que j'aurais choisi de porter, mais c'est toujours mieux qu'un peignoir de bain. Un panty sexy en dentelle blanche et un soutien-gorge assorti, voilà mes sous-vêtements. Et une jolie robe d'été bleu qui se boutonne sur le devant. Étrangement, tout est exactement à ma taille. Est-ce qu'il m'a espionnée pendant un certain temps ? Et tout appris de moi, y compris la taille de mes vêtements ?

Cette pensée me rend malade.

J'essaie de ne pas penser à ce qui va arriver, mais c'est impossible. Je ne sais pas pourquoi je suis convaincue qu'il va venir me voir ce soir. Peut-être a-t-il tout un harem dissimulé dans cette île et qu'il rend visite à une femme différente chaque jour de la semaine comme le faisaient les sultans.

Et pourtant je sais qu'il va bientôt arriver. La nuit dernière n'a fait qu'aiguiser son appétit. Je sais qu'il n'en a pas fini avec moi. Loin de là.

Finalement, la porte s'ouvre.

Il entre en maître des lieux. Ce qui est précisément le cas.

De nouveau, je suis frappée par sa beauté virile. Avec un visage comme le sien, il aurait pu être modèle ou acteur de cinéma. S'il y avait un peu de justice dans ce monde, il aurait été petit ou il aurait d'autres imperfections en contrepartie de ce visage.

Mais non. Il est grand et musclé, parfaitement proportionné. En me souvenant de ce que j'ai ressenti quand il était en moi, mon excitation se réveille bien malgré moi.

De nouveau, il porte un jean et un tee-shirt. Gris cette fois-ci. Il semble préférer s'habiller simplement et il a raison. Il n'a pas besoin que ses vêtements le mettent en valeur.

Il me sourit. Un sourire d'ange déchu, à la fois sombre et séducteur.

— Bonsoir, Nora.

Je ne sais que lui dire, alors je laisse échapper la première chose qui me vient à l'esprit.

— Combien de temps allez-vous me garder ici ?

Il penche légèrement la tête sur le côté.

— Ici, dans cette pièce ? Ou sur cette île ?

— Les deux.

— Beth te fera visiter demain, elle t'emmènera nager si tu veux, dit-il en s'approchant de moi. Tu ne seras pas enfermée, sauf si tu fais une bêtise.

— Quel genre de bêtise ? ai-je demandé, le cœur battant en le voyant s'arrêter près de moi et lever la main pour me caresser les cheveux.

— Essayer de faire du mal à Beth ou de te faire du mal. Sa voix est douce, son regard hypnotique quand il baisse les yeux sur moi. Étrangement, sa manière de me caresser les cheveux m'aide à me détendre.

Je cligne des yeux pour tenter de rompre le charme.

— Et sur cette île ? Combien de temps allez-vous m'y garder ?

Sa main caresse mon visage, se pose sur ma joue. En m'apercevant que je me frotte contre sa main comme un chat que l'on caresse, je me raidis immédiatement.

Ses lèvres dessinent un sourire entendu. Ce salaud sait l'effet qu'il a sur moi.

— Longtemps, j'espère, dit-il.

Sans savoir pourquoi, ça ne m'étonne pas. Il n'aurait pas pris la peine de m'amener jusqu'ici pour me baiser deux ou trois fois. Je suis terrifiée, mais pas surprise.

Je prends mon courage à deux mains et pose la question qui s'ensuit logiquement.

— Pourquoi m'avoir kidnappée ?

Il cesse de sourire. Il ne répond pas et se contente de me regarder, ses yeux bleus restent mystérieux.

Je commence à trembler.

— Vous allez me tuer ?

— Non, Nora, je ne vais pas te tuer.

Sa réponse me rassure, mais évidemment c'est peut-être un mensonge.

— Allez-vous me vendre ? J'ai du mal à le dire. Comme prostituée, ou alors quelque chose de ce genre ?

— Non, dit-il d'une voix douce. Jamais de la vie. Tu es à moi et rien qu'à moi.

Je suis un peu plus calme, mais il reste encore quelque chose que j'ai besoin de savoir.

— Allez-vous me faire du mal ?

Il ne répond pas immédiatement. Une lueur obscure traverse son regard.

— Probablement, dit-il à voix basse.

Alors il s'est penché sur moi et m'a embrassée, ses lèvres sur les miennes étaient douces, douces et ardentes.

Pendant un instant, je suis restée figée, inerte. Je croyais ce qu'il disait. Je savais qu'il disait la vérité en disant qu'il allait me faire du mal. Il y a quelque chose chez lui qui me terrifie, qui m'a terrifiée depuis le début.

Il ne ressemble pas aux garçons avec lesquels je suis sortie. Il est capable de tout.

Et je suis entièrement à sa merci.

Je pense essayer de lui résister de nouveau. Ce serait normal dans ma situation. Ce serait courageux.

Et pourtant je ne le fais pas.

Je sens les ténèbres en lui. Il y a quelque chose de mauvais en lui. Sa beauté extérieure dissimule quelque chose de monstrueux.

Je ne peux pas lui permettre de donner libre cours au mal. Je ne sais pas ce qui arriverait si je le faisais.

Alors je m'immobilise dans ses bras et je le laisse m'embrasser.

Et quand il me soulève et me porte sur le lit, je n'essaie nullement de lui résister.

Au contraire, je ferme les yeux et m'abandonne à mes sensations.

* * *

Pour plus d'informations, veuillez consulter ma page web : www.annazaires.com/series/francais.

EXTRAIT DE *CAPTURE MOI*

Note de l'auteur : *Capture Moi* est le premier volume du sombre roman d'amour de Yulia et de Lucas.

* * *

Elle a eu peur de lui au premier coup d'œil.

Yulia Tzakova a l'habitude des hommes dangereux. Elle a grandi avec eux. Et elle a survécu. Mais quand elle rencontre Lucas Kent, elle comprend que cet ancien soldat risque d'être le plus dangereux de tous.

Une nuit a suffi. C'était l'occasion de se rattraper après avoir raté sa mission et d'obtenir des renseignements sur le patron de Kent, un trafiquant d'armes. Quand son avion est abattu ce devrait être la fin de l'histoire.

Alors qu'elle ne vient que de commencer.

Il la désire au premier coup d'œil.

Lucas Kent a toujours aimé les blondes aux longues jambes et Yulia Tzakova est de toute beauté. L'interprète russe a eu beau essayer de séduire son patron elle arrive dans le lit de Lucas et il fera tout pour l'y retrouver.

Puis son avion est abattu et il apprend la vérité.

Elle l'a trahi.

Elle doit payer.

* * *

Il entre dans mon appartement dès que la porte s'ouvre. Ni hésitation ni salutation, il se contente d'entrer.

Prise au dépourvu, je recule d'un pas, tout à coup l'entrée me semble si petite qu'elle en est oppressante. J'avais oublié à quel point il est grand, à quel point ses épaules sont larges. Je suis grande pour une femme, du moins suffisamment pour passer pour un mannequin si un contrat le demande, mais il me domine d'une tête. Avec le gros anorak qu'il porte, il prend presque toute la place dans l'entrée.

Toujours sans dire un mot il ferme la porte derrière lui et s'avance vers moi. Instinctivement, je recule, j'ai l'impression d'être une proie traquée.

— Bonsoir, Yulia, murmure-t-il en s'arrêtant quand nous arrivons dans la pièce principale. Son regard pâle fixe mon visage. Je ne m'attendais pas à vous voir comme ça.

J'avale ma salive, mon pouls s'accélère.

— Je viens juste de prendre un bain. Je veux paraitre calme et sûre de moi, mais il me déconcerte complètement. Je n'attendais personne.

— Effectivement, je m'en rends compte. Un léger sourire apparaît sur ses lèvres et en adoucit la dureté. Et pourtant vous m'avez laissé entrer. Pourquoi ?

— Parce que je ne voulais pas continuer à parler avec la porte fermée. Je respire pour retrouver mon calme. Puis-je vous offrir du thé ? C'est idiot de dire ça étant donnée la raison de sa présence ici, mais j'ai besoin de quelques instants pour reprendre une certaine contenance.

Il hausse les sourcils.

— Du thé ? Non merci.

— Alors voulez-vous me donner votre veste ? Je n'arrive pas à cesser de jouer la carte de l'hospitalité, la courtoisie me permet de cacher mon anxiété. Elle semble très chaude.

Ses yeux glacials ont un éclair d'amusement.

— Bien sûr. Il enlève son anorak et me le tend. Il n'a plus qu'un pull noir et un jean sombre glissé dans des bottes d'hiver noires. Son jean est moulant et révèle des cuisses musclées et des mollets puissants, et à sa ceinture je vois un revolver dans son étui.

En le voyant, ma respiration s'affole et je dois faire un véritable effort pour empêcher mes mains de trembler en prenant sa veste pour la mettre dans ma minuscule penderie. Il n'est pas surprenant qu'il soit armé, c'est le contraire qui le serait, mais son arme me rappelle brutalement qui est Lucas Kent.

Ce qu'il fait.

J'essaie de me dire que ce n'est pas grave pour calmer mes nerfs à vif. J'ai l'habitude des hommes dangereux. J'ai été élevée parmi eux. Cet homme est comme eux. Je coucherai avec lui, j'obtiendrai les informations que je pourrai et puis il disparaîtra de ma vie.

Voilà, c'est ça. Plus vite, ça sera fait, plus vite ça sera fini.

En fermant la porte de la penderie, j'affiche un sourire d'emprunt et me retourne pour lui faire face, enfin prête pour jouer le rôle de la séductrice sûre d'elle.

Sauf qu'il est déjà près de moi, il a traversé la pièce sans un bruit.

De nouveau, mon pouls s'affole, la contenance que je viens de retrouver me fait défaut une fois de plus. Il est si près que je peux voir les stries grises de ses yeux bleu pâle, si près qu'il peut me toucher.

Et une seconde plus tard, il me touche.

En levant la main, il caresse ma joue.

Je le fixe, la réaction de mon propre corps me trouble. Ma peau s'embrase, mes tétons se durcissent, ma respiration s'accélère. Il n'est pas logique de désirer cet inconnu dur et impitoyable. Son patron est plus beau que lui, plus frappant, et pourtant, c'est Kent qui provoque mon désir. Et il n'a encore touché que mon visage. Ce devrait être sans importance et pourtant c'est intime.

Intime et très déconcertant.

De nouveau, j'avale ma salive.

— M. Kent, Lucas, vous êtes sûr que je ne peux pas vous offrir quelque chose à boire ? Peut-être, un café ou… ma phrase s'interrompt et la surprise me faire perdre le souffle, quand il attrape la ceinture de mon peignoir et tire dessus, aussi nonchalamment que s'il ouvrait un paquet.

— Non. Il regarde tomber le peignoir qui révèle mon corps nu. Pas de café.

* * *

Si vous souhaitez en savoir plus, veuillez consulter le site internet d'Anna www.annazaires.com/series/francais.

EXTRAIT DE *LECTEURS DE PENSÉE* DE DIMA ZALES

Note de l'auteur : Si vous avez envie d'essayer lire quelque chose de différent, et tout particulièrement si vous aimez les romans fantastiques urbains et la science-fiction vous pourriez lire Les Lecteurs de Pensée, le premier volume de la série Les Dimensions de l'esprit écrite en collaboration avec mon mari. Mais attention, l'amour et l'érotisme y tiennent une part limitée et y sont remplacés par la voyance. Ce roman est disponible chez la plupart des libraires.

* * *

Tout le monde pense que je suis un génie.
Tout le monde a tort.

Oui, je suis sorti de Harvard à dix-huit ans et je me remplis les poches dans un fonds spéculatif. Mais ce n'est pas parce que je suis extraordinairement intelligent ou travailleur.

C'est parce que je triche.

J'ai un talent unique, voyez-vous. Je peux sortir du temps pour entrer dans ma version personnelle de la réalité — un endroit que je nomme 'le Calme' — où je peux explorer mon environnement pendant que le reste du monde est immobile.

Je pensais être le seul à pouvoir le faire — jusqu'à ce que je la rencontre.

Je m'appelle Darren et voici comment j'ai appris que j'étais un Lecteur.

* * *

Parfois, je pense que je suis fou. Je suis assis à une table de casino à Atlantic City et tout le monde autour de moi est immobile. J'appelle cela le *Calme*, comme si le fait de donner un nom au phénomène le rend plus réel, comme si lui donner un nom change le fait que tous les joueurs autour de moi sont assis là comme des statues et que je marche parmi eux en regardant les cartes qu'on leur a distribuées.

Le problème avec cette théorie sur ma folie est que quand je 'dégèle' le monde, comme je viens de le faire, les cartes que les joueurs retournent sont celles que j'ai vues dans le Calme. Si j'étais fou, ces cartes ne seraient-elles pas des cartes au hasard ? Sauf si j'en suis au point d'imaginer les cartes sur la table.

Et ensuite, je gagne. Si c'est aussi une hallucination — si la pile de jetons à côté de moi est une hallucination — alors je pourrais bien tout remettre en question. Peut-être que je ne m'appelle même pas Darren.

Non. Je ne peux pas penser de cette façon. Si je suis vraiment si perdu, alors je ne veux pas sortir de cet état de confusion : car si j'en sortais, je me réveillerais probablement dans un hôpital psychiatrique.

En outre, j'adore ma vie, aussi folle soit-elle.

Ma psy pense que le Calme est une façon inventive de décrire 'le fonctionnement intérieur de mon génie'. Alors ça, cela me paraît vraiment fou. Il se peut aussi qu'elle soit attirée par moi, mais c'est une autre histoire. Disons simplement que pour sortir avec elle, il faudrait qu'elle ait un âge beaucoup plus proche de ce que je cherche, c'est-à-dire autour de vingt-quatre ans. Encore jeune et sexy, mais qui a fini les études et qui ne fait plus de soirées en boîte. Je déteste sortir en boîte presque autant que ce que j'ai détesté étudier. En tout cas, l'explication de ma psy ne fonctionne pas, car elle ne tient pas compte de la façon dont je sais des choses que même un génie ne pourrait pas savoir : par exemple la valeur et la couleur exactes des cartes des autres joueurs.

Je regarde le croupier commencer à distribuer les nouvelles cartes. Il y a trois joueurs à côté de moi à la table. Le Cowboy, la Grand-mère et le Professionnel, comme je les surnomme. Je ressens cette peur désormais presque imperceptible qui accompagne mon   déphasage — c'est comme cela que j'appelle le processus : déphaser vers le Calme. L'inquiétude au sujet de ma santé mentale a toujours facilité le déphasage. La peur semble être utile au procédé.

Je déphase et tout devient calme. D'où le nom de cet état.

C'est étrange pour moi, même maintenant. Ce casino est très bruyant en général. Les gens ivres qui parlent, les machines à sous, le bruit des jackpots, la musique — seuls les concerts ou les boîtes de nuit sont plus bruyants. Et pourtant, en ce moment précis, j'aurais pu entendre une mouche voler. C'était comme si j'étais devenu sourd au chaos qui m'entoure.

Les personnes figées autour de moi augmentent l'étrangeté du phénomène. Ici, la serveuse qui porte un plateau de boissons est arrêtée au milieu d'un pas. Là, une femme est sur le point de tirer sur le levier d'un bandit manchot. À ma table, la main du croupier est levée et la dernière carte qu'il a distribuée flotte dans l'air. Je m'avance vers elle depuis mon côté de la table et je l'attrape. C'est un roi, destiné au Professionnel. Quand je lâche la carte, elle tombe sur la table au lieu de continuer à flotter comme avant — mais je sais très bien qu'elle retournera en l'air, exactement à l'endroit où je l'ai touchée, quand je sortirai du déphasage.

Le Professionnel a l'air de gagner sa vie au poker, ou en tout cas il correspond parfaitement à la façon dont j'imagine ce genre de personnes. Mal habillé, lunettes de soleil, et un peu étrange. Il a très bien maintenu son *poker face*, n'ayant pas bougé le moindre muscle de toute la partie. Son visage est si inexpressif que je me demande s'il ne s'est pas injecté du Botox pour l'aider à maintenir une telle contenance. Sa main est sur la table, recouvrant et protégeant les cartes qui lui ont été distribuées.

Je déplace sa main molle. Elle est normale au toucher. Enfin, façon de parler. La main est moite et poilue, alors c'est désagréable et anormal de la toucher. Ce qui est normal, c'est qu'elle est chaude au lieu d'être froide. Quand j'étais enfant, je m'attendais à ce que les gens soient froids dans le Calme, comme des statues de pierre.

Une fois que la main du Professionnel est déplacée, je ramasse ses cartes. Avec le roi qui flotte en l'air, il a une jolie paire. C'est bon à savoir.

Je m'avance vers Grand-mère. Elle tient déjà ses cartes en éventail pour moi. Je peux éviter de toucher ses mains ridées et tâchées. C'est un soulagement, car j'ai récemment commencé à avoir des réserves sur le fait de toucher les gens — plus particulièrement les femmes — dans le Calme. Si j'étais obligé, je raisonnerais sur le fait que toucher la main de Grand-mère était inoffensif — ou du moins, pas pervers — mais il vaut mieux l'éviter si possible.

Dans tous les cas, elle a une petite paire. Je me sens mal pour elle. Elle a perdu pas mal d'argent ce soir. Ses jetons diminuent. Ses pertes sont peut-être dues, au moins partiellement, au fait qu'elle ne sait pas garder un visage neutre. Même avant de regarder ses cartes, je savais qu'elles ne seraient pas bonnes parce que j'ai vu qu'elle était déçue de sa main au moment où elle l'a regardée. J'avais aussi remarqué un éclat joyeux dans ses yeux quelques tours plus tôt, quand elle avait eu un brelan gagnant.

Ce jeu de poker est, en grande partie, un exercice de lecture des gens : un domaine dans lequel j'aimerais vraiment m'améliorer. On me dit très fort pour lire les gens dans mon travail, mais ce n'est pas vrai. Je suis juste doué pour utiliser le Calme et faire comme si j'étais doué. Mais je veux vraiment apprendre à analyser les gens réellement.

Ce qui ne m'intéresse pas tellement dans ce jeu de poker, c'est l'argent. Je m'en sors assez bien financièrement pour ne pas dépendre d'un gros gain aux jeux de chance. Peu importe que je perde ou que je gagne, même si cela avait été amusant de quintupler mon argent à la table de blackjack. J'ai fait tout ce voyage pour jouer parce que je le *peux* enfin, ayant vingt-et-un ans maintenant. Je n'ai jamais aimé les fausses cartes d'identité, alors ceci est une première pour moi.

Je laisse la Grand-mère tranquille, et je passe au joueur suivant : le Cowboy. Je ne peux pas résister à la tentation d'enlever son chapeau de paille et de l'essayer. Je me demande si c'est possible d'attraper des poux comme ça. Parce que je n'ai jamais pu rapporter un objet inanimé du Calme, ni affecter le monde de manière durable, je me dis que je ne peux pas non plus ramener de créatures vivantes avec moi.

Je laisse tomber le chapeau et je regarde ses cartes. Il a une paire d'as — sa main est meilleure que celle du Professionnel. Le Cowboy est peut-être un pro lui aussi. Il a un bon *poker face*, d'après ce que je peux voir. Ce sera intéressant de les observer pendant ce tour.

Ensuite, je m'avance vers le deck et je regarde les cartes supérieures pour les mémoriser. Je ne laisse aucune place au hasard.

Quand j'ai fini, je reviens vers moi. Ah oui, est-ce que j'ai dit que je peux me voir assis là, figé comme les autres ? C'est le plus bizarre. C'est comme de vivre une expérience extracorporelle.

Je m'approche de mon corps figé et je le regarde. En général, j'évite de le faire, parce que c'est trop perturbant. On a beau se regarder dans le miroir ou dans des vidéos sur YouTube, rien ne peut préparer à voir son propre corps en 3D. Ce n'est pas quelque chose qu'on est censé vivre. Enfin, sauf pour les vrais jumeaux, je suppose.

Il est difficile de croire que ce corps, c'est moi. Il ressemble plutôt à n'importe qui. Enfin, peut-être un peu mieux que ça. Je le trouve assez intéressant. Il a l'air cool. Il a l'air classe. Je pense que les femmes le considèreraient probablement comme beau, même si ce n'est pas modeste de l'admettre.

Je ne suis pas un expert pour évaluer le degré de beauté des hommes, mais certaines choses sont évidentes. Je sais quand un type est laid et mon corps figé ne l'est pas. Je sais aussi qu'en général il faut des traits symétriques pour être perçu comme étant beau, et ma statue les a. Une mâchoire prononcée n'est pas mal non plus. Check. Avoir les épaules larges, c'est positif, et être grand aide beaucoup. Tout est bon. J'ai des yeux bleus, ce qui semble être une bonne chose. Des filles m'ont dit qu'elles aimaient mes yeux, même si maintenant, sur mon corps figé, ils ont l'air effrayants. Ils sont tout vitreux. On dirait les yeux d'une statue de cire.

Je me rends compte que je passe trop de temps sur ce sujet, et je secoue la tête. Je peux déjà voir ma psy en train d'analyser ce moment. Qui pourrait imaginer que le fait de s'admirer de cette façon soit un symptôme de sa maladie mentale ? Je l'imagine en train de griffonner des mots comme 'narcissique' et de le souligner.

Bon, ça suffit. Je dois quitter le Calme. Je lève la main et je touche le front de ma silhouette figée. J'entends les bruits à nouveau en sortant de mon déphasage.

Tout est de retour à la normale.

Le roi que j'ai regardé un instant auparavant — le roi que j'ai laissé sur la table — est de retour en l'air et de là, il suit la trajectoire normale pour atterrir près des mains du Professionnel. La Grand-mère regarde toujours ses cartes avec déception et le Cowboy porte de nouveau son chapeau, même si je le lui avais enlevé dans le Calme. Tout est exactement comme c'était avant.

D'une certaine façon, mon cerveau ne cesse jamais de s'étonner de la discontinuité entre l'expérience dans le Calme et celle d'en dehors. Notre condition d'humains fait que nous sommes programmés pour nous interroger sur la réalité lorsque ce genre de chose se produit. Quand j'essayais d'être plus malin que ma psy, au début de la thérapie, j'avais un jour lu tout un manuel de psychologie pendant notre session. Elle n'avait rien remarqué, bien sûr, puisque je l'avais fait dans le Calme. Le livre disait comment les bébés, dès l'âge de deux mois, pouvaient être surpris s'ils voyaient quelque chose qui sortait de l'ordinaire, comme la gravité semblant fonctionner à l'envers, par exemple. Ce n'est pas étonnant que mon cerveau ait du mal à s'adapter. Jusqu'à mes dix ans, le monde se comportait normalement, mais depuis, tout est bizarre et c'est peu dire.

Je baisse les yeux et je me rends compte que j'ai un brelan. La prochaine fois, je regarderai mes cartes avant de déphaser. Si j'ai une combinaison aussi forte, je pourrais tenter le coup et jouer sans tricher.

Le jeu se déroule de façon prévisible parce que je connais les cartes de tout le monde. À la fin, Grand-mère se lève. Elle a manifestement perdu assez d'argent.

C'est alors que je vois la fille pour la première fois.

Elle est superbe. Mon ami Bert du travail prétend que j'ai un type de femmes, mais je rejette cette idée. Je n'aime pas me voir aussi creux ou prévisible. Mais il se pourrait que je sois un peu des deux, car cette fille correspond parfaitement à la description de Bert. Et je réagis de façon extrêmement intéressée, c'est le moins qu'on puisse dire.

De grands yeux bleus. Des pommettes bien définies sur un visage fin, avec une pincée d'exotisme. Des jambes longues et très bien formées, comme celles d'une danseuse. Des cheveux sombres ondulés attachés en queue de cheval, ce qui me plaît. Et pas de frange : encore mieux. J'ai horreur des franges, je ne sais pas pourquoi les filles s'infligent ça. Même si l'absence de frange ne faisait pas partie de la description de Bert, cela aurait probablement dû y figurer.

Je continue à la dévisager. Avec ses talons hauts et sa jupe serrée, elle est un peu trop bien habillée pour cet endroit. Ou alors c'est moi qui ne suis pas assez bien habillé, en jean et tee-shirt. Quoi qu'il en soit, je m'en moque. Il faut que j'essaie de lui parler.

J'hésite à passer dans le Calme et à l'approcher pour faire quelque chose de louche, du genre la regarder de près ou peut-être même inspecter le contenu de ses poches. Faire quelque chose qui m'aiderait quand je lui parlerai.

Je décide de ne pas le faire, ce qui est probablement la première fois.

Je sais que le raisonnement qui me pousse à casser mon habitude est très étrange. Si l'on peut appeler ça un raisonnement. J'imagine l'enchaînement suivant : elle accepte de sortir avec moi, on sort ensemble pendant quelque temps, ça devient sérieux, et à cause de la connexion profonde entre nous, je lui parle du Calme. Elle apprend que j'ai fait un truc pervers, elle pique une crise et elle me largue. C'est ridicule de penser tout ça, étant donné que je ne lui ai pas encore parlé. Je brûle carrément les étapes. Elle a peut-être un QI de moins de 70 ou la personnalité d'un morceau de bois. Il peut y avoir vingt raisons différentes qui expliqueraient que je ne veuille pas sortir avec elle. En outre, cela ne dépend pas que de moi. Elle pourrait me dire d'aller me faire voir dès que j'essaie de lui parler.

Malgré tout, le fait de travailler dans les fonds spéculatifs m'a appris à spéculer. Même si le raisonnement est dingue, je m'en tiens à ma décision de ne pas déphaser, parce que c'est ce qu'un gentleman aurait fait. En accord avec cette galanterie qui ne me ressemble pas, je décide également de ne pas tricher pour ce tour de poker.

Pendant que les cartes sont distribuées, je songe à quel point, c'est agréable de se comporter honorablement, même si personne ne le sait. Je devrais peut-être essayer de respecter plus souvent la vie privée des gens. *Ouais, c'est ça.* Il faut rester réaliste. Je ne serais pas là où j'en suis aujourd'hui si j'avais suivi ce conseil. En fait, si je prenais l'habitude de respecter la vie privée, je perdrais mon travail en l'espace de quelques jours, et avec lui, beaucoup du confort auquel je me suis habitué.

Je copie le geste du Professionnel et je couvre mes cartes de la main dès que je les reçois. Je suis sur le point de jeter un coup d'œil à mes cartes quand quelque chose d'inhabituel se produit.

Le monde devient silencieux, exactement comme quand je déphase... Mais je n'ai rien fait cette fois.

Et à ce moment-là, je la vois : la fille assise à l'autre bout de la table, la fille à qui je viens de penser. Elle est debout à côté de moi et elle retire sa main de la mienne. Ou, plus précisément, de la main de mon corps figé : moi je suis un peu plus loin et je la regarde.

Elle est également assise en face de moi à la table, une statue figée comme toutes les autres.

Mon cerveau se met à turbiner et mon cœur se met à battre plus vite. Je n'envisage même pas la possibilité que cette seconde fille soit une sœur jumelle ou un truc du genre. Je sais que c'est elle. Elle fait ce que j'ai fait quelques minutes auparavant. Elle marche dans le Calme. Le monde autour de nous est figé, mais pas nous.

Elle a un regard horrifié quand elle se rend compte de la même chose. Elle se précipite de l'autre côté de la table et elle se touche le front.

Le monde redevient normal.

Elle me fixe, choquée, avec des yeux immenses, le visage pâle. Je vois ses mains trembler quand elle se lève. Sans un mot, elle me tourne le dos et elle se met à courir.

Me remettant de ma surprise, je me lève et je la suis en courant. Ce n'est pas très élégant. Si elle remarque qu'un type qu'elle ne connaît pas lui court après, elle aura autre chose en tête que sortir avec. Mais je n'en suis plus là maintenant. C'est la seule personne que j'ai rencontrée et qui sache faire la même chose que moi. Elle est la preuve que je ne suis pas fou. Elle a peut-être ce que je désire le plus au monde.

Elle a peut-être des réponses.

* * *

Si vous souhaitez en savoir plus sur nos romans fantastiques et nos romans de science-fiction vous pouvez consulter le site de Dima Zales www.dimazales.com/francais.html et vous inscrire pour recevoir son bulletin d'information.

EXTRAITS DU LIVRE DE DIMA ZALES,
LE CODE ARCANE

Note de l'auteur : Dima Zales est un auteur de science-fiction et de fantasy et mon collaborateur pour la création des Chroniques Krinar. Il est également mon mari. Son roman de fantasy s'appelle Le Code arcane et cette fois je suis sa collaboratrice. Ce n'est pas une romance, mais le livre contient une intrigue secondaire romantique (bien que sans scènes de sexe explicites). Le livre est maintenant disponible en français. Vous le trouverez chez les principaux sites commerçants comme Amazon.fr.

* * *

Une histoire captivante écrite par des auteurs américains reconnus : intrigue, amour et danger se mêlent dans un monde où la sorcellerie est intimement liée à la science...

Blaise, un paria qui était autrefois un membre respecté du Conseil des Sorciers, a passé l'année précédente à développer un objet magique spécial. Son objectif est de permettre à tout le monde de pratiquer la magie afin qu'elle ne soit plus réservée à l'élite des sorciers. Le résultat de sa quête est pour le moins inattendu : au lieu de créer un objet, il l'a créée, Elle.

Elle, c'est Gala et elle est tout sauf inanimée. Elle est née dans le Domaine des Sorts et elle est belle et très intelligente. Personne ne sait de quoi elle est capable. Elle ferait n'importe quoi pour pouvoir découvrir le monde... Elle abandonnerait même l'homme dont elle est en train de tomber amoureuse.

Augusta, une puissante sorcière et autrefois la fiancée de Blaise, considère que celui-ci fait preuve de la pire des arrogances et que Gala est une abomination qu'il faut exterminer. Dans sa quête pour sauver l'espèce humaine, Augusta se forge de nouvelles alliances et s'implique dans un réseau d'intrigues qui s'étire au-delà de tout ce qu'ils peuvent imaginer. Elle devra peut-être même se confier à Barson, son nouvel amant, un guerrier qui pourrait bien avoir des plans à lui...

* * *

Il y avait une femme nue sur le plancher du bureau de Blaise.

Une magnifique femme nue.

Stupéfait, Blaise fixait des yeux la superbe créature qui venait de se matérialiser. Elle regardait autour d'elle d'un air perplexe, visiblement aussi choquée d'être là que ce qu'il était étonné de l'y voir. Ses cheveux blonds ondulés tombaient en cascade sur son dos, couvrant partiellement un corps qui semblait être la perfection même. Blaise essaya de ne pas penser à ce corps et de se focaliser plutôt sur la situation.

Une femme. Une personne, pas une chose. Blaise n'arrivait pas à le croire. Était-ce possible ? Cette fille pouvait-elle être l'objet ?

Elle était assise avec les jambes pliées sous elle, s'appuyant sur un seul bras mince. Cette pose avait quelque chose d'étrange, comme si elle ne savait pas quoi faire de ses membres. Malgré les courbes qui faisaient d'elle une femme, il y avait une espèce d'innocence enfantine dans sa façon de rester assise là, sans gêne et totalement ignorante de son attrait.

En s'éclaircissant la gorge, Blaise essaya de chercher quoi dire. Même dans ses rêves les plus fous, il n'aurait pu imaginer une telle issue au projet qui avait demandé tout son temps ces derniers mois.

En entendant son bruit, elle tourna la tête pour le regarder et Blaise fut absorbé par deux yeux bleu exceptionnellement clair.

Elle cligna des yeux, puis pencha la tête d'un côté en l'étudiant avec une grande curiosité. Blaise se demanda ce qu'elle voyait. Il n'avait pas vu la lumière du jour depuis des semaines et il n'aurait pas été surpris s'il avait maintenant l'apparence d'un sorcier fou. Son visage était probablement couvert d'une barbe d'une semaine et il savait que ses cheveux foncés n'étaient pas brossés et qu'ils pointaient dans tous les sens. S'il avait su qu'il se retrouverait face à une jeune femme magnifique aujourd'hui, il aurait lancé un sort de toilette ce matin-là.

— Qui suis-je ? demanda-t-elle en faisant sursauter Blaise. Sa voix était douce et féminine, tout aussi séduisante que le reste de sa personne.

— Quel est cet endroit ?

— Ne le sais-tu pas ? Blaise était content de parvenir à bafouiller une phrase presque cohérente. Ne sais-tu pas qui tu es ni où tu te trouves ?

Elle secoua la tête.

— Non.

Blaise avala sa salive.

— Je vois.

— Que suis-je ? demanda-t-elle encore en le regardant de ses yeux incroyables.

— Eh bien, dit lentement Blaise, si tu ne me fais pas une farce cruelle et que tu n'es pas le fruit de mon imagination, alors c'est un peu compliqué à expliquer...

Elle regardait sa bouche pendant qu'il parlait et quand il s'arrêta, elle releva la tête pour croiser son regard.

— C'est étrange, dit-elle, d'entendre des mots de cette façon. Ce sont les premiers véritables mots que j'entends.

Blaise sentit un frisson lui parcourir l'échine. Il se leva de sa chaise et il se mit à arpenter la pièce en essayant de ne pas regarder son corps nu. Il s'était attendu à ce que *quelque chose* apparaisse. Un objet magique, une chose. Il n'avait simplement pas su quelle forme cette chose prendrait. Un miroir, peut-être, ou une lampe. Peut-être quelque chose d'aussi rare que la Sphère de Capture Vitale posée sur son bureau comme une sorte de gros diamant rond.

Mais une personne ? Et une personne de sexe féminin en plus ?

Pour être honnête, il avait bien essayé de rendre l'objet intelligent pour s'assurer que la chose aurait la capacité de comprendre le langage humain et de le retranscrire en code. Peut-être ne devrait-il pas être si surpris que l'intelligence qu'il avait invoquée prenne une apparence humaine.

Une forme magnifique, féminine et sensuelle.

Concentre-toi, Blaise, concentre-toi.

— Pourquoi marches-tu comme ça ? Elle se leva lentement, ses mouvements étaient peu assurés et étrangement maladroits. Je devrais marcher aussi ? C'est comme ça que les gens discutent ?

Blaise s'arrêta devant elle en faisant de son mieux pour ne pas regarder plus bas que son cou.

— Je suis désolé. Je n'ai pas l'habitude d'avoir des femmes nues dans mon bureau.

Elle fit descendre ses mains le long de son corps, comme pour essayer de le toucher pour la première fois. Quelle qu'ait été son intention, Blaise trouva le geste extrêmement érotique.

— Est-ce qu'il y a un problème avec mon apparence ? demanda-t-elle. C'était une inquiétude si typiquement féminine que Blaise dut retenir un sourire.

— Au contraire, assura-t-il. Tu es magnifique. Si belle, en fait, qu'il avait du mal à se concentrer sur autre chose que ses courbes délicates. Elle était de taille moyenne et si bien proportionnée qu'elle aurait pu servir de modèle pour un sculpteur.

— Pourquoi est-ce que je suis comme ça ? Un léger froncement vint plisser son front lisse. Que suis-je ? Cette dernière question semblait tout particulièrement la préoccuper.

Blaise inspira profondément, essayant de ralentir son pouls.

— Je crois que je peux hasarder une conjecture, mais avant, je voudrais te donner des vêtements. S'il te plaît, attends-moi ici, je reviens.

Et sans attendre sa réponse, il sortit en trombe de son bureau.

* * *

Pour plus d'informations, veuillez consulter : www.dimazales.com/francais.html.

479

À PROPOS DE L'AUTEUR

Anna Zaires a découvert son amour des livres à l'âge de cinq ans, quand sa grand-mère lui a appris à lire. Elle a écrit son tout premier livre bientôt après. Depuis elle a toujours vécu en partie dans un monde de fantaisie dont les seules limites sont celles de son imagination. Elle habite actuellement en Floride et vit heureuse avec son mari Dima Zales, qui écrit des romans de science-fiction et des romans fantastiques, et avec qui elle travaille en étroite collaboration pour chacune de leurs œuvres.

Pour en savoir davantage, rendez-vous sur www.annazaires.com/series/francais.